그림자 ばんば憑き

옮긴이 김소연

경북 안동에서 태어났다. 한국외국어대학에서 프랑스어를 전공하고, 현재 출판 기획자 겸 번역자로 활동하고 있다. 옮긴 책으로 『우부메의 여름』, 『망량의 상자』, 『웃는 이에몬』, 『엿보는 고헤이지』 등의 교고쿠 나쓰히코 작품들과 『음양사』, 『샤바케』, 『집지기가 들려주는 기이한 이야기』, 미야베 미유키의 『마술은 속삭인다』, 『외딴집』, 『혼조 후카가와의 기이한 이야기』, 『괴이』, 『흔들리는 바위』, 『흑백』, 『안주』, 덴도 아라타의 『영원의 아이』, 마쓰모토 세이초의 『짐승의 길』 등이 있으며 독특한 색깔의 일본 문학을 꾸준히 소개, 번역할 계획이다.

BANBA TSUKI
by MIYABE Miyuki
Copyright © 2011 MIYABE Miyuki
All rights reserved.

Originally published in Japan by KADOKAWA SHOTEN Co., Ltd., Tokyo.
Korean translation rights arranged with
OSAWA OFFICE, Japan
through THE SAKAI AGENCY and SHINWON AGENCY.

이 책의 한국어판 저작권은 THE SAKAI AGENCY와 신원 에이전시를 통해
MIYABE Miyuki와의 독점계약으로 도서출판 북스피어에 있습니다.
저작권법에 의해 한국 내에서 보호를 받는 저작물이므로 무단전재와 무단복제를 금합니다.

* 이 도서의 국립중앙도서관 출판시도서목록(CIP)은 서지정보유통지원시스템 홈페이지(http://seoji.nl.go.kr)와 국가자료공동목록시스템(http://www.nl.go.kr/kolisnet)에서 이용하실 수 있습니다.(CIP제어번호: CIP2013010366)

차례

스님의 항아리	007
그림자밟기	053
바루치잔	099
토채귀	177
반바 빙의	281
노즈치의 무덤	339

† **일러두기**
본문의 모든 주는 옮긴이 주입니다.

스님의 항아리

유월 그믐날, 모토모리시타초[町]에서 괴질이 발생했다. 장소는 초물전이었는데, 여기 일가는 고용살이 일꾼까지 포함한 일곱 식구였다. 병은 집안사람들을 몽땅 휩쓸고 나서 차례차례 옮아가 열흘 정도 사이에 남쪽으로는 고켄초, 동쪽으로는 도미타초로 퍼져 갔다.

오나기가와 강 너머에서 일어난 돌림병에, 저것이 언제 다카바시 다리나 신타카바시 다리를 건너 이쪽으로 올지 모른다며 강 남쪽에 사는 사람들이 가슴을 졸이고 있었을 때 이번에는 요시카와초 가나메바시 다리 옆의 나가야[에도 시대에 평민들이 모여 살던 공동 주택 형식의 건물. 이웃들끼리 교류가 잦은 구조인지라 하나의 공동체와도 같아 고유 이름을 가진 곳도 많았다]에서도 괴질이 돌았다. 사람들은 과연 병이 강을 넘어온 것인가, 아니면 미리 짠 듯이 남북에서 일어나 우리를 양쪽에서 공격하려는 것인가 하며 더욱 두려워하였다.

 요시카와초보다 더 남쪽에 있는 다마치^町에 가게와 집을 둔 목재 도매상 덴야에서는 주인 시게조가 목재 도매상 회합 사람들 및 지주들과 재빨리 교섭하여, 괴질이 크게 유행한 작년과 마찬가지로 목재를 놓아 둔 땅 하나를 비워 병자를 위한 구호소를 짓는 작업에 들어갔다. 시게조는 그럴싸한 말만 잘 늘어놓는 사람이 아니라 움직여야 할 때에는 자기 돈도 퍼붓고 수고도 아끼지 않는 인물이어서, 구호소에 제공한 장소는 당연히 그의 가게 땅이다. 그곳에 오는 이들을 보살필 사람들도 고용살이 일꾼이나 덴야가 소유하고 있는 셋집의 관리인, 세 들어 사는 사람 중에서 뽑았다. 작년에도 똑같이 한 일이어서 덴야와 연관이 있는 사람들 또한 각오가 되어 있었다.

 작년, 안세이 5년(1859)의 괴질은 유월 말쯤부터 도카이도 부근을 기점으로 돌기 시작해 이윽고 에도 시내로 들어왔다. 그래도 병은 아카사카 부근에서 퍼지기 시작했기 때문에 오카와 강_{스미다가와 강 하류}을 사이에 두고 있는 혼조 후카가와 근방에서는, 처음에는 모두 말 그대로 강 건너 불구경을 하는 상태였다. 그러나 병이 레이간지마 섬 부근까지 다다르자 슬슬 가만히 있을 수 없게 되었고 칠월 중순에 들어서자 드디어 이쪽에서도 병자가 나와 단숨에 난리법석의 혼란과 공황이 일어났던 것이다.

 덴야의 시게조는 친척들이 아카사카에 있기도 해서 병의 추세를 일찍부터 꼼꼼하게 주시하고 있었다. 그래서 그가 목재를 놓아 둔 곳을 치우고 구호소를 짓기 시작한 것은 칠월 초의 일이었다. 그 무렵 주위에는 아직 절실함이 없었기 때문에 그의 준비를 비웃는 사람도 있었다.

"쓸데없는 짓이야. 아직 병이 다다르지도 않은 이 근방에 구호소가 있다니, 야마노테_{에도에서는 주로 무가들이 위치했던 고지대를 지칭한다} 사람들의 귀에 들어가면 오히려 소동이 일어날 수도 있네. 구호소를 찾아오는 사람들이 병을 가져올지도 모르고."

이렇게 입을 삐죽거리며 화내는 사람도 있었다.

어느 쪽에 대해서도 시게조는 태연자약했다. 그리고 마침내 괴질이 오카와 강을 건너오자 그의 용의주도한 준비는 그 지역에 큰 이로움을 가져다 주었다.

구호소라고 해도 여기는 괴질에 걸린 사람을 맡아 주는 곳이 아니다. 대개 이 괴질은 걸린 사람에게 하루나 이틀 밤의 여유밖에 주지 않고 목숨을 가져가기 때문에 환자를 맡아서 보살피는 일은 아무도 할 수 없다. 시게조가 구호소로 불러들인 이들은, 집 안에 괴질 환자가 나와 그를 간호하고, 다음은 자기 차례인가 두려워하면서도 이웃 누구에게도 도움을 청하지 못해 어쩔 줄 몰라 하는 사람들뿐이다. 그중에서도 일가의 가장이나 돈 버는 이가 괴질에 당하여 뒤에 남겨진 여자나 아이 들이 대부분이었다. 그들에게 가까이 가는 일은 괴질에게 가까이 가는 것이기 때문에, 설령 그때까지 아무리 친하게 지냈어도 아직 병에 걸리지 않은 사람들은 두려워하고 꺼려 손을 내밀지 않는다. 또 내밀고 싶어도, 자기 집에서는 아버지와 막내만 당했지만 이웃은 일가 다섯이 모조리 당했다는 식의 경우가 있어서 어찌할 도리가 없을 때도 있었다. 시계조는 그렇게 남겨진 약한 사람들을 구한 것이다.

오쓰기도 그중 하나였다.

작년의 괴질로 오쓰기는 부모와 오라비와 남동생을 잃었다. 집은 기타롯켄보리마치의 큰길가에 있는 나가야로, 작지만 장사가 매우 잘되는 식당을 경영하고 있었다. 겨우 일 년 전 일인데, 지금은 꿈처럼 생각된다.

작년 칠월 말의 일이다. 오쓰기는 달랑 옷 한 벌만 걸친 채 관리인에게 이끌려 덴야 시계조의 구호소로 왔다. 열세 살이었지만 계속 부모의 장사를 거들어 온 야무진 아이라, 오쓰기는 다짜고짜 자신의 손을 끌고 데려가려 하는 관리인에게 우리 가족의 시체를 내버려 두고 갈 수 없다며 완고하게 저항했다.

관리인은 끈기 있게 오쓰기를 설득했다. 이번 괴질로 죽은 사람의 시체는 다른 때처럼 정중하게 장사를 지낼 수 없다. 관청에서도 엄한 명령이 내려왔다. 너 같은 어린아이는 감당할 수 없다. 시체 처리는 내게 맡기고, 어쨌든 너는 구호소에 몸을 맡기려무나.

"너희 나가야에서도 많은 사람이 죽지 않았느냐. 앞으로 더 많이 죽을 테지. 보렴, 이 모습을."

관리인은 길가의 집들을 돌아보았다. 대낮인데도 활기차게 오가는 사람의 모습은 보이지 않는다. 여기저기에서 사람들이 모여 염불을 외는 소리가 들려온다. 여자들이 둥글게 모여 앉아 굵은 염주를 굴리는, 낮게 잘그락거리는 소리가 새어 나온다. 집집마다 처마 끝에는 역병신을 쫓는다는 팔손이나무 잎이 매달려 있다. 문에 소나무를 세워 둔 집도 보인다. 병의 나쁜 기운을, 행운을 가져다준다는 물건으로 막으려는 것이다.

그러고 보니 오늘은 신여神輿를 보았다. 근처 작은 신사의 것이다. 본래 같으면 축제는 가을에 열린다. 그런데 그 신여를 이 시기에 끌어내 주위를 돌아다니게 함으로써 신께 괴질을 쫓아 달라고 하려는 것이리라. 가마를 진 남자들은 종종 괴성을 질렀는데 그것은 용맹한 모습이라기보다 미치광이들 같아 보였고 그들을 따라가는 여자들이 두들기는 종이나 북 소리도 귀를 찢을 듯하여 거룩함이고 뭐고 없었다.

그러한 진귀한 광경들을 압도하며 집들 사이에, 또는 문 옆에 쌓아 올려놓은 흰 나무 관은 무엇일까. 저기에는 전부 시체가 들어 있다.

"절에서도 화장터에서도 시체가 넘쳐 나서 난리다. 이런 상황에서 너 혼자 부모 형제 넷의 장사를 치를 수 있겠느냐. 죽은 사람은 포기하렴. 너는 지금까지 간신히 괴질을 면했다. 그것을 다행으로 여기고 구호소에 가서 너처럼 병을 면했지만 가족을 잃은 사람들을 도우며 사는 편이 좋아. 그중에는 너보다 어린 아이들도, 갓난아기도 있단다."

관리인은 단숨에 그리 말하고 거북한 듯이 얼굴을 찌푸리며 코

앞에서 손을 팔랑팔랑 움직였다.

"오늘은 견디기 수월할 줄 알았더니 바람이 약간 북쪽으로 바뀌었구나. 냄새가 엄청나군. 이 근처 절에서 나는 냄새만이 아니라 고즈캇파라에도 센주에 있던 에도 시대의 사형 집행장에서 오는 냄새다."

오쓰기의 마음의 눈에 땅바닥을 가득 메울 만한 수의 관들이 늘어서 있는 모습이 떠올랐다. 화장터 건물의 덧문 틈에서 뭉게뭉게 새어 나오는 연기의 색깔도 보였다. 옷 뒷자락을 걷어 올리고 머리카락을 수건으로 감싼 많은 남자들이 관과 뼈 단지 사이를 오가며 일하고 있다. 그곳에서 피어오르는 냄새는 죽음의 냄새다. 병의 냄새다. 화장터 사람들까지 괴질에 당하고 만다면 대체 누가 시체를 태워 줄까.

우리 가족들이 어디에서 장사 지내졌는지, 뼈는 어떻게 되었는지, 나중에 가르쳐 주려나. 오쓰기의 걱정은 화장터의 연기와 마찬가지로 짙고 어둡게, 끝도 없이 피어올라 마음을 가득 채우고 있었다.

"그런 얼굴 하지 마라."

관리인이 오쓰기의 어깨를 가볍게 두드렸다.

"나가야의 대부분이 당했는데, 이렇게 건강한 너는 운이 좋은 게다. 그 운을 헛되이 해서는 안 돼. 알겠지?"

관리인의 말에는 거짓이 없었다. 덴야의 시계조가 힘을 다해 만든 구호소에는 부모를 잃은 아이나, 의지할 수 있는 가족이 죽은 노인들이 많이 있었다. 완전히 낙담하여 밥도 넘어가지 않는다는 사람도 있었다.
 오쓰기는 침식을 제공받았고, 아이와 노인 들을 보살피는 일로 매일을 보냈다. 구호소에 오고 나서 발병한 사람도 있었지만 환자는 이내 실려나가 두 번 다시 돌아오지 않았다.
 팔월이 되어 마침내 더위가 물러감에 따라 괴질의 맹위도 조금씩 잦아들었다. 오쓰기는 정말로 이 무서운 병을 면했다. 모든 것을 잃고 말았지만 목숨만은 남았다.
 구호소에 모여 있던 사람들도 각자 앞으로의 일이나 의지할 곳을 정해 하나둘 떠나갔다. 갈 곳이 없는 아이들은 절에 들어가기도 하고 이곳저곳의 관리인들 소개로 양자가 되거나, 고용살이를 나갔다.
 오쓰기에게는 덴야에서 하녀로 고용살이를 하지 않겠느냐는 제안이 들어왔다. 총명하고 바지런히 일하는 모습이 어느 틈에 주인의 눈에 들었던 모양이다. 덴야도 가족들은 다행히 무사했지만, 고용살이 일꾼 몇이 괴질에 당하거나 괴질이 두렵다며 뛰쳐나가기도 하여 일손이 모자랐다.
 더 바랄 나위 없는 이야기라는, 지금은 후견인이 된 관리인의 권유도 있어서 오쓰기는 그 말에 따르게 되었다.
 이렇게 일 년이 지났다.
 구호소에 있을 때는 그날그날을 지내는 데 급급해서 몰랐지만 고용살이 일꾼으로서 모셔 보니 우리 나리는 상당히 대단한 분이라고, 오쓰기는 생각하게 되었다. 물론 이만한 살림을 꾸리고 있으니 돈벌이도 잘 하겠지만 그뿐만이 아니다.

덴야의 주인은 이제 마흔 중반이지만 아내를 일찍 여의었다. 세상 사람들은 아내가 자주 아팠던 것이, 병으로 고통스러워하는 이나 환자를 간호하는 사람을 가엾게 여기고 자비를 베푸는 마음을 키웠다고 수군거린다.

부부 사이에는 열아홉 살이 되는 고이치로라는 외아들이 있지만, 조만간 후계자가 될 이 사람은 '남의 집 밥을 먹어 보고 오라'는 아버지의 분부로 열세 살 때부터 고용살이를 나가 있다. 고용살이하는 곳에서도 고이치로는 평범한 고용살이 일꾼이 아니라 부탁받아 맡은 남의 소중한 아들이라는 점을 잘 알고 있기 때문에 대우가 정중하다. 하지만 고이치로는 거기에 안주하지 않고 상당히 야무진 상인으로 자라고 있다고 한다. 물론 아버지가 주위 목재상들의 떫은 얼굴도 아랑곳하지 않고 구호소에 돈을 부담하거나 일손을 지원해 가며 사람을 돕는 일에 힘쓴다는 사실도 상세히 알고 있고, 괴질이 크게 유행했을 때는 병이 잦아들 때까지만이라도 고용살이하는 가게에서 휴가를 얻어 아버지를 돕고 싶다는 말을 했다고 하니 감탄할 일이다.

고이치로도 덴야의 핏줄이라 타고난 됨됨이가 다르다고, 세상 사람들은 이런 말 또한 수군거린다.

됨됨이가 다르다. 무언가가 있다. 그것은 무엇일까?

가끔 오쓰기의 얼굴을 보러 와서 설교를 늘어놓고 가는 관리인은, "그건 인덕이라는 것이란다"라고 한다. 또는 '인仁'이라는 것이라고도 한다. 양쪽 다 거룩한 무언가를 가리키는 말이겠지만 오쓰기에게는 확실히 와 닿지 않는다.

다만 시계조의 눈이 날카롭다는 점, 그에게 통찰력이 있다는 점은 잘 알겠다. 그래서 올해 초봄, 시계조가 가게 사람들을 모아 놓고,

"괴질은 작년만의 재난이 아닐세. 한번 뿌리를 내린 병은 사라지지 않아. 올해 여름에도 반드시 괴질이 돌 걸세. 결코 긴장을 늦추어서는 안 돼. 장마가 지나면 생수는 마시지 말게. 날것을 먹어서도 안 돼. 지금까지는 자네들이 자기 돈으로 다소의 군것질을 하는 것도 작은 즐거움 중 하나라고 생각해 눈감아 주었지만, 앞으로는 다르네. 노점의 튀김이나 초밥에 결코 손을 대서는 안 될 것이야."

하고 엄하게 타일렀을 때는 등이 펴지는 기분이 들었다.

다른 고용살이 일꾼들도 같은 기분인 듯했다. 모두 시계조를 충심으로 따르고 있다.

작년에 크게 괴질이 돌아 의기소침했던 시중에 활기를 주려고, 올해는 산노 축제산노는 도쿄 지요다 구에 있는 히에 신사의 별칭이다. 히에 신사에서는 매년 6월 15일에 산노 축제가 열린다도 간다묘진도쿄 지요다 구에 있는 신사의 축제도 전보다 더 성대하게 치러졌다. 덴야에서도 시간과 인원을 정해 고용살이 일꾼들이 축제를 구경할 수 있도록 허락해 주었다. 시계조는 외출하는 고용살이 일꾼들에게 다시 한 번 못을 박았다. 알겠는가, 먹을 것을 사 먹어서는 안 되네. 더위가 심해지고 있는 요

즘은 더더욱 안 돼. 반드시 내 말을 지켜야 하네."

고용살이 일꾼들은 한 명도 이를 거역하지 않았다.

자신의 입장으로 바꾸어 놓고 보면, 오쓰기는 그들의 마음을 잘 알 수 있다. 작년에 시계조의 지시로 그들 중 대부분은 구호소에서 일했다. 직접 괴질 환자를 보살피지 않았더라도 매우 무서운 일이었던 것은 틀림없다. 그렇기 때문에 뛰쳐나간 사람도 있었다. 그러나 시계조의 상세한 지시대로 매일 몇 번이나 손을 씻고, 생수를 피하고 끓여서 식힌 물을 마시고, 측간은 신경을 써서 깔끔하게 사용하며 깨끗이 유지한다—는 등의 가르침을 지킨 결과, 구호소에서 일한 이들은 누구 하나 괴질에 걸리지 않았다. 덴야에서 괴질에 걸린 사람들은 오히려 구호소에서 일하지 않았던 이들뿐이었다.

또 시계조는 시중의 소문이나 단골손님들을 통해 '이렇게 하면 괴질을 피할 수 있다', '이러이러한 것이 괴질을 막는 데 효과가 있다'는 말을 들어도 결코 진지하게 받아들이지 말라고 했다. 누가 꺼낸 말인지, 어떤 근거가 있는지는 모르지만 작년 칠팔월에 '괴질로 쓰러진 병자의 머리맡에 올린 팥밥을 얻어다 먹으면 괴질에 걸리지 않는다'는 소문이 무서운 속도로 퍼졌던 것이다. 시계조는 이를 일소에 부쳤을 뿐만 아니라 힘주어 반대했다.

"괴질의 정체가 무엇이든, 거기에는 반드시 병의 원인이 있을 것이다. 그리고 그것은 바로 병자에게 많이 꼬여 있을 테지. 공물 따위를 얻어다 먹으면 병의 원인을 그대로 받아들이는 셈이 된다. 결코 이런 말을 들어서는 안 된다."

이 또한 옳은 말이었다.

나리의 분부를 지키면 틀림이 없다, 모두 그렇게 생각하는 것도 당연하다. 그러나 얄궂게도 가게에서 한 발짝만 밖으로 나가면 좀처럼 그렇게는 되지 않는다.

실은 올해 여름, 장마에 들어가기 전에 시계조는 한 번 더 구호소를 지으려고 했다. 준비는 빨리 하는 편이 좋기 때문이다. 그러나 거기에 참견이 들어왔다. 올해는 괴질이 유행하지 않을 것이다, 앞질러 그런 것을 짓다니 불길하기 짝이 없다고. 그 목소리가 너무나도 컸기 때문에 나리도 포기할 수밖에 없었던 모양이다.

시끄럽게 반대하는 이들은 늘 똑같은 사람들이다. 무작정 이의를 제기한다. 작년에 시계조가 구호소를 지으려고 했을 때 '쓸데없는 짓 하지 말라'며 반대했다. 구호소가 어엿하게 도움이 되고 역할을 마쳤을 때에는 '얼른 부숴라. 불길하다'고 말했다. 남겨 두면 다음 여름에 또 도움이 될지도 모른다고 시계조가 얘기해도, 이제 괴질은 끝났다, 구호소를 남겨 두면 거기에 더러움이 고일 거다, 라고 주장해서 부수고 만 것이다.

하지만 괴질은 끝나지 않았다. 올해, 여름이 오자 돌아왔다. 환자가 나왔다는 말을 듣고 서둘러 구호소를 짓기 시작한 시계조에 대해, 그들은 이번에는 혀를 차며 이런 험담을 했다.

"덴야의 주인은 괴질이 올해도 돌 것이라는 자신의 주장이 옳음을 우리에게 인정시키려고, 괴질이 돌게 해 달라는 기원이라도 하고 있던 게 아닐까."

덴야의 안쪽 방에서 열린 회합에 다과를 내러 갔을 때 직접 이 귀로 들었으니 틀림없다. 시게조가 잠시 자리를 비운 틈을 타, 이 가게 안에서 그런 험담을 늘어놓는다. 오쓰기는 순간, 자못 밉살 스러운 말을 하고 있는 그 할아버지의 머리에 차를 끼얹어 주려다가 가까스로 참았다.

나리의 말씀은 옳다, 하시는 일도 옳다, 오쓰기는 입을 꼭 다물고 다스키_{일할 때 옷소매를 걷어 올려 고정하기 위해 어깨에 묶는 끈}를 조이면서 그렇게 생각했다. 그리고 올해의 괴질도 어떻게든 잘 넘겨야겠다고, 마음을 강하게 다잡았다.

구호소가 완성되자 곧 몇 사람이 옮겨 왔다. 지금은 아직 유행 초반이기 때문에 작년처럼 붐비지는 않았지만 그들은 하나같이 몸도 마음도 약해져 있어서 세심하게 신경을 써 주어야 한다. 또 그들이 괴질을 앓으면 곧 다른 곳으로 옮겨야 하기 때문에 오쓰기는 하루에 몇 번이나 구호소를 찾아갔고 때로는 거기에서 자며 그들을 보살폈다.

"너는 괴질이 무섭지 않나 보구나."

덴야에 출입하는 생선 가게 주인이 놀려서, 오쓰기는 웃으며 대꾸했다.

"아저씨도 그렇잖아요."

"그야, 우리는 생선을 팔지 않으면 장사가 안 되니까."

"그렇다면 저도 마찬가지예요. 덴야의 하녀니까요."

"어쨌든 덴야의 주인은 대단한 분이야. 그쪽으로 발을 뻗고 잘 수 없을 지경이다."

괴질이 돌면 에도 전역의 사람들이 날것을 멀리하기 때문에 생선 장수들은 하나같이 생활이 어려워진다. 그러나 덴야는 작년에도 올해에도 생선 장수의 출입을 막지 않았다. 물론 날것은 먹지 않지만 구운 생선은 자주 먹고, 서덜이나 뼈로 낸 국물도 먹는다. 영양이 많은 생선은 여름철 가장 더울 때 몸에 기운을 준다고 시게조는 말한다. 날것만 아니면 된다, 불에 잘 익혀서 뜨거울 때 먹으면 된다고 한다.

그렇게 며칠이 지났을 무렵의 일이다. 오쓰기는 심부름으로 이마카와초까지 가게 되었다. 길가의 수로를 따라, 가메히사바시 다리와 우미베바시 다리 사이에는 절이 밀집해 있다. 어느 절에서나 경 읽는 소리와 징 소리가 들리고 향 냄새로도 덮을 수 없는 시체 냄새를 풀풀 풍기고 있었다. 도깨비 가면을 쓰고 행진하는 사람들과 스쳐 지나고, 아이를 잃었는지 작은 관을 에워싼 채 크게 울고 있는 여자들 옆을 지나친다. 허술한 판자 지붕의 물결 틈으로 가느다란 연기가 피어오른다. 화재가 난 것이 아니라 봉화를 피운 것이다. 이 또한 괴질을 물리쳐 준다고 해서 그러는 것이다. 도중에 총소리가 팡팡 터지듯이 계속해서 울린 까닭은, 어느 무가 저택에서 액막이를 위해 공포를 쏘았기 때문이리라. 아아, 작년 여름과 똑같은 광경이다 싶어, 오쓰기는 가슴이 메는 듯한 심정이 되었다.

서둘러 용무를 마치고 구호소로 돌아와 보니 시오야가스리물감이 살짝 스친 것 같은 부분을 규칙적으로 배치한 무늬. 또는 그런 무늬가 있는 직물를 입은 시게조의 등이 문 앞에서 보였다. 마침 구호소 안으로 들어가는 참인가 보다. 시게조는 고용살이 일꾼들을 구호소에서 일하게 할 뿐만 아니라 스스로도 하루에 몇 번인가 얼굴을 보이니 특별히 드문 일도 아니다. 다만, 무언가 볼일이 있으신가 싶어 오쓰기는 서둘러 쫓아갔다.

이곳으로 도망쳐 온 이들 중에서도 몸에 지장이 없어서 일을 할 수 있는 자는 마음이 진정되면 낮에는 차츰 일을 하러 나간다. 아이들은 기운을 되찾으면 밖에서 놀고, 글을 배우러 다니기도 한다. 그래서 해가 있는 동안에는 구호소 안이 꽤 휑뎅그렁하다. 낙담하거나 쇠약해져서 자리에서 일어나지 못하는 사람들은 볕이 잘 드는 남쪽 방에 모여 멍하니 누워 있을 뿐이라 더더욱 조용하다.

시게조는 맨 앞쪽의 세 평짜리 방에 있었다. 벗은 신이 봉당 한쪽에 놓여 있다. 왼손에 가늘고 긴 무언가를 들고, 새 나무 냄새가 나는 판자벽을 향하고 있다. 오른손으로 벽을 어루만지는 듯하다.

자세히 보니 시게조가 손에 들고 있는 가늘고 긴 것은 길이가 한 자尺자는 약 삼십 센티미터쯤 되는 나무 상자다. 오쓰기가 알기로 그런 상자에는 대개 족자나 판화가 들어 있다.

무언가 벽에 거시려는 걸까.

작년에도 그랬지만 올해도 구호소 벽에 달력을 붙였다. 여름이 지나면 괴질의 유행도 잦아든다. 사람들을 격려하기 위해 하루가 지날 때마다 먹으로 그날을 지워 나가는 것이 관례다.

시계조는 생각에 잠겨 있는 듯하다. 그 모습에 무언가 어두운 기척이 떠돌고 있어서, 오쓰기는 방 끝에서 대기한 채 말을 걸 수가 없었다. 다른 가게에서는 허드렛일을 하는 하녀가 나리의 모습을 보는 경우는 드물다고 하지만 덴야에서는 다르다. 오쓰기는 지금까지도 몇 번이나 나리의 얼굴을 뵈었다. 하지만 이렇게 어깨를 축 늘어뜨리고 생각에 잠겨 있는 등을 보기는 처음이다.

이윽고 시계조는 천천히 그 자리에 정좌하더니 무릎 위에 가늘고 긴 나무 상자를 올려놓았다. 여전히 얼굴이 벽 쪽으로 향해 있어서 오쓰기가 있는 줄은 전혀 알아차리지 못한다.

판자를 깐 방바닥 위에서 시계조의 여름 버선 바닥이 새하얗게 빛난다.

시계조는 느릿느릿, 부서지기 쉬운 마른 과자라도 다루는 듯한 손놀림으로 가늘고 긴 나무 상자의 뚜껑을 열고 내용물을 꺼냈다. 오쓰기가 짐작한 대로 아무래도 둘둘 만 족자 같다.

시계조가 족자의 양쪽 끝을 잡고 술술 펼친다.

꽤 오래된 족자 같다. 전체적으로 누렇게 바랬고 벌레 먹은 구멍도 뚫려 있다. 아무리 펼쳐도 보이는 것은 밑바탕뿐이고 좀처럼 그림 부분이 나오지 않는다. 어느새 오쓰기는 무릎으로 서서 몸을 쭉 뻗으며 목을 빼고 넘겨다보고 있었다.

간신히 대략 석 자 사방 정도 되는 크기의 수묵화가 나타났다. 오쓰기는 눈을 크게 떴다.

무엇일까, 이 그림은.

한가운데에 그려 놓은 것은 작은 물독이다. 어쩌면 된장독일지도 모른다. 적갈색 바탕에 검게 흘러내릴 듯한 유약을 바른, 흔해 빠진 항아리다. 그뿐이라면 수수한 취향의 족자일 뿐이라 하겠지만, 그 항아리에는 내용물이 들어 있었다.

스님이다. 스님 한 명이 항아리 속에 쏙 들어가 있는 것이다. 항아리 입구에서 튀어나와 있는 것은 어깨 윗부분이고, 나머지는 항아리 속으로 사라져 있다.

아무래도 이상하다. 균형이 맞지 않는다. 스님의 머리는 엄청나게 크고 턱은 이중으로 접혀 있는데다 어깨에도 투실투실 살이 붙어 있다. 그런데 그 아랫부분은 오쓰기가 안아서 옮길 수 있을 만한 크기인 항아리 속에 들어가 있다.

보기에 따라서는 스님이 항아리에 빨려 들어가는 모습을 그린 듯이 보인다. 아니면 스님이 항아리에서 밖으로 나오려는 모습을 그린 듯해 보이기도 한다.

어느 쪽이든 스님의 얼굴은 몹시 위압적이다. 머리는 매끈매끈한데 눈썹은 새카맣고 굵으며 콧방울이 떡하니 튀어나와 있고, 한일자로 다문 입은 거의 좌우의 귀에 닿을 것처럼 크다.

이상한 얼굴—이란 이런 얼굴을 말하는 것일까.

어깨 부분밖에 보이지 않지만 몸에 걸치고 있는 것은 회색 누더기 옷 한 벌이다. 가사는 없다. 그래도 역시 스님으로 보인다. 깎은 머리를 하는 이는 스님만이 아니다. 예를 들어 마치町에도 시대에 평민들이 살던 주거 지역. 각 마치마다 자치적인 조직을 두었다 의원 선생님도—어라, 그렇지, 이것은 의원 선생님을 그린 족자일까, 하고 오쓰기는 생각했다. 무언가 의원을 둘러싼 훈화 같은 것을 그림으로 나타내 그린 족자일지도 모른다.

너무 열심히 족자를 들여다보고 있었기에 오쓰기는 등 뒤에서 다가오는 발소리를 알아차리지 못했다.

"어라, 오쓰기, 돌아와 있었느냐."

누가 말을 걸어서, 무릎을 모으고 앉은 자세 그대로 펄쩍 뛰어오를 뻔했을 만큼 놀랐다.

대행수 기헤이다. 아까의 심부름은 그가 부탁한 것이었다.

바스락 하는 소리가 났다. 시게조가 몸을 틀어 이쪽을 돌아본다. 족자는 양손으로 펼친 채다.

"나리, 역시 여기 계셨습니까."

기헤이는 놀란 기색도 없이 신을 벗고 올라서더니 무릎을 꿇고 몸을 숙였다.

"하야시초 1초메丁目에서 기도반各 마치마다 있는 문인 마치키도 옆에 만들어 놓은 문지기의 거처. 혹은 그 문지기를 가리키기도 한다. 밤에는 마치키도를 닫고 통행을 제한하였다 부부가 괴질에 당했다고 합니다. 관리인이 허둥거리며 찾아왔습니다. 부부는 이미 살아날 가망이 없지만 아기가 있다더군요. 이쪽에서 보살펴 줄 수 없겠느냐고 하는데요."

시계조의 얼굴이 창백해진데다 갑자기 바싹 마른 듯했다. 입은 반쯤 벌리고 있지만 목소리가 나오지 않는다. 부릅뜬 눈이 오쓰기와 기헤이의 얼굴을 노려보고 있다.

"나리, 왜 그러십니까."

기헤이가 의아한 듯이 무릎걸음으로 앞으로 나서자 시계조는 제정신으로 돌아왔다. 그와 동시에 손이 미끄러졌는지, 족자가 손을 떠나 마루방에 떨어졌다. 그 기세에 둥근 봉이 바닥을 데굴데굴 굴러 족자가 끝까지 펴졌다.

"이것은 또." 기헤이는 호오 하고 탄성을 질렀다.

"재미있는 취향의 수묵화로군요······."

여기에 거실 겁니까, 하고 눈짓으로 시계조에게 묻는다. 그렇다면 손수 하시지 않아도 제가 하겠습니다.

시계조는 눈꼬리 하나 움직이지 않고 기헤이의 얼굴을 똑바로 응시한 채 입만 움직여 천천히 되물었다.

"재미있다고—생각하나?"

"글쎄요." 기헤이는 한 손으로 턱 끝을 잡고 곤란한 듯한 웃음을 띠었다.

"저는 조예가 얕은 사람이라 서화가 훌륭한지 나쁜지도, 가치 같은 것도 분간하지 못합니다. 그래도 지금까지 이런 그림은 전혀 본 적이 없습니다. 그러니 재미있게 느끼는 것입니다."

"그렇군" 하고 말하며 시계조는 고개를 끄덕였다. 살며시 족자에 손을 뻗더니 그 양쪽 끝을 잡고 다시 무릎 위에 펼친다.

"기헤이 자네에게는 이것이 어떤 그림으로 보이나."

"어떤……이라고 하시면."

"무엇을 그린 것처럼 보이나?"

기헤이는 약간 갈팡질팡하며 오쓰기의 얼굴을 보았다. 오쓰기는 기헤이의 시선을 받은 뒤 족자 쪽으로 얼굴을 향했다.

거기에는 항아리에 든 스님이 그려져 있다.

"무슨…… 으음, 이것은 수수께끼입니까."

"수수께끼가 아닐세." 시게조는 엷게 미소를 짓는다.

대행수는 어느 모로 보나 수수께끼인 것처럼 눈을 가늘게 뜨고 이리저리 족자를 살핀다.

"글쎄요. 하지만 항아리 그림이군요. 된장독일까요. 매실장아찌를 넣어도 좋을 듯한데요. 흔한 색깔과 모양으로 보이는데 어쨌거나 작은 항아리로군요. 그래도 이렇게 덩그러니 하나만 그려져 있으니 무언가 풍취가 있는 것 같습니다."

어머나 하고 소리를 낼 뻔하다가, 오쓰기는 당황하며 손으로 입을 눌렀다. 그래도 놀란 기색까지 지울 수는 없었고 시게조는 그것을 놓치지 않았다.

"오쓰기, 너는 어떠냐."

시게조는 족자를 기울여 오쓰기 쪽으로 향했다.

"너에게는 이 그림이 무엇으로 보이느냐."

오쓰기는 갑자기 식은땀이 났다. 시게조의 눈이 무섭다.

예, 제게는 항아리뿐만 아니라 그 속에 스님이 들어가 있는 모습이 보입니다, 라고 솔직하게 대답할 수가 없다. 말해서는 안 될 것 같은 기분이 든다. 항아리밖에 보이지 않는 대행수님 앞에서는, 아무래도 말해서는 안 될 것 같은 기분이 든다.

시게조도 그것을 알고서 오쓰기에게 묻고 있는 듯한 기분이 든다.

"항아리……네요."

바싹 마른 목에서 간신히 목소리를 쥐어짜 내어, 오쓰기는 대답했다.

"그래?"

시게조는 짧게 말하고 갑자기 매끄러운 움직임을 되찾아 족자를 둘둘 말았다.

"이곳 벽이 너무 살풍경해서 족자라도 하나 걸까 싶었는데, 항아리로는 흥이 부족하구나. 조금 더 조짐이 길한 것을 찾아보자. 기헤이, 하야시초 기도반의 아기는 당장 맡아 주도록 하게. 오쓰기, 아기가 올 테니 기저귀를 준비해 두어라. 부엌에 말해서 미음도 끓이게 하고. 아기를 보살피는 일이라면 오치요가 잘 알고 있으니 말하면 무엇이든 준비해 줄 게다."

오치요는 고참 하녀다. 예, 하며 엎드리는 오쓰기의 목덜미에 대고, 시게조는 이어서 말했다.

"그리고 나중에 부를 테니 내 방으로 오너라. 족자도, 한창나이인 네가 골라 준다면 조금은 화려한 것을 찾을 수 있을 테지."

"곳간을 열까요?" 하고 기헤이가 빈틈없이 묻는다.

"뭐, 그렇게까지 할 필요는 없네. 족자라면 나게시_{기둥과 기둥 사이에 올려놓은 나무 가로대. 상인방 위에 만들어 놓기도 했다}에 몇 개나 들어 있으니. 자네가 조예가 얕은 사람이라면 나는 게으름뱅이일세. 벌레가 먹었을지도 모르니, 마침 잘되었지 뭔가, 이참에 펴 보아야겠네."

시계조는 스윽 일어서더니 족자를 옆에 끼고 마 버선이 바닥을 삭삭 스치는 소리를 내며 오쓰기 옆을 지나 구호소에서 나갔다. 오쓰기는 머리를 숙인 채 두근거리는 심장 고동을 열심히 삼키고 있었다.

"오쓰기, 꽃으로 해라, 꽃으로."

대행수가 오쓰기의 어깨를 탁 두드리며 느긋하게 족자 그림 이야기를 한다.

"가을꽃이 좋겠다. 하지만 만주사화는 안 돼. 모두 우울해질 테니까. 아니면 연꽃이 좋으려나. 아, 연꽃은 서방 정토의 꽃이지. 의외로 어렵구나."

차라리 밤이나 감이나—아아 빨리 가을이 오지 않으려나. 푸념을 늘어놓으며 품에서 꺼낸 수건으로 땀을 닦고 바쁜 듯이 가게로 되돌아간다. 오쓰기는 그 자리에 털썩 주저앉은 채 아까 시계조가 앉아 있던 곳, 그 이상한 족자가 펼쳐져 있던 곳에서 눈을 떼지 못했다.

오쓰기는 저녁밥을 먹고 교대로 목욕탕에 갈 차례를 기다리다가 시계조의 부름을 받았다. 여름 해도 역시 완전히 저물었다.
 오늘은 소나기가 없었기 때문에 덴야의 넓은 방에도 더위가 묵직하게 고여 있다. 괴질이 돌고 나서 지금까지, 서늘한 기운을 가져다주는 소나기는 실로 하늘의 은총이었다. 한바탕 비가 내리면 모두 생기가 넘치고 마음이 개운해진다. 오늘 밤에는 그렇지 않으니 보충이라도 하려는 듯이 몹시 성대하게 모깃불을 피우고 있는 모양이다.
 시계조는 침소 옆의 세 평짜리 방에 있었다. 허세 부리는 손님이 아닌 친척들이나 옛날부터 알고 지낸 지인 등, 마음을 터놓을 수 있는 사람이 찾아왔을 때 안내하는 방이다. 가끔 대행수와 다른 이들도 이곳에 불려 오곤 하는 것은 알고 있었지만 오쓰기는 처음이다.
 "당지문을 닫고 이쪽으로 오너라."
 시계조는 벽장과 지가이다나_{두 장의 판자를 좌우에서 아래위로 어긋나게 댄 선반.} _{대개 도코노마 옆에 설치한다}를 등지고 팔걸이에 왼팔을 얹고 앉아 있었다. 낮과 똑같은 시오야가스리 위에 얇은 비단으로 된 하오리_{기모노 위에} _{입는 짧은 겉옷}를 겹쳐 입었다.
 오쓰기는 약간 허둥거렸다. 하오리를 입고 사람을 만난다는 것은 몹시 격식을 차린 태도이다. 시계조가 잠옷 차림이든 유카타 차림이든 고용살이 일꾼에게는 나리인데, 일부러 의복을 갖춘다는 수순을 통해 보이는 그 각오에 오쓰기는 부르르 떨었다.
 그 이상한 족자의 그림은 나리에게 그렇게까지 중요한 것일까.

그 족자는 낮과 똑같이 가늘고 긴 나무 상자에 든 채 시계조의 무릎 앞에 놓여 있다. 다른 족자는 하나도 나와 있지 않다. 오쓰기에게 족자를 고르게 한다는 것은 역시 구실이었다.

처음에 시계조는 이제 막 맡은 갓난아기의 상태 등에 대해 물었다. 오쓰기는 정중하게 대답했지만 숨이 막힐 정도로 긴장되고 목이 메어 견딜 수가 없었다.

처마 밑의 두 장의 발이 안뜰을 향해 난 툇마루로 늘어져 있다. 장지는 활짝 열려 있기 때문에 여기에도 모깃불을 피워 두었다. 산들바람조차 불지 않는 밤에, 모깃불 연기가 방 전체를 흐릿하게 보라색으로 물들였다.

"자, 오쓰기."

시계조는 말을 끊기 적당한 때를 보아 결심한 듯이 갑자기 고쳐 앉더니 오쓰기의 얼굴을 정면에서 바라보았다.

"거기 있는 족자를 펴 보아라. 그리고 거기에 무엇이 그려져 있는지, 네 눈에 보이는 대로 내게 가르쳐다오."

예, 하고 대답하며 손을 뻗었지만 아무래도 손가락이 떨려서 오쓰기는 몇 번인가 나무 상자를 떨어뜨릴 뻔했다. 족자를 꺼낼 때까지 몹시 서툴게 움직여 시간이 많이 걸렸다.

시계조는 아무 말도 하지 않는다. 그저 오쓰기의 손을 바라볼 뿐이다.

펼쳐 보니 낮의 것과 똑같은 족자였다. 작은 항아리 속에 누더기옷 한 벌만 걸친 스님이 어깨까지 꽉 끼어 있다. 나오는 것인지, 들어가는 것인지.

오쓰기는 바싹 쉰 목소리로 본 그대로를 얘기했다.

시계조는 눈을 감고 천천히 깊은 숨을 내쉬었다.

"그러냐. 역시 네게는 보이는 게로구나."

오쓰기는 말을 잇지 못한 채 그저 머리를 숙였다. 뭔가 알 수 없지만 갑자기 쫓기는 것처럼 무서워지고 눈물이 배어 나왔다.

"죄송합니다."

울음 섞인 목소리를 내며 다다미에 양손을 짚고 말았다.

"어째서 사과하느냐. 너는 나쁜 짓을 한 것이 아니다."

시계조가 구호소에 있는 어린아이들을 보는 것 같은 눈빛으로 오쓰기의 얼굴을 본다.

"하지만 대행수님은―."

"기헤이에게는 보이지 않았지. 그것도 그의 잘못은 아니다. 대개 사람들의 눈에는 그저 시시한 항아리 그림으로밖에 보이지 않으니까. 보이는 사람이 더 적단다. 좀처럼 없지."

눈가에서 눈물이 한 방울 떨어져서, 오쓰기는 허둥지둥 눈을 눌렀다. "그럼 저어, 제가 발칙한 것이라서 제 눈에만 항아리에 들어 있는 스님이 보이는 것은 아니라는 말씀이신지요."

시계조는 미소를 지었다. "물론이다. 이 그림의 진짜 형상이 보인다고 해서 네게 문제가 있다는 것은 아니야. 어쨌거나 내게도 보이니 말이다."

시계조는 오쓰기가 펼친 족자를 집어들더니 스님의 형태를 따라 손가락을 움직여 보였다.

"신기한 그림이지. 이상한 얼굴을 한 스님이다. 어떻게 이 항아리에 들어갔을까. 무엇보다 나이가 짐작도 가지 않아. 종파도 알 수 없다."

오쓰기는 약간 마음을 다잡고 물었다.

"나리, 대행수님께서는 이 그림이 수수께끼가 아니라고 말씀하셨습니다. 무언가의 비유도 아닌지요."

"아아, 그것도 아니다. 이것은 아마, 있는 그대로의 그림일 게다."

가볍게 고개를 저으며 시계조는 검지로 항아리의 볼록한 부분을 가리켰다.

"오쓰기, 여기서 무언가 보이지 않느냐."

유약이 흐른 무늬가 보일 뿐이다.

"보이지 않습니다······."

"그래? 이것은 당장은 보이지 않지. 나도 보이게 되기까지 몇 년이 걸렸다."

"거기에도 무언가 있는지요."

"음. 하이쿠를 적어 넣은 단자쿠_{와카나 하이쿠를 붓으로 쓰기 위한 두껍고 조금 좁은 종이}가 붙어 있다. 하기야 찢어져서 아래 구밖에 남아 있지 않지만."

'신의 주술 역병의 바람'

그런 구절이라고 한다.

그러나 몇 번을 이리저리 살펴보아도 오쓰기의 눈에 단자쿠는 보이지 않았다.

시계조는 낡은 족자의 주름을 펴다시피 하면서 조심스러운 손짓으로 다다미 위에 놓았다. 그러고 나서 말했다.

"너에게 이것이 보인다면 옛날 이야기를 해야겠구나. 오래 걸리지는 않겠지만 아무래도 아까부터 모깃불이 매운 듯하니 툇마루에 내놓는 것이 좋겠다."

오쓰기는 그 말대로, 연기가 나는 모깃불을 발 바로 아래까지 치우고 원래 있던 곳으로 돌아오려고 했다.

족자 속 스님은 툇마루 쪽으로 향해 있었기 때문에, 오쓰기는 모깃불을 옮기고 나서 돌아보았을 때 우연히 그것을 보았다.

그러자 스님이 움직인 듯이 보였다. 항아리에서 오른팔을 빼내려는 것처럼 살집이 좋은 오른쪽 어깨가 위아래로 움직인 듯하다.

사방등 때문일까. 하지만 불빛은 흔들리고 있지 않은데.

"지금 무언가 보였느냐." 시계조가 즉시 묻는다.

"예? 아아, 예." 오쓰기는 한 손을 가슴에 대었다. 두근두근 심장이 뛰고 있다.

"지금, 이 스님이 움직인 것처럼―."

"아아, 그러냐."

이미 알고 있던 일이라는 듯이, 시계조는 선선히 고개를 끄덕였다.

"또 움직이는 모습을 보는 게 무섭다면 넣어 두자꾸나. 뭐, 이제 펼쳐 두어야 할 일도 없지."

너라는 아이가 발견되었으니─그렇게 중얼거리는 시계조의 눈이 어둡게 빛났다.

삼십 년이나 지난 일이라고 한다.

"너도 알고 있겠지만 이 덴야는 내가 3대째 주인이다. 이렇게까지 재산을 불린 것은 전적으로 내 아버지, 2대째 주인의 공이지만 초대 주인인 내 조부님도 상당히 기승스러운 장사꾼이었지. 어쨌거나 뗏목을 짜는 직인─너희가 사내답다고 추어올리는 '가와나미'에도 후카가와의 목재를 다루던 인부. 특히 뗏목을 타고 이를 부리는 일을 업으로 삼았던 사람'지─에서 시작해, 좌우간 목재상의 권리를 사는 데까지 도달한 사람이니까. 하기야 조부님의 공훈담은 이 일과는 상관이 없겠구나. 다만 그 무렵 이미 덴야는 이 부근에 가게를 가지고 있었다는 것만 기억해 두면 될 게다.

딱 삼십 년 전, 섣달이 임박했을 무렵의 일이다. 스스하라이₍설을 맞이하기 위하여 집 안팎의 그을음이나 먼지를 털어내는 대청소. 12월 13일에 하는 곳이 많으며 신앙적인 행사가 곁들여지기도 했다₎도 끝나고 설을 맞이할 일만 남아 있었지. 다른 가게라면 조금은 긴장이 풀릴 때지만, 목재상이란 장사는 겨울철에는 조금도 마음을 놓을 수가 없다. 어디에선가 화재가 일어나면 금세 큰 돈벌이가 생기니까. 특히 이 해에는 바람이 강해서 유난히 화재도 많았기 때문에 더욱 그랬다. 나는 새해가 되면 겨우 열다섯 살이 되는 애송이였지만, 그즈음 조부님이나 아버지가 장사 이야기를 할 때면 나를 조금씩 끼워 주시기도 했지.

그날은 눈이 살짝 흩날리는, 추운 아침이었단다. 쓰러져 있는 바싹 야윈 승려를 가게 문 앞에서 발견했지. 내리는 눈을 막을 삿갓도 없었고, 찢어지고 더러워진데다 소매도 사라진 얇은 옷에 먼지투성이 가사를 걸치고 있었다. 몸은 완전히 얼어붙었고 정강이에도 장딴지에도 서리에 맞아 생긴 검붉은 멍이 점점이 흩어져 있었어. 신도 신고 있지 않았기에 왼쪽 엄지발가락이, 이 또한 서리 때문이겠지만, 썩어서 떨어진 사실을 잘 알 수 있었다.

조부님도 아버지도 심성이 착한 사람이었기 때문에 아무리 초라하고 더러워도 길에 쓰러진 사람을 내버려 두지는 않았다. 곧 집 안으로 옮겨 치료해 주었지. 그런 보람이 있어서 승려는 목숨을 건졌다. 몸이 약해질 대로 약해져 있었기 때문에 제대로 이야기를 할 수 없었지만 끈기 있게 물어보니, 그는 엔슈_{현재의 시즈오카 현 서부를 가리키는 옛 지명}에 있는 호센지라는 절에서 주지 스님의 분부로 보슈_{지금의 야마구치 현 동부를 가리키는 옛 지명}에 있는 말사末寺까지 세 개의 경권을 가져다주러 가는 중이었다는 사실을 알 수 있었다.

아무리 중요한 목적이 있는 여행이라 해도 이 계절에 이 옷차림, 이 몸으로 가려고 하다니 너무 무리다. 조부님도 아버지도, 몸이 좋아질 때까지는 우리 집에서 요양을 하고, 봄을 기다리지는 못하더라도 추위가 조금이라도 누그러질 때까지 머물다 가라고 권했단다.

허나 승려는 고개를 젓더군. 마음은 감사하지만 자신은 이미 목숨이 다했다. 극진한 간호를 받았는데 거기에다 시체까지 처리하시게 해 참으로 죄송스럽지만 오늘 밤을 넘기지 못할 것이라고, 제대로 돌아가지도 않는 혀로 묘하게 담담히 말하더구나.

조부님도 아버지도 열심히 위로하고 격려했지만 한편으로는 놀라기도 했다. 불러들인 마치 의원에게서 이제 어떤 치료를 해도 소용없다, 저분은 곧 죽고 말 거라는 얘기를 들었기 때문이지.

승려는, 보살펴 준 데 대한 답례를 하고 싶다는 말을 꺼냈다.

조부님도 아버지도, 진심으로 받아들이지는 않았다. 승려가 답례로 내놓을 수 있을 만한 것을 가지고 있을 리가 없으니 말이다. 마음만으로 충분하다고 달랬지만 승려는 말을 듣지 않았다.

게다가 기묘한 말을 하더구나.

―소승이 드리는 답례가 당신들에게 행운이 될 것이라는 보장은 없소. 보장은 없지만 당신들에게 힘이 되어 주리라는 사실은 틀림없소. 그걸로 좋으시다면 꼭 받아 주시오. 그것은 소승의 짐 속에 있소.

그는 등에, 역시 찢어지고 해진 보따리를 짊어지고 있었단다. 그의 청을 받고 풀어 보니 하얀 비단과 보라색 보에 싸인 경권이 세 개 있더구나. 바로 그가 말사에 가져다주라는 명을 받은 물품이었겠지. 그 외에 가늘고 긴 나무 상자가 하나 있었다. 승려는 그 나무 상자가 답례품이라고 했다.

―열어 보시오. 그리고 이 집에 사는 모든 이에게 보여 주시오.

죽어 가는 사람의 부탁이고, 하물며 상대는 승려다. 좀처럼 그냥 흘려들을 수 없었지. 조부님이 나무 상자를 열어 보니 거기에는 족자가 들어 있었다."

시계조는 일단 말을 끊은 뒤, 둥글게 말아 나무 상자에 넣은, 옆에 있는 족자로 시선을 떨어뜨렸다.

"바로 이 족자가 그것이란다."

천천히 고개를 끄덕이며, 오쓰기는 마른 침을 꿀꺽 삼켰다.

"펼쳐 보니 조부님에게는 항아리가 보였다. 모양새도 평범하고 세련된 데도 없는, 허술한 항아리 그림이 보였지. 아버지에게도, 어머니에게도, 내 형제자매에게도, 고용살이 일꾼들에게도, 그 자리에 있던 마치 의원에게도, 모두 똑같은 그림이 보였다. 항아리지. 시시한 항아리 그림 말이다.

하지만 내게는 다른 것도 보였다.

항아리 속에 어깨까지 들어가 있는 승려의 모습이 보였어."

시계조는 그렇게 말하며 한 손을 이마에 댔다. 눈썹을 찌푸리고 있다.

"게다가 그림 속 항아리에 끼어 있는 승려는 눈앞의 죽어 가고 있는 승려와 똑같은 얼굴을 하고 있었다."

오쓰기가 무슨 말을 하기도 전에 시계조는 얼굴을 들더니, "지금도 그 얼굴이 보여" 하고 덧붙였다. "그것은 다시 말해서, 그 여행자 승려가 건강했을 무렵의 얼굴—이라는 뜻이다. 살집이 있고 혈색도 좋지. 생각건대 그림 속에 있는 것은, 여행에 지쳐 야위고 시들기 전 그 승려의 모습일 게다. 얼굴 생김새는 다르지 않았으니까. 금세 알았지."

오쓰기는 양손을 맞잡고 힘주어 손가락을 쥐었다. 그렇게 자신을 붙들지 않으면 무서워서 듣고 있을 수가 없을 지경이었다.

"우리가 그 사실을 승려에게 이야기했더니 승려는 조부님과 아버지와 나만을 머리맡으로 가까이 불렀다.

―장래에는 이 가게의 3대째 주인이 되실 도련님께 항아리 속의 승려가 보였다는 것은 경사스러운 일. 이제 소승도 안심하고 죽을 수 있겠소.

아까도 이야기했다시피 조부님은 뿌리부터 장사꾼인 사람이라, 그 항아리 속의 승려란 상인에게 재수 좋은 것, 부귀의 신 같은 것이냐고 물었다. 그러자 여행하던 승려는 무참하게 야윈 뺨을 누그러뜨리며 웃더구나.

―아니, 부귀의 신이 아니오. 하지만 돈으로는 살 수 없는 가치 있는 것이오.

그럼 무엇이냐고, 역시 불안을 느꼈는지 아버지는 정색을 하며 캐물었다.

그러자 떠돌이 승려는 대답했지.

―그것은 고승이오. 세상의 모든 역병으로부터 도련님을 지켜 줄 게요. 또 역병으로부터 무력한 사람들을 지킬 지혜도 도련님께 드릴 테지요.

우리는 얼굴을 마주 보았다.

장사밖에 모르는 조부님은 그렇다 치고, 아버지는 신심이 두터운 사람이었기 때문에 내심 고개를 갸웃거렸다더구나. 항아리 속에 들어가 있는 고승의 이야기는 어떤 훌륭한 법화에서도 들은 적이 없다, 이는 병자의 헛소리일 거라고, 속으로 생각하셨다고 들었다.

─다만 이 고승의 힘에는 딱 한 가지 성가신 것이 붙어 있소. 곧은 마음만 있으면 물리칠 수 있는 성가심이지만 떠맡기게 되어버려 참으로 죄송스럽구려. 허나 도련님께는 보이고 말았으니, 이제는 어쩔 수 없는 일이라 여기고 용서해 주시길 바랄 뿐이오.

그런 말만을 남기고 입가에 엷은 웃음을 띤 채, 그날 밤 승려는 죽고 말았다."

시게조의 이야기가 거기에서 뚝 끊겼다. 씁쓸한 얼굴로 다다미의 눈을 노려보고 있다.

"그러면……." 오쓰기는 그 시선이 향한 곳을 살피는 것처럼 가만히 입을 열었다.

"여행자 스님은 덴야에서 장사를 지내 주셨군요."

시게조는 제정신으로 돌아온 듯이 눈을 깜박이더니 왠지 부르르 몸을 떨었다.

"아아, 그래."

"그 호센지라는 절에는 알리셨는지요."

"그게 말이다, 오쓰기."

새삼스럽게 약간 화난 기색을 보이며 시게조는 말했다. "사람을 보내고, 다소의 돈도 써서 알아보게 하였지만 엔슈 어디에도 그런 절은 없었다. 호센지라는 명칭의 절이라면 있었지. 하지만 그곳 주지는 말사에 경을 가져다주라며 수행승을 보낸 기억이 없다는 거야. 뿐만 아니라."

무릎을 가볍게 한 번 친다.

"무언가 단서가 되지 않을까 싶어 다시 한 번 승려의 짐을 조사했을 때, 세 개의 경권이 들었다는 꾸러미도 몹시 조심해 가며 풀어 보았다. 하지만 그것은 경권이 아니었단다. 그냥 백지였지."

죽은 승려는 신분이 적힌 통행 허가증도 가지고 있지 않았다고 한다. 어디의 누구인지 전혀 알 수가 없다. 정말로 여행하던 승려였는지 어떤지조차 확실하지 않게 되었다. 어느 날 갑자기 덴야의 대문 앞에 나타나, 수수께끼 같은 족자 하나를 맡기고 죽어 버렸다. 깨닫고 보니 아무도 그의 이름조차 묻지 않았던 것이다.

"하지만 승려의 이야기는 거짓이 아니었다."

오쓰기의 어깨 너머로, 사방등의 빛이 닿지 않는 여름 밤 어둠 쪽을 바라보면서 시게조는 목소리를 낮추었다.

"해가 바뀌고 나서 곧 에도에 지독한 기침병이 돌았다. 사흘에서 닷새쯤 피를 토할 정도로 기침을 하다가 몸이 약해져서 죽고 말지. 환자가 한 명 나오면 주위 사람들에게도 하나둘씩 옮겨 갔다. 얼마나 많은 사람이 죽었는지 모른다. 작년에 괴질이 크게 돌았을 때만큼은 아니었지만 상당히 크게 돌았단다.

하지만 나는 걸리지 않았어.

게다가 나는 어떻게 하면 기침병에 걸리지 않을지, 어떻게 하면 몸을 지킬 수 있을지 알 수 있었다. 누가 가르쳐 준 것도 아니야. 하지만 알 수 있었어. 그런 지혜가 당연하다는 듯이 이 머릿속에서 나온 것이다. 그래서 집안사람들을 비롯하여, 내 목소리가 닿는 모든 곳에 그 방법을 가르쳐 주었다. 내 가르침을 따른 사람들도 기침병을 면했지. 내 가르침을 듣지 않은 사람은 똑같이 기침병으로 쓰러졌다.

승려가 말한 대로의 일이 일어났단다, 오쓰기.”

똑같은 일이 돌림병이 돌 때마다 되풀이되었다고 한다.

“하기야 다행스럽게도 그런 병들은 작년이나 올해의 괴질처럼 큰 규모는 아니었으니······.”

옛날을 떠올리듯이 아련한 눈을 하는 시게조에게 오쓰기는 깊이 머리를 숙였다.

“나리가 괴질을 쫓아 버리실 때의 단호한 대처에, 우리 고용살이 일꾼들은 늘 탄복하고 있었지만 한편으로는 이상하기도 했습니다. 이야기를 듣고 나니 납득이 가는군요. 고맙습니다.”

시게조는 슬픈 듯이 눈을 가늘게 뜨며 오쓰기의 얼굴을 보았다.

“이제부터는 너다. 네가 나와 같은 역할을 맡게 될 게야. 너에게 항아리 속의 승려—고승이 보이고 말았으니, 싫든 좋든 그렇게 될 수밖에 없다.”

“하지만 나리. 저 같은 사람은 아무것도 할 수 없습니다.”

오쓰기를 제지하며 시게조는 갑자기 이렇게 말했다. "나는 이제 그리 오래 살지 못할 게다."

숨을 삼키는 오쓰기에게 조용히 웃음을 짓는다.

"그렇게 놀라지 말아라. 내일 죽는다, 모레 죽는다는 것은 아니니까. 앞으로 이삼 년 내일 게다. 이 또한 분명히 알 수 있어. 보름쯤 전부터 갑자기 그런 기분이 들기 시작해서 날이 갈수록 강해져 가는구나. 그 고승이 가르쳐 주는 것일 테지. 그리고 내게, 빨리 후계자를 정해라, 족자 그림에서 고승의 모습을 볼 수 있는 사람을 찾으라고 다그치고 있다.

그래서 나는 이 족자를 구호소로 가져갔단다. 가까운 사람들을 괴질에 빼앗기고도 목숨을 건진 운이 강한 자, 역병의 무서움을, 그 역병이 낳는 슬픔을 몸으로 알고 있는 자 중에 고승을 볼 수 있는 사람이 있으면 좋겠다고 바랐거든."

시게조는 한번 입을 다물었다가 눈을 내리깔고 무거운 어조로 덧붙였다.

"고승을 보고 힘을 얻는 일은 다시 말해서 어떤 성가심을 받아들이는 것이기도 하기 때문이다."

오쓰기는 무더위도 잊고 등이 오싹해지는 것을 느꼈다. 다음은 너라고 말씀하시는데, 그 '성가신 것'이란 무엇일까?

시게조는 갑자기 지친 듯이 자세를 무너뜨리며 한 손으로 양쪽 관자놀이를 눌렀다. 상반신이 크게 흔들린다. 오쓰기는 깜짝 놀라 일어나서 부축하려고 했지만 그는 다다미에 손을 짚고 자세를 바로 했다.

"아니, 괜찮다, 오쓰기. 오늘 밤의 이야기는 여기까지로 해 두자꾸나."

"하지만—."

오쓰기의 마음은 싱숭생숭하다. 이것은 너무하다.

"저는—어떻게 하면 좋을까요. 너무 무섭습니다. 나리가 말씀하시는 '성가신 것'이란 무엇인지요."

시계조는 사과하듯이 몇 번이나 고개를 끄덕이면서 오쓰기의 팔을 가볍게 두드렸다.

"장황하게 말하기보다 네가 보는 편이 이야기가 빠를 게다. 고이치로로 하여금 고용살이를 그만두게 하고 덴야로 불러들인 뒤 다시 너를 부를 테니 그렇게 알고 있으렴. 그리고 오쓰기, 너는 오늘 밤부터 혼자서 자도록 해라. 이불방으로 쓰고 있는 그 방을 쓰려무나. 반드시 그리해야 한다. 같은 방을 쓰는 하녀들에게는, 너는 구호소에서 일하니 어쩌면 괴질에 걸릴 위험이 있다, 그래서 침소를 나누어 쓰는 것이라고 말하면 된다. 내 쪽에서도 단단히 일러둘 테니 걱정할 필요는 없다."

가면 갈수록 눈이 빙글빙글 돌아갈 지경이다. 도련님을 불러들인다고? 혼자서 자야 한다고?

무슨 뜻일까? 지금까지의 이야기와 어떻게 이어진다는 말일까.

"너는 낮잠을 자거나 꾸벅꾸벅 조는 게으름뱅이가 아니니 다행이다."

수수께끼 같은 말만 듣고, 오쓰기는 시계조의 방에서 쫓겨나고 말았다.

그날 밤, 아직 이불이 쌓여 있는 방에서 틈새를 찾아내어 파고들듯이 누웠다. 어둡고 갑갑해서 견딜 수가 없다. 그 때문인지 오쓰기는 이상한 꿈을 꾸었다.
무언가가 오쓰기의 잠자리 주위를 꿈실꿈실 기어다닌다. 그런 기척이 난다. 소리가 난다.
무엇일까. 자고 있을 텐데도 흐릿하게 눈에 보이는 것은 번들번들 빛나는 뱀 같은 모습이다. 아니면 줄기가 굵은 바다풀처럼 보이기도 한다. 해안 냄새 같은, 축축한 무언가가 코끝을 스친다.
비릿하다. 미지근하다. 오쓰기 주위를 맴돈다. 여자들이 굴리는 굵은 염주알처럼. 꿈실꿈실.
어디에선가 염불을 외는 목소리도 들린다.
아침에 눈을 떴을 때 오쓰기의 잠옷은 자면서 흘린 땀으로 흠뻑 젖어 있었다.

그로부터 열흘 뒤의 일이다.
고이치로가 고용살이하던 곳에서 덴야로 돌아왔다. 앞으로는 시계조를 도와 덴야의 경영을 배울 것이라고 한다.
오쓰기는 고이치로를 만나는 것이 처음이다. 나리와 매우 닮으셨다고 생각했다. 턱의 모양이 꼭 닮았다. 게다가 목소리도.

이 고이치로가, 나란히 서서 인사를 하는 고용살이 일꾼들 앞에서 어찌 된 셈인지 오쓰기의 얼굴만을 찬찬히 바라보고 있다.

옆에 앉은 시게조는 그런 고이치로를 또 찬찬히 바라보고 있다.

저녁에 오쓰기는 또 시게조의 방으로 불려 갔다. 괴질의 유행은 정점에 접어들어 구호소는 꽉 찬 상태였고 오쓰기는 몸을 움직일 때마다 뼈가 삐걱거릴 정도로 피로했지만, 그 후로 어중간하게 방치되어 있던 불안한 마음을 가라앉힐 방법을 가르쳐 주려나 싶어 구름을 밟는 듯한 기분으로 방에 들어섰다.

지난 열흘, 오쓰기의 몸에는 분명한 변화가 일어났다. 지금까지는 시게조의 말대로 괴질을 피할 준비를 해 왔을 뿐이었다. 하지만 지금은 그것이 정말로 '옳다'는 사실을 알 수 있었다. 시게조가 간과하고 있는 듯한 조치를 자신이 찾아낼 때도 있었.

그 항아리의 스님, 고승의 힘이 분명히 깃들어 있다. 오쓰기는 이를 확신했다. 그렇게 되니 더더욱 혼이 타들어 갈 정도로 신경이 쓰인다. 역병을 피하는 힘에 붙어 있는 '성가신 것'의 정체가.

방에는 고이치로도 불려 와 있었다.

"오쓰기, 오래 기다리게 해서 미안하다."

시게조는 그렇게 말하고 무언가 약속된 일을 확인하듯이 옆에 앉은 고이치로를 돌아보았다. 그도 잘 안다는 듯이 마주 고개를 끄덕인다.

"오늘 밤, 밤중에 고이치로가 너를 부르러 갈 게다. 둘이서 내

침소로 오너라. 자고 있는 내 모습을 네가 봐 주었으면 한다."
 너무나도 엉뚱한 분부에, 오쓰기는 뭐라 대답하지도 못했다.
 "나리의—주무시는 모습을 말씀이신지요."
 "그래. 그것이 그 '성가신 것'의 정체다. 보면 무엇인지 금세 알 수 있을 게다."
 한밤중이 지나고, 완전히 오쓰기 혼자만의 방으로 익숙해지고만 이불방의 당지를 고이치로가 톡톡 두드렸다. 열어 보니 촛대를 들고 서 있는 고이치로의 얼굴과 모습이 지나치게 시게조를 닮아 보여서 깜짝 놀랐다.
 "자, 오쓰기. 나를 따라오렴."
 덴야의 저택은 증축하고 또 증축해서 넓혀 왔기 때문에 이불방에서 시게조의 침소까지는 복도를 구불구불 돌아가야만 한다. 고이치로는 말없이 앞장서서 걸었지만 시게조의 침소보다 하나 앞에 위치한 작은 방까지 오자 걸음을 멈춘 다음, 숨을 가다듬으며 촛대를 바꾸어 들고 오쓰기를 돌아보았다.
 "오쓰기. 너에게는 미안하게 생각한다. 아버지는 사실 나를 후계자로 삼고 싶어 하셨거든. 가게의 후계자만이 아니라 그 고승의 힘을 이어받은 후계자로도 말이다. 하지만 유감스럽게도 나는 항아리의 스님을 볼 수가 없었어. 아무리 꼼꼼하게 족자를 살펴보아도 내게는 항아리밖에 보이지 않더구나."
 말투만 그런 게 아니다. 정말로 유감스러운 듯이 눈썹을 찌푸리고 있다.

"너는 내 대신이다. 그래서는 아니지만, 나는 너를 아내로 맞을 생각이야. 물론 아버지도 그렇게 시키실 생각이다. 그러니 앞으로의 일은 아무것도 걱정하지 않아도 된다. 너는 덴야에서 확실하게 책임질 테니 큰 배를 탄 기분으로 있어 다오."

그러고는 심약하게 미소를 짓는다.

"너는 일도 열심히 하고, 가꾸면 상당히 미인이 될 것 같은 얼굴이야. 나는 아버지만큼 목석 같은 사람은 아니지만 결단코 다른 여자와 놀아나지 않겠다고 약속하마."

그럼—하고 고이치로는 당지에 손을 댔다.

"살며시 들여다보렴. 아버지가 깨 버리면 알 수 없으니까."

이쪽은 지금도 뭔지 모르겠다고 생각하면서도, 오쓰기는 고이치로가 재촉하는 대로 시게조의 침소를 들여다보았다.

촛불을 비추자 시게조의 비단 이불이 하얗게 빛났다. 지금 생각하면 오쓰기에게 잘 보이도록 일부러 그렇게 했겠지만, 시게조는 이불 위에 덧덮는 이불을 덮고 있지 않았다.

이불 위에 누워 있는 것은 시게조가 아니었다.

애초에 사람의 모습을 하고 있지 않았다.

커다란 문어의 다리를 보고 있는 것 같다. 꿈틀꿈틀 흐물흐물한 무언가가 엉켜 산을 이루고 있다. 그 형태 그대로 꿈틀거리고 있다. 아니면 바다가 거칠어져 뭍으로 떠밀려 올라온 해초 덩어리일까. 젖어서 끈적거려 풀 수도 없을 정도다.

그 불길한 생물 쪽에서 규칙적인 숨소리만이 들려온다. 사람의 숨소리다.

나리의 숨소리다.

"자고 있는 동안에만 저런 모습이 되고 마는 것이다" 하고 고이치로가 오쓰기 뒤에서 속삭였다. 숨을 참고 있는 듯이, 고통스러운 듯한 빠른 말투다.

"저것은 아버지의 모습이 아니야. 그 고승의 모습이다. 그것이, 아버지의 몸이 잠들면 밖으로 나타나는 것이지."

스르륵스르륵 움직이는 촉수 떼를, 그 미끈거리는 둔한 빛을 바라보면서 오쓰기는 갑자기 깨달았다. 그 꿈을 떠올렸다. 내 침상 주위를 꿈실꿈실 기어다니던 것ㅡ.

그 정체가 이것이다. 항아리 속의 스님. 어깨 아래, 항아리 속에 숨어 있는 것은 이것이었다.

저것이 내게도 씌고 말았다.

오쓰기는 소리도 내지 못한 채 그 자리에서 쓰러졌다.

안세이[1854~1859] 시대에 크게 유행한 괴질은 가장 기승을 부렸던 안세이 5년으로만 그치지 않았고 6년, 7년에도 돌아, 삼 년 동안 계속되었다.

어느 해에나 덴야는 구호소를 짓고 병에 떠는 사람들을 잘 돌보았다.

3대째 덴야 주인 시게조가 죽은 것은 만엔 원년[1860] 초겨울의 일이다. 뇌졸중이었다. 쓰러진 지 사흘 만에 조용히 숨을 거두었다.

후계자인 아들 고이치로는 4대째 주인이 되면서 아버지의 이름 시게조도 함께 물려받았다. 그리고 이듬해, 아버지의 상이 끝나자 곧 하녀 오쓰기를 아내로 맞이했다.

오쓰기의 입장에서 보자면 상당한 신분 상승이고 4대째 주인 시게조는 실로 앞마당에서 아내를 얻은 셈이 되지만, 이 혼인은 3대째 주인 시게조가 죽기 전부터 정해진 것이어서 이러쿵저러쿵 말하는 사람은 없었다.

부부는 사이가 좋았으나 어찌 된 셈인지 침소는 따로 썼다. 고용살이 일꾼들은 이상하게 여겼다. 아무래도 마님은 잠버릇이 나쁜 모양이야. 하녀였던 시절에도 혼자서 이불방에서 자곤 했지.

오쓰기는 덴야의 안주인이라는 입장에 익숙해지는 것보다도 고승의 힘에 익숙해지는 일이 더욱 힘들었다.

함부로 족자를 보여 준 선대 주인을 원망한 적도 있다. 무심코 족자를 보고 만 자신을 탓한 적도 있다.

그래도 고승의 힘은 확실히 역병을 몰아낸다. 역병이 가져오는 비참함으로부터 사람들을 지켜 준다.

이어받아 나갈 수밖에 없다. 물려받은 이상 도움이 되도록 해 나갈 수밖에 없다.

외국 배의 내항이 늘고 세상은 날이 갈수록 소란스러워져 간다. 안 그래도 불안한 나날이다. 여기에 또 그 괴질 같은 역병이라도 크게 유행하는 날에는 말세처럼 비참해지리라. 오쓰기 혼자서 그것을 막을 수 있을 리도 없지만, 할 수 있는 일이 있다면 해야 한다.

게다가 이제 곧 오쓰기도 부모가 된다.

배 속의 아기가 순조롭게 자라 걸핏하면 안쪽에서 발로 차곤 해서 저도 모르게 미소를 띠게 되었을 무렵, 오쓰기는 문득 생각이 나서 그 족자를 꺼내 보기로 했다.

이제 배가 꽤 많이 나와서 걸음걸이가 불안하고 발돋움을 하면 위험하기 때문에 남편에게 부탁하여 나게시에서 족자를 꺼내게 했다. 그러고는 둘이서 펼쳐 보았다.

오쓰기는 앗 하고 작게 소리를 질렀다.

항아리는 그대로다. 거기에 어깨 위쪽만 내민 스님이 꽉 끼어 있는 점도 변함이 없다.

하지만 스님의 얼굴이 바뀌어 있었다. 그 굵은 눈썹의 이상한 얼굴이 아니다.

선대 나리가 거기에 있었다.

"왜 그러시오, 여보."

남편이 묻자, 그렇구나 이 사람에게는 보이지 않는구나, 하고 오쓰기는 겨우 떠올렸다.

"아무것도 아니에요."

그렇게 말하고 조심스럽게 족자를 다시 말면서 오쓰기는 그림 속 시아버지에게 미소를 지었다.

기분 탓일까. 기분 탓이리라. 항아리에 들어가 있는 덴야 3대 주인 시계조도 마주 미소를 지은 것처럼 보인다. 그리고 오쓰기가 족자를 마는 것에 맞추어 천천히, 천천히 항아리 속으로 빨려 들어갔다.

• 그림자
밟기 •

바로 그저께, 구월 열사흘째 밤일본에는 음력 9월 13일 밤에 달맞이를 하는 풍습이 있다의 일이라고 한다.

이야기하는 노인은 바쁘게 눈을 깜박이면서, "뭐, 그냥 잘못 본 것이 틀림없기야 하겠지만서도"라는 말을 그리 길지도 않은 이야기 사이에 세 번이나 끼워넣었다. 그 모습에 마사고로는 오히려 노인의 불안을 짙게 느끼고 말았다.

노인은 후카가와 기타롯켄보리마치의 고에몬 나가야에 사는 사지로라는 이다. 니혼바시의 실 도매상에서 오랫동안 고용살이를 하며 대행수로서 삼 대에 걸쳐 주인을 모셨으나, 작년에 가벼운 졸중을 앓고 오른쪽 다리를 못 쓰게 되어 이를 기회로 고용살이에서 물러났다. 열심히 일만 하느라 아내도 얻지 않았고 자식도 없었으며, 친가의 가족은 뿔뿔이 흩어져 형제자매의 소식도 알 수 없는 그는 천애고아에 병든 몸이었다.

고용살이를 하던 곳도 충성스러운 전 대행수를 딱 잘라 저버릴 수는 없었으리라. 그에게 지금 사는 곳을 알아봐 주고, 다달이 얼마쯤의 돈을 주어 먹고살 수 있게 해 주었다. 본인은 거기에 안주하지 않고 다리는 못 쓰지만 손재주는 좋다며 종이 세공이니 우산에 종이를 바르는 일이니, 자잘한 부업 일감을 받아다가 입에 풀칠을 하고 있다.

마사고로가 사지로를 알게 된 것은 반년쯤 전의 일일까. 혼자 사는 노인과 오캇피키에도 시대에 요리키, 도신의 수하로서 범인의 수색, 체포의 앞잡이 노릇을 하던 사람의 만남이라고 해서 무슨 험악한 사연이 있었던 것은 아니다. 우연히 마사고로가 근처를 지나가던 차에 고에몬 나가야의 나무 출입문 있는 곳에 아이들이 여럿 모여서 즐거운 듯이 소란을 떨기에 무슨 일인가 하고 훌쩍 들여다보니, 아이들이 둘러싸고 있는 한가운데에 늙은 전직 대행수가 있었던 것이다.

그때 사지로는 직접 만든 종이 인형으로 아이들에게 인형극을 보여 주고 있었다. 연극에 대해서는 잘 모르는 마사고로도 한눈에 알아볼 수 있는, 가나데혼 주신구라아카호 무사 47명이 주군의 원수를 갚은 일을, 무로마치로 시대를 바꾸어 각색한 것이다. 일본 전통 인형극으로 공연되었다가 후에 가부키로도 만들어졌다. 가장 인기 있는 연극 중 하나다의 한 장면이다. 게다가 종이 인형의 옷차림은 이치무라 극장에도 3대 극장 중 하나. 1634년에 무라야마(村山)라는 이름으로 창립되었다가 1652년에 이치무라로 개칭되었다. 1932년에 화재로 소실되었다에서도 이럴까 싶을 정도로 훌륭해서 마사고로는 매우 감탄했다. 대체 이 할아버지는 누구인가 하고 흥미를 느껴 아이들이 떠나간 후 다시 찾아갔다가, 생각지도 못하게 그의 신상 이야기를 듣게 된 것이다.

사지로가 모시던 실 도매상의 역대 주인들은 하나같이 연극을 좋아했다고 한다. 열을 올리는 그 모습에 배우자나 아이들도 물이 들고 만다. 모두가 고용살이 일꾼들에게도 연극 이야기를 하고, 명대사나 명장면을 재현하여 들려주고, 재치 있는 대답으로 받아치면 기뻐하며 상을 주는 기풍을 지녀서, "화기애애한 것은 좋았지만 연극을 싫어하는 사람이 일할 만한 가게가 아니었습니다" 하고 사지로는 웃으며 말했다.

그러다 보니 그는 처음에 귀동냥으로 연극을 배웠다. 배우는 속도가 빨라서 주인은 기뻐했고, 그가 대행수가 되자 함께 연극 구경을 가자고 명하게 되었다. 어떤 분야든 마찬가지지만 호사가란 가르치는 것을 좋아하는 사람이기도 하니, 사지로의 주인은 이제 막 진짜 연극을 알기 시작한 그에게 이것저것 가르쳐 그를 감화시키는 것이 즐거워 견딜 수가 없었을 것이다. 주인이 바뀌어도 사정은 마찬가지였다. 시대에 따라 배우도 바뀌고 상연 목록도 늘어난다.

이렇게 해서 가게에서 은퇴할 무렵의 사지로는 어엿한 연극 전문가가 되어 있었다.

종이 인형은 부업을 하다가 남은 나무 부스러기나 종잇조각을 가지고 만들었다. 처음에는 그냥 심심풀이로 만들었을 뿐이었는데, 이웃 아이들이 신기해해서 몇 개 주거나 인형에 얽힌 사연을 들려주다 보니 아이들이 졸라대어 줄거리나 몸짓을 덧붙이게 되었다. 그러자 자연히 더 좋은 것을 만들자, 더 공을 들이자는 욕심이 생긴다. 습득이 빠른 아이가 있으면 기뻐진다.

"이번에는 제가 나리를 따라 한 것처럼 되고 말았습니다" 하며 노인은 수줍어한다.

마사고로가 보았을 때는 처음으로 한 막 전체를 보여 주던 참이었다. 그래서 종이 인형에도 공이 들어가 있었다.

아이들은 사지로를 '사아 할아버지'라고 부르며 매우 잘 따랐다. 아이들이 신세를 지고 있다 보니 나가야 사람들도 사지로에게 잘해 준다. 쓸쓸하게 시들어 갈 뿐일 줄 알았던 독거 생활은 천만의 말씀, 시끌벅적하게 지나가고 있었다. 부러울 만큼 좋은 일이라고, 마사고로는 아내에게 말했다. 그 후 시간이 나면 고에몬 나가야에 들러 노인과 아이들이 즐겁게 놀고 있는 모습을 바라보며 무언가 따뜻한 것이라도 품에 안은 듯한 기분을 나누어 받곤 한다.

같은 나가야에 사는 아이가 그 사지로의 심부름을 온 것은 어제 오전이다. 서당에서 돌아오는 길이라던 그 아이는, 사아 할아버지가, 볼일이 있어 지나갈 때라도 좋으니 행수님을 뵙고 싶다 하더라고, 마사고로의 생각 탓도 있겠지만 연극 대사 같은 억양으로 과장스럽게 전해 주었다.

마사고로가 고에몬 나가야를 찾아가니 사지로는, 이 또한 같은 나가야에 사는 목수가 만들어 주었다는 등받이에 기대어 새로운 종이 인형을 만드는 중이었다. 호사스러운 우치카케_{무가 부인의 예복. 현재는 여자의 혼례복으로 쓰인다}를 입은 아가씨다. 다음에는 무스메 도조지_{1753년에 교겐으로 초연된 가부키 무용. 본래의 제목은 '교가노코 무스메 도조지'}입니까—하고 물으니, 아아 오셨습니까, 하며 갑자기 자세를 바로 하려고 한다. 마사고로는 그것을 만류하며 방 입구에 스스럼없이 앉았다.

"저 같은 놈이 행수님을 오라 가라 하다니, 당치도 않은 짓을 했습니다."

사지로가 불편한 몸으로 머리를 숙인다.

"그런 것은 신경 쓰지 않으셔도 됩니다. 저희는 고요키키_{御用聞き 오캇피키의 다른 명칭이며 사실 오캇피키보다 점잖은 표현이라 할 수 있다. 한편으로는 단골집의 주문을 받으러 돌아다니는 사람이나 그 방식을 가리키기도 한다}라고 할 정도니까요. 용무가 있으면 어디든지 찾아갑니다."

사지로의 행복한 생활에 완전히 안심하고 있던 마사고로는 이때 노인의 얼굴을 보기 전까진 그에게 불려온 용건을 깊이 생각하지 않았다. 하지만 평소 주름은 많아도 눈은 맑게 빛나며 생생해 보이는 사지로의 얼굴에 아무래도 그늘이 어둡게 져 있다. 그것을 알아채고 마사고로는 일단 일어나 활짝 열려 있던 장지 출입문을 조용히 닫았다.

"왜 그러십니까."

마사고로가 운을 띄우자 노인은 입을 열기 전에 얇은 입술을 꼭 깨물었다. 만들다 만 종이 인형을 옆에 놓는 손이 느릿느릿하다.

"엉뚱한 소리를 하는 늙은이라고 웃으실지도 모르지만—."
사지로는 이야기를 하기 시작했다.

지난 열사흗날 밤. 밝은 달빛 아래에서 고에몬 나가야의 아이들은 그림자밟기를 하며 놀았다.
"어린 아이들 중에는 제 다리가 불편하여 걸을 수 없다는 사실을 아직 잘 모르는 아이도 있습니다."
움직이지 않는 오른쪽 다리를 야윈 손으로 천천히 쓸면서 사지로는 말했다.
"사아 할아버지, 같이 그림자밟기 해요, 하고 권하러 오는 것이지요. 제게도 기쁜 일이라, 아아, 이 다리가 움직인다면 아이들 사이에 섞여 그림자를 밟거나 밟히면서 놀 수 있을 텐데 하고 생각하지요."
사지로는 아이들의 도움을 받아 나가야 나무 문 옆에 빈 나무통을 놓고 앉아 길에서 노는 아이들을 구경하기로 했다. 그림자밟기는 사지로의 말대로 쫓아다니면서 그림자를 밟고, 밟히면 술래가 되어 다시 밟는 놀이다. 그림자밟기 노래를 부르면서 아이들은 열심히 놀았다.
나이가 많은 아이는 발도 빠르고 머리도 잘 쓰기 때문에 좀처럼 밟히지 않는다. 어린 아이는 아무래도 불리해서 금세 밟혀 술래가 된다. 여러 번 되풀이되다 보면 개중에는 울음을 터뜨리고 마는 아이도 있기에 그런 부분을 감안해 주도록 가르치면서, 사지로도 즐기고 있었다.

그러다가 늘 나가야 아이들을 통솔하는 역할인 연장자 아이의 눈치가 이상하다는 점을 깨달았다.

기치조라는 열 한 살짜리 남자아이다. 아이의 아버지는 사지로의 등받이를 만들어 준 목수로, 자신도 아버지와 같은 실력 좋은 목수가 될 거라며 의욕이 넘치는 기운찬 아이다. 조금 덜렁대는 구석은 있지만 어린 아이들을 잘 돌보아 준다. 부모가 그러라고 시키는 것인지, 인형극이나 놀이가 없어도 거의 매일같이 사지로의 집에 얼굴을 내밀고 사아 할아버지, 뭐 시키실 일 없어요? 하고 물어봐 준다.

"나는 이제 곧 견습 목수가 될 거니까 사아 할아버지랑 놀 수 없게 될 거예요. 사아 할아버지, 서운해요?" 하고 아이답게 건방진 질문을 해 오는 모습을 보면 아직 어리고 사랑스럽다.

그런 기치조가 걸핏하면 그림자밟기를 하던 발을 멈추고 땅바닥에만 시선을 떨어뜨리고 있다. 아래를 향한 채 이리저리 주위를 둘러보는가 하면, 얼굴을 번쩍 들고 뛰어다니는 아이들을 노려보듯이 바라본다. 그리고 나서 다시 허둥지둥 걷기 시작하지만 금세 멈추고 만다.

처음에는 나이 어린 아이들에게 일부러 그림자를 밟혀 주고 있는 모양이라고 생각했다. 하지만 다른 아이들이 와아 하고 다른 곳에서 소란을 떨고 있을 때에도 기치조는 떨어져 서서 땅바닥을 내려다보고 있다. 자신의 발치를 보거나 친구들의 그림자를 보고 있다. 조금씩 멀어지면서.

 기치조까지 조금 거리가 떨어져 있었기 때문에, 사지로는 목소리에 약간 힘을 주어 그를 불렀다.

 "기치, 왜 그러느냐."

 기치조는 펄쩍 뛰어올랐다. 사지로는 그를 손짓으로 불렀다. 기치조는 왠지 발치의 그림자에 신경을 쓰면서 아이들의 소란을 돌아보고 또 돌아보며 사지로 옆까지 다가오더니 쪼그려 앉았다.

 "왜 그러느냐. 이상하구나."

 사지로가 묻자 기치조는 재채기를 참는 것 같은 못생긴 얼굴을 했다.

 "사아 할아버지, 나는 겁쟁이가 아니지요?"

 "갑자기 무슨 소리냐."

 연극에는 숙명에 관한 이야기나 횡사하는 사람이 나오는 것도 있다. 사지로는 매우 주의를 기울여 그런 종류의 연극을 피하거나 세부 사항을 교묘하게 바꾸려고 해 왔다. 그래도 전에, 나중에 울상을 지은 아이가 있었다는 사실을 기치조에게서 듣고 그 후로 이 아이와는 자주 상의하게 되었다.

 "여자애는 겁쟁이니까"라는 말이 기치조의 입버릇이다. "나는 전혀 아무렇지도 않은데."

 "너는 겁쟁이가 아니란다. 하지만 지금은 무언가를 두려워하고 있는 것 같구나."

 사지로의 말에 기치조는 목을 움츠렸다.

"사아 할아버지, 안 웃을 거예요?"

"웃기는 왜 웃겠느냐."

나가야 아이들은 세 집 건너편 부근에서 한데 모여 그림자를 밟거나 밟히거나 하고 있다. 그림자밟기 놀이라기보다 드잡이질이 될 것 같다. 와아와아 하고 소란을 떤다.

"이상해요." 기치조는 작은 목소리로 말했다.

"뭐가 이상한데."

"내 눈" 하며 눈을 마구 비빈다. "사아 할아버지, 아까부터 내 눈에는 그림자가 하나 더 있는 듯이 보여요. 아이들의 수보다 그림자가 더 있는 것처럼 보인다고요. 그런 일이 있을 리 없지요?"

사지로는 뚫어져라 기치조의 얼굴을 보았다. 아이의 눈은 놀고 있는 친구들 쪽에 못 박혀 있다. 이야기를 하면서도 열심히 세고 있는 모양이다. 그들의 수와—그림자의 수를.

사지로도 그렇게 해 보았다. 그러나 늙은 그의 눈으로는 한데 엉켜 뛰어다니는 아이들의 수도, 하물며 그들이 땅바닥에 드리우는 그림자의 수도 도저히 알아볼 수가 없다.

그래서 기치조에게 물었다. "어떠냐, 여기서 세어 보니 역시 하나 더 많니?"

기치조는 고개를 젓는다. "모르겠어요. 아까는 분명히—."

하나 더 많았다고 한다.

"그림자만 뚝 떨어져서 뛰어다니고 있었어요. 아무도 없는데 그림자만 뛰어다니더라고요. 아이들의 뒤를 쫓아가고 있었어요."

사지로는 찬물을 뒤집어쓴 것처럼 오싹해졌다.
"어떤 그림자였지? 사내아이냐, 계집아이냐."
"몰라요. 하지만 작았어요. 오아키 정도일까."
오아키는 다섯 살짜리 계집아이다.

둘은 시끄럽게 놀고 있는 아이들 쪽으로 나란히 시선을 향했다. 아이들은 숨이 차는지 멈추어 서서 한숨 돌리고 있다. 이웃 아주머니 한둘이 얼굴을 내밀고 웃으며 무언가 말하고 있다.

하나, 둘, 셋. 사지로는 서둘러 아이들을 세었다. 고에몬 나가야의 아이들은 열 명이다. 기치조는 여기에 있으니 저기에는 아홉 명이 있을 것이다. 틀림없다. 분명 아홉 명이다.

그림자는? 아이들의 발치에 뻗어 있는 그림자. 그림자밟기 놀이에 열을 올리는 사이에 달이 높이 떠서 조금 짧아진 그림자―.

열 개다.

사지로는 눈을 깜박였다. 다시 센다. 아니, 이번에는 아홉이다. 하나가 사라졌다.

"사아 할아버지" 하고 기치조가 사지로의 소매를 세게 움켜쥐었다.

아무도 없는, 가까운 아이에게서 석 자 정도 떨어진 길가에 작고 동그란 그림자가 하나 있다. 쪼그린 아이의 모습이다―사지로는 그렇게 생각했다. 머리와, 저것이 어깨의 형태 아닐까?

"기치조!"

사지로는 이름을 부르며 팔을 붙잡으려고 했다. 하지만 한 박자 늦었다. 기치조는 화살처럼 달려가 수채 널빤지 위의 그림자에게 달려들었다. 두 발로 밟는다.

그러자 그 그림자는 스르륵 도망쳤다. 기치조의 발밑에서 기름이 흐르듯이 옆으로 도망쳐, 큰길가에 있는 이층 나가야의 지붕이 달빛에 드리우는 그림자 속으로 녹아들고 말았다.

기치조는 숨을 헐떡이고 있다. 뒷모습이 굳어 있다.

"기치, 돌아오렴."

사지로는 두 번 불렀다. 기치조는 뒷걸음질을 치며 돌아왔다. 그림자가 사라진 방향에서 눈을 떼지 못하는 것이다.

"달님의 장난일 게다."

옆으로 온 기치조의 등을 쓸어 주면서 사지로는 타일렀다.

"아니면 너희가 너무 재미있게 그림자밟기를 하니까, 고에몬 이나리_{이나리는 오곡의 신인 우카노미타마노카미를 말하며, 이나리를 모신 신사도 이나리라고 부른다. 이나리 신앙은 민간에 널리 퍼져 있었다}님이 끼어드셨는지도 모르지. 그래, 틀림없이 그럴 게다."

고에몬 이나리란 이 나가야의 유래가 된 이나리님으로, 요 길을 따라가면 바로 모퉁이에 있다.

"이나리님은 그림자밟기 같은 건 하지 않아요, 할아버지." 기치조는 떨리는 목소리로 말했다.

"하실지도 모르지. 어떤 모습으로도 변하실 수 있으니까. 계집아이의 그림자 모양이 되어서 놀러 오신 게야, 분명히."

사지로는 우겼다. 노인의 손이 느끼는 기치조의 등은 차갑게

땀에 젖어 있었다.

 마사고로는 천천히 고개를 끄덕이면서 정신없이 이야기를 듣고 있었다.
 "아니, 참으로 면목없게도."
 사지로가 주름을 지으며 웃고 있다.
 "저까지 기치조와 함께 조금 떨고 말았습니다……."
 "어젯밤도 달이 밝은 밤이었습니다. 아이들은 그림자밟기를 했습니까?"
 사지로는 고개를 저었다. "놀고 싶어 했지만, 그림자밟기는 열사흗날 밤에만 한다고 하며 못 하게 했습니다."
 그런 말이 없지는 않지만, 놀이니까 언제 하더라도 달이 밝은 가을밤이라면 상관없다. 사지로는 역시 으스스했던 것이다.
 "기치조는 아직도 무서워하고 있는 것 같습니까."
 "어린아이라 하룻밤 자고 나니 기운을 차린 듯합니다. 다만 다른 아이들과 달리 그 아이는 어젯밤에 그림자밟기를 하자는 말을 꺼내지 않았지요. 밖에도 나오지 않았습니다."
 마사고로는 한 번 더 고개를 끄덕이고 팔짱을 꼈다.
 "신경 쓰이는 이야기군요" 하고 말하며 마사고로는 미소를 지었다. "게다가 사지로 씨, 제 짐작이지만 사지로 씨는 아직 전부 다 이야기하지 않으신 것 같은 기분이 듭니다."
 사지로는 퍼뜩 얼굴을 들었다. 닳아 떨어져 하얀 털이 드문드문 남아 있을 뿐인 두 눈썹을 불쑥 추켜세우는 바람에 이마의 주름이 깊어진다.
"이것참……."
"틀렸습니까."
"아니, 아니요." 사지로가 양손으로 얼굴을 문지른다.
"행수님의 눈은 속일 수가 없군요."
실은 아이들의 수와 그림자의 수가 맞지 않는다—고 열사흗날 밤에 처음 느낀 게 아니라고, 사지로는 말했다.
"그 전에도 두 번쯤 비슷한 일이 있었습니다. 그때 알아차린 사람은 저뿐이라고 생각합니다."
양쪽 다 낮의 일로, 서당을 마치고 돌아온 아이나 집안일 돕기를 마친 아이들에게 종이 인형극을 보여 주었을 때라고 한다.
"수에 맞지 않는 그림자가 있었던 겁니까."
"예. 잘못 봤다고 생각했습니다. 하지만 그것도 두 번째에는……."
안 그래도 허옇게 바랜 사지로의 얼굴에서 더욱 핏기가 가신 것 같다.
"그래서 그저께 밤에도, 기치조가 그 말을 꺼냈을 때 대뜸 웃어넘길 수가 없었던 것입니다."
얼굴을 닦은 손을 내려 그것을 어디에 두어야 할지 곤란하다는 듯이 허공에 둔 채, 사지로는 마사고로에게 웃음을 지었다.
"저는 세상 물정 모르는 가게 일꾼입니다. 나이만은 차곡차곡

먹었지만 실은 가게 안의 일밖에 모른 채 늙고 말았습니다."

자신을 낮추고 있지만 불평하는 듯한 말투는 아니다.

"이럴 때 그 세상을 사는 지혜가 부족한 것이 문제라고, 절실하게 생각했습니다. 기치조가 기특하게도 얼굴에는 나타내지 않아도 무서워하고 있다는 것을 알 수 있습니다. 어떻게든 이치를 붙여서 석연치 않은 것을 명확히 해 보려고—그림자가 하나 많았던 것은 이러저러한 이유에서라든가, 항간에서 듣기 힘든 이야기는 아니다, 그 외에 이런 이야기도 있지 않느냐, 저런 예도 있다며 설득해 보려고, 저 나름대로 이것저것 생각했습니다."

하지만 하나도 떠오르지 않았다며, 사지로가 고개를 떨어뜨린다.

"고에몬 이나리님만으로는 부족할까요." 웃음을 띠며 마사고로가 되묻더니 다시 스스로 말을 이었다. "이제 와서 이 나가야 아이들에게, 이나리님의 이야기로는 참신한 맛이 부족하려나요. 게다가 아이들 사이에 섞여 놀고 싶어 하는 것은 지장보살님이기 마련이지, 이나리님은 아니지요."

사지로는 "호오" 하고 입을 열었다.

"지장보살님께 그런 사연이 있습니까. 그래요, 그겁니다. 저는 그런 것을 전혀 몰라서."

그래서 마사고로의 얼굴을 떠올렸다고 한다.

"관리인에게 부탁해서 지혜를 빌리려고도 했지만 저는 이곳에서는 아직 신참이니 관리인에게 이야기한다면 자칫 고에몬 나가야에 불평을 하는 것처럼 들리지 않을까 싶어 내키지 않더군요."

이런 부분은 가게 점원다운 배려다. 조금 지나치게 신경을 쓰고 있다.

"잘 아시는 연극 줄거리에서 무언가 써먹을 수 없습니까."

"거참…… 찾지 못하겠습니다. 어쨌거나 이상한 이야기니까요."

어린아이라는 본체는 없고 그림자만이 그림자밟기 놀이를 하러 오다니.

"알겠습니다." 마사고로는 팔짱을 풀고 무릎을 탁 쳤다. "요즘 일이 한가해서 내 수하들도 멍하니 있던 참입니다. 세간에 비슷한 이야기가 없는지, 내력은 없는지 알아보기로 하지요. 꽤 재미있을 것 같으니까요."

마사고로는 황송해하는 사지로를 달래고 일어섰다.

에도는 타지 사람들만 모여 있는 곳이라 옛일에 밝은 노인이라는 눈치 빠른 자가 없다. 마사고로 자신도 포함하여 오캇피키라는 존재 또한, 살풍경한 이야기나 질척질척한 이야기라면 산더미처럼 많이 들어서 알고 있지만 그 외의 부분에는 어둡기 짝이 없다. 사지로가 오캇피키라면 필경 견문이 넓으리라 생각한 것은 그런 의미에서 가게 점원다운 경솔한 판단이다.

그래도 마사고로에게는 설령 지어낸 이야기라도 짜내어, 기치조의 마음을 가라앉힐 이치나 해석을 가르쳐 줄 법한 믿는 구석이 몇 있었다.

며칠을 들여 그런 믿는 구석을 몇 군데 찾아갔다. 그러나 예상은 모두 빗나가 마사고로가 의지했던 그 믿는 구석들은 하나같이 고개를 갸웃거렸다.

"흐음, 그런 이야기는 처음 듣습니다."

"그런 일이 있을까요."

"아니, 처음 듣는데요. 어린아이의 그림자만 멋대로 놀러왔다는 말씀입니까."

또 그들은 하나같이 그 아이의 그림자는 틀림없이 유령이나 요괴 종류일 것이라고 했다. 그렇게 해석했다가는 기치조가 (그리고 사지로도) 더욱 무서워할 뿐이니 마사고로는 다른 해석을 찾고 있는 것인데, 믿는 구석을 믿을 수가 없다.

"유령이면 곤란하단 말입니다."

"그럼 고에몬 나가야나 그 근처에, 오랫동안 아파서 밖에 나가지 못한 아이는 없습니까. 그 아이의 혼이 놀고 싶어서 몸을 떠나왔는지도 모르지요."

"이혼병離魂病 말입니까. 그렇다면 생령生靈이잖습니까. 유령과 다를 바 없지."

그래도 일단 물어보기는 하였으나 그런 아이는 근방에 없었다.

일이 어렵게 되었구나 싶어 머리를 긁적이고 있던 차에, 후카가와에서 건축 일을 지휘한 지 3대째라는 어느 목수 우두머리가 묘한 얘기를 들려 주었다.

"고에몬 나가야는 아직 지은 지 얼마 되지 않았지요. 지은 지 이 년 정도이던가."

목수 우두머리의 말이 옳다. 하지만 화재가 끊이지 않는 에도에서는 드문 일이 아니다.

"그곳은, 그전에는 오랫동안 공터였지요. 그렇지, 십 년…… 아니, 이십 년은 비어 있었을 겁니다. 행수님도 기억이 있지 않으십니까."

혼조 후카가와가 마사고로의 구역이기는 하지만 건물 한 채 한 채까지 파악하고 있지는 않다. 또 사람의 기억력이란 불안한 것이기 마련이라 지금 저 건물이 서 있는 곳에 전에는 무엇이 있었느냐고 물으면 이미 모르게 되어 있는 경우가 다반사다.

고개를 갸웃거리는 마사고로에게 목수 우두머리는 말했다.

"형식상으로는 화재가 번지지 못하도록 비워 둔 땅으로 되어 있었지만 이는 지주가 지주 연맹과 교섭하여 그리해 달라고 청한 것이고, 사실 그곳은 불길한 땅이었지요. 꺼려지고 있었다는 말입니다. 관리인 앞에서 큰 소리로 말할 수 없고, 나리도 제게서 들었다는 말은 하지 말아 주십시오."

으스스한 이야기를 없애기 위해 조사하고 있는데 가고 싶지 않은 방향으로만 끌려가는 것 같아 얄궂기는 하지만, 불길한 땅이라는 말을 듣고 나니 흘려들을 수도 없다.

"대체 무엇이 불길했단 말입니까?"

야나리家鳴り 집이 흔들리거나 울리는 소리가 나는 현상. 혹은 집을 흔들리게 만드는 요괴. 이에

그림자밟기 • 71

나라라고도 한다가 일어난다고, 목수 우두머리는 말했다.

"저도 선대 도편수—그러니까 우리 아버지에게서 들은 얘기인데요. 그 땅에는 무엇을 지어도 바람조차 불지 않는데 집에서 소리가 나서 기분 나빠 견딜 수가 없다, 아무도 마음 놓고 살 수 없다고 하시더군요."

지주도 애를 먹었다고 한다.

"저는 머리 한구석에 그 사실이 남아 있었기 때문에 고에몬 나가야가 지어졌을 때 의아하게 생각했습니다."

그런 사연은 시간이 지났다는 이유만으로 사라지는 것이 아니다. 그러면 지주가 바뀌었나 하고, 마사고로는 또 조사하고 다녔다. 아니나 다를까, 정답이었다.

전 지주는 이사와야膽沢屋야(屋)는 가게를 뜻한다라는 약재 도매상이었다. 가게는 혼고에 있다고 한다. 마사고로는 납득했다. 혼조 후카가와 부근에는 약재상이 별로 없다. 토지가 습하기 때문일 것이다. 이사와야는 본래 '伊沢'라고 쓰다가 곰의 쓸개를 사용한 독자적인 약이 잘 팔려 돈을 벌었기 때문에 가게 이름의 한자를 바꾸었다는 유서 깊은 오래된 가게라니까, 이 땅에 있는 가게였다면 마사고로가 모를 리가 없었다.

지금의 지주는 어느 하타모토에도 시대에 쇼군 직속으로서 만 석 이하의 녹봉을 받던 무사였다. 에도에서는 돈으로 땅이 매매되는 경우가 지극히 드물다. 대개는 서로가 형편 좋게 무언가를 교환함으로써 거래된다. 그 경우 한쪽이 상인이고 한쪽이 무가인 경우도 드물지 않다.

고에몬 나가야의 경우도, 이사와야는 그곳의 땅을 그 하타모토에게 판 것이 아니었다. 요컨대 지참금으로, 이사와야의 딸이 하타모토에게 시집을 갈 때 가져간 것이다. 헌상이다.
　모처럼 사지로가 신경을 썼던 부분을 헛되이 할 수 없다. 따라서 마사고로는 편리하게 고에몬 나가야의 관리인에게 물어보아 이러한 점들을 안 것이 아니다. 또 그러면 사실이 감추어져 버릴 위험도 조금 느꼈기 때문에 에두르고 또 에둘러서 뒷문을 공략해 알아냈다.
　마사고로에게 이야기한 사람들은 모두 사실의 일부는 알았지만 전부는 몰랐고, 알고 있는 점에 대해서도 말하기를 조심스러워했다. 그만큼 고에몬 나가야가 있는 땅에 얽힌 '불길한 땅'의 유래는 뿌리가 깊었다. 조사해 보니 그곳이 공터였던 것은 십오 년 전의 일이라는 사실을 알 수 있었다.
　딸의 지참금으로 그런 땅을 들려 보낸 이사와야 주인도 참 간이 크지만, 고에몬 나가야 관리인의 신원을 캐어 보니 아무래도 이사와야의 친척인 듯했다. 그렇게 보면 이사와야는 짐이 되는 불길한 땅과 완전히 손을 끊지는 않은 셈이다.
　지금의 지주인 하타모토는 여느 하타모토들처럼 살림살이가 어려울 것이다. 그렇지 않다면 애초에 상인의 딸을 아내로 맞이했을 리가 없다. 이사와야는 딸이 시집을 간 가난한 하타모토네가 졸라대어 어쩔 수 없이 고에몬 나가야를 짓고 차지료와 집세를 받을 수 있도록 밥상을 차려 주었을 뿐인지도 모른다.

십오 년 전, 이 땅에 무슨 일이 일어났을까. 무엇을 지어도 야나리가 일어나서 곤란했다고 하니 건물은 그 이전에도 몇 번인가 지어졌을 것이다. 그렇다면 인과의 원인은 그보다 더 세월을 거슬러 올라가지 않으면 찾을 수 없다. 또한 이사와야 내부에 있는 사정일 것이 분명하다. 어제오늘 일어난 사건이라도 큰 가게나 오래된 가게의 집안에서 일어난 일은 알아내기 어려운데, 십오 년이나 옛날의 일이라면 더욱 까다로운 문제다.

마사고로는 더 이상 깊이 캐지 말아야겠다고 생각했다. 애를 써서 조사한다 해도 기치조에게 위로가 될 만한 사실이 나올 리 없을 것이다. 그럴 바에는 사지로와 함께 머리를 짜내어 좀 더 기치조에게 도움이 될 법한 옛날 이야기를 지어내는 편이 낫다.

그러나.

이런 오래된 봉인 이야기는, 이쪽이 아무리 뚜껑을 덮어 놓으려고 해도 뚜껑 쪽에서 열리고 싶어 할 때가 있다. 뚜껑은 뚜껑의 처지에서 오랫동안 입을 다물어 오느라 지쳤을 게다.

마사고로는 직무나 조사에 관련된 일일지라도 정말로 다른 사람의 귀를 꺼리는 경우를 제외하면, 종종 아내에게 이야기하곤 한다. 고에몬 나가야에 대해서는 불평도 흘렸다. 큰일이다, 큰일이야, 알면 알수록 우울해져, 어린아이의 그림자는 진짜 유령일지도 몰라. 이사와야에는 옛날에 그림자의 주인인 아이가 불행한 죽음을 맞았다거나 한 사연이 있지 않을까, 하고.

그것이 어쩌다가 집에 있는 수하의 귀에 들어갔다.

이 수하가 보통내기가 아니었다.

그렇다고 힘이 센 덩치 큰 남자도, 약삭빠른 수완가도 아니다. 아직 열 살 정도의 어린아이다. 이름은 산타로라고 한다. 친척이 없는 아이라 마사고로 부부가 거두어 지금까지 쭉 키워 왔다. 얼굴은 꽤 귀엽지만 넓은 이마가 툭 튀어나와 있어서 자연히 '짱구'라는 별명이 붙었다. 마사고로도 어지간히 정색을 할 때가 아니면 일부러 이 아이를 산타로라고 부르지 않는다. 짱구, 짱구, 하고 친근하게 부른다.

이 짱구는 범상치 않을 정도로 기억력이 좋다.

한편 마사고로가 대행수님이라고 우리르는 사람이 있다. 옛날에 에코인도쿄 스미다 구 료고쿠에 있는 정토종의 절 행수라는 이름으로 친숙한 존재인 동시에 두려움의 대상이기도 했던 모시치라는 오캇피키다. 마사고로는 그의 가르침을 받았고 그의 구역을 물려받아 오늘날 여기에 있다. 부모나 마찬가지이며, 은인이다.

이미 미수*耉를 맞은 모시치는 마사고로 부부의 집에서 느긋하게 은퇴 생활을 보내고 있다. 아무래도 몸은 약해졌지만 머리는 아직 또렷하고 맑다. 마사고로의 직무에 참견하는 일은 없지만 수하들의 교육에는 눈을 부라리곤 한다.

이 모시치 대행수가 짱구를 마음에 들어한다. 그래서 어느 쪽이 처음 말을 꺼냈는지는 알 수 없지만 언제부터인가, 대행수가 이야기하는 옛날 범인 포획 이야기를 짱구가 모조리 기억해 나간다―는 재미있지만 고생스러운 시도를 시작했다.

"옛날 일을 듣고 기억해 두면 무언가에 도움이 되는 경우가 있을지도 모릅니다."

짧은 혀로 짱구는 말한다.

"온고지신이라는 것이지요."

그리하여 짱구의 커다란 머릿속에는 대행수가 해 준 옛날 이야기가 빼곡하게 들어차 있다.

그는 그 이야기들을 마음먹은 대로 다시 이야기할 수 있다. 다만 태엽 장치가 달린 장난감과 비슷해서 한번 움직이기 시작하면 끝까지 멈추지 않는다. 도중에 가로막으면 처음으로 되돌아가야 한다. 그 요령만 알고 있으면 매우 편리한 장치다.

마사고로가 아내에게, 아내가 짱구에게 띄엄띄엄 전한 이사와야의 불길한 땅 이야기는 짱구의 머릿속 어딘가에 걸렸다. 그는 그 사연을 대행수에게서 들어 알고 있었던 것이다.

그래서 그날 저녁 식사가 끝나자 짱구는 마사고로의 방으로 타박타박 찾아왔다. 기치조를 벌벌 떨게 한 그림자밟기의 열사흗날 밤으로부터 열닷새 밤이 지났다. 달은 이제 서서히 야위어 그날 밤은 초승달이었다. 즉 그만큼의 날수를 마사고로는 여기저기 조사하고 다니며 보낸 셈이 된다.

"터무니없는 헛걸음이었어. 처음부터 네게 물을 것을 그랬구나" 하고 저도 모르게 쓴웃음을 흘렸다.

짱구는 마사고로 앞에 얌전히 앉더니 양손을 무릎에 얹고 눈도 코도 입도 얼굴 한가운데로 바싹 모아 참으로 보기 힘든 표정을 지었다. 웃어서는 안 된다. 이야기를 풀어내기 위해서 태엽을 감고 있는 중이다.

"일이 있었던 것은 이십이 년 전이었습니다."

준비가 되자 짱구는 이야기를 시작했다.

마사고로도 손을 무릎에 얌전히 올려놓고 있다. 옆에는 아내가 앉아 있다.

"기타롯켄보리마치의 그 땅에는 이사와야의 별저가 있었습니다."

유복한 상인이 별저를 갖는 것은 특별히 드문 일이 아니다. 첩의 집이 아니라 어디까지나 별저다. 집안사람이나 고용살이 일꾼의 휴양, 병의 가료에 쓰인다. 이십이 년 전이라면 혼조 후카가와는 지금보다 훨씬 시골이었으니, 혼고에 가게가 있는 이사와야로서는 안성맞춤의 땅이기도 했으리라.

"그곳에는 이사와야 3대째 주인의 전처가 살고 있었습니다."

4대째 주인의 어머니라든가, 전 마님이라든가 하는 표현이 아니라 '전처'라는 빙 에두른 말투에는 사정이 있을 것이다. 하지만 이럴 때 성급하게 되물어서는 안 된다. 차차 이야기할 터이니.

"전처의 이름은 오유이였습니다." 보송보송한 눈썹을 찌푸리며 짱구가 말을 잇는다. "시집와서 오 년 동안 이 마님에게는 아이가 없었습니다."

이사와야 3대째 주인 부부에게는 후계자 복이 없었다.

이 대목에서 갑자기 짱구의 찌푸린 얼굴이 원래대로 돌아왔다.

어린아이다운 눈을 반짝 뜨며, "아이 복이 없는 부부는 양자를 들이면 좋다, 그리하면 곧 아이가 생긴다는 얘기는 사실인가요?"라고 마사고로 부부에게 물었다.

오캇피키 부부는 얼굴을 마주 보았다. 아내가 고개를 한 번 끄덕이고 짱구에게 대답했다.

"그리들 말하지. 양자가 마중물이 된다거나."

하아…… 하고 짱구가 맥 빠진 듯한 대답을 했다. 다시 눈과 코를 모은다.

"그래서 이사와야는 양녀를 들였습니다. 고아로, 나이는 세 살인 여자아이였습니다. 이름은 오후미라고 합니다."

"여자아이? 후계자가 없어서 아이를 들인 것인데?"

마사고로의 의문에 아내가 살짝 소매를 잡아당기며 대답해 주었다. "어디까지나 아기를 갖기 위한 마중물로 들이는 양자이니, 여자아이라도 괜찮다고 생각한 것이 아닐까요. 섣불리 사내아이를 들였다가 나중에 오히려 귀찮아질지도 모르잖아요."

짱구는 아직도 얼굴 한가운데로 눈코를 모으고 있다. 지금 한 대화로 이야기 재생을 가로막고 말았나 싶어, 마사고로는 물끄러미 짱구를 보았다.

"오후미가 와도 이사와야 부부에게 아이는 생기지 않았습니다."

이렇게 이야기가 이어졌기 때문에 마사고로는 안심했다.

"일 년이 지나고 이 년이 지나, 오후미는 다섯 살이 되었습니다다. 그래도 아이는 생기지 않았습니다. 그러는 사이에 이사와야의 3대째 주인에게는 다른 여자가 생겼습니다. 그 여자에게 아이가 생겼습니다. 사내아이였습니다."

이사와야는 오래된 가게이기 때문에 친척도 많다. 시끄러운 친척들이 바글바글했다. 바깥에서 낳은 사내아이가 생겼다는 사태에, 그들은 머리를 맞대고 의논하여 그 사내아이를 이사와야에 맞아들이도록 3대째 주인에게 권했다고 한다.

"그런데 이 여자가 상당한 수완가라," 어린아이다운 달콤한 목소리로 짱구가 말을 잇는다. "아이를 내놓지 않으려고 했습니다. 그래서 이사와야는 오유이 씨와 헤어져 그녀를 집에서 내보내고, 여자를 후처로 들인다는 수를 썼습니다."

난폭한 방법이다. 이사와야의 3대째 주인은 어지간히 그 여자에게 반해 있었던 것일까. 아니면 바깥에 생긴 여자의 존재가 없더라도 자식 복이 없는 오유이와 헤어지려는 움직임이 전부터 있었던 것일까.

"헤어진다고 해도 세상에 대한 체면을 생각하면 무일푼으로 쫓아낼 수는 없습니다. 그래서 이사와야는 별저를 지었습니다."

과연, 하고 마사고로는 고개를 끄덕였다.

"오유이 씨뿐만 아니라 오후미도 별저에서 함께 살게 되었습니다."

후계자가 생겨 쓸모가 없어진 '마중물'인 양녀와 후계자를 낳지 못한 전처가 한꺼번에 별저로 추방당했다.

"가엾게도." 마사고로의 아내가 얼굴을 찌푸린다. "심한 짓을 했구나."

어제까지의 마님과 아가씨가 오늘부터는 새빨간 남으로, 이사와야의 짐짝 취급을 받게 된 것이다. 생활에 부족함만 없으면 되는 게 아니리라.

상가의 마님이란 집안의 모든 일을 관리하며 들고 나는 돈도 쥐고 있다. 가게의 곳간과 문갑의 열쇠를 네쓰케_{담배쌈지나 돈주머니 등을 허리띠에 찰 때, 허리띠에 지르는 끈 끝에 매달아 허리띠에서 미끄러져 내리지 않도록 하는 조그만 세공품. 산호, 마노, 상아, 뿔 등으로 만들며 정교하게 조각이 되어 있다}처럼 잘랑잘랑 매달고 사람들을 엄히 감독하는 존재다. 그런 높은 곳에서 끌려 내려와 별 볼일 없는 더부살이가 되어 별저로 쫓겨난다—.

오유이가 온후한 여자였다고 해도 원통하지 않을 리가 없다. 만일 기가 센 여자였다면 그 분노와 원한은 얼마나 컸을까. 마사고로의 가슴에서 불길한 예감이 스멀스멀 피어오르기 시작했다.

"얼마 지나지 않아 오유이 씨의 상태가 이상해졌습니다."

짱구가 괴상한 얼굴을 한 채 이야기를 계속한다.

"대낮부터 술을 잔뜩 마시고 눈만 어둡게 빛내며 조금이라도 마음에 들지 않는 일이 있으면 큰 소리로 아우성치거나 야단을 떨었지요. 게다가 그때까지는 귀여워하던 오후미를, 사소한 일로 호되게 야단치고 괴롭혔습니다."

역시 그랬나. 가까이 있는 약한 자. 거역하지 않는 어린아이. 도움이 되지 않은 '마중물' 양녀. 오유이의 입장에서 보자면 오후미의 모든 것이 얄미웠을지도 모른다. 어른의 이기적인 논리다. 하지만 오유이는 다른 곳으로는 가져갈 수 없는 울분을 전부 오후미에게 퍼부었다. 오유이는 이 아이가 자신의 모든 불행의 원인인 것처럼 여겨졌던 것이다―.

"죄송해요, 여보. 나, 이 이야기를 듣고 싶지가 않아요."

아내는 작은 목소리로 말하더니 옷자락을 떨치고 서둘러 자리에서 일어섰다. 마사고로는 붙들지 않았다. 장지문이 열리고, 다시 닫힌다. 짱구는 그 모습을 지켜보다가 문득 얼굴을 누그러뜨리며 마사고로에게 말했다.

"행수님."

"응, 왜 그러느냐."

"저도 이 이야기가 싫습니다."

저도 모르게 새어 나온 본심이었다.

"잘 안다. 괴로운 이야기를 암송하게 해서 미안하구나."

"아니요, 그게 제 직무입니다."

짱구는 아직 울대뼈가 없는 매끈한 목을 꿀꺽 울렸다.

"하지만 이 이야기가 정말로 싫은 부분에 접어드는 것은 지금부터입니다."

자세히 보니 짱구 산타로의 눈에 살짝 눈물이 고여 있다. 조금이라도 그가 암송하는 부분을 적게 해 주려고, 마사고로는 질문했다.

"아무리 심한 벌을 받아도 오후미는 도망칠 수 없었던 것이 아니냐. 다섯 살짜리 아이니."

그럴 만한 지혜도, 갈 곳도 없었으리라.

"별저에도 하녀나 여자아이 들 정도는 있었겠지만 아무도 오유이를 말릴 수 없었겠지."

이사와야 사람들에게는 오유이에 대한 양심의 가책이 처음부터 있었다. 오유이가 미친 사람처럼 되고 오후미를 괴롭히기 시작하자 그 양심의 가책은 공포로 바뀌었다. 오후미를 도와주면 갈 곳을 잃은 오유이의 분노와 원한이 이번에는 자신들 쪽을 향하게 된다.

오후미는 여기에서도 혼자서 모든 것을 받아들여야 했다. 아니, 오후미는 이를 위해 별저로 보내졌는지도 모른다.

"오후미는 별저에서 나가지 못하고," 짱구가 말을 이었다. 이야기를 재생할 때의 찌푸린 표정으로 돌아왔지만 태엽이 느리게 돌아가는지 말투가 느려졌다. "언제나 혼자서 놀았다고 합니다."

노래를 부르는 것도 혼자. 공을 가지고 노는 것도 혼자. 소꿉놀이도 혼자.

"캥, 캥, 캥."

짱구가 갑자기 가락을 붙여 말했기 때문에 마사고로는 숙이고 있던 얼굴을 들었다. 짱구는 오른손을 들어 손가락으로 여우 모양을 만들고 있다. 입을 뻐끔뻐끔 벌렸다 다물었다 하며 캥, 캥 하고 운다.

"이렇게 그림자를 만듭니다. 저는 행수님과 아주머니께 배웠습니다."

"그림자 그림 놀이지" 하며 마사고로는 고개를 끄덕였다.

"오후미는 이 놀이를 매우 좋아했다고 합니다."

"그래서—언제 죽었지? 그것이 이십이 년 전의 일이냐."

"아니요, 오후미가 쇠약해져서 죽은 것은 이십삼 년 전 겨울의 일이었습니다. 온몸이 화상 자국투성이였다고 했습니다. 오유이 씨가 부젓가락으로 벌을 준 모양입니다. 그래서 이 일은 바깥으로 새어 나가지 않은 것이지요."

아내가 이곳에서 도망쳐 나가 주어서 다행이라고, 마사고로는 생각했다.

오후미라는 배출구를 잃은 오유이는 그 후로 더욱더 망가져 갔다. 귀녀처럼 날뛰는 바람에 이사와야는 별저에 감옥 방을 만들어서 그녀를 거기에 가두었다.

"이것이 이상한 이야기인데," 짱구가 찌푸린 얼굴을 한 채 고개를 갸웃거린다. "오후미를 죽여 버린 후 오유이 씨에게 신통력 같은 무언가가 생겼다고 합니다."

"신통력?"

"예. 무언가 꺼림칙한 짓을 하고 있는 사람이 있으면 순식간에 꿰뚫어 보았답니다. 가령 가게 사람이 돈을 후무리거나 하면 금세 이렇다고 폭로합니다. 누군가가 나쁜 것이 아니더라도 무언가를 숨기고 있으면 그 또한 꿰뚫어 보고 큰 소리로 말하는 것입니다."

이를 막기 위해서라도 감옥 방이 필요했다.

오후미가 죽고 나서 딱 일 년 후 오유이도 죽었다. 감옥 방에서 오후미에게 벌을 줄 때 사용했을 화로에 얼굴을 파묻고, 스스로 불타 죽어 있었다고 한다.

다만, 너무나도 이상하게 죽었기 때문에 이번 일은 소문이 나서 바깥으로도 새어 나갔다. 때문에 당시 모시치가 조사에 착수하였고 일련의 사정을 알게 된 것이다.

"이사와야는 별저를 부수어 일단 공터로 만들었습니다. 하지만 그 후 그곳에 무엇을 지어도 야나리가 일어났습니다. 마치 여자의 비명 같은 소리가 났다고 합니다."

자세한 사정은 알았다. 그러나 마사고로는 마음에 떠오른 다른 생각에 정신이 팔려서 당장은 짱구의 이야기가 끝난 사실조차 알아차리지 못했다.

화로에 얼굴을 처박고 불타 죽은 여자.

생전에 그 여자는 왜인지 다른 사람이 저지른 나쁜 짓이나 숨기고 있는 것을 자주 꿰뚫어 보았다고 한다.

화로.

"행수님" 하고 짱구가 불렀다. 마사고로는 눈을 깜박이며 그를 보았다. 짱구가 마사고로의 팔을 보고 있다. 거기에 소름이 돋아 있었다.

"한 가지 가르쳐다오, 짱구야." 마사고로는 팔을 문지르면서 말했다. "별저가 있었던 곳에 일어난 변사는 야나리뿐이었느냐? 대행수님은 그 외에도 무언가 들어서 알고 계시지 않았느냐?"

"무언가라고 하시면."

"나온 것이 아니냐. 그곳에 말이다." 누가 훔쳐듣는 것도 아닌데 마사고로는 목소리를 낮추었다. 다른 사람도 아닌 자신의 입이 '나왔다'고 말하여 부끄러웠다.

"나왔다?"

"유령이라든가—이상한 것이."

더 자세히 말할 수도 있다. 깡뚱한 기모노를 입고 해골처럼 야윈, 산발 머리를 한 여자 유령이다. 그것이 화로 옆에 서 있다. 화로 속에서 재티를 타고 나타나 집 안을 돌아다닌다. 비명 같은 야나리란 그 유령의 고함 소리다.

마사고로는 그것을 알고 있다. 이 방의, 이 툇마루를 그 유령이 걸어서 지나간 적이 있기 때문이다. 그 화로의 재티 사건이다. 잊으려 해도 잊을 수가 없다.

그때 비쩍 야윈 여자의 유령은 마사고로 쪽을 돌아보지 않았다. 그래서 다행이었다. 만일 보았다면 그 얼굴은 틀림없이, 무참하게 불에 타 뭉개진 얼굴이었을 것이다. 귀녀로 화한 오유이의 얼굴이다.

"그런 소문이 있기는 했다고 하지만."

짱구는 마사고로가 허둥거리는 모습을 보고 놀라고 있다.

"대행수님은 직접 보시지 못했고, 확실한 이야기는 아니라고 하셨습니다."

"나는 확실하게 알고 있다" 하고 마사고로는 말했다. "언젠가 네게도 이야기해 주마."

이튿날, 마사고로는 곧장 오시아게무라#의 쇼호지로 향했다.
이곳 주지와는 오랫동안 알고 지낸 사이다. 어둡고 먼 옛날부터 이어 온 질긴 인연이다. 다만 이 질긴 인연에는 피가 얽혀 있고, 그 피는 결코 탁해지지 않았다.
오캇피키 일을 하다 보면 때로 처리하기 곤란한 물건이 수중에 남을 때가 있다. 가볍게 버릴 수는 없는, 흉사에 관련된 물건들이다. 마사고로는 그 물건들을 이곳으로 가져온다. 씨름 선수처럼 덩치가 큰 주지는 묵묵히 받아들여 타당한 공양을 해 주고 큰돈을 받는다.
몇 년 전 겨울, 마사고로는 그렇게 화로 하나를 주지에게 맡겼다.
기류초 5초메의 나막신 가게 다이라야에서 오코마라는 하녀가 갑자기 이상해져 때마침 묵으러 와 있던 주인의 동생을 베는 불상사가 일어났다. 다행히 베인 쪽은 가벼운 부상으로 끝났지만 하녀는 얼마 안 되어 숨을 거두었다.
오코마는 순진하고 부지런했고, 주인의 동생과 무슨 사연이 있던 것도 아니었으며, 왜 그런 짓을 했는지 알 수 없었다. 다만 오코마는 죽기 전에 마치 재티 같은 새하얀 숨을 내쉬었다. 또 얼마 전부터 그녀는 마치 눈싸움을 하는 듯한 모습으로 하녀방에 있는 화로를 들여다보았다고 한다. 활활 타오르는 숯에 물을 끼얹어 일부러 재티를 일으키면서.

수상하게 여긴 마사고로는 오코마가 고물상에서 사 왔다는 그 화로를 받아 집으로 돌아왔다. 그러고는 그날 밤 아내와 둘이서 일부러 재티를 일으켜, 무슨 일이 일어나는지 시험해 보았다.

그러자 나타났다. 산발 머리의 여자 유령이.

그 정체가 무엇인지, 재티 속에 무엇이 숨어 있는지, 화로에 어떤 사연이 있는지, 그 시점에서는 아무것도 알 수 없었다. 그저 마사고로는 날이 밝기를 기다렸다가 화로를 안고 쇼호지로 달려 갔다. 이야기를 들은 주지는 흥 하고 코웃음을 쳤을 뿐 눈썹 하나 까딱하지 않고 화로를 맡았다.

나중에 마사고로는 들었다. 공양이 끝날 때까지 밤이면 밤마다 화로에서 사람의 하얀 얼굴 같은 것이 떠올라 주위를 날아다니며 동자승들을 겁먹게 했다고. 맨발의 야윈 여자 유령이 화로 옆에 서 있던 적도 있다고.

쇼호지는 논에 둘러싸인 작은 절이다. 산문은 늘 닫혀 있지만 겉으로 보기에는 아무런 특이한 점도 없다. 다만 한 번이라도 주지를 만나면 이곳의 시주들은 참 힘들겠다고, 누구나 알아차리게 되어 있다. 한번 주지의 얼굴을 보고 목소리를 들은 후에는 종소리조차 위협하는 듯이 낮게 들린다.

주지는 혼자 본당에 있었고 한창 아침 근행중이었다. 마사고로는 근행이 끝날 때까지 얌전히 기다렸다. 여기서 독경을 들은 적이 몇 번인가 있지만 다른 절에서는 들은 적이 없는 경뿐이고 종파조차 짐작이 가지 않는다. 무엇보다 이 절의 본존은 보이는 장소에 안치되어 있지 않다. 본당에 자리한 감실의 문도 항상 닫혀 있다.

마사고로도 덩치가 좋지만 주지는 한층 더 덩치가 크다. 살이 붙은 어깨와 굵고 짧은 목 위에 파랗게 깎은 머리가 얹혀 있다.

마사고로는 사정을 이야기했다. 주지는 다이라야의 일도, 그 화로에 대해서도 기억하고 있었다.

"이미 그 화로의 부정을 깨끗이 씻어냈네" 하고 굵은 목소리로 단호하게 말한다. "여자의 원념도, 사람에게 씌어 현혹하는 재티도 사라졌지."

"그것은 잘 알고 있소" 하고 말하며 마사고로는 쓴웃음을 지었다. "다만 생각지 못한 일로 그 화로의 내력을 알게 되어 주지 스님과 이야기하고 싶어졌을 뿐이지."

"그것참 친절하기도 하군."

다음 말을 잇기 전에 마사고로는 약간 망설였다. "스님, 기억하시오? 오코마라는 하녀는 그 화로의 재티를 들이마시고 홀렸을 때 내 과거를 알아맞혔지요."

―너는 사람을 죽인 적이 있구나.

죽은 물고기 같은 눈으로 마사고로를 응시하며, 오코마는 그렇게 단언했다.

마사고로의 과거, 오캇피키가 되기 이전의 인생에는 사람의 피가 튀어 있다. 분명히 마사고로는 살인자다. 하지만 그 사실을 아는 사람은, 지금은 지극히 한정되어 있다.

그런데 오코마는 한눈에 꿰뚫어 보았다.

"그것도 일종의 신통력이었지요. 이사와야의 오유이도, 오후미를 해친 후 다른 사람의 죄나 거짓말을 잘 꿰뚫어 보았다는군. 스님, 그런 일이 있을 수 있을까요."

주지는 얼굴 한가운데에 자리 잡은, 가져다 붙인 것처럼 훌륭한 코에서 굵은 숨을 내쉬며 본당의 천장을 올려다보았다. 낡아서 거무데데해진 장식물이나 마키칠공예의 일종. 옻칠을 하고 그 위에 금, 은가루나 색가루를 뿌려 기물의 표면에 무늬를 나타내는 일본 특유의 공예 공예품이 머리 바로 위까지 늘어져 있다. 그러고 보니 마사고로는 이것들의 사연이나 유래도 모른다.

경을 읽을 때처럼 울림이 있는 목소리로 주지는 말했다. "살인자는 살인자로 보이네. 그 눈이 있는 사람에게는."

"그때도 스님은 그렇게 말했소."

"사람을 죽인다는 큰 죄를 저지른 사람은 말일세, 오캇피키" 하며 주지가 마사고로를 내려다본다. "그 죄와 함께 사람이 아닌 것으로 바뀌는 걸세. 사람이 아닌 것이 사는 저편으로 건너가지. 그곳에서는 사람이 아닌 것의 눈이 뜨이는 경우가 있어."

"그것이 신통력의 정체요?"

주지는 으르렁거리듯이 짧게 웃었다.

"무슨 소린가. 그런 것은 사안邪眼에 지나지 않아."

마사고로는 오싹했다. 주지는 재차 타격을 가하듯이 말했다.
"자네에게도 그 눈이 뜨였네. 그러니 오캇피키 노릇을 하고 있는 것이겠지."

그럴지도 모른다. 겉으로는 어떻게든 꾸미고 있어도 자신의 깊은 곳에 죄가 엉겨 굳어 있다.

"그래서 어쩔 텐가. 이 절에서도 그림자를 받아 줄 수는 없네."

마사고로도 고에몬 나가야에서 여기까지 오후미를 데려올 수 없다. 화로 때와 달리, 말하자면 깃들 물건이 아무것도 없기 때문이다.

"어쩌면 좋지요. 오후미의 혼은 계속 헤매고 있을 텐데."

"오후미는 헤매고 있지 않네."

단호한 말에 마사고로는 당혹스러워졌다.

"헤매고 있지 않을 리가 있나. 그 애는 아직도 이사와야의 별저가 있었던 곳에 있소. 건물이 없는 동안에는 줄곧 몰래 숨어 있었겠지. 고에몬 나가야가 생기고, 많은 아이들이 놀게 되었기 때문에 그 목소리에 이끌려 겨우 모습을 나타낸 거요. 어떻게든 해 주어야지."

"그러니까 오후미는 헤매고 있지 않다고 말하지 않았나. 죄 없이 죽은 어린아이. 부처님이 이미 이끌어 주셨네. 어찌 헤맬 리가 있겠나."

"하지만—."

가사를 흔들거리면서 주지는 일어섰다. "그림자는 그림자가 있어야 할 곳으로 보내 주면 되네."

본당을 나간다. 목에 건 커다란 염주가 주지의 걸음에 따라 달그락달그락 소리를 낸다. 마사고로는 멍하니 남겨졌다.

사지로는 마사고로의 긴 이야기를 열심히 듣고 있었다. 그 미간에 주름이 생긴다. 이야기를 재생할 때의 짱구 얼굴과 비슷한 표정이 되었으나 짱구와 같은 애교는 없다. 다만 슬픔과 고통, 깊은 동정이 새겨져 있다.

"가엾게도."

그렇게 중얼거리며 눈꼬리를 닦는다. 눈물을 짓자 사지로는 갑자기 나이보다도 더 늙어 보였다.

"어떻게 해 주면 좋을지, 저도 생각을 하다가 지치고 말았습니다." 마사고로는 솔직하게 그렇게 말했다. "또 스님이 영문을 알 수 없는 말을 하고요. 오후미가 그렇게 나오고 있는데, 헤매고 있는 것이 아니라니."

쇼호지 주지의 그 말투에, 마사고로는 지금도 기분이 약간 상해 있었다.

사지로는 등받이에 기댄 채 자신의 양손을 움직여, 손가락과 손가락을 깍지 껴서 그림자 그림 놀이의 모양을 이것저것 만들고 있다. 다리, 집, 여우에 어부.

"캥, 캥, 캥."

오른손으로 만든 여우의 울음소리를 내며 물끄러미 바라본다.

이윽고 젖은 눈동자가 활짝 맑아졌다.

"행수님, 그렇습니다. 스님의 말씀이 옳습니다. 오후미는 헤매고 있지 않아요."

갑자기 밝은 목소리로 말한다.

"어르신까지 왜 그러십니까."

사지로는 몸을 내밀었다. "헤매고 있는 것은 오후미의 혼이 아니라 오후미의 그림자입니다. 오후미가 부처님 곁으로 가 버린 후, 이 세상에 남겨져 있던 그 아이의 그림자 말입니다."

아주 잠깐이지만 마사고로는 사지로가 제정신인지 의심스러웠다. 그러나 사지로는 그런 마사고로의 팔을 붙잡고 흔들면서 점점 격하게 말했다.

"오후미는 이사와야의 저택에 갇혀 늘 혼자서 놀곤 했지요? 그림자 그림 놀이를 아주 좋아했다지 않습니까? 그 아이의 놀이 상대는 그 아이의 그림자였습니다. 오후미에게는 그림자라는 놀이 상대가 있었던 것입니다. 필경 그것이 틀림없어요."

그러나 오후미는 죽었다. 서방 정토로 건너가 지금은 아무런 괴로움도 없다.

오후미는 혼자 떠나고 말았다. 오후미의 그림자는 이 세상에 혼자 남겨지고 말았다. 그런 것인가.

"그렇습니다. 그래서 그림자만 나온 거예요. 이십 년이나 되는 긴 시간 동안 쓸쓸하게 외톨이로 숨어 있었지요. 그 그림자가 이제야, 고에몬 나가야의 아이들이 시끄럽게 노는 소리에 이끌려,

동료로 끼고 싶어 나온 것입니다."

마사고로는 또 등 언저리가 써늘해지는 것을 느꼈다. 사지로는 눈꼬리에 눈물을 담은 채 웃는 얼굴이 되었다.

"스님의 말씀도, 그러니 앞뒤가 맞습니다. 그림자는 그림자가 있어야 할 곳으로 보내 주면 된다. 그 말은 그런 뜻입니다."

"있어야 할 곳이라니."

"왜 이러십니까, 나리." 울면서 웃는 얼굴로, 사지로는 마사고로의 팔꿈치를 찰싹 때렸다. "당연히 오후미 곁이 아니겠습니까."

세상 사람들은 우물 밑바닥이 저세상으로 통해 있다고들 한다. 하지만 유감스럽게도 바닷가를 메워 만든 간척지인 혼조 후카가와 부근에는 애초에 땅을 깊이 파서 만든 우물이 없다. 이곳 주민들이 우물이라고 부르는 것은 수도의 받침 접시 역할을 하는, 돌로 단단히 굳힌 얕은 우물 비슷한 것일 뿐이다.

사지로는 망설임 없이 말했다. "그렇다면 강이지요. 봉오쿠리우란분 때 공물 등을 강이나 바다에 띄워 보내는 행사. 등불을 흘려보내는 것도 이에 따른 행사다 때와 똑같지요. 강을 따라 바다로 나가면 저세상까지 금세 갈 수 있어요. 훌륭한 성인들께서 그렇게 정토를 향해 가셨다고 하지 않습니까."

오후미의 그림자를 강으로 이끌어 주면 된다.

마사고로와 사지로는 다음 열사흗날 밤을 기다렸다. 비가 내리지 않기를, 그림자를 또렷이 드리우는 밝은 달밤이 되기를 빌면서.

바람은 이루어졌다. 맑은 가을 달이 뜬 열사흗날 밤에 마사고로는 고에몬 나가야를 찾아갔다.

사지로는 무엇인가 가벼운 보따리를 가슴에 안은 채 기치조와 손을 잡고 나무 문 있는 데서 기다리고 있었다.

"다른 아이들에게는 비밀로 했지만 기치에게는 이야기해 보았더니 같이 보내 주고 싶답니다. 잘 부탁드립니다."

고집이 세 보이는 사내아이의 얼굴은 뺨 언저리가 굳어 있다. 흰자위가 달밤에 더욱 희게 보인다. 마사고로는 또 겁먹게 만들지 않을까 불안을 느꼈지만 막상 걸음을 옮기기 시작해 보니 기치조는 매우 친절하게 사지로를 부축했고, 사지로도 안심하고 의지하는 듯했다.

"자, 기치. 사아 할아버지랑 노래하자."

사지로는 기치조를 재촉하며 노래하기 시작했다. 열사흗날 밤의 그림자밟기 노래다.

—그림자랑 도로쿠진道陸神[마을의 교차로, 길가 및 마을 경계에 석상을 세워 모시는 신으로, 역병이나 악령의 침입을 막는 한편 여행의 안전을 지켜 주기도 하며 아이들과 친숙한 신이라고 전해진다], 열사흗날 밤의 모란떡.

셋이서 천천히, 가장 가까운 수로에 놓인 다리 위로 걸어간다.

마사고로는 땅바닥에 드리워지는 세 개의 그림자를 보고 있었다. 큰 것이 마사고로. 가는 것이 사지로. 작은 것이 기치조.

그때 사지로와 기치조의 한가운데에 기치조보다 더 작은 그림자가 불쑥 나타났다.

기치조는 깜짝 놀랐다. 사지로가 그 어깨를 누른다.

"오오, 오후미의 그림자로구나."

걸음을 멈추고 가장 작은 그림자에게 말을 건다. 마사고로는 발치를 자세히 살펴보았다. 분명히 머리카락을 가지런히 자른 여자아이 형태의 그림자다.

"오늘 밤에는 그림자밟기 놀이를 안 할 게다. 하지만 너도 같이 오렴. 오후미에게 데려다 주마." 사지로가 다정하게 타이른다.

기치조는 그림자밟기 노래를 계속해서 불렀다. 약간 떠는 바람에 곡조가 어긋난다. 그것을 메우려고 목소리가 커진다.

오른쪽으로 흔들리고, 왼쪽으로 벗어나고, 때로는 건물이나 빗물통의 그림자에 섞여 보이지 않게 되었다가 다시 불쑥 나타난다. 변덕스럽게 움직이는 여자아이의 그림자를 계속해서 바라보던 마사고로는 그림자의 오른쪽 귀가 없다는 사실을 알아차렸다.

왜인지, 생각하는 것만으로도 참혹해서 그만두었다.

이윽고 세 사람과 하나의 그림자는 다리 위에 다다랐다.

"사아 할아버지, 오봉우란분. 불교에서 하안거의 끝날인 음력 칠월 보름에 지내는 행사로, 아귀도에 떨어져 괴로워하는 망령을 위안하는 행사 때랑 똑같이 하면 되는 거지요?"

기치조가 사지로를 올려다보며 물었다. 사지로가 응 하고 대답하자 남자아이는 가볍게 난간을 타 넘어 다리 아래의 젖은 땅바닥으로 뛰어내렸다.

사지로는 보따리를 푼 뒤 조릿대 잎으로 짠 작은 배를 꺼냈다. 안에 무언가 더 들어 있는 모양이지만 마사고로에게는 잘 보이지 않는다.

사지로가 난간을 붙잡고 끙차 하며 몸을 웅크리더니 조릿대 배를 밑에 있는 기치조에게 건네준다. 마사고로는 사지로가 넘어지지 않도록 부축해 주었다.

오후미의 그림자는 바로 옆에 있다.

기치조는 우거진 갈대를 바스락거리며 헤친 뒤 조릿대 배를 강에 띄웠다.

사지로는 쪼그려 앉은 채 몸을 틀고 손짓으로 오후미의 그림자를 불렀다. "자, 저 배에 타렴. 저것을 타면 오후미가 있는 곳으로 갈 수 있을 테니까."

여자아이의 머리가 살짝 흔들린다. 사지로는 미소를 지으며 고개를 끄덕였다.

"걱정하지 않아도 된다. 곧 오후미를 만날 수 있을 게야. 자, 타렴."

보자기에서 나머지 물건을 꺼내더니 얼굴 앞에 펼쳐 보였다.

"이것을 주마."

작은 종이 인형 공주님이었다. 두 개다.

"하나는 오후미 것, 하나는 네 것이다. 이것을 가지고 또 사이좋게 놀려무나."

사지로는 종이 인형도 아래에 있는 기치조에게 건넸다. 기치조는 그 인형들도 조릿대 배에 실었다. 배가 위태롭게 기운다. 기치조는 그것을 손가락으로 누르고 살며시 물가에서 밀어냈다.
 서쪽을 향해 작은 조릿대 배가 기슭을 떠난다.
 어느새 마사고로 옆에서 오후미의 그림자는 사라졌다.
 사지로는 힘들게 몸을 일으켜 난간 위로 내밀었다. 마사고로는 당황해서 노인의 야윈 몸을 부축했다.
 "조심해서 가렴."
 수로를 따라 내려가는 작은 조릿대 배와, 작은 승객에게 사지로는 소리쳤다. 입가에 양손을 대고 말한다.
 "조만간 이 사아 할아버지도 갈 테니 말이다. 그러면 또 종이 인형을 만들어 주마. 갈아입을 옷도 만들어 주고. 그러니까 그때까지 착하게 놀면서 기다려 다오."
 누군가가 코를 훌쩍이고 있다. 사지로가 아니라 기치조였다. 훌쩍훌쩍 콧소리를 내고 우는 얼굴을 감추면서, 다시 열사흗날 밤의 그림자밟기 노래를 부르기 시작한다. 곡조가 엉망인데 계속 부른다.
 마사고로는 다리 위에서 조용히 합장했다.

바쿠치간

작품 속에 등장하는 사투리는 작가의 창작입니다. 작가의 해설이 달려 있지 않은 사투리 부분은 일본인도 그 뜻을 알지 못하기에 모두 원서 그대로 표기하였습니다.

1

아침밥을 먹을 때였다.

　우에노 신쿠로몬초의 간장 도매상 오미야는 주인 일가와 함께 사는 고용살이 일꾼들까지 합쳐서 열여섯 식구이다. 그 열여섯 명이 부엌에서 이어지는 방 두 개를 터서 만든 마루방에 모여 어깨를 맞대고 팔꿈치를 서로 부딪쳐 가며 아침밥을 먹는 것이 이 집의 관습이었다.

　보통 이만한 상가에서는 이러지 않는다. 주인과 고용살이 일꾼들의 분간이 없어지고, 식사 시중을 드는 쪽도 받는 쪽도 바빠지기 때문이다. 그러나 팔 년 전 부모를 돌림병으로 한꺼번에 잃고 스물다섯의 젊은 나이에 가게를 이끌게 된 주인 젠이치가 "하루에 한 번은 모두의 얼굴을 쭉 둘러보고 싶다"고 하였고, 그러려면 하루의 시작인 아침밥을 모두 모여서 먹는 것이 제일이라며, 무리인 줄 알면서도 이를 시작했다. 처음에는 작은 나리의 변덕도 참 곤란하다며 뒤에서 눈살을 찌푸리던 고용살이 일꾼들도 지금은 완전히 이 시끌벅적한 아침 식사에 익숙해졌다. 상을 차리고 모두가 모이고 나면 하녀 넷도 일제히 젓가락을 들기 때문에 누가 딱히 식사 시중을 드는 것도 아니다. 손이 비는 사람이 밥이나 국을 떠 주고, 서로 반찬 그릇이나 대접을 돌려 가며 나누어 먹는다.

익숙해지고 나면 이참에 그날의 장사 계획도 세울 수 있고 누군가가 시원치 않게 먹으면 몸이 안 좋나 하고 금세 알 수 있으며, 누군가와 누군가가 묘하게 어색하게 굴면 싸움이라도 했나 하고 알아챌 수 있다. 의외로 괜찮다. 게다가 인근까지 소란스러운 소리가 울리는 이 전쟁 같은 아침 식사가 일종의 명물이 되어 오미야는 신쿠로몬초에서 유명해졌다.

"이런, 아침 식사가 끝났네. 이제 오미야가 문을 열겠구나" 하고, 모두가 알고 있다.

올해 겨울, 첫 서리가 살짝 내린 그날 아침에도 오미야는 그렇게 싸움터 같은 아침 식사를 하고 있었다. 그러던 중 상석에 앉은 젠이치가 왼손에 든 밥그릇을 갑자기 떨어뜨리고 입속의 밥을 뱉으면서, "왓!" 하고 고함친 것이 사건의 시작이었다.

나머지 열다섯 사람은 깜짝 놀라 젓가락을 멈추었다. 막 지은 밥과 따끈따끈한 된장국에서 피어오르는 김과, 사람들이 내뱉는 숨만이 하얗다.

"여보?"

제일 먼저 제정신으로 돌아와 남편의 어깨에 손을 댄 이는 안주인 가나에다. 작은 마님이었다가 시집온 지 반년 만에 큰 마님이 된 그녀에게 측간에서 몰래 울기도 했던 얌전한 여인의 자취는 지난 팔 년 사이에 사라졌다. 젠이치와의 사이에서 아이도 셋 낳았고 이제 관록으로는 남편에게 지지 않는다. 그러나 그런 가나에조차 손바닥으로 전해져 오는 젠이치의 떨림과, 순식간에 핏기를 잃어 가는 그 안색에 할 말을 잃고 말았다.

"아아, 큰일이다."

젠이치는 오른손에 남아 있던 젓가락도 툭 떨어뜨리고 부들부들 떨리는 손으로 이마를 눌렀다.

"―마사키치 형님이 돌아가셨어."

가나에는 당혹스러워서 눈을 깜박였다. 그러자 이번에는 젠이치를 사이에 두고 안주인의 반대쪽 자리를 차지한 대행수 고로베에가 대경실색했다.

"마사키치 씨? 후카가와 만넨초의 그 마사키치 씨 말입니까."

올곧은 상인인 고로베에는 주산 실력이 뛰어나고 사람 됨됨이가 성실함 그 자체였지만, 얼굴이 조금 무서워―눈매가 고약하고 눈썹은 짙고 굵으며 코는 납작하고 이마에 흉터가 있다―, 아무리 보아도 건실한 사람으로는 보이지 않는다. 불한당, 불한당 고로베에, 줄여서 '고로고로'불한당'을 뜻하는 '고로쓰키(ごろつき)'에서 '고로'를 따왔다'라는 별명이 있는 이 오십대 남자는, 젠이치가 "음, 방금 죽었네" 하

며 고개를 끄덕이고 "고로 씨, 그것이 우리 집에 올 걸세"라고 말하자 순식간에 새로 바른 장지 같은 안색이 되었다. 그 얼굴을 보고 나머지 사람들은 또 다시 놀랐다.

"확실합니까, 나리."

"확실하네, 지금 여기로 느꼈어."

젠이치는 손으로 심장 위를 두드려 보이고 마른침을 꿀꺽 삼켰다.

"친족이니까. 알 수 있다네."

"하지만 다음이 나리로 정해진 것은 아닐 겁니다."

"아니, 나일세. 본래 나로 정해졌는데 마사키치 형님이 대신해 주었으니."

"그것은 알고 있습니다만—."

"나는 지금도 두 번째일세."

수수께끼 같은 대화에 가장 말단인 견습 점원 아이는 입가에 밥알을 붙인 채 입을 딱 벌리고 있다.

고로고로 대행수가 무릎을 바닥에 대고 상반신을 일으켰다.
"우선 어찌할까요?"

젠이치는 생각난 듯이 턱을 끄덕이며 "그것이 이리로 올 거야"라고 말하더니 몸을 떨었다. "대체 어찌 된 일일까. 하지만 나는 안다네. 으음."

마루방에 모인 열여섯 명은 바닥이 흔들리는 것을 느꼈다. 지진이다, 하며 긴장하자 밥상 위의 식기와 그릇도 작게 덜걱덜걱

흔들리기 시작한다. 잔물결 같은 떨림이 바닥뿐만 아니라 허공을 타고 전해져 온다. 그렇게 생각하자마자 부엌의 굴뚝이며 격자창에서 비릿한 바람이 후욱 불어 들어왔다.
 "어쨌든 가두어야 하네."
 젠이치가 격자창 바깥쪽으로 시선을 던졌다. 날이 밝기 전이라 아직 하늘은 어스레하다.
 "고로 씨, 지금 제일 많이 비어 있는 곳간이 어디인가?"
 삼 번 곳간입니다, 하고 고로베에가 대답했을 때 더욱 강하고 비릿한 바람이 불어 들어와 여자들의 머리카락을 흐트러뜨렸다. 일동은 견디지 못하고 눈이며 코를 덮었다.
 "그럼 삼 번 곳간일세! 삼 번 곳간을 열게!"
 한 손을 들어 얼굴을 감싸면서, 젠이치는 밥상을 걷어차고 일어섰다.
 "모두 도와주게. 아아, 남자들만 오면 돼! 여자와 아이 들은 밖으로 나가지 마라. 바깥을 보아서는 안 돼!"
 주인과 대행수를 선두로 종업원들도 우루루 밖으로, 가게 뒤쪽에 있는 곳간으로 달려간다. 남은 여자들은 어안이 벙벙하여 서로의 얼굴에 각자의 불안을 비추며 자연스럽게 몸을 바싹 붙였다.
 지진 같은 흔들림과 불온한 바람의 흐름은 계속되고 있다. 지금은 선반 위에 있는 것이나 찻장 속의 물건, 아니, 찻장 자체까지 삐걱거리며 흔들리기 시작한다.

그리고—그것이 왔다.

덜컹! 한층 크게 떨리는가 싶더니 곳간 쪽에서 남자들의 비명 같은 목소리가 들려왔다. 닫아, 닫아, 하고 고로베에가 고함친다. 빨리 닫아, 닫아 버리게, 보면 안 돼, 정면으로 보아서는 안 되네!

흔들림이 멈추었다. 마지막 바람이 불어 지나가 마루방의 등잔불을 요술처럼 멋지게 불어 끄고는, 시작되었을 때와 똑같이 갑자기 그쳤다.

어슴푸레한 어둠 속 부엌과 마루방에서 작은 먼지가 춤추고 있다.

"혹시."

가나에가 중얼거리며 한 손으로는 옆에 있는 어린 여자아이를 끌어안고, 다른 한 손으로 배내옷에 감싸여 그 뒤의 커다란 소쿠리 속에서 쿨쿨 자고 있는 아기를 끌어당겼다.

"그것이…… 그것일까."

전혀 영문을 알 수 없지만, 어쨌거나 이날 아침의 뜻밖의 사건이었다.

"있지, 오미요. 오늘 아침의 그것은 대체 뭐야?"

이야기는 그날 오후로 건너뛴다.

오미요는 일곱 살, 오미야 주인의 딸이다. 젠이치와 가나에의 장녀. 오늘 아침, 희한하고 불온한 사건이 일어났을 때 가나에에게 끌어 안긴 어린 여자아이다. 소쿠리 속에서 자고 있던 아기는 남동생 고이치로인데, 이쪽은 아직 기저귀를 차고 옹알거린다. 남매 사이에는 여자아이가 하나 더 있었지만 세 살이 되기 전에 마진으로 목숨을 잃고 말았다.

오미요에게 질문한 이는 같은 나이의 사내아이로, 이름은 다시치ᄎᆞ七라고 한다. 오미야의 이웃인 보테후리_{멜대 양끝에 생선, 채소 등을 담은 광주리를 메고 팔러 다니는 상인}의 아들로, 그 이름이 나타내는 대로 일곱 남매 중 막내다. 둘은 같은 습자소에서 나란히 앉아 공부하는 사이인데 지금은 습자소에 갔다가 집으로 돌아가는 길이다.

"오늘 아침의 그것이라니, 너 무언가 봤어?"

다시치 일가가 사는 나가야는 오미야 바로 뒤에 있다. 오늘 아침 오미야에서 일어난 소동은 충분히 들렸을 테고, 다시치가 이른 아침부터 무슨 일인가 하며 밖으로 나와 이쪽을 올려다보았다면 그에게 무언가 보였을지도 모른다. 삼 번 곳간은 가장 후미진 곳에 있고 나가야와 가깝다.

"엄청나게 소란스러웠잖아. 고로고로 대행수가 뭔가 고함치고 있었어. 불이 난 줄 알았네."

아버지랑 형들이랑 같이 밖으로 나갔다고 한다.

"그랬더니 하늘에서 무언가 괴상하게 생긴 것이 날아와, 휘이 이이잉 하고 바람을 가르면서 너희 집 곳간으로 들어갔어."

오미요는 걸음을 멈추고 손짓하여 다시치를 길가로 불렀다. 지나가는 사람들이 들을까 봐 꺼린 것이다. 일곱 살이라도 여자아이는 깜찍하다. 오늘 아침의 분위기로 보아 그 사건에 대해서 너무 큰 소리로 떠들어서는 안 된다고, 부모가 타이르기 전부터 알아챘다.

다시치는 습자장의 끈을 움켜쥐고 빙글빙글 휘두르면서 다가왔다.

"왜."

"그 괴상하게 생긴 모습으로 날아온 것은 뭐였어?"

다시치는 어른처럼 얼굴을 찌푸렸다. "고로고로는 왜 그렇게 허둥거린 거야? 괴상하게 생긴 것이 곳간으로 날아들어 가자 이번에는 닫아, 닫아, 하고 고함치고."

"우리 대행수님을 고로고로라고 부르면 안 돼."

"고로고로는 고로고로잖아."

"됐으니까, 네가 본 것은 뭐였니? 어디에서 날아왔어?"

오미요가 열심히 묻자 다시치는 심술을 부려 줘야겠다는 생각을 한 모양이다.

"네가 먼저 얘기해 주지 않으면 나도 이야기 안 해."

오미요는 굳게 입을 다물고 다시치의 거무스레한 얼굴을 노려보았다. 아버지의 장사를 돕고 있기 때문에 그의 얼굴은 일 년 내내 볕에 그을어 있다.

"네가 이야기하지 않으면 나도 이야기 안 해."

게다가 이야기하고 싶어도, 오미요 역시 사정을 잘 모른다.

무엇인지 알 수 없는 것을 삼 번 곳간에 가두고 돌아온 뒤 아버지도, 대행수도, 종업원들도 모두 안색이 하얗게 질렸으면서도,

―자, 끝났다. 이제 무엇도 걱정할 필요 없어.

입으로 그렇게 말하며 아무 일도 없었다는 듯 굴고 있다. 특히 아버지와 대행수는 한층 더 크게 시치미를 뗐는데, 연극은 서툴렀어도 몹시 진지해서 파고들 틈이 없었다.

오미요는 일곱 살 나름의 계책을 짜내어 이럴 때는 행수들을 공략해야 한다고 생각했다. 하지만 오늘 아침에 무언가를 보고 가둔 탓에 얼굴이 창백해졌던 행수들도, 조금 시간이 지나 안색이 돌아오자 어른의 분별을 되찾고 만 모양이다. 게다가 아버지와 대행수에게 단단히 언질을 받은 것도 같다. 아가씨와는 상관없는 일입니다, 전부 끝났으니 안심하십시오, 하고 태연하게 웃으며 얼버무렸다.

한편 어머니도 만만치가 않다. 어머니가 길들인 하녀들도 마찬가지다. 전에 오미요는 오랫동안 오미야를 드나들었고 선대 주인 부부(즉 오미요의 할아버지와 할머니다)도 잘 안다는 다시치의 어머니에게서 옛날 이야기를 들은 적이 있다.

―막 시집을 왔을 무렵, 오미요네 어머니는 세상 물정 모르는 아가씨라 정말로 오미야에서 잘해 나갈 수 있을지 걱정했단다. 시어머니는 물론이고 우두머리 하녀 앞에서도 기가 죽곤 했지.

지금의 어머니와는 전혀 달라서 깜짝 놀랐다.

"너, 심술쟁이구나."

오미요는 천천히 뒤로 물러나 다시치에게서 떨어지면서 날카롭게 노려보았다.

"그렇게 심술을 부리면 다시는 복습을 도와주지 않을 거야."

다시치는 건방지게 비웃었다.

"그렇게 뒷걸음질 치면 뒤를 향한 채 도리이$_{신사\ 입구에\ 세운\ 두\ 기둥의}$ $_{문.\ 이\ 문\ 안으로\ 들어서면\ 거기서부터는\ 신의\ 영역이라고\ 믿었다}$를 통과하게 된다고. 신께 엉덩이를 들이대면 벌 받을걸."

오미요는 돌아보았다. 둘은 마침 오미야에서 반 정$_{한\ 정은\ 약\ 백구백}$ $_{미터}$ 정도 떨어진 길에 자리한 작은 하치만구^{宮}$_{오진\ 일왕을\ 주신으로\ 하는\ 신}$ $_{사.\ 궁시(弓矢)의\ 수호신이라\ 무사들이\ 숭앙했다}$ 앞에 서 있었던 것이다.

손바닥만 한 경내지만, 이나리 신사가 아니다. 하치만구다. 그 증거로 칠이 벗겨진 낡은 도리이의 좌우에 자리 잡고 있는 것은 여우의 상이 아니라 한 쌍의 고마이누$_{신사\ 앞에\ 마주\ 보게\ 놓은.\ 한\ 쌍의\ 사자\ 비}$ $_{숫한\ 짐승의\ 상}$다. 이 또한 돌로 만든 낡은 고마이누로, 회색 몸 전체에 하얀 반점 무늬가 달라붙어 있다. 까마귀나 비둘기가 떨어뜨린 배설물의 얼룩이 지지 않는 것이다.

이 쓸쓸한 신사는 옛날부터 이곳에 있었던 모양이다. 이웃 사람들은 이곳을 지날 때 고개 숙여 인사를 하고, 때때로 참배하러 온다. 오미야에서도 대행수가 토지신님이 계시는 신사이니 실례를 해서는 안 된다고 말하곤 한다.

그러나 다시치의 말대로 뒷걸음질 쳐서 도리이를 지나면 엉덩이가 곧장 새전함에 닿을지도 모를 만큼 좁은 신사다. 오미요는 허둥지둥 방향을 바꾸어 도리이 안쪽에 있는, 지붕 기와가 느슨해진 본전을 향해 고개를 꾸벅 숙였다. 이 본전도 판잣집에 가까

운 모양새다. 정면의 문은 언제 보아도 닫혀 있고, 닫혀 있는데도 기울어서 틈이 생겨 있다.

대개 신사의 본전 처마에는 그 신사의 이름을 적은 편액이 있다. 여기도 마찬가지다. 하지만 나가야의 나무 문패와 좋은 승부가 될 만큼 변변치 않은 나무 판자에 먹으로 적어 놓기만 한 편액이라, 그 이름이 거의 지워져 있다. '만구蠻宮'라는 두 글자를 가까스로 읽을 수 있을 뿐이다.

인사를 마치고, 오미요는 양손을 허리에 댔다.

"이제 됐지?"

흥, 하고 다시치는 콧김으로 대답했다.

"너, 자기 집 일인데도 전혀 모르는구나."

"모르니까 묻는 거잖아. 아버지가 여자와 아이 들은 밖으로 나오지 말라고 했단 말이야. 바깥을 보지 말라고."

문득 깨달았다.

"혹시, 보면 지장이 생기는 것이 아닐까. 너야말로 벌 받겠다."

아이들끼리의 언쟁이라 형세는 가볍게 역전된다. 다시치는 허둥거렸다.

"뭐? 지장이라니 그게 뭐야. 왜 내가 벌을 받는단 말이야?"

"몰라."

입 양끝을 옆으로 씨익 늘이며 한껏 웃어 주었다. 뭐야, 뭐야, 하고 다시치는 마구잡이로 덤벼들어 습자장으로 오미요를 때리려 했다.

"하지 마, 하지 말라니까."

궁지에 몰린 오미요는 고마이누가 놓여 있는 돌 받침대에 등을 바싹 붙이고 양손으로 얼굴을 감쌌다.

그때, 목소리가 들려왔다.

"훈지고밧텐다가?"

어.

뭐야, 뭐야. 방금 그 목소리는 뭐지.

오미요가 갑자기 몸을 굳히는 바람에 다시치도 놀란 모양이다. 입으로는 뭐야, 뭐야, 하면서도 다리가 풀렸다.

"뭐야, 그 얼굴. 나 안 때렸어."

"쉿! 조용히 해."

오미요가 다시치를 찰싹 때렸다.

"네가 때렸잖아."

"조용히 하라니까."

오미요는 등을 받침대에 더 세게 누르며 열심히 귀 기울였다. 그러자 또 들렸다.

─훈지고밧텐다라, 오다가다가노시시닷테루데.

오미요의 손에서 습자장이 떨어졌다.

"뭐야."

이제 다시치는 허둥거리다 못해 겁을 먹기 시작하여 몸을 움츠리고 속삭였다.

그 안색을 충분히 확인한 뒤 오미요는 쿡쿡 웃었다.

"다케 오라버니야."

다시치의 눈이 휘둥그레진다. "다케 형?"

"다케 오라버니가 장난치는 거야."

오미요는 가볍게 몸을 돌려 주위를 두리번두리번 둘러보았다. 그것만으로 모자라서 고마이누 주위를 빙글빙글 돌며 찾았다.

"다케 오라버니지! 우리한테 겁을 주려는 거지."

다시치가 입을 삐죽거리고 살짝 발돋움을 해 주위를 둘러보며 어이없어한다.

"아무도 없어."

"하지만 지금 들린 건 다케 오라버니의 고향 사투리인걸."

"나한테는 아무 소리도 들리지 않았어."

"너는 난리를 치느라 목소리가 시끄러웠잖아."

그 말을 듣고 다시치도 그런 듯한 기분이 들었다. 정말이냐고 머리를 긁적이면서도 함께 다케 형, 다케 형, 나와, 하고 난리를 쳤다.

좁은 하치만구는 쥐 죽은 듯 조용했고, 분명히 오미요와 다시치 외에는 아무도 없다. 지나가던 행상인에게, 얘들아, 신사에서 시끄럽게 굴면 못써, 하고 꾸중을 듣고 말았다.

"오미요, 잠에 취한 거 아니야?"

밉살스러운 말을 하면서 나는 그만 집에 가야겠다고 걸음을 내딛는 다시치를 쫓아간 오미요는, 있지, 진짜로 오늘 아침에 뭘 본 건데, 하고 끈질기게 물었다.

"으~음."

다시치는 막상 이야기를 꺼낼 참이 되자 우물거린다.

"'으~음'이라는 것을 보았어?"

"아니야. 하지만 말로 표현하기가 어려워."

뭔가 말이지―하고 말한다. 눈알이 가운데로 쏠린다.

"커다란 이불 같은 거였어."

"이불?"

"응. 검고 커다란 이불."

그런 것이 하늘을 날아와 오미야의 곳간으로 날아 들어갔단 말일까.

"어느 쪽에서 날아왔는데?"

다시치가 손가락으로 가리켰다. "해님이 떠오르는 쪽."

동쪽이다. 오늘 아침에 아버지가 말한 후카가와는 신쿠로몬초에서 보자면 대략 동쪽에 해당하지 않는가.

마사키치 형님이라는 사람은 누구일까…… 오미요가 생각에 잠기자 다시치가 머뭇거렸다.

"왜?"

"너, 웃을 거지."

"안 웃을게."

아니, 웃을 거야, 하고 다시치가 단정 짓는다.

"안 웃어. 그러니까 뭔데?"

또 눈알이 가운데로 쏠리고 나서, 다시치는 낮게 덧붙였다. "그

시커멓고 커다란 이불에 눈알이 가득 돋아 있었어."

한 호흡 쉬고 나서 오미요는 깔깔 웃었다.

그것 봐, 웃었잖아, 에이, 하고 다시치는 달려가 버렸다.

혼자 남자 오미요는 웃음을 멈추고 오미야로 돌아갔다. 검은 이불에 눈알. 이불에 눈알이 가득 돋아—.

부엌문으로 돌아가기 전에 슬쩍 들여다보니 가게는 늘 그렇듯이 장사를 하고 있고, 손님이 드나드는 모습도 변함이 없다. 계산대의 격자 칸막이 맞은편에 의젓하게 앉아 있는 고로고로 대행수의 모습도 평소와 똑같다.

그러나 안채의 분위기는 완전히 달라져 있었다. 아무튼 소란스럽다. 사람들이 많이 와 있다. 여기저기에 신발이 가득하고 하녀들은 부엌과 복도를 바쁘게 오가고 있다.

이윽고 어머니 가나에가 와서, 오늘은 어디에도 놀러가지 말고 고이치로를 돌봐 주라고 말했다.

"손님이 많이 와서요?"

그래, 하며 가나에는 밝게 고개를 끄덕였다.

"모두 친척분들이야. 아버지와 중요한 이야기를 하고 계시니까 방해하면 안 된다."

확실히 아버지 젠이치의 방에서 사람들의 목소리가 왁자지껄하게 새어 나온다.

"그럼 친구를 불러도 돼요?"

"안 돼."

어머니는 엄하지만 평소에는 이렇게 오미요가 조르면 한 마디로 퇴짜 놓는 사람이 아니다. 저도 모르게 "왜요?" 하고 물었다.

"오늘 아침에 그렇게 이상한 일이 벌어져서 친척들이 모인 거예요? 삼 번 곳간에 괴상하게 생긴 것이 날아들어가 아버지가 가두었지요?"

가나에가 즉시 오미요의 머리를 딱 때리며 가로막았기 때문에 결과적으로는 다행스럽게도, 오미요는 이렇게 말을 잇지 않아도 되었다—다시치가 봤다고 했어요.

"건방진 소리 하지 마라. 너는 아직 이해하지 못하는 일이야. 몰라도 되지. 아버지와 어머니가 시키는 대로 하면 돼."

일곱 살 여자아이와 사내아이의 차이는, 여자아이는 이럴 때 일단 물러나야 함을 알고 있다는 점이다.

"네, 알겠어요."

순순한 태도에 가나에의 표정도 부드러워졌다.

"얌전히 있으면 맛있는 과자를 줄게. 혼자서 심심할 것 같으면 신돈과 놀아도 된다."

신돈은 제일 말단인 견습사원 아이다. 평소 고이치로를 돌보는 것도 신돈이 하는 일 중 하나다.

"신돈에게도 말해 두었지만 앞으로 너희는 한동안 곳간에 가까이 가서는 안 돼. 마당에서 놀아서도 안 된다. 측간에 갈 때는 곧장 갔다가 돌아와야 해. 곳간 쪽을 들여다보아서는 안 된다."

깜찍한 일곱 살 여자아이는 이런 때 또 "왜요?" 하고 물었다가 머리를 딱 하고 얻어맞거나 하지 않는다. 오미요는 순순히 자기 방으로 물러갔다.

딸랑이 장난감으로 고이치로를 어르거나 까꿍을 하고 있는 사이에 신돈이 왔다. 간식을 들고 있다. 선물로 들어온 것인지 손님 용인지, 바이린도화과자 가게 이름의 양갱과 생과자다. 손뼉을 치며 춤을 추기 시작하고 싶어질 만큼 호화스러운 과자다.

신돈은 칭얼거리기 시작한 고이치로의 기저귀를 간 뒤 아기를 등에 비끄러매었다. 평소와 변함없는 모습이다. 오미요는 견습사원 아이에게 묻고 싶은 점이 산더미처럼 많았지만, 종업원들처럼 이 아이 또한 아버지와 어머니의 명령을 지키는, 고용살이 일꾼의 '작은' 귀감이라는 사실을 알기에 우선은 회유책으로 나갔다.

"신돈, 쌍륙주사위 두 개를 던져 그 끗수에 따라 말을 움직여 승부를 겨루는 놀이 할까?"

본래는 정월에 하는 놀이지만, 신돈은 이 놀이를 매우 좋아한다. 게다가 놀 기회가 한정되어 있다. 예상한 대로 달려들었다.

"신돈이 이기면 내 몫의 양갱을 먹어도 돼."

신돈은 몹시 기뻐하며 이기고 또 이겼고, 오미요는 그의 입을 열 수 있었다.

그러나 신돈도 대단한 사실을 알고 있지는 않았다. 안채에 모인 손님들은 분명히 오미야의 친척들이라는 것. 무언가 어려운 이야기를 하고 있고, 가끔 누군가가 화를 내거나 신음하고 있다는 것. 쉽게 끝날 회담이 아닌 듯하다는 것.

"정말이지, 저도 이렇게 많은 친척분들이 모이시는 모습을 본 적은 처음입니다."

신돈은 이제 겨우 열 살인데다가 오미야에 온 지 이 년도 되지 않았으니 이는 과장된 말투이기는 하다. 하지만 심정은 이해가 간다.

"나는 우리한테 이렇게 많은 친척이 있는 줄도 몰랐어."

"아가씨, 오미야는 에도 전역에 잔뜩 있는데, 그중 절반이 친척입니다."

과장도 심한 과장이지만 에도 시중에 오미_{지금의 시가 현을 가리키는 옛 지명. 오미의 상인은 교활하고 도둑 같으며 이세의 상인은 참배하는 사람들을 기다리는 거지 같다는 말이 있을 정도로, 에도에서 장사를 하며 재산을 모은 오미의 상인들이 많았다}의 상인은 분명 많이 있고, 그중에서도 오미야라는 이름을 내건 곳이라면 다른 곳과 지연, 혈연으로 맺어진 경우가 많기는 하다.

"있지, 신돈, 너도 곳간에 가까이 다가가면 안 된다는 말을 들었니?"

오미요가 비밀 이야기를 하듯이 작은 목소리로 묻자 신돈도 목소리가 작아졌다.

"네. 곳간에는 망보는 사람이 있어요."

"망보는 사람?"

"저희만으로는 손이 부족해서 친척분들이 사람을 보내 주셨다고 하네요."

오미요는 눈을 깜박거렸다. 망보는 이를 세우면서까지 곳간을 지키다니, 역시 보통 일이 아니다.

"손님도 접대해야 하고 망보는 이들의 식사도 마련해야 하니, 오킨 씨네는 모두 바빠지겠어요."

오킨이란 오미야의 우두머리 하녀다. 어쩌면 가나에보다 훨씬 더 엄격한 사람일 것이다.

오미요는 입이 근질근질했다. 신돈에게 오늘 아침 다시치가 보았다는 것을 가르쳐 주고 싶어서 견딜 수가 없다. 하지만 충성스러운 신돈은, 들으면 분명 누군가에게 이야기하리라. 특히 오킨에게는 무언가를 숨길 수가 없다. 뱀 앞의 개구리처럼, 틀림없이 털어놓고 말 것이다.

―말하지 말자.

그러다가 쌍륙에도 질렸고, 신돈 역시 놀고만 있을 수는 없었기 때문에 고이치로를 등에 비끄러맨 채 일하러 갔다. 오미요는 안채의 분위기를 살피다가 큰맘 먹고 가게에 가 보기로 했다.

이럴 때는 참모를 공략한다는 기습도 있을 수 있으리라. 고로베에게 묻는 것이다.

아무래도 건실한 사람으로 보이지 않는 대행수는 품에 비수라도 품고 있는 듯한 얼굴을 하고 오늘도 간장을 팔고 있다. 오미요는 태평한 기색으로 그 옆에 바싹 달라붙었다.

"아이고, 심심하세요?"

오미요는 그의 품에 얼굴을 처박을 듯이 몸을 바싹 대고 속삭였다.

"검은 이불에 눈알이 잔뜩."

대행수는 몸을 뒤로 젖혔다. 너무 크게 놀라서, 그 기세에 계산대의 격자 칸막이 사이의 촛대를 날려 보내고 말았다.

"아, 아, 아가씨."

의아한 듯이 돌아보는 손님들과 종업원들의 눈을 피해 고로고로 대행수는 오미요를 끌어당겼다.

"보셨습니까."

"아니. 본 사람한테 들었어."

"누가 보았답니까?"

묻고 나서 고로베에는 앗 하는 얼굴을 했다. "다시치로군요. 그 일가는 일찍 일어나지요."

"정답."

아차, 낭패다. 고로고로 대행수가 두꺼운 손바닥으로 자신의 이마를 치자 좋은 소리가 났다.

"나중에 제가 도라조와 이야기하겠습니다."

도라조란 보테후리인 다시치의 아버지다.

"아가씨도 두 번 다시 이 이야기를 입에 담아서는 안 됩니다. 다시치에게도 입막음을 단단히 해 주십시오. 그것은—다시치가 보았다는 것은 좋지 못한 것입니다."

"무엇이 어떻게 좋지 못한데?"

그냥 호기심이 든 게 아니었다. 오미요는 약간 걱정이 되기 시작했다. 대행수가 이렇게 당황하는 일은 드물다.

"지장이 있는 거지? 혹시 다시치는 병에 걸리게 되는 거야?"

오미요의 진지함이 전해졌으리라. 고로베에는 천천히 고개를 저었다.

"그렇지는 않습니다."

졸린 듯한 쌍꺼풀이 다시 깜박인다. 고로고로 대행수는 잠시 생각에 잠긴 모양이다. 오미요는 속으로 어라, 했다. 대행수의 얼굴은 그 고마이누와 닮았다.

"비밀입니다."

"응."

"섣불리 다가가거나 그것을 보면 손버릇이 나빠집니다."

한 번 정도라면 걱정 없다. 그래도 다시치는 이제 그것에 대해서 이야기하지 않는 편이 좋다고 했다.

"아가씨도 마찬가지입니다. 아가씨의 생활에는 어떤 지장도, 변화도 없을 겁니다. 나리와 마님의 분부를 지키면서 얌전히 계시면 돼요. 이번 일은 저희 어른들에게 맡기십시오. 머지않아 수습이 될 것입니다─아니, 수습할 테니까요."

오미요의 머리를 슥슥 쓰다듬고, 고로베에는 불한당처럼 웃었다.

밤이 되자 놀랄 만한 일이 두 가지 더 늘었다.

하나는 곳간 주위에 화톳불을 붉게 지펴 놓은 일이다. 곳간의 망보는 이는 그냥 망보는 이가 아니라 불침번이다. 오미야만으로는 일손이 부족해질 만도 하다.

두 번째는 곳간이 소란스러운 점이다. 망보는 이가 소란스럽게 구는 것이 아니다.

삼 번 곳간에서 소리가 난다. 밤이 되어 주위가 조용해지자 지울 수도 없고 얼버무릴 수도 없는 기괴한 소리가 울려 온다.

문은 전부 닫혀 있는데도 곳간의 두꺼운 벽을 통해 그 소리가 새어 나온다.

중얼중얼 두런두런, 누군가가 중얼거리는 듯한.

사락사락 술렁술렁, 무언가가 움직이는 듯한.

가만히 듣고 있으면 소름이 돋을 듯해 오미요는 이불을 뒤집어 썼지만 좀처럼 잠들 수가 없었다. 아기인 고이치로도 마찬가지인지 심하게 울었다. 아기를 달래는 가나에의 자장가 소리가 밤공기 속에서 가늘고 쓸쓸하게 흐른다.

그 등 뒤로도 계속―.

중얼중얼 두런두런, 사락사락 술렁술렁.

2

하룻밤 지나 다시 습자소에서 돌아오는 길이었다.

고로베에의 약이 잘 들었는지, 다시치는 사람이 변한 것처럼 얌전했다. 오미요 쪽에서 어제 하던 이야기를 계속하려고 해도 전혀 혹하지 않는다.

"안 돼, 안 돼, 안 돼. 나, 그 이야기를 하면 안 된단 말이야."

"도라조 씨한테도 혼났어?"

"아버지도 나도, 나란히 고로고로 대행수한테 야단맞았다고!"

일부러 본 것도 아닌데, 하고 토라지는 모습은 평소 다시치의 모습과 다르지 않다.

"대행수님은 어른들한테 맡겨 두면 잘 수습될 거래."

"그렇지? 맡겨, 맡겨. 나는 이제 몰라. 그런 으스스한 것은."

"으스스했구나? 있지, 삼 번 곳간에서 징그러운 소리가 나."

"그러니까 이제 말하지 말라니까!"

그 작은 하치만구 앞까지 달음질하듯이 와서, 오미요는 떠올렸다. 그렇다, 오늘이야말로 다케 오라버니가 있을까?

"어제 그 사투리, 다케 오라버니였단 말이야."

고마이누 받침대에 손을 대고 살며시 본전 쪽을 살펴본다. 어린아이의 그림자에 놀랐는지 참새 몇 마리가 파드득 날아올랐다.

"다케 형은 없어. 네가 잘못 들었겠지."

다시치도 신경이 쓰여서 그 후에 확인했다고 한다.

"다케 형은 어제 만넨탕의 목욕물 끓이는 솥을 청소하느라 아침부터 저녁까지 줄곧 바빴대."

오미요는 실망했다. "다케 오라버니, 또 그런 일을 하고 있구나."

"어쩔 수 없잖아. 야마토야에서는 일할 수 없으니까. 더부살이니 자기 밥값 정도는 자기가 벌어야지."

둘이 다케라고 부르는 사람은 다케지로라는 젊은이다. 같은 신쿠로몬초에 있는 배달 가게 '야마토야'에서 살고 있다. 사실은 배달부가 되어야 했지만 지금은 그냥 더부살이 신세가 되었다.

십 년쯤 전, 손등싸개와 각반을 차고 아직 뛰어다니던 지금의 야마토야 주인은 오우^{현재의 아오모리, 이와테, 야마가타, 아키타, 미야기, 후쿠시마 6현을 가리키는 옛 지명} 가도변의 작은 역참에서 미아인지 버려진 아이인지를 주워 그대로 에도로 데려왔다. 그 아이가 다케지로다. 말이 난 김에 말하자면 이 미아인지 버려진 아이인지는 이름은 댈 수 있었지만 태어난 장소도, 부모의 이름도, 자신의 나이조차 기억하지 못했다. 그래서 지금도 다케지로의 나이는 확실하지 않다. 스무 살 정도일 것이다.

그런데 이 다케지로는 다리가 엄청나게 빠르다. 원숭이처럼 빠르다. 야마토야의 주인도 그 점을 높이 샀기 때문에 주워서 에도까지 데려왔지만, 찬찬히 달리게 해 보니 의외의 약점이 발견되었다. 오래 달리지 못하는 것이다. 고작해야 두세 정이 한계이고 금세 숨이 가빠진다. 단련을 해 보면 어떨까 싶어 훈련시켜 보니,

짧은 시간 동안의 달리기는 더욱 빨라졌으나 녹초가 되는 점에는 변함이 없었다.

이래서는 배달부가 될 수 없다. 시중의 심부름이 고작이다.

야마토야의 주인은 냉혹한 사람이 아니라서 다케지로의 다리가 기대와 다른 결과로 끝났어도 그를 내쫓지 않았다. 야마토야에 살게 하며 허드렛일을 시켰다. 본인도 철이 들자 언제까지나 이렇게 어중간한 더부살이를 할 수는 없다고 생각했는지 생계의 길을 찾아 이것저것 해 보았다. 하지만 어떤 일이나 요령 좋게 그럭저럭 해냈고, 잔재주가 있는 것으로 끝났다. 이것이 오히려 화가 되어 지금은 동네 심부름꾼이 되었다.

한편 다케지로는 이웃 아이들에게 사랑받고 있다. 늘 기분 좋게 놀아 주고 손재주가 좋아 도르래 장난감 정도는 뚝딱뚝딱 만들어 주며, 재미있기 때문이다. 야위었으나 힘은 세서 아이 두셋을 업고도 끄떡없고, 타고난 재주인 빠른 달음질을 보여 준다. 물론 금세 숨이 찬다. 그래서, 정말이지 다케 형은 어쩔 수 없네, 하며 아이들이 잘 따르는 것이다.

다케지로의 태생은 모르지만 한 가지 확실한 것은 어딘가 깊은 산속 마을 출신이라는 점이다. 사투리가 심했기 때문이다. 그것도 각지를 뛰어다니기 때문에 다양한 사투리를 알고 있는 야마토야 사람들조차 한두 번 들어서는 이해하지 못할 정도로 진귀한 사투리였다.

에도에서 산 지 십 년, 역시 유창한 에도 말투로 이야기할 수 있게 된 다케지로지만 고향의 말을 잊어버리지는 않았다. 해 봐, 해 봐, 하고 아이들이 조르면 사투리를 들려준다. 오미요도 몇 번 들은 적이 있다.

그리고 어제 이 신사에서 들려온 소리는 틀림없이 다케 오라버니의 사투리였다. 가락은 좋지만 몹시 탁해서 무슨 말을 하는지 알 수 없었다. 그 뜻을 알 수 없는 사투리는 잘못 들을 수가 없다.

게다가 습자소에서 돌아오는 아이들을 기다린 뒤 불쑥 장난을 치다니, 자못 다케 오라버니가 할 법한 짓이다.

"다케 오라버니~~~."

오미요는 완전히 그렇게 믿고 있기 때문에 거침이 없다.

"여기에 있지? 나와 봐. 요전에 만들어 준 겐다마^{막대 한쪽 끝에 장구 모양의 나무 토막을 끼운 장난감. 거기에 실로 연결된 공을 던져 올려서 받으며 논다}, 나 잘하게 됐어."

그러니까 다케 형이 아니라니까, 하고 다시치가 뒤에서 혀를 내민다.

"시끄럽다고 신께서 화내실 거야."

"맞아, 다케 오라버니. 이런 곳에 숨어 있으면 신께서 화내실 거야."

그러자 또 들려왔다.

―구데노오조가, 혼데라와다이데도가짓도루도.

오미요는 입을 딱 다물고 등을 곧게 폈다.

방금 그것은 이상하다.

귀로 들은 소리가 아니다. 팔을 타고 직접 가슴에 전해진 느낌이 들었다.

오미요는 천천히 얼굴을 돌려 자신의 오른팔을 바라보았다. 고마이누 받침대에 닿아 있는 팔을.

―훈지고밧텐다라, 오다가다가노시시닷테루돗테모, 오조가바바구지루데, 시다모간.

오미요는 더욱 천천히, 오른팔에서 시선을 들어 고마이누를 올려다보았다. 하얀 새똥 얼룩투성이가 된, 졸려 보이는 그 얼굴을.

―응, 오다.

고마이누의 눈이 깜박인 것처럼 보였다.

―오다노호우데루가사이모간난, 손 다케 오라버니도테, 호이데코.

또 팔을 타고 전해져 온, 말이라기보다 사념이다. 그리고 그 사념 속에 오미요도 알아들을 수 있는 한마디 말이 있었다.

다케 오라버니.

―호이데코, 호이데코.

고마이누가 고개를 끄덕이는 듯이 보인다.

뜻은 모르지만 분위기는 알 수 있다.

"오미요, 뭐 하는 거야" 하고 다시치가 조바심을 낸다.

오미요는 반쯤 입을 벌린 채 가만히 내밀듯이 말해 보았다. 다시치가 아니라 고마이누를 향해서.

"다케 오라버니를 데려오라는 뜻이야?"

고마이누가 눈을 깜박였다. 이번에야말로 오미요는 똑똑히 보았다.

—응.

"야, 뭐야!"

허둥거리는 다시치의 손을 움켜쥐고, 그를 질질 끌다시피 하여 야마토야까지 달려갔을 때 오미요의 다리는 다케지로의 다리만큼이나 빨랐다.

"왜, 왜 그러니, 미요, 대낮부터 꿈이라도 꾼 거 아니야?"

다케 오라버니다.

오늘도 칠칠치 못하다. 어제도 칠칠치 못했을 테고, 내일도 칠칠치 못할 것이다. 머리카락은 더부룩하게 자라 상투가 파묻힐 정도고, 얼굴은 지저분하고, 그렇게 손재주가 좋으면서 띠를 묶는 데는 서툴러서 늘 끈이 풀리려고 한다. 그래서 옷깃도 느슨하다. 옷자락을 허리띠에 걸어질러도 금세 질질 내려오기 때문에 늘 손을 뒤로 돌려 다시 끼우곤 한다.

이 사람이 다케 오라버니다. 말이 난 김에 얘기하자면 어중간한 심부름 일을 하느라 이곳저곳 뛰어다니기 때문에 다시치보다도, 도라조보다도 볕에 그을었다.

"야마토야에 있어 주어서 다행이야" 하고 한탄하는 사람은 다시치다. 오미요에게 끌려오느라 무릎에 생채기가 생겼다.

"오늘은 우리 집 부뚜막 청소를 하고 있었거든."

"그래서 그렇게 새하얗구나."

다케는 머리에서부터 온통 재를 뒤집어썼다.

오미요는 알 바 아니다. 다케의 손을 잡고 고마이누 받침대로 끌고 간다.

"바싹 대. 이렇게, 손바닥을 꼭 붙여야 해!"

그렇게 해 두고 고마이누를 올려다보았다.

"고마이누 님, 다케 오라버니를 데려왔어요. 뭐라고 말 좀 하세요! 다케 오라버니라면 고마이누 님의 말을 알아들을 수 있지?"

다케와 다시치가 눈을 마주치고, 다시치가 관자놀이 언저리에서 손가락을 빙글빙글 돌리고 있다는 사실을 알았다. 하지만 나중에 걷어차 주기로 하고 오미요는 다케의 손을 꽉 눌렀다.

"고마이누 님한테 인사해. 제가 다케 오라버니입니다, 하고. 사투리로 말해야 해."

다케는 빈손으로 머리를 긁적이고 싱글싱글 웃으면서도 소리 내어 고마이누에게 말했다.

"오다가 다케지로단데."

"고마이누 님, 제발!"

오미요는 눈을 감고 자신의 손도 고마이누 받침대에 착 가져다 대었다.

―도도킨슈만구레루다, 숫타라메도케에다.

오미요는 눈을 번쩍 떴다. 보니 다케도 눈을 부릅뜨고 있다.

"들었어?"

어엇, 하고 다케는 신음했다.

"이게 뭐야."

고마이누를 올려다보고 그 김에 손바닥을 뻗어 그 얼굴이며 머리를 찰싹찰싹 때리기 시작했다. 다케는 키가 크기 때문에 고마이누에 손이 닿는다.

"헤에, 너 도도키에서 채굴된 거냐. 그래, 도도키 사자레_{작은 돌이}_{라는 뜻}구나. 그립네, 깜짝 놀랐어."

고마이누와 이야기가 통한 모양이지만, 이번에는 다케가 뜻을 알 수 없는 말을 한다.

"무슨 소리야? 고마이누 님이 뭐라고 했어?"

다케지로는 활짝 웃으며 오미요를 불쑥 안아 올리더니 어깨에 태웠다.

"자, 가까이에서 인사해. 이 고마이누는 나랑 같은 곳에서 왔어. 도도키라는 곳인데, 옛날에는 채석장이 있었거든. 도도키 사자레라는 돌이 채굴되었지."

그건 그렇고 통투성이로군, 하고 말한다.

"도도키 사자레는 푸른빛이 도는 예쁜 회색이야. 잘 닦으면 유리처럼 빛나지."

오미요는 다케의 어깨 위에서 버둥거렸다.

"그건 됐으니까, 알았으니까 고마이누 님은 뭐라고 말한 거야?"

다시치도 서둘러 다가온다. 새삼 고마이누를 만지려고 하다가 손이 더럽다는 사실을 깨닫고 허둥지둥 옷으로 닦았다.

"으~음, 그러니까 방금 그건 '도도키 사람을 만나는 건 참으로 오랜만이다'라는 말이야."

역시. 다케 오라버니는 알아듣는구나!

"있지, 고마이누 님은 나한테 '훈지고밧테루'라고 했어."

"그건 '곤란하다'는 뜻이야."

"돌로 만들어진 고마이누가 어떻게 말을 해?" 하고 다시치가 작게 항변했다.

"신의 사자使者니까 말을 해도 이상하진 않겠지" 하며 다케지로는 웃었다. "어디, 어디, 그래서 나한테 무언가 볼일이 있다면 말해 줘."

다케는 오른쪽 손바닥을 펴서 고마이누의 늘어진 귀에 댔다. 그의 어깨 위에 있는 오미요는 정수리를 만지기는 미안해서 꼬리 옆에 손을 댔다.

옆에서는 다시치가 손바닥과 오른쪽 귀를 받침대에 대고 숨을 죽이고 있다.

―오조가오미야데 훈지고밧텐도, 오다가메메니와데키타데. 손다바바쿠치간다조. 텐사노이테카스몬모데나구지바, 오다가다가노시시닷테루.

오미요가 알아들은 말은 '오미야'뿐이다. 우리 집 이야기다!

다케는 또 눈을 휘둥그렇게 뜨고, 그래? 하고 중얼거렸다.

"너는 좋은 신의 사자로구나."

그러고 나서 서둘러 "인메, 요카민미노하스바라닷조" 하고 고마이누에게 통하는 말로 다시 말했다.

어깨에 올라탄 덕분에 오늘은 고마이누의 얼굴이 눈앞에 있다. 다케의 말에 고마이누의 입이 희미하게 웃는 모습을, 오미요는 가까이에서 보았다.

"고마이누 님이 뭐래?"

재촉하는 오미요에게 다케는 한 번 숨을 내쉬고 나서 가르쳐 주었다.

"아가씨네 오미야가 곤란에 처해 있다는 것이 들려 왔다. 그 요괴는 '바쿠치간'이라는 것이다. 사람의 손으로 퇴치할 수 있는 요괴가 아니니, 내가 도와주마."

이번에는 오미요가 눈을 휘둥그렇게 떴다. 다시치는 붕어처럼 입을 딱 벌렸다.

둘을 내버려 두고 다케지로는 한바탕 고마이누와 열심히 대화를 나누더니, "자, 어찌할까" 하고 말하며 더부룩한 머리를 쥐어뜯었다.

"이런 이야기를 오미야에서 바로 믿어 주려나."

믿어 주었다.

무엇보다 효과를 발휘했던 것은 '바쿠치간'이라는 불가사의한 말이었다.

'도박안賭博眼'이라고 쓴다고 한다.

"신불의 인도라고 해야 할까……."

고맙지만 참으로 신기한 일도 다 있다며, 젠이치가 감탄한 듯이 고개를 끄덕인다. 왼쪽 옆에는 고로베에가 있고, 오미요와 다시치는 다케를 사이에 두고 머리를 나란히 하며 앉아 있었다. 오미야의 안채다.

방금까지는 손님들로 시끌벅적했지만 지금은 아무도 없다. 오미요와 다케에게서 이야기를 들은 젠이치가 오늘은 이만 돌아가 주셔야겠다며 자리를 파한 것이다.

"이 일에 친척 외의 사람을 끌어들였다는 사실이 알려지면 시끄럽게 구는 분도 있을 테니 말이다."

고마이누가 그 '바쿠치간'인지 뭔지를 퇴치하기 위해 다케에게 지시했다는 일은 어려운 것이 아니었다. 오미요가 들어도 단번에 이해할 수 있었다.

지금부터 가능한 한 서둘러서 개 하리코골에 종이를 여러 겹 바르고, 마른 다음에 속의 골을 빼서 만든 종이 세공품를 오십 마리 모아라. 소쿠리를 진 개이기만 하면 크기는 상관없다.

단, 새것은 안 된다. 돈으로 사 모아서는 안 된다. 이집 저집에 장식되어 있는 개 하리코를 얻어 와야 한다. 그때 소쿠리가 찢어지거나 망가지면 반드시 새로 만들어 붙이거나 수선하도록.

오십 마리의 개 하리코가 모이면 다시 신사로 오너라. 그다음에 어찌해야 할지 가르쳐 주마ㅡ.

개 하리코란 고마이누를 본뜬 하리코로, 하얀색이나 검은색 바탕의 개 모양에 예쁜 장식이 되어 있다. 그중에는 큰 것도 있지만 하리코이니 가볍다. 장난감 같기도 하고 장식물 같기도 한, 귀여운 물건이다. 밤에 여는 노점에서 흔히 팔 정도이니 값도 싸다.

이 개 하리코, 그중에서도 등에 소쿠리를 진 것은 '어린아이의 부적'이라고, 젠이치는 오미요와 다시치에게 가르쳐 주었다.

"그러고 보니 우리 집에도 하나 있지."

고이치로가 자는 방의 선반에 장식되어 있다. 머리부터 꼬리까지 다섯 치 정도 되는 하리코다. 등에 진 소쿠리에 공기 한 알 정도는 들어갈 듯하다.

"고마이누는 신의 사자이고, 소쿠리는 요괴에게 강하지. 둘을 합쳐서 여러 가지 마에 홀리기 쉬운 어린아이를 지키는 행운의 물건이 된단다."

"어째서 소쿠리가 요괴에 강하지요?"

다시치가 오미요도 이상하게 생각한 점을 대신 물어 주었다.

"요괴란 대개 눈이 하나거든. 자기보다 눈이 많은 존재를 무서워한단다. 사람의 눈은 두 개지만 소쿠리에는 훨씬 더 많은 눈이 있지 않느냐? 눈의 수만큼, 요괴보다 강한 것이지."

소쿠리의 눈과 사람의 눈알은 다른 것 같은데—하고 오미요는 제법 말이 되는 논리를 생각했지만 다시치는 순순히 납득한 모양이다. 흐음, 하며 감탄한다.

"하지만 그 괴상하게 생긴 이불은 외눈이기는커녕 눈알이 가득."

다시치는 말하다 말고 당황하며 입을 다물었다. 고로고로 대행수가 무서운 얼굴을 하고 있다.

"고, 고마이누 님은 하, 하리코가 되었어도 한 마리, 두 마리라고 세는구나" 하고 얼버무리며 다시치가 다케의 등 뒤로 숨으려고 한다.

"그런데 다케지로 씨."

젠이치는 앉은 자세를 바로 하더니 정중하게 손을 모으고 다케를 향했다. 다케는 여전히 머리가 더부룩하고 재를 뒤집어쓴데다 띠가 풀리려 하고 있다.

"지금부터 털어놓는 사실은 우리 오미야 일족의 비밀이오. 이런 사정이 아니었다면 결코 밖에는 새어 나가게 할 수 없는 이야기지요. 그 점을 명심하시고 들어주시오."

오미요도, 다시치 너도. 젠이치가 고개를 끄덕이며 말하자 오미요는 야무지게, 다시치는 애매하게, "네" 하고 대답했다.

"그래도 다케지로 씨를 동원하는 이상 야마토야에 인사를 하지 않을 수 없겠지요. 이야기가 끝나면 나를 야마토야에 데려가 주시오."

다케는 "예에" 하며 목을 움츠렸다. 조금 당황한 기색이다.

"저는 전혀 상관없지만 그렇게 대뜸 믿어 버려도 정말로 괜찮으신 겁니까. 제가 잠꼬대를 하는지도 모릅니다. 속이는지도 모르고요. 신사의 고마이누가 말을 하다니, 에조시_{에도 시대에 항간의 사건 등을 간단한 그림과 함께 설명한 인쇄물, 또는 그림이 있는 목판 인쇄의 소책자}에도 나오지 않을 듯한 바보 같은 이야기인데요."

"바보 같은 이야기가 아니에요. 나도 똑똑히 들었는걸요. 고마이누 님이 웃는 것도 보았어요."

끼어드는 오미요에게 젠이치는 웃음을 지었다. "필경 그럴 테지. 이 애비도 보고 싶다만, 지금은 고마이누 님이 말씀하시는 대로 하는 것이 먼저다."

젠이치는 매우 진지하다. 오미요는 조금 무서워졌다.

"무엇보다 그 신사의 고마이누 님―즉 그 신사의 신은 '바쿠치간'을 알고 계시지. '바쿠치간'의 무서움을 잘 알기 때문에 우리를 도와주시려는 게다. 고마운 일이 아니냐. 내게는 그것만으로 충분하단다. 믿는다. 믿고말고."

힘이 담긴 말투에 다케는 더욱 목을 움츠렸다.

"미안하지만 다케지로 씨" 하고 대행수가 끼어들었다. "먼저 한 가지 여쭙겠소."

"무엇인지요."

"당신, 자신이 도도키라는 곳의 태생이라는 사실을 언제 생각해낸 거요?"

이번에는 분명히 '곤란하다'는 얼굴로, 다케는 어깨를 움츠렸다.

"언제라고 할지……."

"계속 기억했으면서 야마토야에는 입을 다물었던 거요?"

"예에."

몸이 움츠러드는 것치고는 선선히 고개를 끄덕인다.
"죄송합니다. 대장님께는 제대로 사과드리겠습니다."
야마토야에서는 모두 주인을 대장이라고 부른다.
"그리하시오. 그게 도리니까."
고로고로 대행수는 따끔하게 말해 놓은 뒤 젠이치에게 머리를 숙였다. "이야기를 도중에 잘라서 죄송합니다."
"괜찮네. 고로 씨는 잘 알고 있겠지만 나도 이 이야기는 좀처럼 하기 어려우니까."
목울대를 꿀꺽 울리고, 한 번만 말할 테니 잘 듣고 일이 끝나면 잊어 주시오, 그런 이야기라오—라고 하더니 이야기를 시작했다.
"그 '바쿠치간'이라는 요괴는 다시치가 본 대로 커다란 이불 같은 모습을 하고 있소. 거무죽죽하니 사람의 피가 탁해진 듯한 색깔이고, 거기에 딱 오십 개의 눈알이 돋아 있다고 하오. 사람의 눈알이지요."
자신의 말에서 도망치려는 듯 젠이치의 말투가 빨라졌다.
"사람 오십 명을 산 제물로 바친 뒤 그 시체의 피와 살을 빨아들인 무덤의 흙을 개어 반죽해서 만든다더군요. 만드는 방법은 나도 자세히 모르오. 아버지도 할아버지에게서 듣지 못했소. 그런 지혜는 후대에 전하지 않는 편이 낫기 때문일 테지."
"만든다니…… 요괴인데" 하며 다케가 얼굴을 찌푸린다.
"요괴지만 사람의 손으로 만들 수 있소. 물론 주술이나 주문이 필요할 테지요. 복잡한 절차도 필요할 거요. 나는 아무것도 모르오. 몰라서 다행이지."

사실을 말하면 제대로 본 것도 이번이 처음이오, 라고 한다.

"열네 살 때 보았지만 그때 그것은, 이 정도의" 하며 손으로 네모난 모양을 만들었다.

"서찰함 같은 상자에 들어 있었소. 마사키치 형님이 뚜껑을 열고 얼핏 보여 주었는데, 몇 개나 되는 눈알이 날카롭게 마주 쏘아 보아 다리가 풀릴 뻔했지요."

마사키치 형님이라는 이름이 또 나왔다.

"사람 오십 명을 재료로……" 하고 다시치가 중얼중얼 말한다. 손가락을 꼽으며 무언가를 세려고 한다. "만든 요괴에게는 눈알이 오십 개 달려 있다고요? 백 개가 아니라? 오십 명이 있다면 눈알은 그 두 배인 백 개잖아요."

그 계산을 손가락으로 하려는 것에는 무리가 있다. 아니, 의미가 없다.

"한쪽 눈을 뭉개는 거지" 하고 다케가 말했다. 저도 모르게 말해 버렸다는 느낌으로, 당황하며 입을 다문다. 재투성이 얼굴이 하얘진 것은 재 때문이 아니었다.

"그런 모양이오" 하며 젠이치도 하얗게 질린 얼굴로 고개를 끄덕였다. "먼저 한쪽 눈을 뭉개 놓고 몸을, 나중에 요괴의 본체를 만드는 데 사용할 때…… 아아, 다 이야기할 필요는 없지. 어쨌거나 그만큼 잔혹한 방법으로 만드는 요괴요."

그런 잔혹하고 무서운 요괴가 왜 만들어질까. 어디에 쓸데가 있다는 걸까.

"바쿠치간과 약정을 맺고, 그것의 주인이 되면,"

엄청나게 도박에 강해진다고 한다.

"어떤 큰돈을 건 도박에서도 이길 수 있게 되지요. 설령 상대가 사기를 치려고 해도, 그것조차 꿰뚫어 보고 뒤집어 이길 수 있을 정도로 강해진다고 하오."

그래서 '도박안賭博眼'인 걸까.

"하지만 그렇게 이겨서 번 돈은 펑펑 써 버리지 않으면 안 되오. 마음껏 쓰지 않으면 안 되는 거요. 그러지 않으면 주인은 바쿠치간이 내뿜는 나쁜 기운에 당해 죽고 말지요. 바쿠치간이 좋아하는 것은 사람이 도박에 열중해 뜨거워질 때의 기와, 더 이기고 싶다는 욕심과, 진 상대방의 분해하는 모습을 보고 싶어 하는 못된 마음가짐이니까. 사람의 그런 나쁜 마음이 바쿠치간의 먹이가 되는 거요. 바쿠치간은 사람의 나쁜 마음에 굶주린 요괴요."

돈을 펑펑 쓰려면 더 큰, 더 위험한 도박을 계속 하는 것이 제일 좋다.

"도박에는 술이나 여자도 따라붙는 법이니 그쪽에도 점점 돈을 탕진하게 되오. 그러면 바쿠치간은 기뻐하며 더욱더 이길 수 있게 해 준다는 식이라오."

그런 생활을 하다가는 다른 사람의 원한을 살 것이 뻔하지만.

"도박에 강해진다는 것은 다시 말해 엄청나게 운이 강해진다는 뜻이기도 하니, 주인은 바쿠치간과의 약정이 살아 있는 한 다른 사람의 손에 죽는 일은 없소. 어떤 재앙에서도 도망칠 수 있다고 하오."

그리고 계속 도박을 한다.

"그래도 사람의 수명에는 한계가 있고, 술이나 여자에 빠져 살다 보면 언젠가는 몸을 망치게 되겠지요. 너덜너덜해지고 마는 거요. 오래 살 수는 없지요."

주인의 목숨이 다하면 바쿠치간은 다음으로 약정을 맺을 주인을 찾는다.

"다음 주인이 있을까요" 하고 오미요는 중얼거렸다. "대체 어째서 그런 무서운 요괴를 만드는 거지요?"

이상하겠지, 하며 젠이치는 약하게 웃었다.

"오미요도 다시치도 아직 모를 테고, 몰라도 되는 것이다만."

바쿠치간을 원하는 사람의 마음이 반드시 나쁜 마음이라는 법은 없단다, 라고 한다.

"찢어지게 가난하여 한 푼도 없어 먹을 것을 살 수 없다, 병에 걸려도 약도 살 수 없다. 그렇게 되면 나도 바쿠치간과 약정을 맺을지도 모르지. 도박에서 반드시 이길 수 있다면, 다른 어떤 수단보다도 손쉽게 돈을 벌 수 있으니까."

자신만이 아니라 똑같이 굶주리거나 가난한 사람들을 위해서 쓴다면, 돈 쓸 데가 없어서 곤란할 일도 당장은 없으리라.

"좀처럼 그런 깨끗한 마음으로만 있을 수는 없을 테지만."

고로고로 대행수가 오랜만에 신음하듯이 말했다.

"그야 분명 돈은 쓰기에 따라 보람 있는 돈도 되고 그렇지 않은 돈도 될 수 있으니까요. 그렇기 때문에 바쿠치간을 만드는 사람도, 바쿠치간의 주인이 되려고 하는 사람도 있는 것입니다."

오히려 그런 바람 때문에 바쿠치간에 손대는 사람 쪽이, 타고 나기를 도박을 좋아하는 사람보다도 많지 않을까요, 라고 한다.

"굶어 죽어가고 있다면" 하고 다케가 작은 목소리로 말했다. "저도 주인이 될지 모릅니다. 잘만 처신하면 한 사람의 벌이로 마을 하나 정도는 통째로 부양할 수 있겠지요."

젠이치와 고로베에가 얼굴을 마주 본 뒤 약속이나 한 듯 다케를 바라보았다.

"당신."

"알고 있는 거요?"

"바쿠치간의 산 제물이—재료가 되는 것은 굶주린 사람들이오."

다케는 도망치듯이 고개를 숙였다. "설마. 그냥 생각해 보았을 뿐입니다."

젠이치가 다케의 얼굴에서 눈을 떼지 않는다. 그대로 작은 목소리로 말했다. "오미야에 전해지는 바쿠치간도, 심한 흉작으로 산의 나무뿌리까지 다 먹어치워 버려 결국 사람이 사람의 시체를 먹어야 할 정도로 대기근이 들었던 시절에 만들어졌다고 하오."

다케가 꼼짝도 않고 몸을 굳히고 있기에 오미요가 그의 팔에 손을 댔다. 다케는 오미요를 보고 그제야 겸연쩍은 듯이 웃었다.

"왜 그러니, 미요. 무섭니?"

"무섭기보다" 오미요는 작게 말했다. "어려워서 잘 모르겠어."

사람이 사람의 시체를 먹다니, 무슨 소리일까?

"모르면 모르는 대로 좋아" 하고 말하며 다케는 오미요의 뺨을 꼬집었다.

다시치는 어떤가 보니, 다케의 등 뒤에 숨어 있다.

"지금 오미야에 전해지는 바쿠치간은—이라고 말했지만" 하고 젠이치가 말을 이었다. "다행히 이 바쿠치간은 우리 친족이 만든 것은 아니오. 오미야의 초대 주인이 어디선가 받았는지, 사들였는지, 속아서 떠맡았는지, 어쨌든 다른 곳에서 왔소."

오미야는 젠이치가 5대째다.

"옛날 이야기라 나도 자세히는 모릅니다. 가족의 수치이기도 하니, 가장 중요한 규칙 외에는 오래도록 전하고 싶지 않아서 일부러 애매하게 해 온 것인지도 모르지만."

초대 주인은 수완이 좋은 상인이었지만 욕심이 많은 사람이기도 했다.

"그래서 바쿠치간의 주인이 되긴 했으나, 굶주리고 있던 것도 아니었고 도박에 강해지고 싶었던 것도 아닌 모양이오. 운을 강하게 해서 장사가 번성하기를 바랐다더군. 바쿠치간이란 그런 것이 아니지만 장사에도 도박과 비슷한 데가 있으니까요."

운이 강하면 강할수록 돈을 번다.

"하지만 도박과 장사는 다릅니다." 다케가 끼어들었다. "도박꾼과 상인도, 뿌리부터 다르단 말이에요."

다케 오라버니의 말투가 투박해서인지 고로베에의 얼굴이 무서워진다. 젠이치는 웃으며 고개를 끄덕였다.

"그렇지요. 그렇기 때문에 초대 주인이 바쿠치간만 있으면 반드시 장사로 돈을 벌 수 있다, 액운도 막을 수 있고 가게가 커질 거다, 라는 이전 주인의 말에 속아서 떠맡게 되지 않았나 싶소."

"아아, 그런가……."

게다가 초대 주인은 욕심이 많았기에, 여기에 터무니없는 잘못을 더했다.

"바쿠치간과 약정을 맺을 때 앞으로 몇 명의 주인이 바뀌더라도 절대로 오미야에서 떠나지 않는다는 추가 약정을 했지."

다시 말해서 주인은 오미야의 친족으로 한정한다. 오미야 내에서 대대로 바쿠치간을 물려받는다는 약정이다.

"그만큼 장사에서 성공하고 싶었던 게지."

젠이치는 말하며 한숨을 쉬었다.

"바쿠치간을 오로지 경사스러운 것이라고만 믿고, 다른 사람에게 빼앗기고 싶지 않았던 것이오."

결과적으로 초대 주인의 가게에서는 차남이 도박꾼이 되어, 도박장에서 도박장으로 옮겨다니는 생활을 하다가 주독酒毒에 당해 서른이 될까 말까 한 젊은 나이에 죽고 말았다고 한다.

"바보군요." 다케는 거침없이 내뱉었다. "어리석어요. 상대는 요괴인데, 약정의 효능을 제대로 확인하지도 않고."

으음, 하며 고로고로 대행수가 또 노려본다.

"초대 주인이 그렇게 믿도록 요괴가 현혹했을지도 모릅니다."

젠이치는 다시 한 번 한숨을 쉬고, 지친 듯이 어깨를 축 늘어뜨렸다.

"이렇게 해서 우리 오미야 일족은 대대로 바쿠치간의 주인을 배출해 왔소. 즉 일족 중 한 명, 반드시 도박꾼을 배출해 왔다는 뜻이오. 주인이 되면 싫든 좋든 건실한 생활을 내팽개치고 도박꾼이 되지 않으면 목숨이 위태롭고, 도망치면 다른 가족이 위험해진다오."

가게가 번성하는 것은 사실 바쿠치간과는 상관이 없다. 따라서 주인이 되는 도박꾼은 말하자면 오미야 일족을 위해 희생한다고 할까, 초대 주인의 경솔한 약정에 값을 치르는 역할일 뿐, 글자 그대로 불운한 제비를 뽑는 것이다.

"하지만."

오미요는 불쑥 말을 꺼냈다가 어른들의 주목을 받고 얼굴이 빨개졌다.

"왜 그러니, 오미요."

아버지의 목소리가 다정하다. 그 목소리에 힘을 얻어 오미요는 물었다. "그 사람이 도박을 좋아한다면 바쿠치간과 사이좋게 지낼 수 있지 않아요? 양쪽 모두에게 좋은 거잖아요."

젠이치는 노골적으로 기쁜 얼굴을 하며, "이보시오, 이 애는 이렇다니까요" 하고 다케에게 말했다. "영리하다고 할까 깜찍하다고 할까."

다케는 무언가 말하려다가 고로고로 대행수의 안색을 보고 입을 다물었다.

"아가씨, 그렇게 마음대로 되는 것이 아닙니다."

고로베에는 엄한 얼굴을 오미요에게 가까이 하며 무겁게 말했다.

"바쿠치간의 주인이 되어 도박꾼이 되면 본래 도박을 좋아하는 사람이라도 점점 싫어하게 됩니다."

"왜요?"

"요물에게 혼을 빼앗겨 서서히 잡아먹히는 셈이나 다를 바가 없기 때문이겠지요."

도박이 싫어진다. 그래도 이기고 만다. 이기고 또 이기고 계속 이겨 싫어서 견딜 수가 없어져, 조용히 살고 싶다, 조금 쉬고 싶다고 생각해도 그 바람이 이루어지지 않아 마음이 거칠어져 간다고 한다.

역시 어려워. 흐음, 하며 오미요는 입을 다물었다.

젠이치가 열네 살 때의 일이다. 당시 바쿠치간의 주인이었던 사람이 수명이 다해 죽었다. 수명이라고 해도 서른다섯이었다.

"바쿠치간의 주인은 오미야의 친족으로, 가능하면 아직 가정을 꾸리지 않은 젊은 남자나 사내아이여야 하오. 그러니 그럴 때는 친척이나 분가 사람들이 모두 모여 제비를 뽑지."

누가 다음 주인이 될지, 제비뽑기로 결정한다. 그렇게 억지로라도 정하지 않으면 굶주린 바쿠치간은 멋대로 사람을 골라 씌고 만다.

"우리 아버지가 제비를 뽑았다오."

젠이치는 외아들이다.

"아버지는 머리를 끌어안고 돌아와, 사흘은 일어나지 못했소. 미안하다, 미안하다며 이불 속에서 우시더군."

그런데 거기에 구세주가 나타났다.

"내 육촌에 해당하는 사람 중에 마사키치라는 사람이 있었소."

이제야 나왔다. 마사키치 형님이다.

"어느 오미야 사람인지는 말할 수 없으니 이해해 주시오. 역시 집안사람이 아닌 분께는 말씀드리고 싶지 않은 일이라. 어쨌거나 우리 친척으로, 나이는 당시에 스물대여섯이었던가."

마사키치는 몹시 방탕한 아들로, 몇 년 전에 부모에게 의절당하고 가출한 상태였다.

"그 사람이 불쑥 돌아와서 사정을 알고 내 처지를 가엾게 여겨주어서 말이지요."

—이런 어린아이에게 떠맡기는 것은 가엾은 일이지.

"어차피 나는 건달이고 도박의 맛도 알고 있다, 도박장에서 누구와 겨루어도 적수가 없는 생활이라니 재미있겠는데, 어디, 내가 주인이 되어 주마, 하고 대신해 주었소."

다행히 마사키치에게는 다른 형제가 있어서 가게의 후계자에 대해 걱정할 필요는 없었다. 그의 방탕한 생활에 질려 있던 부모도 처음에는 떨떠름해했지만 마사키치의 고집이 강해서 끝까지 반대하지는 못했다.

"바쿠치간과 약정을 맺으려면 그것이 봉해져 있는 상자를 열고 손가락의 피를 한 방울 떨어뜨린 후, 오늘부터 내가 주인이다, 라고 말하면 되오."

젠이치는 아버지와 함께 마사키치가 그 약정을 나누는 자리에 입회했다.

"의절을 당할 정도이니 물론 불효막심한 아들이었을 테지. 하지만 내게는 다정한 사람이었소."

젠이치의 목소리가 물기를 띠었다.

"아버지도 다다미에 이마를 대며 절을 했소. 마사키치 형님에게 은혜를 베풀었다며 생색을 내는 구석은 조금도 없었고, 내 머리에 손을 올려놓으며."

─걱정하지 마라. 나는 뼛속까지 방탕한 사람이다. 요괴에게는 지지 않아.

"어린 마음에도 나는 가슴이 뜨거워졌소. 나도 모르게 이렇게 말하고 말았지요."

─이 은혜는 평생 잊지 않겠습니다. 만일 마사키치 형님의 몸에 무슨 일이 생긴다면 그때는 제비뽑기를 하지 않고 제가 다음 주인이 되겠습니다.

"아버지에게 머리를 쥐어박혔소. 마사키치 형님은 웃고 있었고."

이는 말뿐인 약속이고, 피를 떨어뜨리진 않았다. 하지만 바쿠치간은 그때의 일을 깊은 집념과 함께 기억하고 있어서,
"마사키치 형님이 죽자 우리 집으로 날아온 것이오."
그러고는 삼 번 곳간으로 날아들어 가 오십 개의 눈알을 빛내며 중얼중얼 사락사락 꿈틀거리고 있는 것이다.
여기에서 젠이치는 문득 고로베에를 보았다.
"고로 씨는 몰랐나? 아버지도 듣지 못했을까."
인상 나쁜 대행수가 고개를 갸웃거린다. "무엇을 말씀입니까."
"어제 후카가와 만넨초에 다녀왔네."
젠이치의 말투가 침울하게 어두워졌다.
"나는 줄곧 마사키치 형님과 소식이 끊기지 않도록 해 왔어."
마사키치는 방랑벽이 있는 건달이라 이는 상당히 어려운 일이었다.
"때로는 이 고로 씨에게도 수고를 끼쳤지만 형님이 어디에 있고 지금 어떤 생활을 하고 있는지, 대략적인 상황을 파악하려고 노력해 왔지. 형님이 우리 집에 오는 일은 한 번도 없었지만."
마사키치는 지난 몇 년간 만넨초의 나가야에 자리를 잡고 살았다. 도박에는 강하지만 몸은 완전히 약해졌고, 특히 올해 여름이 지났을 무렵부터는 거의, 자리에 누웠다가 겨우 일어났다가 하는 생활이 되었다.
"도박을 하지 못하면 더더욱 바쿠치간의 나쁜 기운을 받게 되지요. 지금까지 형님은 누구보다도 오랫동안 바쿠치간을 떠맡아

주었지만, 마침내 목숨이 다해 가고 있었소."
마사키치는 한 가지 결의를 했다.
"자신의 대에서 오미야와 바쿠치간의 약정을 끝내기로 했다오."
어제 찾아가 보니 놀라운 사실을 알 수 있었다. 이번 달에 접어든 뒤 갑자기 마사키치는 관리인에게 부탁해 나가야를 나가더니, 낡은 조키부네에도 시대에 하천에서 널리 사용된 경쾌하고 빠른 배. 길쭉하고 뱃머리가 뾰족하며 지붕이 없다를 사들여 근처 수로 가장자리에 띄우고 그 안에서 생활했다고 한다.
"형님은 그 배와 함께 불타 죽어 있었소."
배에 기름을 붓고 불을 질러, 바쿠치간과 함께 타 죽으려고 했던 모양이다.
"사실 형님은 주인이 되었을 때부터 그럴 작정이었소. 내게 몰래 그렇게 가르쳐 주었지요."
―안심해라. 네 차례는 돌아오지 않을 게다. 내가 단단히 붙들어 주지.
"절연당한 자식의 부모에 대한 최소한의 도리, 아니, 친척에 대한 도리라고 했소. 그래서 나는 틀림없이 아버지에게도 이야기했을 거라고만 생각했소."
그런 속셈에 대해서 저는 듣지 못했습니다, 하고 고로베에는 무거운 말투로 말했다.
"선대 주인께서도 아셨다면 제게 가르쳐 주셨겠지요."

바쿠치간 • 149

"그래……? 그럼 형님과 나만의 약속이었군."

젠이치의 눈 속에 그리워하는 듯한 다정한 빛이 깃들었다가 곧 사라졌다.

"하지만 상대는 요괴이니 말일세. 바쿠치간 쪽이 한 수 위였던 것이지."

바쿠치간은 활활 타오르는 조키부네에서 가볍게 날아올랐다. 그리고는 신쿠로몬초로 왔다. 다음 약정의 주인이 있는 곳으로. 자, 다음은 너라고, 나쁜 기운을 내뿜어 알리면서.

네가 아니라면 다음은 누구냐. 약정을 해라. 다음 주인은 누구냐. 꾸물거리면 이쪽에서 멋대로 씌겠다. 중얼중얼 술렁술렁, 그렇게 중얼거리고 있는 것이다.

사람의 손으로 퇴치할 수 있는 요괴가 아니다. 고마이누 님은 그렇게 말했다.

"형님의 시체는 숯처럼 불에 타 있었소. 죽기 전부터 뼈와 가죽만 남아 있었다더군."

그래도 생전의 마사키치는 이렇게 말하곤 했다.

―세상 사람들에게 보일 낯이 없는 방탕한 놈에게는 바쿠치간과의 생활도 화려하고 재미있고 즐거운 것이었어. 나쁘지만도 않았지. 결국 그렇게 쓰는 길밖에 없었던 게야.

요괴도 실컷 사람의 기를 먹고 만족했겠지, 라고.

"무서운 이야기를 해서 미안하구나, 오미요. 이제 얼마 안 남았다."

젠이치가 울면서 웃는 듯한 얼굴을 한다. 오미요는 다부지게 고개를 끄덕이다가, 다시치가 다케의 등에 기댄 채 어느샌가 잠들어 있음을 깨달았다. 침까지 흘리고 있다.

바보라니까. 하지만 이 편이 나으려나.

"형님은 뒤처리를 위해 꽤 많은 돈을 관리인에게 맡긴 터라 장례 비용은 전부 그걸로 치렀소."

남은 것은 바쿠치간뿐이다.

젠이치가 입을 다물자 방에 침묵이 흘렀다. 귀에 거슬리는 침묵이었다. 삼 번 곳간이 지금도 소란스럽기 때문이다.

"—어머니는" 하고 오미요는 작게 물었다. "이런 이야기를 알고 있었나요?"

"조금은" 하고 젠이치가 고개를 끄덕인다. "이번에는 완전히, 모두에게 털어놓아야겠지. 무엇 하나 숨길 수 없다."

어째서냐고 물었다.

"나는 그것을 퇴치할 거니까."

젠이치는 삼 번 곳간이 있는 쪽으로 날카롭게 시선을 향하며 의연하게 말했다.

"한때는 나도 이 몸이 바쿠치간을 떠맡으면 되지 않느냐고 생각했다. 어린 시절의 일이라고는 하지만, 마사키치 형님의 다음이 되겠다는 말을 꺼낸 사람은 나니까."

젠이치가 친척들 앞에서 그런 말을 꺼내자 아내와 아이들은 어찌할 거냐, 서두르지 말라며 타일렀다. 이럴 때는 역시 관습대로 제비를 뽑아야 한다고 의견을 내는 사람도 있는가 하면, 그렇다, 젠이치가 떠맡으면 된다고 떠넘기는 사람도 있었다. 그러나,

"모두 본심은 똑같은 게지. 무슨 일이 있어도 자신의 아들이나 손자만은 도망치게 해 주고 싶어서 필사적인 게다. 그 소동을 보고 있으니 한심하기도 하고 괴롭기도 하고."

다케의 입이 시옷자 모양으로 휘었다. "하지만 나리가 떠맡아 버린다면 마사키치 씨라는 사람의 마음이 헛되어지고 맙니다."

젠이치가 다케를 바라보는 눈빛이 한층 더 부드러워졌다.

"응" 하고 어린아이처럼 고개를 끄덕인다. "그렇지요. 다케지로 씨의 말이 맞소. 마사키치 형님의 유지를 이으려면 요괴가 시키는 대로 계속 주인을 내놓는 일은 이제 그만두어야 하오. 무엇보다 나만으로 끝나리라는 보장이 없으니 말이오. 이대로 놓아두면 다음은 고이치로의 차례일지도 모르지요. 그런 것은 이제 질색이오."

"예에, 질색입니다."

다케는 위세 좋게 소리를 지른 뒤 고로베에의 날카로운 시선을 받자 얼른 새끼 거북처럼 목을 움츠렸다.

"어, 어쨌든 소쿠리를 진 개 하리코 오십 마리를 빨리 모으십시다, 예?"

3

오미야의 친척 집을 모두 돌아, 우선 열여덟 마리를 모을 수 있었다.

의외로 적은 듯했지만 젠이치는 이것도 잘 모았다고 말했다. 이런 행운의 물건은, 없는 곳에는 없는 법이니까.

다음으로 기댈 수 있는 곳은 이웃이나 단골 거래처다. 다만 이 경우에는 오미야가 왜 개 하리코를 갖고 싶어 하는지 설명하기가 어렵다. 모으는 것이 행운의 물건이니만큼 이유를 알고 싶어 하는 사람도 있다. 오미야가 묘한 일을 시작했다―는 소문이 나면 더욱 그렇다.

"나리가 개 하리코를 많이 모으면 좋은 일이 생긴다는 꿈을 꾸었다고 하지요"라고 고로베에가 말을 꺼냈다. 무난한 변명이다, 이걸로 가기로 했다. 그러나 확실히 변명으로는 듣기 좋지만, 헤에, 재미있군요, 좋습니다, 우리 개 하리코를 가져가시지요, 라고 말해 주는 사람들만 있지는 않은 것이 세상이라는 곳이다.

뭐야, 그건 오미야 주인이 멋대로 구는 것이 아니냐고 말하는 사람도 있다. 그럼 우리 집에서도 개 하리코를 모아야겠다고 말하는 이도 있다. 오미야의 나리가 꾼 꿈이니 효험은 오미야에게만 있다고 변명을 했지만 오히려 의심을 사고 말았다.

돈으로 개 하리코를 사들여서는 안 된다는 제약이 있는 것이 일을 더욱 어렵게 만들었다. 자기 가게의 장사를 번창하게 하려고, 고작해야 개 하리코 하나라고는 하지만 오미야는 공짜로 낚아채 가려는 것이냐—라는 험담을 들으면 앞으로의 장사에 지장이 생긴다.

"돈은 지불하면 안 되지만, 답례로 우리가 파는 물건을 드린다고 하면 상관없지 않을까."

다케지로가 서둘러 고마이누 님에게 달려가자,

—슨다라갓차.

좋을 대로 하라는 신탁이 내려왔다.

오미야는 간장 외에 식초와 등유도 취급한다. 그것들을 각각 한 홉짜리 병에 넣어, 개 하리코를 준다는 집이 갖고 싶어 하는 것을 주었다.

이 또한 세상의 재미있는 점인데, "됐네, 답례 따윈 필요 없어"라고 말하는 집도 있다. "오미야의 주인이 하는 일이니 엉뚱하기는 해도 이유가 있겠지."

젠이치는 고로베에에게 진지하게 털어놓았다.

"이보게, 고로 씨, 이것은 참으로 신께서 하시는 일인가 보네."

겨우 오십 마리의 개 하리코라도, 모으려고 하면 세상 사람들의 생각이 다 제각각이라는 사실을 깨닫게 된다. 오미야를 믿어 주는 사람이 있는가 하면 캐묻거나 의심하는 사람도 있다.

"내가 도울 만한 가치가 있는 인물인지 아닌지, 오미야가 도울 만한 가치가 있는 올바른 장사를 하는 가게인지 아닌지, 신께서는 이런 방법으로 확인하고 계시는 게지."

기쁘게도 야마토야에서는 사정을 들은 대장이 직접 나서 주었다.

"앞으로의 일을 생각하면 시중에 진짜 이유를 알릴 수 없지만, 에도 바깥에서라면 어쩔 수 없는 사정이 있어 가게의 운명이 걸려 있다―는 정도의 말을 해도 상관없겠지요."

길어도 이삼일이면 돌아올 수 있는 곳으로 배달을 나가는 우리 집 종업원들에게, 그곳에서 개 하리코를 찾아보게 하겠습니다. 그렇게 해서 야마토야의 배달부들이 도와주게 되었다.

다케도 열심히 움직였다.

"여기저기에서 잔심부름을 하고 그 품삯으로 개 하리코를 받아 오겠습니다."

본래 심부름꾼이다. 여기저기 돌아다니며 청소에 빨래, 장작패기, 물긷기, 아기 보기, 장보기, 하수구 청소 등 무엇이든 맡아 한 다음 품삯으로 개 하리코를 받아 돌아왔다.

때마침 올해는 개의 해라, 상대방이 이유를 물으면 이렇게 대답한다.

"개의 해에 태어난, 돌아가신 아버지를 공양하기 위해서입니다."

효자라며 품삯까지 얹어 주는 집도 있었다고 한다.

이러고 있는 동안 젠이치는 (제대로 하오리를 갖추어 입고) 몇 번인가 그 하치만구를 찾아가 열심히 빌었다. 발이 넓고 얼굴이 잘 알려진 야마토야의 대장은 여기저기에 이름조차 확실하지 않은 이 신사의 유래를 모르냐고 물어보아 조사해 주었다.

그에 따르면 아무래도 '가부토 하치만구'라는 모양이다.

"먼 옛날, 에도가 생기기도 전입니다. 이 주변은 그냥 풀밭이었던 시절이지요. 전쟁 후 그 신사 부근에 투구_{가부토는 투구란 뜻이다} 몇 개가 떨어져 있었습니다. 전쟁으로 목숨을 잃은 무사님들의 투구지요."

머리도 함께 떨어져 있지 않아 다행이다. 아니, 머리는 적이 공을 세운 증거로 가져가 버리니까.

"그 투구들이 밤이 되면 도깨비불처럼 희푸르게 빛나서, 이 지방 사람들이 흙에 묻고 공양을 했답니다."

그러자 그들의 머리맡에 갑옷을 입은 무사가 몇 명이나 나타나 고맙다는 인사를 하며,

―하치만 신을 모시고, 그 투구를 신체로 삼아서 신사를 지으면 우리는 오랫동안 이 땅을 지키겠다.

라고 약속해 주었기 때문에 그들의 말대로 했다. 이 일이 유래인 모양이다.

"어쨌거나 오래된 이야기이고, 네기_{신을 모시며 신직에 종사하는 신사의 관리직}님의 가문도 어느새 끊기고 만 모양입니다. 나누시_{에도 시대의 한 마을 내의 민정을 관할하던 관리로, 신분은 평민이었다. 주로 관동 지방에서의 명칭으로, 관서에서는 쇼야라고 하였고 동북 지방에서는 기모이라고 했다}도 잘 몰라서, 이 옛날 이야기를 들려준 사람은 나누시 댁의 할아버지였습니다."

아흔 살이나 된 할아버지라고 한다.

"그렇게 다 쓰러져 가는데도 남아 있었으니, 이는 근방에 사는 사람들의 공이지요."

야마토야의 대장이 이 이야기를 하러 오미야에 왔을 때 마침 오미요는 부모님 곁에 있었다.

"저도 다시치도, 그 앞을 지날 때는 인사를 하는걸요."

야마토야의 대장은 용모가 잘생기고 부드러운 사람으로, 고로고로 대행수와는 전혀 닮지 않은 얼굴이지만 눈빛만은 고로베에도 맨발로 도망칠 만큼 날카롭다. 그 눈을 가늘게 뜨며 웃는다.

"그런 마음가짐의 덕을 본 게지."

"저기요, 대장님."

"얘야, 오미요, 대장님이라고 하면 안 돼."

"상관없습니다. 왜 그러니, 오미요."

"고마이누 님은 아훔阿吽밀교에서 '아'는 입을 벌릴 때의 발성으로 자음의 처음이며, '훔'은 입을 다물 때의 발성으로 자음의 마지막이다. 모든 것의 처음과 끝을 뜻한다이라고 하잖아요."

"잘 아는구나. 그렇지."

어느 쪽이 아고 어느 쪽이 훔이지요? 하며 고개를 갸웃거린다.

"저한테 말을 걸어 준 분은 아 님일까요, 훔 님일까요."

잠시 침묵하고 나서 대장은 말했다. "합쳐서 '아훔 님'으로 괜찮지 않겠니."

슨다라갓차, 다.

도중에 잠들어서 중요한 이야기는 듣지 못한 다시치지만, 바쿠치간에 대해서 함부로 떠들고 다니지 않겠다는 약속은 지켰다. 게다가 안심이 되는 사실을 가르쳐 주었다.

"비교적 다들 눈치채지 못했이. 그것이 날아왔을 때 보고 있었던 사람은 우리 아버지랑 형들 정도였나 봐."

그것은 다행이다.

"우리 관리인이 오미야는 밤새 곳간 옆에 화톳불을 지펴 놓다니, 도둑이라도 들었냐며 걱정하더라."

"그럼 그런 걸로 해 두자."

다행히 이웃은 바쿠치간이 중얼중얼 스멀스멀 소란을 떠는 것을 눈치채지 못한 모양이었다.

조금씩, 조금씩, 소쿠리를 진 개 하리코가 모였다. 야마토야에서 제일 고참 배달부인 다쓰 씨는 한 번에 여덟 개나 가지고 돌아와 주었다.

"난소南總현재의 지바 현 중앙부의 옛 명칭인 가즈사의 별칭까지 갔다 왔는데요."

서찰을 전한 촌장의 집에서 개 하리코 이야기를 꺼냈다.

"촌장의 안색이 확 바뀌더군요. 혹시 당신, 바쿠치간을 퇴치하기 위해 필요한 것이 아니냐고 하는 겁니다. 얼마나 놀랐는지."

촌장은 바쿠치간을 알고 있었다. 어린 시절에 들은 이야기라고 한다.

"마을 절의 스님이 목숨을 걸고 퇴치했다는 이야기였습니다. 그때도 고생해서 개 하리코를 모았다고 합니다."

어린아이는 가까이 가지 마라, 저것에 가까이 가면 손버릇이

나빠진다, 는 이야기도 똑같았다.

"잠시만 기다려 보시오, 당신이 짚신 끈을 다시 묶는 사이에 모을 수 있는 만큼 모아다 줄 테니, 하더니 이렇게 여덟 마리를."

난소 지방이니 팔견사八犬士지요, 하며 웃었다교쿠테이 바킨이 저술한 '난소 사토미팔견전(南総里見八犬伝)'이라는 요미혼(読み本)의 제목으로 말장난을 한 것. 무로마치 시대 후기를 무대로, 아와 지방의 무장 사토미 요시자네의 딸 후세히메와 신견(神犬) 야쓰후사와의 인연으로 맺어진 여덟 명의 젊은이(팔견사)를 주인공으로 하는 장편 소설. 그 일을 계기로 오미야에서는 개 하리코를 '견사님'이라고 부르게 되었다.

견사님들은 오미야의 손님용 방에 모여 있다. 오미요는 가끔 숨어들어 가서 크기도, 연식도, 더러워진 정도도 제각각인 개 하리코들이 하나같이 등에 소쿠리를 지고 예의 바르게 정렬해 있는 모습을 바라보았다. 멍멍, 하고 말을 걸어 보며 혼자서 몰래 웃기도 했다.

견사님들은 모두 눈을 부릅뜨고, 무언가를 기다리고 있는 것처럼 보이기도 했다. 이상하게도 이 방에 있으면 삼 번 곳간이 내뿜는 불온하고 불쾌한 기척이 전혀 신경 쓰이지 않았다.

자, 이리하여.

이레가 걸려, 오십 마리의 견사님들이 모였다.

젠이치와 야마토야의 대장은 다시 하오리를 갖추어 입은 뒤 다케를 데리고 가부토 하치만구로 달려갔다. 삼십 분도 지나지 않아 돌아오더니.

"내일이다. 내일 할 거야."

자, 사람을 모아야겠다, 고 한다.

"우리 친척으로만 남자 스물다섯 명, 여자 스물다섯 명을 모을 것이다. 남자는 주판을, 여자는 쌀을 넣은 절구나 사발을 들고 곳간과 가까운 방에서 대기한다. 장지문도 덧문도 전부 닫아 놓으며, 아무도 바깥을 보아서는 안 된다."

가부토 하치만 님 신사의 도리이 뒤에 화톳불 두 개를 본전을 사이에 두다시피 해 놓고 피운다.

"그쪽은 야마토야에서 준비하지요. 그 김에 제가 지켜보겠습니다."

대장은 서둘러 돌아갔다.

"밤에 자정을 알리는 종이 울리면 내가 삼 번 곳간의 자물쇠를 열겠다."

자물쇠만 열고 문은 그대로 두어도 된다. 그러고 나서 젠이치는 방으로 뛰어 돌아와 남자들 사이에 섞여 주판을 든다.

"그러면 곧 아홉 님이 멍, 멍, 하고 두 번 짖을 거라시는구나. 그 소리가 들리면—."

남자들은 주판을 흔든다. 여자들은 그릇 속의 쌀을 씻는다.

"쌀을 물로 씻지 않아도 되나요?"

가나에가 당장이라도 팔을 걷어붙일 듯한 기세로 물었다.

"괜찮소. 중요한 것은 주판을 흔드는 소리와 쌀을 씻는 소리라는구려. 바쿠치간은 그 소리를 싫어한다고 하오."

열심히 흔들고 씻어 소리를 낸다. 어떠한 것도 생각해서는 안 된다. 염불 따윈 필요 없다. 마음을 하얗게 비우고 그저 소리만 낸다. 지쳐도 쉬어서는 안 된다. 이는 바쿠치간과의 승부이니 이기고 싶다면 손을 쉬어서는 안 된다.

"견사님들은 어떻게 하나요?"

그렇다, 그게 가장 중요하다.

"견사님들이 있는 방만 덧문과 장지문을 활짝 열어 둔다. 그리고 한밤중이 되기 전에 견사님들 등에 있는 소쿠리를 뒤집어 두어야 한다."

보통 개 하리코의 등에 있는 소쿠리는 엎어져 있다. 그 소쿠리를 위를 향해 뒤집어 두라는 말이다.

"내일은 반달이에요." 가나에가 아직 밝은 하늘을 올려다보았다. "달은 아무래도 괜찮을까요. 이런 주술 같은 일은 보름달이나 초승달, 둘 중 하나가 떴을 때 하는 법이 아닌가요."

"그런 말을 하다니 당신, 기보시^{黃表紙}노란 표지. 에도 시대 중기에 간행된 이야기책. 그림을 주로 넣어 세태, 인정을 나타낸 이야기가 많았으며, 익살과 풍자가 특색이었다. 노란색 표지를 사용했던 데서 이런 이름이 붙였다 요괴 이야기를 자주 읽는 모양이구려."

젠이치의 말에 가나에는 얼굴이 빨개졌다.

"바쿠치간 퇴치에 달빛은 아무래도 상관없다고 하오. 달이 있는 밤이든 깜깜한 밤이든, 도박과는 상관이 없기 때문일까."

다만 비가 내리면 날짜를 미룬다.

"왜요?"

"비가 내리면 견사님들이 젖어 버리기 때문일 테지."

종이로 만든 하리코이니 물에 약한 것이다.

아홉 님이 짖는 소리를 신호로, 주판과 쌀로 계속 소리를 내고 있으면 이번에는 아홉 님이 멍! 하고 한 번 짖는다.

"그러면 온 집 안의 불을 켜고 문을 열어도 된다고 한다. 가능한 한 많은 사람들이 그곳에서 일어나는 일을 지켜보는 편이 좋다는구나."

―밧타레간가, 히가모스콘데나간조.

놀랄 테지만, 무서워할 필요는 없다. 아홉 님은 그렇게 말했다고 한다.

그날 밤이 왔다.

어린아이인 오미요는 할 일이 없다.

오미야의 친척이 아닌 다케도 할 일이 없지만, 당신이 없었다면 이렇게 할 수 없었을 테니 꼭 입회해 달라고 젠이치가 청하는 바람에 오미요와 함께 있다.

사정은 들었지만 그 때문에 오히려 겁을 집어먹고 만 신돈이 벽장에서 벌벌 떨고 있어서 다케가 등에 고이치로를 업고 있었다. 꽤 자연스러운 모습이다.

"나야 아이 보는 데는 익숙하니까."

방의 덧문을 닫고 촛불을 하나만 켜 두었다. 다케가 능숙하게 얼러 주어서 고이치로는 깊이 잠들었다.

오미요는 가슴이 두근거려 진정이 되지 않는다. 앉았다 일어섰다. 덧문에 가까이 갔다 떨어졌다 하느라 바쁘다.

"앞으로 얼마나 남았어?"

"곧 시작될 거야."

다케는 졸린 듯하다. "미요, 졸리지 않니?"

"잠이 오지 않아."

"간이 크구나."

"비가 오지 않아서 다행이야."

"그러네. 하려면 빨리 하는 편이 가장 좋으니까."

다케가 크게 하품했을 때 자정을 알리는 종소리가 들려왔다.

오미요는 다케에게 바싹 달라붙었다.

그러자.

"멍, 멍!"

개 짖는 소리가 두 번. 아홉 넘이다.

"배 속까지 울리네."

다케는 완전히 새끼 거북 흉내가 능숙해지고 말았다.

"자, 시작이다."

오미요의 귀에도 들려왔다. 스물다섯 개의 주판이 잘그락잘그락 울린다. 스물다섯 개의 절구와 사발 속 쌀이 자락자락 울린다.

"오킨 씨, 오십 인분의 식사를 마련하느라 힘들었다면서 이 날씨에 땀을 뻘뻘 흘리고 있던데."

코 밑을 문지르면서 다케가 중얼거렸다.

"앞으로가 더 큰일이야."

"어째서?"

"그야, 얼마나 시간이 걸릴지 알 수 없으니까. 밤새도록 서러고 있어야 할지도 모른다고."

계속 주판을 흔들고, 계속 쌀을 씻고 있어야 하나.

잘그락잘그락, 자락자락. 잘그락잘그락, 자락자락. 수많은 장지문과 복도를 사이에 두고 있는데도 또렷하게 들려온다.

숨을 죽이고 기다리다 보니 덜컹덜컹 하고 다른 소리가 나기 시작했다.

"흔들린다."

집이 흔들리고 있다. 그래서 덧문과 장지문이 덜컹거리는 것이다.

다케가 손으로 촛대를 붙들었다. "바쿠치간이 날뛰기 시작한 걸까."

오미요는 그에게 더욱 달라붙었다.

"다케 오라버니."

"왜?"

"나 조금 무서워."

"나는 엄청 무서우니까, 역시 미요가 더 간이 크구나."

흔들림은 작아졌나 싶으면 쿵, 쿵, 하고 말뚝을 박는 것처럼 커졌다. 갑자기 멈추었다가는 다시 덜컹덜컹 흔들리기 시작한다.

"무서우면 자."

"잠이 오지 않아."

"그럼 눈만 감고 있어도 되니까."

쿵! 쿵!

"신돈, 벽장에서 오줌을 싼 건 아닐까."

"한번 보렴."

벽장을 열어 보니 신돈은 이불 사이에 끼어 쿨쿨 자고 있다. 침까지 흘린다.

바보라니까. 하지만 이 편이 나으려나.

"사내아이들은 어쩔 수가 없네."

"남자도 어쩔 수 없어. 그러니까 여자가 잘해야지."

이야기하는 자신의 목소리가 떨리고 있다. 다케도 혀가 약간 이상하게 돌아간다.

"방금 그거, 사투리로 말해 봐."

"오돈바센가낫텐데, 아마고바갓쓰리센데갓초."

오미요는 웃으려 했지만 웃을 수 없었다. 집은 덜컹덜컹, 삐걱삐걱 계속 흔들리고, 게다가 많은 사람들이 울부짖는 듯한 목소리가 들리기 시작한다.

처음에는 아버지와 어머니, 다른 사람들이 소리를 지르기 시작했나 싶어 심장이 튀어올랐다. 하지만 곧 아니라는 사실을 알았다. 울부짖는 목소리는 삼 번 곳간 쪽에서 울려오는 것이다.

약하다. 결코 날카롭지는 않다. 그러면서도 충분히 불쾌하다.

그리고 몹시 슬프다. 가슴이 답답해질 정도로 슬프다.

또, 이상하게도 오미요는 갑자기 배가 고팠다. 배에서 꼬르륵 꼬르륵 소리가 난다. 오늘은 밤 늦게까지 깨어 있을 거라 해서 저녁을 배 터지게 먹었는데.

고이치로가 잠에서 깨어 울음소리를 냈다. 다케가 일어서더니 착하지, 착하지, 하면서 손으로 엉덩이를 두드려 달랜다.

"아기도 아는군."

그러는 다케의 배에서도 소리가 난다.

"다케 오라버니, 배고파."

"나도."

이상하네, 하고 다케는 짧게 말했다.

오미요는 일어서지도 못한 채 가슴 앞에서 주먹을 꼭 쥐고 몸을 작게 움츠렸다.

그때였다. 무언가 따뜻한 기척이 살포시 다가왔다. 복슬복슬하고 기분 좋은 무언가가 오미요의 등을 어루만지며 바싹 달라붙어 온다.

와아, 커다랗다. 커다란 생물이 내 뒤에서 몸을 바싹 붙여 온다.

아홉 님이다.

어떻게 알았는지, 자신도 모른다. 이 복슬복슬함은 개털의 복슬복슬함이라고, 순간 생각했을 뿐이다.

―히가모스콘데나간조.

무서워할 필요 없다, 고 말하고 있다.

오미요는 스읍 하고 숨을 들이마신 다음 후우 하고 크게 내뱉으며 복슬복슬하고 따뜻한 것에 기대었다. 복슬복슬하고 따뜻한 것은 오미요의 작은 등을 폭 감싸 주었다.
"있지, 다케 오라버니."
다케지로는 등에 업은 고이치로를 흔들면서 조용히 걸어다니고 있다.
"아홉 님이 왔어. 여기에 있어."
다케가 걸음을 멈추고 눈을 모으며 오미요를 내려다보았다.
"뭐?"
"나, 줄곧 이상했는데."
"이번에는 뭔데."
"다케 오라버니는 십 년 동안 에도에 있으면서, 사투리를 잊지는 않았지만 에도 말도 배웠지."
"응, 배웠지."
"아홉 님은 훨씬 더 옛날부터 에도에 있었는데 어째서 사투리가 사라지지 않은 거야? 에도 말을 익힐 수 없는 거야?"
반쯤은 다케 오라버니에게, 반쯤은 복슬복슬한 아홉 님에게 물을 생각이었다.
다케는 등에 업은 고이치로를 흔들면서 대답했다.
"돌로 만들어졌으니까."
"응."
"머리가 딱딱한 게지."

오미요는 풋 하고 웃었다. 무언가가 오미요의 정수리를 할짝 핥았다.
"오" 하며 다케기 눈을 동그랗게 뜬다. 오미요 바로 옆에서 한쪽 발을 들고 있다.
"정말이네. 아홉 님이구나."
"그렇지? 복슬복슬해서 기분 좋지. 다케 오라버니도 앉아. 아홉 님은 크니까 같이 기대도 괜찮아."
다케는 머뭇거리며 엉거주춤한 자세로 그렇게 했다. 그러자 갑자기 고이치로가 기분이 좋아졌는지, 누가 얼러 주고 있는 것처럼 소리 내어 웃었다.
"아홉 님, 아기도 잘 달래시네."
나란히 아홉 님에게 기대어 있자니 조금도 무섭지 않고 춥지도 않고 편안했다. 잘그락잘그락, 자락자락. 잘그락잘그락, 자락자락. 덜컹덜컹, 삐걱삐걱. 그런 소리가 자장가처럼 부드럽게 귀에 닿는다.
어느새 오미요는 꾸벅꾸벅 졸았다.
"―그래서 말이지."
"으응?"
다케가 무언가 말해서, 오미요는 움찔 눈을 떴다.
"뭐라고?"
"자고 있었니? 미안하구나."
시시한 이야기야, 하고 다케는 말했다. 졸린 것 같지는 않은데 눈을 가늘게 뜨고 있다.

"내 고향 도도키에는 온통 산만 있고, 땅이 메말라서 논을 만들 수가 없었어."

오미요는 말없이 다케를 바라보았다. 거무스름한 얼굴은 촛불의 불빛 속에서 한층 더 어둡게 보였다.

"그래도 채석장이 있었을 때는 그나마 괜찮았지만, 도도키 사자레를 다 파 버리고 나니 그 외에는 아무것도 캘 수가 없었지. 내가 태어나자마자 큰 산사태가 일어났고."

가난하고, 먹을 것조차 모자란 마을이었다—.

"도산逃散에도 시대에 착취를 겪은 농민이 다른 지방으로 도망치는 일을 가리킨다, 이었으니까."

"도산?"

"마을 사람들이 다 함께 도망쳐 버리는 거야."

그래서 나는 도도키 태생이라는 사실을 말하면 안 되었어.

"아버지와 어머니가 단단히 일렀어. 도도키 사람이라는 사실이 알려지면 너도 책형을 당할 거라고."

"책형이라니, 어째서? 도망치면 그런 일을 당하게 되는 거야?"

"몰라."

다케가 고개를 설레설레 젓고 손으로 눈을 비볐다.

"나도 어린아이였기 때문에 나한테는 가르쳐 주지 않았어. 하지만 아마."

직소에도 시대에 하급 관리를 거치지 않고 상급 관원에게 직접 고소하던 일라도 하려고 했던 것이 아닐까—하고 중얼거렸다.
"하지만 직소를 하지 못하게 되어서, 다 함께 도망친 거야."
어차피 그내로 있나가는 굶어죽을 판이었으니까.
"바쿠치간도 배가 고파 견딜 수 없는 곳에서 만들어지지."
사람이 굶어죽을 만한 곳에서.
"그래서 저것도 배고프다, 배고프다 하며 울고 있는 걸까."
다케와 오미요의 배에서 꼬르륵꼬르륵 소리가 났다.
"다케 오라버니."
"응."
"어려워서 모르겠어."
다케는 소리 내지 않고 쿡쿡 웃으며 오미요의 뺨을 꼬집었다.
"모르면 몰라도 된다."
흐음 하고 오미요가 고개를 끄덕였을 때 복슬복슬하고 따뜻한 것이 스르륵 멀어졌다.
"멍!"
한층 더 배까지 울릴 듯한 개 짖는 소리가 어디에선가 크게 울려퍼졌다.
잘그락잘그락이·멈추었다. 자락자락도 멈추었다. 다케가 흠칫 몸을 굳힌 다음 달려들다시피 해서 장지문과 덧문을 활짝 열었다. 오미요도 뒤를 따라가, 곳간 쪽을 내다볼 수 있는 복도로 달려갔다.
믿을 수 없는 광경이었다.

양쪽으로 잡아당겨 여는 삼 번 곳간의 문이, 언제 열었는지, 누가 열었는지, 크게 열려 있다. 그 안에서 견사님들이 차례차례 나온다. 두 줄로 나와 마당을 가로질러서 쪽문 쪽으로 걸어간다.

큰 견사님은 터벅터벅.

작은 견사님은 타박타박.

모두, 역시 눈을 번쩍 부릅뜨고.

쪽문에 다다르자 폴짝 뛰어올라 넘더니 길로 나갔다.

오미요는 입을 딱 벌리고 그 입을 양손으로 눌렀다.

반달의 달빛 아래, 견사님들이 저마다 짊어지고 있는 소쿠리에 하얗고 둥근 무언가가 들어 있다. 하나씩 들어 있다.

눈알이다.

뽈뽈이 흩어진, 바쿠치간의 눈알이다.

뽈뽈이 흩어진 후에도 그 눈알은 데굴데굴 움직이고 있었다.

희미하게 비린 냄새가 났다. 자세히 살펴보니 견사님들의 입가는 전부 검붉게 더러워져 있다. 마치 무언가 날것을 막 물어뜯은 것처럼.

오미야에 모인 사람들은 툇마루에 서서, 뒷마당에 내려서서, 그저 멍하니 견사님들의 행렬을 지켜보고 있었다.

아버지가 있다. 어머니가 있다. 어머니가 손을 모으고 있다. 그 손에 아버지가 손을 겹치고, 둘은 꼭 껴안았다.

마지막 견사님이 쪽문을 뛰어넘어 나가자 삼 번 곳간의 화톳불이 스윽 꺼졌다. 한 줄기 바람이 주위를 깨끗하게 씻고 지나간다.

뒤에 남은 것은 활짝 열린 곳간과, 오미야 사람들을 비추며 청아하게 빛나는 반달이다.

"아아아아아."

갑자기 젠이치가 털썩 무릎을 꿇었다.

"배가, 고파, 죽겠구나."

다른 사람들도 일제히 주저앉았다. 모두 배가 고팠던 것이다.

오미요는 마음속에서 아홉 님의 목소리를 들었다.

―호오, 안조안조.

이제 안심이다, 라는 뜻일까.

―만다, 톳토니코데.

이쪽은 짐작이 가지 않았다. 나중에 다케에게 물으니,

"또 놀러오렴."

이라고 말씀하셨던 거란다.

가부토 하치만구에서 망보던 야마토야의 대장은 오미야에서 나온 견사님들이 눈알을 담은 소쿠리를 짊어진 채 호를 그리며 가볍게 뛰어올라 화톳불 속으로 들어가는 모습을 보았다고 한다. 견사님이 한 마리 뛰어들 때마다 화톳불이 크게 타올라 좁은 경내가 대낮처럼 밝아졌다고 한다.

그 불빛이 본전의 문을 통해 안쪽까지 비쳐들어, 대장은 보았다고 한다.

희미하게 빛나는 수많은 투구를.

다 함께 밥을 많이 먹고 배를 채웠고, 젠이치는 날이 밝기를 기다렸다가 다시 다케를 데리고 아홉 님께 여쭤보러 갔다.

"삼 번 곳간은 깨끗이 닦아 청소를 하고, 만 하루 동안 소금을 담은 그릇을 입구에 놓아 두면 된다는구나."

바쿠치간과 함께 갇혀 있던 간장은 통째로 강에 가라앉힐 것이다.

"그리고 바쿠치간의 재료가 된 사람들을 공양하기 위해 앞으로 일 년 동안 매일 우리 집 불단에 하얀 쌀밥을 바치라고 하셨다."

젠이치는 목이 메인 소리로 그렇게 말했다.

"그것도 옛날에는 사람이었으니까."

바쿠치간은 사라졌다. 오미야는 약정에서 해방되었고 재앙은 사라졌다.

오십 명의 남녀는 대략 세 시간 동안 주판을 흔들고 쌀을 씻었다. 그 탓에 남자들은 그 후 며칠이나 팔을 들어올리지 못했고, 고로베에는 허리까지 아프다며 드러눕고 말았다.

"제 불찰입니다."

여자들은 손톱이 갈라지고 손끝에 거스러미가 일었다. 여자들이 씻은 쌀의 대부분은 희미하게 핏빛으로 물들었다. 오미야 안채의 두 기둥인 가나에와 오킨은 그 손을 잡고 울었으며, 손가락의 상처가 낫자 전보다도 더 잘 웃게 되었다. 여러 가지로 엄격한 것은 여전하다.

오미야는 가부토 하치만구의 본전을 다시 짓고 싶다고 나누시에게 청했다. 야마토야도 도와주겠다고 한다.

"토지신님이니, 이웃들의 기부도 받읍시다. 장황하게 늘어놓지 않아도 틀림없이 다들 찬성해 줄 겁니다."

그리고 젠이치는, 이것도 인연이니 다케지로 씨, 우리 집에서 일하지 않겠느냐고 말을 건넸다.

"야마토야 주인께서 허락해 주신다면 말이지만."

대장은 허락했지만 당사자인 다케가 고개를 끄덕이지 않았다.

"저는 잔심부름이나 하는 것이 마음 편합니다."

"언제까지나 그럴 순 없네. 조만간 가정도 꾸리고 싶을 테고."

"그때는 그때입니다."

무엇을 생업으로 삼든 도박꾼만은 되지 않을 테니까요, 하고 말하며 웃었다.

오미요는 다케의 도움을 받고, 다시치와 그 형들도 끌어내어 만 이틀에 걸쳐 아홉 님을 반짝반짝하게 닦았다. 과연 다케의 말대로 도도키 사자레는 예쁜 청회색 돌이었다. 너무 오래된 돌이라 이제 유리만큼 반짝이지는 않았지만, 아홉 님은 지나가는 사람들의 눈을 끌기에는 충분할 만큼 아름다워졌다.

또 하나, 오미요가 가부토 하치만구를 지나가다가 꾸벅 인사를 할 때면, 마침 거기에 있던 사람의 귀를 잡아끄는 말이 있다.

안녕하세요, 다녀오겠습니다, 다녀왔습니다, 는 누가 들어도 알 수 있다. 하지만 오미요는 거기에 덧붙여 큰 소리로 이렇게 말한다.

"아운사, 케모오다라헤이라나굿테, 간지즌맛테오란조."
도도키 사투리로,
―아홉 님, 오늘도 우리는 무사히, 즐겁게 살고 있어요.
라는 뜻이다.

1

처마 밑에서 "달걀, 달걀" 하는 소리가 난다. 삶은 달걀을 파는 장사꾼이 온 것이다.

그 목소리에 아오노 리이치로는 중요한 약속이 생각났다. 바로 어제인 삼월 그믐날, 집세와 수업료를 전해 드리러 스승님을 찾아뵈었을 때 사월 여드렛날에는 반드시 오리알을 가져다 드리겠다고 했던 일이다. 에도 시중에서는 이날에만 달걀과 함께 집오리 알을 판다. 이 알을 먹으면 중풍에 걸리지 않는다는 속설이 있다.

리이치로의 스승 가도 신자에몬은 작년 이월에 중풍을 앓았다. 다행히 가볍게 지나가 목숨에 지장은 없었지만 중풍은 잘못하면 한 번으로 끝나지 않는 병이다. 다음에는 무거운 중풍이 덮쳐 올지도 모른다. 그 후로 신자에몬은 중풍을 막는 데 효과가 있다는 것이라면 모조리 시도해 보고 있었다.

리이치로가 신자에몬에게서 이 습자소 '진코 학원'을 물려받은 지 이제 곧 반년이 된다. 이 학원은 혼조 오타케구라에도 막부의 목재 보관소로 사용되었다고 추정되는 곳에서 가까운 가메자와초 일각에 있으며, 작은 이층 건물의 아래층은 습자소, 위층은 리이치로가 사는 곳이다. 부뚜막이 있는 부엌문을 통해 밖으로 나가면 후타쓰메라는 나가야가 있고, 조금 전에 오늘의 습자를 마치고 우르르 밖으로 뛰어나간 아이들 몇은 이곳에서 살고 있다.

지금 진코 학원에는 대략 오십 명쯤 되는 아이들이 다니고 있는데, 그 처지는 제각각이라 유복한 상인의 아이가 있는가 하면 그날 벌어 그날 먹고사는 나가야의 아이도 있다. 여자아이는 채 열 명이 못 되며, 모두 리이치로가 학원을 물려받은 후에 들어온 제자들이다. 스승 신자에몬은 예순한 살의 노인으로, 겉모습은 더욱 늙어 보이는데다 비쩍 마르기도 하여 입이 험한 아이들에게는 '해골 선생님'이라 불렸고 여자아이들은 가까이 오려고 하지 않았다.

게다가 에도에는 여자 스승이 있는 습자소가 드물지 않기 때문에 여자아이들은 종종 그런 곳에 다닌다. 리이치로가 에도에 자리를 잡은 후 크게 놀란 일 중 하나다. 고향인 나스도치기 현 북동쪽 끝. 나카가와 강 상류 일대를 가리키는 지명 조린번藩봉록 일만 석 이상의 무사인 다이묘가 지배했던 영지. 혹은 그 통치 기구를 번이라 한다에서는 습자나 주산, 책 읽기에 산술, 예법까지 가르치는 학문소의 스승을 여인이 맡는 경우는 전례도 없을 뿐더러 시도된 적조차 없었다.

매일 오십 명이나 되는 아이들을 상대로 하는 생활은 전쟁터 같아서, 신자에몬 나이의 절반도 되지 않아 '작은 선생님'이라고 불리는 리이치로도 기력과 체력을 엄청나게 소모한다. 꽤 익숙해지기는 했지만 차분하게 생각을 한다거나 찬찬히 글을 읽을 여유는 아직 없다. 뿐만 아니라 눈앞의 바쁜 일 때문에 방금 생각난 것을 잊어버릴 정도라, 근자에는 무언가 용무가 떠오르면 곧장 어딘가에 적어 두는 버릇이 들었다. 지금도, 마침 아이들의 습자를 고쳐 주려던 붓을 들고 잠시 망설인 뒤 왼손 손등에 '오리'라고 적었다. 나중에 달력 구석에라도 옮겨 적으면 된다.

길게 한숨을 내뱉는 소리가 났다.

리이치로의 한숨이 아니다. 아이들이 쓰는 긴 책상 하나를 사이에 두고 손님이 앉아 있다.

혼조 마쓰자카초의 종이 도매상 '다이노지야'의 대행수, 규하치다.

다이노지야의 외아들로 이제 열 살이 되는 신타로는, 일곱 살 때부터 진코 학원에 다니고 있다. 성품이 좋고 나이 어린 아이들도 잘 돌보니 때를 보아 학원 대행수 중 한 명으로 삼아 볼까 하고, 이 또한 요전에 신자에몬과 막 이야기를 나눈 참이었다.

습자소의 '대행수'란 제자들 중에서 뽑혀 스승의 조수를 맡는 아이를 말한다. 신자에몬은, 신타로가 자신과 같은 대행수가 되면 규하치는 매우 우쭐해하며 기뻐할 것이라고 말했다. 꽤 큰 상가의 아이라도 집이 이 근처고 나이가 열 살이나 되었으면 진코학원에는 혼자서 다니게 하는 것이 신자에몬의 방식이었지만, 다이노지야에서는 외아들이다 보니 걱정이 되어 견딜 수가 없는지 가끔 (몹시 굽실굽실하면서) 규하치가 바래다주고 데리러 올 때가 있다. 그래서 신자에몬과 리이치로와도 아는 사이다.

오늘은 그 규하치가, 신타로가 돌아가고 나자 교대하듯이 찾아왔다. 긴히 드릴 말씀이 있습니다, 라고 하기에 이렇게 안에 들여 마주 앉아 있는데, 말은 전혀 꺼내지 않고 맞선 자리의 어린 처녀처럼 고개를 숙인 채 한숨만 쉬는 바람에 그만 마음이 바깥을 떠돌고 만 리이치로였다.

붓을 놓고 슬쩍 규하치를 살핀다.

"어지간히 꺼내기 힘든 이야기인가 봅니다."

규하치는 고개를 숙이고 손가락을 만지작거리고 있다.

"규하치 씨?"

대행수의 나이는 쉰하나, 덩치가 좋고 이목구비가 뚜렷한 얼굴이다. 바쁘게 일하는 사람인 듯 평소에는 언제나 **빠릿빠릿**하지만, 오늘은 기색이 조금 다르다.

"─작은 선생님."

규하치는 눈을 내리깐 채 다이노지야의 이름이 들어간 한텐하오리와 비슷한 짧은 겉옷의 일종. 작업복이나 방한복으로 입으며, 옷고름이 없고 깃을 뒤로 접지 않아 활동적이다 옷깃을 만지며 작은 목소리로 불렀다.

"예."

"아니, 아오노 님."

고쳐 말하며 그제야 얼굴을 든다. 정면에서 본 그 흰자위는 충혈되어 있었다. 저는 어젯밤, 아니, 어쩌면 지난 며칠 밤, 제대로 자지 못했습니다, 라는 자백이다. 이렇게 보니 얼굴도 야윈 것 같지 않은가.

과연 리이치로도 약간 긴장했다.

"왜 그러십니까."

"아오노 님은, 그."

규하치는 한쪽 손바닥으로 리이치로의 몸 왼쪽을 가리켰다.

"허리에 찬 것으로 사람을 벤 적이 있으십니까."

리이치로는 눈을 부릅떴다.

녹봉 일만 석을 받는 조린번의 가신 이백이십 명 중 한 사람으로서 요타시 하역用達下役에 임명되어 있었던 무렵에는 번의 도장에 다녔으며, 나스 불영파不影派의 비법을 모두 전수받았다는 면허도 받은 몸이다. 다만 여기에는 뒤가 있다. 이름은 용맹스럽지만 나스 불영파는 삼십 년쯤 전에 조린번에 생긴 새로운 유파로, 가신 대부분은 이 인가를 받게 된다. 이 '대개는'이 또 특징적인데, 일가의 적자嫡子라면 면허장을 받을 수 있는 것이다.

리이치로는 일찍 아버지를 여의고, 숙부의 후견으로 관례를 치름과 동시에 돌아가신 아버지의 관직을 물려받아 아오노 가의 당주가 된 외동 후계자였다. 그 때문에 성실하게 도장을 다니며 얼추 형식을 익혔을 뿐인데 면허장을 받았다.

그러므로 지금 규하치가 한 질문이,

—실력에 자신이 있으십니까.

라는 뜻이라면,

—있다.

고 대답하면 거짓말이 되고,

—없다.

고 대답하면 불영파가 어떻게 면허장을 받는지 바닥이 드러난다.

—있는 것 같기도 하고 없는 것 같기도 하고.

해석하기 나름인 실력인 것이다.

"왜 그런 것을 물으십니까."

반대로 되물으니 규하치는 충혈된 눈을 깜박였다.

"아니, 아오노 님은 무사님이시니 한두 번은 사람을 베신 적이 있지 않을까 싶었습니다. 죄인을 처벌한다거나."

"그것은 제 임무가 아니었습니다."

"그러면 무장 시위를 진압한다거나."

불온한 말을 한다.

조린번은 결코 내분이 없는 번은 아니었고, 리이치로가 모시던 가문인 몬마 가의 경우, 말기에는 그 가열한 치정 때문에 언제 시위나 봉기가 일어나도 이상하지 않았을 만큼 영지 내의 분위기는 거칠었다. 작년 팔월, 몬마 가의 3대 당주 에몬노카미 노부히데가 향년 서른네 살로 에도 번저_{다이묘가 에도에 두었던 저택을 말한다}에서 급사하여, 후사가 없으면 가문을 끊는다는 규정에 의해 몬마 가가 영지를 몰수당했기 때문에 조린 사람들은 구원받았다고 해도 좋았다. 노부히데가 죽었다는 소식이 조린번에 도착하자 영민들은 떡을 찧으며 축하했다고 한다.

"내란이라든가, 가신 중 어떤 분이 번주님께 반란을 일으켰다거나 하는 소동이 있어서 싸웠다거나."

규하치는 몹시 진지하다.

"그대로 노부히데 공의 치세가 계속되었다면 그런 일도 있었을지 모르지요. 허나 아슬아슬하게 그런 일은 면했습니다."

말해 버리고 나서 리이치로는 문득 깨달았다.

―아슬아슬하다고 하니.

자신도 짚이는 구석이 있다. 하지만 그것은 여기서 입에 담아야 할 이야기가 아니다.

예에, 아슬아슬하게, 하고 말하며 규하치는 또 긴 한숨을 내쉬었다.

"저는 전쟁에 나간 적이 없고 도장 이외의 곳에서 칼을 휘두른 적도 없습니다. 그러니 이것은" 하며 리이치로는 허리에 찬 칼자루를 만졌다. "장식물입니다."

딱히 용맹스러운 기풍을 가지지 않은 작은 번일지라도 조린번에서 무사와 영민들 사이에는 엄연한 신분의 차이가 있었다. 무사의 혼을 가리키며 장식물이라고 말한다면 가신들의 경우 그 일만으로도 분명 근신해야 했을 테고, 영민이라면 목이 날아갔을 것이다.

 리이치로가 에도로 나온 뒤 크게 놀란 또 하나의 일은, 시정 사람들이 무사와의 신분 차를 거의 신경 쓰지 않는다는 것이다. 물론 신경을 써야 할 경우나 입장을 잘 알고 상황에 맞게 처신하고 있겠지만, 적어도 진코 학원의 작은 선생으로서 세상에 섞여 온 경험으로 볼 때 리이치로는 무사라는 이유만으로 경외의 대상이 된 적도, 사람들이 우러러보는 대상이 된 적도 없다.

 의외로 마음 편한 일이기도 했다. 자연히 리이치로도 거리낌이 없게 되었다.

 그러고 보니 가도 신자에몬은 늙은 몸으로는 칼의 무게를 견딜 수 없다며, 십 년도 전에 죽도로 바꾸어 버렸다고 태연하게 이야기한 적이 있다.

 ─제자들에게는 주먹이 더 효과가 크지.

 해골 선생은 엄격한 스승이었던 것이다.

 "그러면 아오노 님께 부탁드릴 수는 없겠군요."

 규하치는 그렇게 중얼거리며 또 한숨을 쉬었지만 그 근심스러운 얼굴에는 기묘하게도 안도한 듯한, 맥 빠진 빛이 섞여 있었다.

 "작은 선생님께 부탁할 수 없다면 이런 일은 어느 누구에게도 부탁할 수 없으니 다른 방법을 생각해야겠습니다."

 중얼중얼, 거의 혼잣말이다. 그 눈에 희미하게 눈물이 고여 있다.

 "대체 무슨 일입니까. 사람을 베는 이야기를 하시다니, 규하치

씨답지 않습니다."

 가볍게 물어보았지만 불온한 구름이 리이치로의 마음속을 스치고 지나갔다. 규하치는 다이노지야의 대행수로, 가게 옆에 집을 빌려 처자식과 함께 살고 있다. 혹시 그들에게 무슨 일이 있었던 걸까.

 "애초에 무리한 이야기입니다."

 규하치는 결국 주르륵 흘러 떨어진 눈물을 손으로 닦더니 코를 훌쩍였다.

 "이런 일은 해님도 용서하시지 않을 겝니다. 하지만 나리는 완전히 작정을 하시고, 이 규하치에게 방법을 궁리하라며."

 나리라면 다이노지야의 주인 소고로를 말하는 것이리라.

 "다이노지야의 주인께서 규하치 씨에게 어떤 무리한 일을 시키신 겁니까?"

 규하치는 왁 하며 얼굴을 덮었다.

 "도련님을—."

 "신타로를?"

 "죽이라는 겁니다. 목숨을 끊으라고 하십니다. 그것이 살아 있으면 다이노지야에 해가 된다며."

 닷새 전 오후의 일이었다고 한다.

 다이노지야의 가게 앞을 승려 차림의 한 남자가 지나갔다. 찢어진 옷의 자락을 질질 끌고 있었고, 낡아 빠진 각반과 짚신은 진

흙투성이었다. 등에는 베개만 한 크기의 짐을 졌고, 목에는 낡은 염주를 걸고 있었다. 어느 모로 보나 수행을 위해 긴 여행을 하는 중—이라는 옷차림이지만 퍼렇게 깎은 머리와 부리부리하게 뜬 둥근 눈에는 사나운 기가 가득 담겨 있었다.

승려 차림의 남자는 다이노지야 앞에서 걸음을 멈추더니 떡하니 서서 하늘을 노려보았다. 다이노지야의 간판을 노려보는 것처럼 보이기도 했고, 다이노지야의 안채를 꿰뚫어 보려는 눈처럼 보이기도 했다.

그대로 움직이지 않는다.

이윽고 그 모습을 알아차린 하녀가 규하치를 부르러 왔다. 오싹한 듯이 목을 움츠리고 있다.

"저 스님, 아까부터 계속 우리 가게 앞에서 떡 버티고 계십니다."

규하치는 밖으로 나가 승려 차림의 사내에게 정중히 말을 걸었다. 하녀가 두려워하는 것도 무리가 아닌, 위험한 표정을 띠고 있다. 규하치가 불러도 처음에는 전혀 대답하지 않고 그저 형형하게 눈을 빛낼 뿐이었지만,

"너는 이 가게의 고용살이 일꾼이냐."

가게 안쪽을 응시한 채 그렇게 물었다. 배 속에서 끓어오르는 듯한 굵은 목소리였다.

"예, 그렇습니다만."

"이 가게 주인에게는 자식이 있지."

아홉 살인가, 열 살인가. 사내아이일 테지, 하고 다시 말한다.

"대를 이을 외아들이겠지. 아니냐."

규하치는 대답하지 않았다. 경솔히 대답해도 될 일이 아니다. 그러자 승려 차림의 남자는 갑자기 규하치의 뒷덜미 머리카락을 꽉 잡았다.

"대답해라. 이 가게의 앞날과, 주인의 목숨과도 관계가 있는 중요한 일이다!"

사내의 박력에 압도되기는 했으나 규하치는 굴하지 않았다. 자식이 있으면 어떻다는 말입니까, 하고 대꾸해 주었다. 이놈은 뭐냐. 신종 사기인가. 가짜 승려는 아닐까.

"안 돼, 그건 안 된다!"

규하치가 비틀거릴 정도로 세게 밀쳐내고 승려 차림의 사내는 신음했다.

"그 아이는 '토채귀討債鬼'다. 이 집에는 토채귀가 붙어 있어. 주인의 목숨과 재산이 아까우면 당장이라도 손을 써야 한다. 그렇지 않으면 늦을 것이다!"

규하치가 어안이 벙벙해 있는 사이에, 승려 차림의 남자는 들어가겠다고 멋대로 지껄이며 다이노지야 안으로 성큼성큼 들어갔다. 그리고 반나절도 되지 않는 짧은 시간에 다이노지야 소고로를 홀딱 구워삶고 말았다―는 것이다.

"토채귀란 무엇입니까?"

리이치로의 물음에, 규하치는 울어서 더 빨개진 눈을 슴벅거리며 설명했다.

"사람이 살아 있을 때 누군가에게 무언가를 빌려 주고—대부분의 경우 돈이겠지만—그것을 돌려받지 못해 원한을 품은 채 죽으면 그 망집 때문에 귀신이 됩니다. 그러한 귀신은 빌린 사람의 아이로 다시 태어나, 병을 자주 앓아 비싼 약값을 치르게 한다거나 방탕한 생활에 빠져 재산을 탕진하여, 빌려 준 것과 똑같은 만큼의 돈을 쓰게 하여 원한을 푼다는 것입니다. 이를 '토채귀'라고 부른다더군요."

규하치에게 글씨를 써 보여 달라고 한 뒤 리이치로도 그제야 이해할 수 있었다. '토討'에는 강하게 무언가를 원한다는 뜻이 있고, '채債'는 부채를 말하며, '귀鬼'는 망자의 염이 변하여 되는 것이라는 뜻이다.

"퇴치하려면 그 아이를 죽이는 일 말고는 방법이 없다. 이것은 귀신이고 망자이지 진짜 사람의 아이가 아니니, 이쪽도 마음을 독하게 먹고 해치우지 않으면 다이노지야는 멸망하고 나리는 죽게 된다는 겁니다."

승려 차림의 사내는 자신의 이름은 교넨보이며, 지금까지 각지를 돌며 수행해 왔고 불법을 설법하는 한편으로 민초들을 해치는 수많은 마魔를 퇴치해 왔다고 의기양양하게 말했다고 한다. 소고로는 그를 철석같이 믿고 말았다. 그 후로는 한결같이 이렇게 얘기했다고 한다.

"다이노지야를 지키기 위해서 신타로를 죽이는 것밖에 방법이 없다면 어쩔 수 없다. 다만 나는 도저히 할 수 없다. 무엇보다 우리가 손을 쓴다 해도 어차피 사람을 죽여 본 적이 없으니 잘되지도 않을 것이다. 이런 일은 역시 목숨을 다루는 데 익숙한 무사님께 매달리는 것이 좋겠다."

그래서 아오노 리이치로가 뽑힌 것이다.

"규하치, 네가 가서 부탁하고 오너라, 어떻게 해서라도 아오노 님으로부터 승낙을 얻어내야 한다며 어찌나 성화이신지."

그래도 규하치는 저항하며 하루, 또 하루 미루며, 잠도 자지 못해 눈이 새빨개지고 만 것이다.

지금도 몸부림치며 번민하는 규하치에게는 미안하지만 리이치로는 웃음을 터뜨리고 말았다.

"어처구니없군요."

저도 모르게 말하며 더욱 웃었다.

"정체도 알 수 없는, 지나가던 스님의 트집을 어찌 진지하게 받아들인단 말입니까. 다이노지야의 주인은 그렇게 물정 모르는 분입니까."

규하치는 기분이 상한 기색은 아니었으나 리이치로의 웃음에 기운을 얻은 것도 아니었다.

"나리는 마음에 짚이는 구석이 있으신 겁니다."

리이치로도 웃음을 멈추었다.

"토채귀가 될지도 모르는 원수가 있다는 말씀입니까?"

규하치는 고개를 끄덕이고 어두운 눈을 했다.

"작은 선생님은 모르시는 것이 당연하지만, 나리는 본래 다이노지야의 후계자가 될 입장이 아니었습니다."

소고로는 차남으로, 소지로라는 두 살 연상의 형이 있었다. 마음이 맞지 않았는지 성격이 맞지 않았는지, 어릴 적부터 한 하늘을 이고 살 수 없다고 할 만큼 사이가 나쁜 형제였다.

"벌써 십삼 년 전 일입니다만, 선대 주인이 돌아가셨을 때 후계 싸움이 났지요."

군기軍記 이야기에서나 들을 수 있을 듯한 격렬한 말다툼과 싸움을 되풀이한 끝에 소고로가 승리를 거두었다. 다만 깨끗하게 승부가 난 것은 아니다. 소지로가 병으로 쓰러져 죽고 말았다.

교넨보는 그러한 다이노지야의 과거를 폭로했다. 소고로의 얼굴을 보자마자, 그대는 피를 나눈 형제와 다투어 그를 죽게 한 적이 있구려! 이 집의 재산은 그대가 훔친 것일 테지! 하고 큰 소리로 꾸짖었다고 한다.

"설령 그 스님이 말씀하신 그분의 다른 공로나 자랑 이야기는 웃어넘길 수 있다 해도 이 이야기만은 그렇게 하지 못했습니다. 나리는 일격에 당하시고 말았습니다."

"실제로 빼앗았습니까?" 리이치로는 솔직하게 물었다.

"그게……."

규하치는 말하기 어려운 듯이 입을 오므렸다.

"소지로 님의 병은 소고로 님이 독약을 쓴 탓이 아니냐는 소문이…… 그 무렵에 있었습니다."

이제 와서 그 이야기가 나와 당사자가 새파랗게 질려 허둥거리는 모습을 보면 꼭 소문만은 아니었을 거라고, 규하치는 말하기 어려운 듯한 입 모양을 한 채 하기 어려운 말을 했다.

다이노지야의 선대 주인도 이미 죽고 없다. 소지로는 홀몸인 채 죽었다. 그 무렵에 이제 막 행수가 된 규하치만 빼고 고용살이 일꾼들은 전부 바뀌었다. 사정을 알고 있는 사람은 규하치뿐이라는 뜻이 된다.

"고용살이 일꾼들은 소고로 님의 방식에 두려움을 느꼈을 겁니다."

"규하치 씨는 왜 남았지요?"

저는 선대 주인께서 거두어 주셔서 그 은혜를 입었습니다, 하고 규하치는 온순하게 말했다.

"고아였던 저를, 선대 주인께서 거두어 키워 주셨지요."

주인이지만 그 이상으로 부모를 대신해 준 분이었다.

"게다가 돌아가실 때 선대 주인은 저를 머리맡으로 부르셔서 아들들을 부탁한다, 다이노지야를 부탁한다고 몇 번이나 말씀하셨습니다."

걸핏하면 서로 모만 세우는 두 아들 때문에 선대 주인도 속을 끓이고 있었던 것이다.

"저라면 안심이기도 했겠지요. 선대 주인을 모시던 대행수는 소지로 님 편이었고, 제 눈으로 보아도 소고로 님께 심술궂은 데가 있었습니다."

후계 싸움에서 이긴 소고로는 우선 제일 먼저 그 대행수를 다이노지야에서 내쫓았다고 한다.

리이치로는 품에 손을 넣고 천천히 고개를 끄덕였다. 점차 납득이 가기 시작했던 것이다.

교넨보인가 하는 승려가 말하는 '토채귀' 이야기를 그대로 받아들인다고 해도 다이노지야의 경우에는 이해할 수 없는 점이 몇 가지 있다. 우선, 다이노지야는 착실한 종이 도매상이고 그럭저럭 번창하고 있기도 하다. 누군가에게 돈을 빌려 주는 일은 있을지언정 그 반대의 경우는 적지 않을까 싶다. 하물며 소고로가 빌려 준 사람이 원한으로 생각할 정도의 액수를 떼어먹은 채 모르는 척하고 있다고 생각하기는 어렵다.

설령 그랬다고 하더라도, 그리고 신타로가 정말 그만큼의 돈을 쓰게 하려는 토채귀라고 해도, 어차피 엄청난 액수는 아닐 테니 그냥 써서 변제하면 된다. 그 때문에 다이노지야가 망할 리도 없을 거라고 리이치로는 생각했다.

하지만 후계 싸움이 얽혀 있고 다이노지야의 재산이 통째로 걸려 있다면 이야기는 다르다. 게다가 또 한 가지 이해가 안 가는 것, 교넨보가 '주인의 목숨과도 관계가 있다'고 난리를 피운 일도 소고로가 형의 목숨을 빼앗았다면 속 시원하게 이해가 간다. 다이노지야의 토채귀가 거두어들이려는 것은 그저 돈만이 아니기 때문이다.

―그러나.

그렇기 때문에 교넨보는 매우 수상하다. 길을 지나간 것만으로 그런 사실까지 꿰뚫어 볼 수 있을까. 오히려 어떤 연줄을 이용해 사전에 소고로의 꺼림칙한 과거를 알아내고, 그것을 지렛대 삼아 다이노지야를 뒤흔들려는 꿍꿍이를 숨기고 있다고 보는 편이 훨씬 자연스럽다.

리이치로는 이해가 안 가는 세 번째 일을 입 밖에 내어 물었다.
"안주인은 어찌하고 계십니까."

소고로의 아내, 신타로의 모친이자 다이노지야의 안주인인 요시노는 몸이 약해 요 일 년 동안 앓아누웠다 일어났다 하는 생활을 하는 중이다. 신타로를 낳았을 때도 심한 난산이라 죽을 뻔했다고 한다.

어머니를 생각하는 마음이 지극한 신타로는 어머니를 위해 열심히 학문을 닦아서, 어른이 되면 의원이 될 거라고 이야기하곤 한다. 그의 입에서 어머니에 대한 화제가 나오지 않는 날은 없다. 영리한 아이니, 어린 마음에도 병약한 어머니가 다이노지야의 운영에서 제외되어 조용히 틀어박혀 있는 것을 애처롭게 느끼고 있으리라.

게다가 몇 년 전부터 요시노는 소고로와 이름뿐인 부부가 된 모양이다. 역시 이 이야기는 신타로가 아니라 신자에몬에게서 들었다. 습자에 엄격한 스승은 남의 비밀도 잘 알고 있다.

규하치는 말문이 막히더니 또 울상을 지었다.
"이 소동이 시작된 후로 울며 지내고 계십니다."

"소고로 씨는 신타로가 토채귀라는 헛소리를 안주인께 털어놓고 만 것이군요?"

어른스럽지 못한 데에도 정도가 있다.

규하치는 주먹으로 눈을 닦았다. "예. 뿐만 아니라 네가 나에게 해를 끼칠 귀신을 낳았다며, 마님을 호되게 다그치시고."

한층 더 어른스럽지 못하다.

"신타로는 이 일을―."

규하치는 울상을 지은 채 어금니를 악물었다. "그것만은 도련님의 귀에 들어가게 해서는 안 된다고 하며 단단히 덮어 두었습니다."

부모님 사이가 싸늘해진 후, 신타로는 때때로 아버지가 어머니에게 거친 소리를 하는 데에도 익숙해졌다. 교넨보의 존재도, "마님의 병을 고쳐 주실 고마운 스님입니다"라는 규하치의 설명을 순순히 받아들이고 있는 것 같다고 한다.

규하치의 충성심은 존경스럽긴 하지만 신타로는 영리하다. 본디 집안 일에 관해서라면 어른보다 아이가 더 영리하기 마련이다. 무언가 눈치챘을지도 모른다.

가엾게도.

리이치로는 품에 넣은 양손을 빼어 무릎 위에 올려놓고 등을 곧게 폈다.

"알겠습니다."

호기로운 목소리로 말했다.

"제가 맡지요."

늠름하게 단언했지만 그 손등에 '오리'라고 쓰여 있는 것이 한심하다.

"맡다니, 무엇을."

"그러니까 토채귀를 말입니다."

"도련님을 베실 생각입니까!"

이 금수만도 못한! 이라는 듯이 달려들 것 같은 규하치를, 리이치로는 당황하며 밀어냈다.

"진정하십시오. 제가 신타로를 벨 리가 없지 않습니까."

"하, 하지만."

"제가 맡은 것으로 하고, 신타로를 당장이라도 이곳에 보내 주십시오."

"작은 선생님이 도련님을?"

"우선은 신타로를 소고로 씨에게서 떼어 놓지 않으면 무슨 일이 일어날지 모릅니다."

당황하여 어찌할 바를 모르다가 소고로가 자기 손으로 신타로를 해치는 일이 일어나는 것은 눈 뜨고 볼 수 없다.

"오늘 저녁 제가 다이노지야로 찾아뵙겠습니다. 자세한 변명은 그때 해도 되겠지요. 제가 무슨 허풍이든 떨겠습니다. 규하치 씨는 좌우간 신타로를 데리고 나오십시오."

그렇군요, 하고 말하며 규하치는 몸을 가누었다.

"교넨보인지 뭔지는, 그 후에도 다이노지야에 계속 드나들고 있습니까."

"매일같이 모습을 보입니다. 나리가 극진한 대접을 하고 계시고, 스님도 토채귀가 되지될 때까지는 다이노지야에서 눈을 뗄 수 없다는 둥 떠들어 대고요."

그럴 거라고 생각했다.

"그러면 교넨보에게도, 토채귀는 퇴치해 줄 만한 합당한 자에게 맡겼다고 이야기하십시오. 일이 처리될 때까지 상대가 방심하도록 해야 하니 규하치 씨도 지금은 참으셔야 합니다. 한껏 공손한 척 굴며 소고로 씨에게 장단을 맞추어 주십시오."

알겠습니다, 하고 말하며 규하치는 갑자기 기운을 되찾았다.

"하지만 작은 선생님, 처리라니, 어찌하실 생각이신지요?"

리이치로는 '오리'가 적혀 있는 손으로 코 밑을 꾹 문질렀다.

"그것은 지금부터 생각하겠습니다."

2

리이치로에게 진코 학원을 맡긴 후 가도 신자에몬은 아내 하쓰네와 둘이서 무코지마의 고우메무라小梅村에 틀어박혀 느긋하게 살고 있다. 예전에 이곳 나누시가 은퇴해서 살았던 집을 빌렸다.

무가 저택과 사원을 제외하면 드넓은 논밭이 펼쳐져 있는 곳이다. 마을 이름대로 초봄에는 매화가 여기저기에 흐드러지게 핀다. 벚나무는 적지만, 가도 저택의 표식이 되는 훌륭한 고목이 한 그루 있어서 오늘도 리이치로는 그 밑을 서둘러 지났다.

이미 꽃이 져 벚나무에는 잎이 달려 있다. 리이치로는 문에서 하쓰네에게 대뜸, "하쓰네 님, '귀신'은 어느 시기의 계절어입니까" 하고 물었다.

"귀신 하면 절분節分이지요."

"제자의 집에 시기에도 맞지 않는 귀신이 나왔습니다. 이를 퇴치할 방책을 스승님께서 부디 일러 주십시오."

이렇게 해서 리이치로는 스승 부부에게 다이노지야의 일을 이야기했다.

"왜 안색을 바꾸고 달려왔나 했더니."

가도 신자에몬은 책상에 한쪽 팔꿈치를 괴고, 그 손등에 턱을 올려놓은 뒤 자그마하게 몸을 웅크리고 있다. 해골 선생의 서재다. 옆에 하쓰네가 앉아 있다. 부부 뒤에는 산더미처럼 서책이 쌓여 있다.

중풍 때문에 신자에몬은 오른손이 제대로 움직이지 않게 되었다. 하지만 머리와 눈은 아직 멀쩡하고, 날마다 열심히 글을 읽는다.

"뭐, 속임수일 게다."

코끝으로 흥 하고 웃으며 말한다.

"허나 토채귀를 끄집어내다니, 꽤 운치가 있는 속임수로구나."

"스승님은 알고 계셨습니까."

토채귀 • 199

해골 선생은 등 뒤에 있는 서책의 산을 힐끔 쳐다보았다.
"토채귀라는 말은 중국에서 건너온 말이지. '귀색채鬼索債'라고도 한다. 법회에 흔히 나오는, 인과응보의 우화 중 하나지."
예를 들면 이런 이야기라고, 신자에몬은 말을 이었다.
"교키行基라는 고승이 나니와오사카 지방을 가리키는 옛 지명 지방에서 불법을 가르치고 다닐 때의 일이다. 청중 중에 어린아이를 안은 여자가 있었는데, 그 아이가 울면서 시끄럽게 굴어 법화를 방해했다. 여자가 달래도 울음을 그치지 않았지. 그 아이는 열 살이나 되었는데도 서지를 못하고, 늘 울기만 하며, 먹을 것을 탐식했다고 한다."
여자는 매일 법화를 들으러 온다. 그 무릎에서 아이는 매일 울고 시끄럽게 군다. 마침내 상인上人은 여자에게 아이를 가까운 강에 던져 버리라고 명령한다. 여자는 차마 하지 못한다. 그러나 교키가 더욱 다그쳐 여자도 체념하고 그 말에 따랐다.
그러자 아이는 물 위로 떠올라 눈을 부릅뜨고 손발을 버둥거리며 원통해하더니 이렇게 소리쳤다.
—원통하다! 앞으로 삼 년 동안은 네게서 거두어들이려 했건만.
"상인은 여자에게, 너는 전생에 다른 사람에게 무언가를 빌리고 돌려주지 않았기 때문에 빌려 준 이가 네 아이로 환생하여 부채를 거두어들이려고 했던 것이다, 라고 가르쳐 주었다."
같은 줄거리다.

"그러면 빌린 것과 거두어들이는 것의 많고 적음이 반드시 같다는 보장은 없군요……."

"무엇을 그리 이치로 생각하느냐."

법화다, 법화, 하며 해골 선생은 주름진 얼굴로 웃었다.

"번뇌로 괴로워하는 중생에게 불법의 거룩한 가르침을 널리 알리기 위해서 고안된, 알기 쉽고 재미있는 이야기란 말이지."

사실이 아니야, 하고 딱 잘라 말한다.

"교넨보인지 뭔지는 다이노지야의 재산을 노리고 있거나, 주인에게서 돈을 뜯어내려 하고 있거나, 어쨌든 욕심에 사로잡힌 사기꾼이 분명할 게다. 아니면 리이치로, 너는 이 이야기에 믿음이 가는 구석이 있느냐?"

"없습니다. 신타로는 착한 아이입니다."

"그렇다면 이러쿵저러쿵 고민할 필요 없다. 사기꾼 귀신이야말로 퇴치해야지."

"어찌하면 좋을까요."

그야 쉽지—하고 신자에몬은 말한다.

"리이치로, 여자다. 여자를 찾아라."

"예?"

"다이노지야의 주인에게는 여자가 있을 거라는 뜻이에요" 하고 하쓰네가 도와주었다. "소고로라는 사람은 옛날에 형님을 함정에 빠뜨리고 재산을 가로챈 일을 얼떨결에 타인에게 이야기할 정도로 바보는 아닐 거예요. 그렇다면 그 사실을 알고 있는 사람은 소고로 씨와 막역한 관계에 있을 테지요."

"여자다." 신자에몬은 딱 잘라 말한다. "부인과는 이름뿐인 부부가 된 지 오래야. 침을성이 다했을 만도 하지."

자신도 여자가 있는 기색이 없어진 지 오래인 리이치로는 조금 허둥거렸다.

"그 여자가 교넨보에게 일러 주고 있다. 아마 한패일 테고, 그 외에도 동료가 있을지 몰라. 어쨌거나 다이노지야의 재산이 사냥감이니까."

역시 가게를 가로채려는 꿍꿍이라고, 신자에몬은 말하고 있는 것이다.

"신타로를 없애 버리려고 하는 이유도—."

"후계자이기 때문이지. 토채귀를 끄집어내면 일석이조로 제일 먼저 처치할 수 있으니까. 이 꿍꿍이가 잘되면, 다음에는 소고로가 위험해."

리이치로는 정신이 번쩍 들었다. "안주인은요? 요시노 씨는 어떨까요."

"새장 속 새다. 어떻게든 요리할 수 있지."

"그러면 구해야지요."

리이치로는 스승 부부가 실실 웃고 있음을 깨달았다.

"아니, 그."

요시노는 늘 집에 틀어박혀 있고 밖으로 나가는 일이 거의 없다. 다만 한 번, 리이치로가 진코 학원의 새 스승이 되었음을 알리는 자리가 있었을 때 신타로와 손을 잡고 온 적이 있다.

첫 선을 보이는 자리라고 해도 제자와 그 부모 들을 모아 놓고 인사를 하는 것 뿐이었지만, 리이치로는 몹시 긴장하여 땀을 뻘뻘 흘렸다. 그래도 이리저리 헤매던 시선 한구석에 요시노의 청초한 미모는 또렷하게 새겨졌다. 신타로와 사이가 좋아 보이는 모습도, 신타로가 병약한 어머니를 돌보는 몸짓도 눈부시게 비쳤다.

중풍을 앓고 난 노스승은 그런 대목까지 꿰뚫어 보았고, 또한 기억하고 있다.

"뭐, 너도 에도 물에 익숙해질 때가 되었고, 이쯤에서 한번 꽃을 피우는 것도 나쁘지는 않겠지."

또 실실 웃으면서, 해골 선생은 말했다.

"저는 결코 그런 생각은—."

"신타로를 불러들인 일은 잘했다. 장래를 위한 사전 연습이라 생각하고 한동안 함께 살아 보렴. 그 애는 손도 가지 않으니."

"아니, 그러니까 그런."

"찾아야 할 여자는 어디에 있다고 짐작하시나요?" 하고 하쓰네가 끼어들었다. 이 노부부는 이럴 때는 호흡이 착착 맞는다.

"어디라니—어디일까요."

"아이고, 미덥지 못해라. 다이노지야 안에 있을 것이 뻔하지 않습니까."

리이치로는 눈을 부릅떴다. "그건 아니겠지요. 소고로 씨가 그렇게 대놓고 여자를 집에 끌어들이다니."

"하녀라든가 안주인의 시녀라든가, 구실은 얼마든지 있으니까요."

하쓰네는 단호하게 말했다.

"일러 주는 사람이 멀리 떨어져 있을 리 없지요. 규하치에게 물어보셔요. 근자에 다이노지야에 들어온 여자가 틀림없이 있을 테니까. 규하치도 사람이 좋으니, 그 일과 이 일을 연결해서 생각하지는 못하겠지요."

물어보면 분명 들어맞는 사람이 있을 것이라고 한다.

"소고로 씨가 자신의 옛 죄를 그런 여자에게 털어놓았을까요."

"여자의 색향에 홀려 근성이 녹아내렸나 보지."

형을 쓰러뜨린 일은 어두운 기억이 되어 소고로의 마음속에 엉겨 있겠지. 그것도 함께 녹아 입에서 줄줄 넘쳐 나왔을 게다―라고 한다.

"여자에게 처음부터 다이노지야를 속여야겠다는 뜻이 있었으면 무엇이든 끌어낼 수 있을 거야."

도대체가 다이노지야의 주인은 바보라고, 신자에몬은 엄하게 말했다.

"꺼림칙한 마음에 쫓겨 자기 자식을 토채귀라고 믿어 버린 일까지는 그나마 봐줄 수 있다. 허나 그다음이 바보 같아. 네게 신타로를 베게 하고도 무사히 끝나리라고 진심으로 생각하는 것일까."

사람을 베고도 벌을 받지 않는 것은 무사의 특권이지만 이 또한 제대로 된 이유가 없으면 인정되지 않는다. 함부로 사람을 베면 그건 쓰지기리_{무사가 길에서 행인을 칼로 베어 죽이는 것. 칼날 시험이나 무술 수련, 금품 탈취, 단순한 기분 풀이 등의 이유로 자행되었는데 법으로는 금지되어 있었다}이고, 정해진 법대로 처벌을 받는다. 지금은 태평성대이다. 하물며 상대는 천진난만한 어린아이다. '이 아이는 원령의 환생이라 어쩔 수 없었습니다'라는 변명이 오시라스_{에도 시대에 죄인을 문초하던 곳. 법정}에서 통할 리가 없다.

"분명히 경솔하기 짝이 없군요."

그 정도로 자신의 과거가 무서운 것일까.

"만일 리이치로 씨가 신타로를 벤다면 그 시체도 교넨보인지 뭔지가 은밀하게 처리하기로 이야기가 되어 있는 것이 아닐까요" 하고 하쓰네가 말한다.

승려가 붙어 있다. 게다가 부모와 손을 잡고 있다. 얼마든지 숨길 수 있다.

"당신, 무서운 생각을 하는구려."

왠지 기쁜 듯이 말하더니, 신자에몬은 리이치로를 응시했다.

"그러면 나도 무서운 말을 하마. 규하치의 이야기만으로는 요령을 파악하기가 어렵지만, 다이노지야가 네게 아무런 보답도 받지 않고 칼을 휘두르라고 부탁하고 있을 리가 없다. 새로 모실 주군을 찾아 주마, 또는 백 냥을 주마, 이백 냥을 주마 하고 말해 올 게다. 너는 어찌할 테냐?"

"거절하겠습니다. 돈으로 사람의 목숨을 살 수 있겠습니까."

"살 수 있다" 하고 해골 선생은 말했다. 주름진 얼굴의 웃음이 한순간 사라졌다.

"살 수 있어. 허나 너는 사지 않겠지. 중요한 것은 그 점이다. 구슬려지면 안 된다, 리이치로."

예—하며 리이치로는 다다미에 손을 짚었다.

"또 한 가지 중요한 것이 있다."

신자에몬은 얼굴 앞에 손가락을 세웠다.

"교넨보를 뒤쫓아라. 그놈이 다이노지야에 눌러앉아 있는 것은 아니겠지? 그렇다면 어딘가에 근거지가 있을 게다. 거기에 일당이 모여 있을지도 모르고, 여자도 그곳에서 교넨보와 만나고 있을지 모른다."

일을 꾸미기 시작한 이상, 속이는 쪽도 비밀 회합이 필요할 테니까.

"그렇군요. 제가 뒤를 밟지요."

신자에몬은 부루퉁한 얼굴을 했다. "네가 그런 짓을 하면 진코 학원에 사람이 없지 않느냐. 평판이 떨어질 게다. 제자가 줄겠지. 안 돼, 안 돼."

스승은 의외로 야무지다.

"에도의 습자소들 사이에서는 경쟁이 심하단 말이다. 너는 아직도 모르느냐."

"허나 달리 부탁할 데가 없습니다."

"규하치를 이용해라."

"그러면 교넨보에게 들킬 텐데요."

그러자 노스승은 무슨 생각이 떠올랐는지 얼굴 가득 희색을 띠었다.

"우리 제자 중 이런 장난이라면 기꺼이 도우려고 하는 아이들이 있지 않느냐."

리이치로는 놀라기보다 기가 막혔다. "스승님, 이런 위험한 일에 아이들을 끌어들이라는 말씀이십니까?"

"말려들게 될 만큼 깊은 사정을 가르쳐 줄 필요는 없지. 걱정하지 마라, 잘할 테니. 너 같은 것보다 훨씬 더 믿음직스러운 녀석들이야."

그렇지—하고 손을 마주 비비면서 서둘러 말한다.

"긴타와 스테마쓰와 요시스케가 좋겠다. 너를 도와 공을 세우면, 앞으로 일 년 동안 '나가시라 지즈쿠시'에도 시대의 교과서. 서당에 가면 가장 처음 배우는 책 중 하나였다'를 배우지 않아도 된다고 해골 선생이 허락해 주었다고 해라. 그렇게 말하면 뛸 듯이 기뻐하며 일해 줄 게다."

"어쨌거나 몇 년째 '나가시라 지즈쿠시'만 읊고 있고 진도가 나가지 않는 셋이니까요."

하쓰네가 웃으며, 덧붙여 물었다.

"그런데 리이치로 씨, 그 손의 '오리'는 무슨 주술인가요?"

리이치로가 진코 학원으로 돌아와 보니 규하치와 신타로가 기다리고 있었다. 규하치는 보따리를 무릎에 올려놓고 있고, 신타로가 그에게 '장사왕래상업에 필요한 어휘나 그에 관한 지식, 상인의 마음가짐을 가르치는, 수로 상인을 위해 만들어진 초등 교과서'를 소리 내어 읽어 주던 참이었다.

리이치로의 얼굴을 본 순간 신타로는 퍼뜩 몸을 돌린 뒤 손을 모으고 머리를 숙였다.

"작은 선생님, 다이노지야의 신타로가 왔습니다. 오늘부터 잘 부탁드립니다."

규하치가 눈을 가늘게 뜨고 있다.

"작은 선생님의 시중을 드는 것도 학문의 일종입니다. 많은 제자 중에서 나―저를 제일 먼저 뽑아 주셔서 고맙습니다."

리이치로는 "음"이라느니 "으음" 하는 목소리를 냈다. 규하치가 눈짓을 보내온다. 그런 것으로 해 두었으니 잘 부탁드립니다, 하고.

"알겠다. 나도 잘 부탁한다."

리이치로의 목소리가 뒤집어졌다.

"열심히 해 보렴. 대신 이곳에 있는 동안에는 깨어 있는 모든 시간이 학문의 시간이다. 모르는 내용, 알고 싶은 내용이 있으면 언제든지 말하렴. 문구도 마음껏 써도 된다."

"네!"

신타로는 앉은 채 당장이라도 뛰어오를 듯이 좋아한다.

"엄마―어머니도 작은 선생님의 도움이 되도록 해야 한다고 하셨어요."

보따리를 들려 신타로를 위층으로 보낸 다음, 리이치로는 규하치와 소곤소곤 이야기했다.

"가게 안이라 마님께도 자세한 이야기는 할 수 없었습니다. 하지만 작은 선생님이 나서 주신 것만으로도 안도하고 계십니다."

리이치로도 안도했다. 그와 동시에 몸이 죄어들었다. 요시노의 신뢰를 얻었다. 여기에 응하지 않을 수 없다.

"교넨보는 그 자리에 있었습니까."

"있었습니다." 규하치가 고개를 끄덕이고 얼굴을 살짝 찌푸린다. "저는 못 가게 붙들 거라고 각오했습니다. 여차하면 도련님을 업고 도망칠 작정이었는데."

수상한 스님은 전혀 만류하지 않고 여유 있는 말투로 이렇게 말했다고 한다.

—다이노지야에는 부처님의 가호가 있군. 일찌감치 퇴치해 주실 마땅한 분이 나타난 것은 그 증거, 아주 좋소, 아주 좋아.

오히려 버거웠던 상대는 소고로였는데, 규하치의 소매를 붙잡다시피 하며 사실이냐, 정말로 진코 학원의 작은 선생님은 신타로를 처치해 주시는 거냐, 반드시 그리해 주시겠다고 약속한 거냐고 한심할 정도로 다짐을 놓았다고 한다.

아이의 부모라고 생각할 수 없는 행동이다.

"저는 이대로 다이노지야로 가겠습니다. 교넨보의 얼굴도 보고 싶고, 소고로 씨에게 제게 맡긴 이상 앞으로 신타로에게 손을 대지 않아도 된다고 확실하게 말해 두어야 하니까요."

"알겠습니다. 작은 선생님께서 돌아오시기를 도련님과 함께 기다리겠습니다."

다이노지야가 있는 마쓰자카초 3초메까지는 가는 데 큰맘 먹을 정도의 거리는 아니다. 짧은 시간 동안 리이치로는 바쁘게 생각했다. 고우메무라에서 신자에몬이 여러 가지 지혜를 빌려 주기는 했으나, 매끄럽게 술술 늘어놓지 못한다면 이미 교넨보의 술수에 걸려든 소고로를 다시 한 번 현혹하기는 어렵다.

다이노지야의 외관에 달라진 기색은 없었다. 기와지붕 위에 암운이 드리워져 있지도 않았고, 이제 슬슬 가게 문을 닫으려는 종이 도매상은 아무 일도 없이 평온하게 봄날 저녁 불빛을 받고 있었다.

당연한 일이지만 그것은 그것대로 화가 치민다.

리이치로는 곧 안으로 안내받았고, 다이노지야 소고로가 하오리를 입고 나왔다. 사십대에 접어든 참으로, 훤칠하고 용모가 단아하긴 하나 신타로와는 닮지 않았다.

처음으로 얼굴을 마주하는 것이기도 해서 지나치게 정중한 인사의 응수가 있었지만, 곧 말이 막혔다. 리이치로는 즉시 물었다.

"교넨보 님은 지금 이곳에?"

소고로는 왠지 몸을 움츠렸다. "아니요, 작은 선생님이 오시기 직전에 돌아가신 참입니다."

"제가 신타로를 맡는 것에 대해서 이의는 없으십니까."

"무사님께서 맡아 주신다면 이렇게 안심이 되는 일은 없다고 하셨습니다."

 소고로의 표정이 좀스럽게 움직인다. 눈이 주위를 두리번거리는 것은 성격 때문일까, 지금의 상황 때문일까.

 "실은 제가 토채귀를 만나는 것은 이번이 처음이 아닙니다."

 리이치로는 운을 뗴었다.

 "벌써 오 년은 지난 일이지만 저희 조린번의 번소^{番所}에 비슷한 신고가 들어온 적이 있습니다."

 물론 허풍이었다. 하지만 소고로는 몸을 내밀다시피 하며 크게 고개를 끄덕였다.

 "규하치에게서 들었습니다. 작은 선생님은 경험이 있으시다고."

 세상에. 규하치 놈, 그런 거짓말을 했다면 먼저 말해 주었어야지, 이러면 곤란하다.

 "그렇습니다, 경험이 있지요."

 말해 두고 또 바삐 생각했다.

 "그때 저는 처벌을 집행한 관리 밑에서 일하고 있었기 때문에 상세한 것을 이 눈으로 보았습니다."

 그러셨습니까, 하며 소고로가 매달리는 듯한 눈을 한다.

 "다행히 토채귀의─제 고향에서는 귀색채라고 합니다만─목숨을 끊지 않고 부모와 자식을 모두 구제할 수 있었습니다. 교키 상인께서 귀색채를 봉인할 때 사용하신 귀신 쫓는 의식을 옛 방식에 따라 행하여 순조롭게 퇴치하였지요."

주워들은 얘기들을 뒤죽박죽 섞어 입에서 나오는 대로 말한다. 그래도 소고로는 감탄하고 있다. 아하, 하며 탄복한다.

"다만 유감스럽게도 그 의식의 상세 사항은 매우 복잡합니다. 하나라도 어긋나서는 안 되기에, 아까 서둘러 고향에 서찰을 발송해서 당시의 문서를 보내 달라고 조치해 두었습니다. 에도에서 조린번까지는 왕복 엿새의 거리이니 잠시 기다려 주시기 바랍니다."

이걸로 되었다. 리이치로는 한껏 침착하게 입을 다물었다.

그러자 소고로가 눈치를 살피듯이 이쪽을 올려다보았다. "실례가 되는 말씀입니다만."

"무엇인지요."

"작은 선생님의 주가이신 몬마 가는 영지를 몰수당하셨지요. 고향에 오 년 전 문서가 남아 있을까요."

싫은 것을 묻는다. 리이치로도 알 게 무언가.

"있습니다. 몬마 가를 대신하여 조린번을 다스리는 이쿠타 가문의 서고에 들어 있지요. 이는 일가의 역사가 아니라 번의 역사이니까요."

"작은 선생님은 그곳에 연줄을 가지고 계시나 보군요."

"예."

그렇다면 어째서 에도에서 낭인봉록을 잃고 섬길 주인이 없는 무사 생활을 하고 있느냐고 말하고 싶은 듯한 빛이 소고로의 얼굴을 스쳤다가 곧 사라졌다. 사라져 주어서 다행이다.

"문서가 도착해 의식의 차례를 알게 되면 곧바로라도 신타로를 구하고 싶지만, 이 의식은 날짜를 가립니다. 그중에서도 월령月齡이 중요하기 때문에 우선 아무리 짧아도 다음 초승달까지 기다려 주셔야 합니다."

어제가 초승달이었다. 다음 초승달까지 기다리게 하면 이십 일 정도 여유를 더 벌 수 있다.

"교넨보 님께도 이 이야기를 전해 주십시오. 스님이 다이노지야 앞을 지나가다가 토채귀가 안에 있음을 밝혀 주신 것은, 다이노지야에 더없이 다행한 일이었습니다. 주인께서도 부처님의 가호에 깊이 감사하셔야 합니다."

그야 물론—하고 말하며 소고로는 또 눈을 두리번거렸다.

"작은 선생님께도 후하게 사례를 하겠습니다."

"그러실 필요 없습니다."

그보다 조금은 신타로를 걱정해 주어라, 하고 생각하며 울컥했다.

"이 아오노 리이치로, 아직 미숙하지만 인연이 있어 신타로의 스승이 되었습니다. 제자의 위험에, 제가 가지고 있는 지혜와 힘을 모두 쥐어짜내어 대처할 각오입니다."

전부 제게 맡기십시오, 하고 좀처럼 쓰지 않는 담력을 모조리 써서 리이치로는 말을 뱉었다.

3

그 후 며칠 동안 리이치로는 부지런히 움직였다.

제자들과의 일과를 처리하는 동안에도 고우메무라로부터 계속해서 심부름꾼이 온다. 모두 서책을 가져온다. 신자에몬이 이쪽의 계획에 보탬이 될 테니 읽으라고 한다.

한편으로 신타로와 둘이서 살아가는 생활도 모양새를 갖추어야 한다. 하기야 이는 의외로 쉬웠다. 신자에몬의 말대로 신타로는 손이 가는 아이가 아니었다. 자기 일은 스스로 할 수 있고, 아무래도 취사는 무리였지만 청소나 정리법을 가르쳐 주자 금방 배웠다.

무엇보다 매일 저녁 둘이서 목욕을 가는 일이 즐겁다.

규하치도 자주 얼굴을 내밀어 준다. 그 김에 쌀이며 채소, 생선을 사 와서 식사 준비를 해 줄 때도 있다.

소고로는 모습을 보이지 않는다. 그야 반쯤은 각오하고 있었다. 하지만 교넨보도 전혀 나타나지 않는다는 점에는 헛물을 켠 것 같았다.

―무슨 생각을 하고 있을까?

신타로를 다이노지야에서 놓쳐 버린 일은 후계자인 신타로를 처치해 버리고 싶은 교넨보(와 그 일당)에게 실책일 것이다. 토채귀를 퇴치한 경험이 있다는 리이치로의 출현도 뜻밖의 큰 사건이었으리라. 그런데도 전혀 움직임을 보이지 않다니 어찌 된 일일까. 몰래 모습을 살피는 정도의 궁리는 할 법도 한데.

전혀 움직임이 없다고 리이치로가 단언할 수 있는 데에는 근거가 있었다. 날랜 눈알이 감시하고 있기 때문이다.

결국 리이치로는 삼인조를 고용했다. 긴타와 스테마쓰와 요시스케다. 학문은 도무지 늘지 않지만 기력과 장난기라면 팔아도 될 만큼 가진 이 삼인조에게는, 깊은 사정 같은 것을 가르쳐 줄 필요가 없었다. 사정이 있어 다이노지야에 드나들고 있는 떠돌이 수행승의 동향이 신경 쓰인다, 너희가 감시해 주지 않겠느냐고 슬쩍 떠보자마자 바로 넘어왔다. 하물며 착실하게 일을 해낸다면 '나가시라 지즈쿠시'를 면제해 주겠다고 하니,

"하겠습니다!"

"오오, 우리한테 맡겨 두세요!"

"작은 선생님, 큰 배를 탔다 생각하고 편하게 계십쇼!"

라고 한다.

"너희, 설마하니 이 일을 신타로에게 말해서는―."

"말할 리 없잖아요. 신타로는 친구인데."

리이치로도 어렴풋이 눈치는 채고 있었다. 이 셋은 잘 못하는 습자나 주산을 신타로에게 배우거나, 신타로에게 대신 해 달라고 한다.

삼인조의 의욕이 넘치는 모습에는 성실함이 있었다. 리이치로도 알 수 있었다. 스승님은 역시 제자들을 보는 눈이 있다.

"뭔지 모르겠지만, 그 스님을 처치하지 않으면 신타로가 곤란

한 거지요? 그럼 처치해 줘야지."

"아니, 처치해서는 안 돼. 움직임을 감시하고, 사는 곳을 알아내기만 하면 된다."

너희도 무리를 해서는 안 돼. 상대는 어른이고 정체를 알 수 없는 인물이다. 위험한 다리를 건너서는 안 된다.

"아니, 작은 선생님, 기개가 없네요."

"그러니 시집오는 처녀도 없고, 모실 주군도 찾지 못하는 거예요."

"위험한 다리라니, 어떤 다리? 다리를 건너지 말라니, 한가운데로 건너면 되잖아요."

이런 재치 있는 말장난만은 곧잘 외운다. 결국 셋이서 삐딱한 눈을 하며 이런 말까지 했다.

"작은 선생님."

"이거 정말로 다이노지야를 위해서예요?"

"작은 선생님이 고민하고 있는 거 아니고?"

"내가 왜 떠돌이 중 때문에 고민한단 말이냐."

작은 선생님도 남자니까요, 하고 셋이서 서로를 쿡쿡 찌르며 웃는다.

"손대면 안 되는 여자한테 손을 댔다거나 그런 거 아니에요?"

"에도에는 파계승이 많지."

"든든한 정부가 딱 붙어 있는 여자한테 달려든 것은 아니겠지요, 작은 선생님."

이래서 시골 무사는 곤란하단 말이야, 하며 서로 웃더니,
"아, 아니다. 작은 선생님은 이제 시골 무사가 아니지."
"낭인이야, 낭인."
아무 소리도 내지 못하는 리이치로를 힐끗 바라보고 가볍게 일에 착수한 삼인조였다. 뭐, 기다려 보세요, 작은 선생님.

그런데 마음에 걸리는 다른 하나는 신자에몬과 하쓰네가 시사한 '여자'다.

그러나 이쪽은 예상과는 달랐다. 노련한 스승 부부도 예측이 빗나갈 때가 있나 보다. 규하치에게 물어보아도, 소고로와 친밀하게 지내는 여자의 그림자는 적어도 그의 눈이 닿는 곳에서는 보이지 않는다고 한다.

"몰래 숨겨 두고 있는지도 모르겠습니다만."
"규하치 씨의 눈을 피해서 그리할 수가 있습니까?"
할 수 있고 말고요, 하고 규하치는 묘하게 허세를 부린다.
"상가의 주인이란 그 집 안에서는 쇼군님입니다. 다이묘님이나 마찬가지니, 마음만 먹으면 원하는 일을 하실 수 있지요. 저 같은 대행수의 힘이야 뻔하지 않습니까."

규하치는 알 리도 없겠지만 다이묘님이나 마찬가지라는 말은 리이치로에게 몹시 잘 통하는 비유였다.

"다만 보통은 마님의 힘도 센 법입니다. 때와 경우에 따라서는 주인보다 세지요. 하지만 저희 가게에서는."

규하치에게서 힘이 빠지며 그는 갑자기 풀이 죽었다.

"게다가 나리는, 만일 여자를 만들었다면 마님께는 절대로 알려지지 않도록 할 겁니다."

가게 사람들의 눈과 귀에서도 감출 거라는 뜻이다.

"왜지요?"

리이치로는 솔직히 이상하게 생각했기 때문에 물었다. 부부 사이는 이미 싸늘하게 식었다. 이제 와서 투기하지도 않을 것이다.

"그런 부부입니다."

규하치는 또 말하기 어려워하는 듯한 말투로 하기 어려운 말을 한다.

"뭐라고 할까요……. 다른 곳에 여자를 둔다면, 나리에게는 지는 것이 된다고 할까."

잘 모르겠다.

"안주인의 상태는 어떻습니까."

"차분하십니다. 하지만 역시 도련님의 얼굴이 보고 싶으신 모양입니다."

다이노지야에 있었을 때는 매일 어머니의 병상에 드나들던 신타로다.

"신타로를 안주인께 문병 보내도록 하지요. 문병 정도라면 괜찮을 겁니다."

리이치로 자신도 요시노를 만나 격려해 주고 싶지만 역시 무리이리라. 대의명분이 없는데다 소고로가 허락할 리 없다.

"사실 마님은, 처음에 토채귀에 대해서 들으셨을 때 그 약해진 몸으로 침상에서 벌떡 일어나 나리에게 달려드셨습니다."

―신타로를 죽이겠다면 우선 저를 죽이십시오. 그 아이는 제가 낳았습니다!

이를 밀쳐내고, 그렇다, 네가 귀신을 낳았다고 꾸짖은 이가 소고로다.

"땡전 한 푼 쥐여 주지 않아도 상관없다, 나와 신타로를 이 집에서 내쫓아 달라고도 말씀하셨습니다. 다이노지야에서 멀리 떨어지면 토채귀라도 해롭지 않겠지요, 하고 울면서 나리께 매달리셨습니다."

소고로는 그것마저 거절했다. 본인은 요시노가 밉고 신타로가 밉겠지만, 본심은 그저 무서울 뿐이리라고 리이치로는 생각한다. 미운 것과 무서운 것은 쉬이 뒤바뀐다.

"외람된 질문입니다만."

묻기가 힘들어서 리이치로는 아래를 향하며 말을 했다. "소고로 씨와 요시노 씨는 줄곧 부부 사이가 나빴습니까? 사이가 좋은 때도 있지 않았습니까."

대답이 없다. 보니까 규하치도 고개를 숙이고 있다. 그대로 낮게 말하기 시작했다.

"마님은 상가 출신이 아니십니다. 모토아카사카의 이자키 님이라는 고케닌_{쇼군 직속의 하급 무사}의 여식이셨습니다."

그런데 어떤 인연인지 다이노지야 소지로와 알게 되어 사랑하는 사이가 되었다.

"그러니 사실은 소지로 님께 시집을 가실 분이었습니다."

이자키 가는 아니나 다를까 가난한 고케닌이라, 딸이 상가의 안주인이 되는 데 반대하는 움직임은 없었다. 오히려 이로써 먹고살 수 있게 되었다며 쌍수를 들고 찬성했다고 한다.

"소지로 님이 돌아가셨을 때 저희는 마님과의 혼담도 사라졌다고 생각했습니다. 하지만—."

형이 얻으려 했던 것은 모조리 낚아채 주마 하는 마음이었던 소고로는 요시노를 아내로 맞이하기로 했다. 물론 그 미모에 끌렸기도 했다.

"이자키 가에서 안 된다고 하지는 않았습니까."

"나리가 꽤 많은 돈을 제시하셨기 때문에."

가난은 고통스럽다. 가족을 생각하면 요시노에게는 선택의 여지가 없었으리라는 것을 리이치로는 깨달았다.

그것은 뼈에 사무치는 그 자신의 비참한 기억과도 이어졌다.

"사정이 그러하니 처음부터 마음이 서로 통하는 두 분은 아니었습니다. 그래도 나리께는 마님의 마음까지 자기 것으로 만들고 싶으셨던 시기가 있던 모양입니다다만."

규하치는 말을 이었다. 다행히 리이치로의 안색은 알아차리지 못했다.

"제게는 그것이 지금은 오히려 오기 같은 무언가로 굳어 버린 듯 싶습니다."

"아, 아까 그."

리이치로는 저도 모르게 더듬거렸다. 소고로가 여자를 만들어도 요시노에게는 숨길 거라는 이야기다.

"이제 납득이 갑니다. 다른 여자를 만들면 '지는' 것이 된다는."

소고로가 겨루고 있는 쪽은 요시노가 아니라 죽은 형 소지로가 아닐까.

규하치가 고개를 떨어뜨린다.

"그렇지요……. 나리도 지기 싫어하는 분이라."

그렇다기보다 집념이 깊다.

"차라리 이혼장을 써 주고 마님을 다이노지야에서 놓아 드린다면 좋을 텐데, 하고 저는 몇 번인가 생각했습니다."

그러나 요시노에게는 이제 돌아갈 친정이 없다. 이자키 가는 요시노의 동생으로 대가 바뀌었고, 동생의 아내가 집안을 단속하고 있다. 부부에게는 후계자도 있다. 한번 돈으로 판 누나를 맞아들여 줄 리는 없다고 한다.

요시노도 친정에 의지하고 있지는 않다. 따라서 남편에게 '신타로와 함께 내쫓아 달라'고 매달렸을 때는 모자 둘의 객사를 각오하고 있었으리라.

리이치로의 입에서 말이 흘러나왔다.

"토채귀가 씌었다면 그것은 소고로 씨 쪽이 아닙니까."

규하치가 시선을 들고 눈을 깜박인다.

"나리가—."

"소고로 씨는 형님이 얻으려고 했던 것에 아직도 굶주려 있지요. 다이노지야의 재산도, 주인 자리도 얻었지만 안주인의 마음만은 아직 빼앗지 못했어요. 그래서 미련이 부글부글 끓어 언제까지고 놓지 못하고 있는 것이 아닙니까."

징수를 멈추지 않는다. 전부 먹어 치워 버리려 한다.

사람의 몸속에 있는 귀신이.

"떼어낼 수 있을까요, 작은 선생님."

리이치로는 잠자코 있었다. 토채귀를 퇴치한 적이 있다는 말은 되는 대로 지껄인 소리지만, 그도, 조린번 가신 일동도 어떻게 할 수 없었던 다른 '귀신'이라면 안다. 그것을 떠올리고 있었다.

예전에 리이치로는 소꿉친구였던 혼약자를 그 귀신에게 빼앗긴 적이 있다.

나스 조린번의 역사는 오래되었다. 번이 생긴 시기는 세키가하라 전투 이후로 거슬러 올라가지만, 몇 번인가 번주가 바뀐 끝에 몬마 가가 이 땅에 들어온 것은 오십 년쯤 전의 일이다. 조린 번 초대 번주인 몬마 가 당주 노부카쓰와 그 적자인 노부카타는 둘 다 선정을 베풀었고, 명군名君으로 평판이 자자했다. 변변한 산물도 없는 조린번에서 영민들이 굶주리는 일 없이 그 덴메이[1781~1789]의 대기근을 어떻게든 넘길 수 있었던 것은 이 초대 번주와 2대 번주의 영명함 덕이 크다.

그러나 노부카타의 후계자이자 3대 당주인 노부히데는 할아버지나 아버지와는 전혀 달랐다.

십 년 전 노부카타가 병사하면서 스물다섯의 나이로 번주가 된 이자는 어린 시절부터 성미가 사악했다. 사납기도 했다. 열네 살 때 시종이 사소한 실수를 저지르자 죄를 물어 자기 손으로 죽인 적이 있는데, 이는 실은 남색으로 인한 다툼이 원인이었다. 요컨대 문란했던 것이다.

번주가 된 다음 자신의 마음에 드는 추종자들을 많이 등용하고 눈엣가시인 오랜 가신들의 입을 협박과 간계로 틀어막고 나자 그 후에는 저 좋을 대로만 행동했다. 더욱 문제는 노부히데가 술을 몹시 많이 마셨다는 점이다. 자주 술에 취해 정신을 차리지 못했다. 노부카타가 죽은 후에도 다이온大穩 공이라고 불리며 번의 정치를 후견하는 입장이었던 할아버지 노부카쓰는,

―저것은 술에 미쳤다.

라고 간파하고 있었다. 당초 노부히데를 3대 당주로 앉히는 데에도 반대해서, 노부카타가 측실과의 사이에서 낳은 당시 열두 살의 사내아이를 후계자로 해 달라고 막부에도 손을 쓰려 했으나 인정받지 못했다. 노부히데는 이를 깊이 원망하여 번주 자리에 앉자, 아버지의 측실과 함께 이 사내아이까지 절로 쫓아냈고, 나중에는 역심을 품었다는 죄목을 지어내어 주살해 버렸다. 형편이 여의치 않다는 구실로 다이온 공의 은퇴 후 생활비도 크게 깎았기 때문에 나날의 생활까지 어렵게 된 다이온 공은 그를 따르는 주위 영민들이 가져오는 것으로 먹고사는 처지가 되었고, 빈궁과 불명예 속에서 세상을 떠났다.

노부히데는 조부의 장례식을 치르는 데에도 돈을 아꼈다. 조부가 은퇴하여 지내던, 손질이 제대로 되지 않아 심하게 망가진 집을 부수는 수고도 꺼려 무사들을 모아 전쟁을 하는 것처럼 불을 질러 태웠고, 가까운 언덕에 걸상을 두고 앉아 그 모습을 구경했다. 불을 좋아한 것도 이 인물의 천성으로, 폭정을 보다 못해 직언을 한 조린번 고찰의 승려를 절에 가두어 태워 죽인 적도 있다.

노부히데는 사치에 빠져 살았다. 에도 번저에서도 방탕하게 놀아 젖혔을 뿐만 아니라, 몬마 가의 집이 진야%를 갖지 못한 다이묘의 저택임을 몹시 싫어하여 축성하게 해 달라고 몇 번이나 로주老中에도 막부의 쇼군 직속으로 정무를 담당하던 최고 책임자에게 신청했고 그 사전 공작에도 돈을 물처럼 썼다. 전쟁이 없는 세상에 인정될 리가 없는 청이니, 이는 헛되이 쓴 돈이다.

연공전답, 저택, 토지 등에 해마다 부과하던 조세. 또는 소작료 징수는 가혹하기 짝이 없었다. 선대 번주의 치세 때는 오 할로 정해져 있었는데 노부히데가 번주 자리를 물려받자마자 육 할이 되었고, 몬마 가가 집과 영지를 몰수당하기 전해에는 칠 할이었으며, 걸핏하면 징수가 추가되었기 때문에 실질적으로는 팔 할에 가까웠다. 영민들은 굶어 죽거나 억지로 저항하다가 붙잡혀서 처형당하거나, 둘 중 하나를 고를 수밖에 없었다.

노부히데는 여색에도 빠졌다. 그래도 에도 번저에서는 삼갔지만 영지에서는 주위를 꺼리는 구석이 없었다. 조린번에서는 실로 쇼군님이기 때문이다.

친척의 딸을 정실로 맞이하였으나 부부라는 것은 이름뿐으로, 아내를 거들떠보지도 않았다. 그는 여자라면 다 좋아했고 그 취향이 향하는 방향도 변덕스러워 신분의 고하를 따지지 않았다. 천한 작부나, 염불을 외며 춤을 추는 무녀를 측실로 거느리는가 하면, 용모에 끌려 가신의 아내나 딸을 억지로 빼앗은 적도 있었다.

리이치로는 이러한 일들을 아버지나 숙부에게 들으면서 자랐다. 아버지도, 숙부도 자신들이 충성을 바쳐야 할 주군의 우매함과 방탕함을 들려주고 싶어서 들려준 것은 아니다. 가신들 사이에 이러한 현재 상황을 타파하고자 하는 움직임이 있었고, 아버지도 숙부도 거기에 호응했기 때문에 리이치로에게도 마음의 준비를 시켜 두려고 한 것이다.

그래도 아오노 가는 그나마 편한 편이었다.

요타시用達라는 직책은 가로家老에도 시대 다이묘의 으뜸 가신으로 정무를 총괄하던 직책 바로 밑이며 상당히 무거운 소임을 맡는 자리다. 하지만 거기에 '하역下役'이 붙으면 갑자기 가벼워지는데, 살아 생전에 리이치로의 아버지는, 이 가벼움이 바로 장점이다, 우리는 번의 정치를 위해 여기저기 뛰어다니는 역할이다, 라고 자주 말하곤 했다.

하역을 둔 것은 초대 번주 노부카쓰다. 첫째로는 조린의 산업 진흥책을 맡게 하기 위해서였고, 둘째로는 산지가 많은 조린의 구석구석까지 살피게 하여 영민들의 생활을 나아지게 하기 위해서였다.

그의 아버지와 리이치로는 이중에서도 농촌을 돌며 학문을 배우지 못한 농민들에게 읽고 쓰기를 가르치고, 인근의 다른 번에서 시도되고 있는 농작물 키우는 새 방법을 도입해 보거나, 새 종자를 만들어 내는 것을 주된 임무로 삼아 일하고 있었다. 읽고 쓰는 법을 가르치는 일은 농한기에, 작물에 관한 연구는 농번기에 하게 된다. 자연히 영내 여기저기를 돌아다니는 날이 많아 진야는 물론 에도 번저에서 일어나는 일에서 떨어져 있을 수 있었다.

 대신 농민들이 겪는 가난의 고통은 직접 보았다. 그에 대한 자신의 무력함도 통감했다. 같은 직책에 있는 동료들과 은밀히 모여 이 폭정의 일부라도 뒤집을 수 없을지 이야기를 나누어 보았지만, 주군과 가신의 격차와, 자신의 목을 지키기에 급급한 얼빠진 중신들 및 주인보다 더욱 교활하고 잔인한 노부히데의 측근들 앞에서는 달걀로 바위 치기에 지나지 않았다.

 —임금은 임금답게 공자의 가르침 중 '군군 신신 부부 자자(君君 臣臣 父父 子子)'. '임금은 임금답게, 신하는 신하답게, 아비는 아비답게, 자식은 자식답게'라는 뜻으로, 사람에게는 각자의 역할이 있으며 그 역할을 다해야 한다는 것이다.

 가신이 지켜야 하는 것은 가문이고, 영지와 영민이리라. 그러나 이 원칙을 관철하기 위한 강인한 창이 리이치로와 다른 이들에게는 없었다.

 산다는 것은, 그대로 참고 따르는 것이다. 그것이 리이치로가 성년이 되고 난 후의 고향의 이치였다.

 참고 견디면 언젠가는 길이 열린다. 번주도 제정신으로 돌아올지 모른다. 아니면 저 난잡한 생활이 번주의 생기를 깎아내어 우리에게 번주의 머리를 갈아치울 기회가 올지도 모른다. 틈만 나면 서로 격려하고, 서로 떠받쳐 왔지만—.

예기치 않게 주군 노부히데의 마수가 리이치로에게도 뻗쳐 왔다. 육 년 전 이른 봄, 리이치로가 스무 살 때의 일이다.

리이치로의 혼약자는 미오라고 한다. 아버지와 친한 동료의 여식으로, 어릴 때부터 오누이처럼 자랐다. 둘을 맺어 주자는 이야기도 딱딱하게 격식을 차려 정한 것은 아니다. 우선 부모들이 그럴 생각이었다. 둘 다 외동이었기 때문에 미오가 아오노 가로 시집을 가면 친정은 대가 끊기지만, 미오의 양친은 가문이 하나가 되는 셈이니 상관없다고 마음먹었다.

당사자들에게도 이의는 없었다. 철이 든 후로 리이치로는 언젠가 미오를 아내로 맞으리라 생각했고, 미오도 자신의 부모와 마찬가지로 아오노의 부모와도 친하게 지내며 자랐다.

그런 미오가 노부히데의 눈에 들었다.

첩실로 바치라는 하명에, 미오의 부모는 새파래졌다. 여자에 대한 노부히데의 하명은 다른 어떤 사항보다도 더욱 절대적이다. 갖고 싶다고 생각한 여자는 반드시 빼앗는다. 가령 영내의 어느 쇼야의 아내를 불러들였을 때에는, 남편이 목숨을 걸고 항변하자 그를 죽이고 세 아이를 수옥水獄에 던져넣은 후 아이들의 목숨과 거래하자고 아내를 윽박질렀다. 그렇게 해서 여자를 손에 넣자 아이들은 처치해 버렸다.

이때 리이치로의 아버지는 이미 세상을 뜬 후였다. 아오노 가의 당주로서 리이치로는 주군의 명에 따를지 저항하여 미오를 지킬지 결단을 내려야 했다.

몬마 노부히데는 글자 그대로 여자를 먹는다. 먹다가 질리면 이에 낀 찌꺼기처럼 뱉어내고 돌아보지 않는다. 불려 간 여자들 중 건강하게 오래 산 사람은 적었고, 목숨은 붙어 있어도 살아 있는 인형처럼 마음을 잃어버린다. 진야 안채에 있는 노부히데의 침실에서는 종종 여자의 울음소리나 비명이 새어 나왔고, 곁에서 모시던 시동이 마음에 병을 앓아 직책에서 물러난 적도 있었다.

그의 폭거는 바로 거기에서 노골적으로 드러났다. 가신들 중에 이를 모르는 사람이 없었다.

―미오를 숨기자.

어디론가 도망시켜서 숨겨 두자. 번주는 변덕스럽다. 열이 식으면 다른 여자에게 눈길이 돌아가, 미오에 대한 집착이 풀릴 수도 있다. 어디에 숨겨 달라고 할지, 누구에게 맡길지, 마음에 짚이는 농가 등을 생각하고 있을 때 미오가 아오노 가를 찾아왔다.

"저는 안채로 들어가겠습니다."

고민하는 기색도 없이, 그저 하얀 뺨이 더욱 하얗게 된 채, 미오는 마주 앉은 리이치로에게 그렇게 털어놓았다.

리이치로는 아찔해졌다. 무슨 소리냐, 달리 방법이 없는 것은 아니다, 내게 생각이 있다고 흥분하여 말하는 리이치로를, 미오는 부드럽게 가로막았다.

"제가 가지 않으면 부모님이 목숨을 빼앗기게 됩니다. 저를 도망시켰다는 사실이 알려지면 리이치로 님도 무사하지 못합니다."
그것은 싫습니다, 하고 미오는 말했다.
"저는 괜찮습니다. 리이치로 님도 마음을 굳건히 하십시오."
순간 리이치로는 미오의 손을 잡았다. 도망치자고 말했다. 그 자리에서 한달음에 달아나 모습을 감출 작정이었다. 미오는 단호하게 거절했다.
"리이치로 님답지 않습니다. 어머님을 잊으셨습니까."
아오노 가에는 리이치로와 어머니 둘뿐이다.
말문이 막힌 리이치로에게 미오는 미소를 지었다. 한 손을 들어 머리카락에 꽂은 회양목 빗을 만졌다.
"이것을 부적으로 삼아 가겠습니다."
언젠가 리이치로가 영내를 돌다가 회양목 가지를 직접 꺾어 가지고 돌아온 뒤 빗으로 깎아서 미오에게 준 것이었다. 간소한, 칠도 되어 있지 않고 장식도 없는 빗이다.
살아 있어 달라고, 미오는 말했다. 살아만 있으면 또 뵐 수 있습니다.
"저는 이것으로 리이치로 님과의 인연이 끊겼다고는 생각지 않습니다."
이리하여 미오는 안채로 들어갔다.
두 달 후, 미오가 죽었다는 소식이 왔다.
그 무렵 조린번에서는 고뿔이 맹위를 떨치고 있었다. 미오도 고뿔에 걸려 치료한 보람도 없이 죽었다고 한다.

시체는 멋대로 화장되었고, 돌아온 것은 뼈단지뿐이었다. 부모에게 시체를 보이지 않기 위한, 속이 빤히 보이는 수작이라고 리이치로는 생각했다.

음탕한 행위를 견디지 못해 자해했다는 소문이 있었기 때문이다. 번주에게 학대를 받다가 죽었다는 소문도 있었다.

상심한 미오의 부모는 어이없이 딸을 죽게 하고 말았다는 자책감으로 인해 순식간에 몸이 약해질 대로 약해졌다. 그들이야말로 그때 돌던 고뿔로 미오의 뒤를 쫓듯이 죽었다.

리이치로는 나무 공동(空洞) 같은 사내가 되었다.

몸속에 구멍이 뻥 뚫렸다. 거기에는 병든 잎이 쌓여 있다. 한때 리이치로의 마음이었던 것의 잔재다. 매일의 직무는 수행하고 있었지만, 리이치로는 텅 빈 껍질이었다.

아버지를 보냈을 때에도 눈물을 보이지 않은 어머니가 소매로 얼굴을 가리고 울고 있다. 그것을 알아채고도 위로조차 할 수 없었다.

미오가 죽고 나서 사 년 후, 어머니도 세상을 떠났다. 리이치로는 완전히 홀몸이 되었다.

도망칠까—하고 또 생각했다.

이제 리이치로를 붙들 것은 이 땅에 없다. 어디로 가든, 정처 없이 떠도는 몸이 될지언정 여기보다는 낫다.

살아 있어 주십시오.

미오는 그렇게 말했다. 리이치로를 살리기 위해 난폭한 용의 턱 같은 진야 안채로 들어갔다. 그러나 지금의 이 몸을 살아 있다고 말할 수 있을까.

차라리 자신도 그리운 사람들의 뒤를 쫓을까. 리이치로는 이제 번의 변혁을 기다리는 데에도 지쳤다. 궐기나 봉기의 소문이 돌았다가, 실행에 옮겨지기 전에 기세가 수그러지거나 무산되는 일이 몇 번이고 이어졌다.

그런 생각만 하고 있던 탓이리라. 늦가을의 어느 날 리이치로는 순시를 돌던 산에서 길을 잃었다. 동료도 시종도 없이 산자락을 헤치고 걸어 들어갔는데, 아무래도 길을 잘못 들어간 모양이다.

걸어도 걸어도, 본 적이 없는 곳만 이어진다. 길도 사람이 다니는 길에서 짐승이나 다닐 법한 길로 바뀌었다. 리이치로에게 초조한 기분은 없었다. 오히려 마음은 고요했다. 이대로 가는 데까지 가자, 마을로 돌아가지 못해도 상관없다고 생각했다.

헤매듯이 계속 걷다 보니 탁 트인 곳이 나왔다. 숲이 주위를 에워싸고 있고, 그곳에만 잡초가 별로 없었다.

리이치로는 우뚝 섰다.

일대가 온통 석불로 가득 메워져 있다.

적당한 돌을 두 개 포개어 쌓아 거기에 얼굴을 새겨 넣었을 뿐인, 소박하고 서툰 생김새의 석불이다. 그 석불들이 다 셀 수도 없을 정도로 늘어서 있다. 가을 낙엽을 몸에 두르고, 또는 그 낙엽에 파묻혀, 새가 지저귀는 소리만이 울리는 산속에 조용히 모여 있었다.
―이것은.
아주 오래된 것은 없다. 모두 지난 칠팔 년 사이에 만들어 이곳에 모셔 놓은 석불들이다.
―이 번의 사람들이다.
노부히데 공에게 죽임을 당한 사람들이다.
남은 사람들이 죽은 사람을 애도하고 그 혼을 위로하기 위해 남몰래 새겨, 이곳에 쌓아 놓아 온 석불들이다. 벌 받을 것이 두려워 산속 깊이 숨기고.
―이중에 미오도 있겠지.
틀림없이 미오의 얼굴도 있으리라. 리이치로는 낙엽을 걷어차며 미친 듯이 석불들 사이를 찾아다녔다. 땅바닥을 손으로 긁고, 기다시피 하며 미오의 이름을 부르면서 찾아다녔다.
석불들은 그날의 미오처럼 다정하게 미소 짓고 있었다.
이윽고 리이치로는 그 자리에 주저앉았다. 미오를 잃고 나서 처음으로 울었다.
도망치지 않겠다―고 결심한 것은 그때다. 나는 아직 여기에 있다. 이 석불들을 남겨 두고 나만 도망칠까 보냐.
언젠가 반드시 이 부처들을 해가 비치는 곳으로 내보내 줄 수 있는 그날까지.

몇 해 전 칠월 말, 리이치로는 처음으로 주군의 에도 참근교대
参勤交代,에도 시대에 막부가 다이묘의 통제책으로 다이묘들을 일 년 걸러 에도에 출사시킨 제도. 그들
의 처자는 인질로 에도에 거주시켰다에 따라갔다.

　요타시 하역은 본래 참근교대에 따라가는 직책이 아니다. 하지만 노부히데의 낭비와 계속된 흉작으로 인해 조린번의 살림살이는 전에 없을 정도로 곤궁하여 참근교대 준비조차 제대로 할 수 없었다. 시종을 갖추기 위해 돈으로 주겐中間무가의 고용살이 일꾼으로서 잡일에 종사하던 이들을 고용하지도 못하여 에도를 향한 출발이 늦어진데다, 결국 지위가 낮은 가신까지 동원하게 되었다.

　그런 임무였으니, 행렬이 에도에 도착하면 당장이라도 고향으로 되돌려 보낼 터였다. 에도 번저에 사는 번사藩士의 수가 많으면 그만큼 지출도 늘기 때문이다.

　그러나 리이치로가 돌아갈 준비를 갖추기도 전에 번주가 급사했다. 성에서 물러난 다음 번저로 돌아와 옷을 벗었을 때 갑자기 각혈을 하더니 하루 밤낮 동안 정신을 잃고 있다가 죽은 것이다.

　가신들은 놀라고 당황했다. 그래도 서둘러 고향에 사자를 보내고 후계를 상의하기 시작했으나, 몬마 노부히데에게는 아직 적자가 없었다. 여자란 여자는 모조리 먹어 치우고 있었지만, 먹어 버리다 보니 자신의 씨를 남기지 못하고 있었던 것이다.

　막부의 결정은 신속했다. 폭군의 족쇄가 풀려 정신이 번쩍 든 몬마 가 중신들이 손을 쓰려 했으나, 이는 모조리 기각되었다. 어쩌면 막부도 노부히데가 영지에서 얼마나 미쳐 날뛰었는지 듣고

있었을지도 모른다. 몬마 가는 후계자가 없다 하여 영지와 저택을 몰수당했다.

리이치로는 주가를 잃었다.

당장은 믿을 수가 없었다. 자신이 녹봉을 잃고, 신분을 잃고 일개 낭인이 되었다는 것보다도, 몬마 노부히데가 그리도 어이없이 죽었다는 사실을 믿을 수가 없었다.

누가 죽인 것도 아니다. 병사다. 지나치게 갑작스러운 죽음에 한때 암살설이 돈 탓인지, 오메쓰케_{에도 막부에서 로주 밑에 있으면서 정무 전반을 감독하며 여러 다이묘의 행동을 감시하던 벼슬}가 나서서 검시가 이루어졌기 때문에 그 점은 확실했다.

천벌, 부처님의 벌이라고 말하는 사람도 있었다. 그렇다면 왜 좀 더 일찍 벌을 내리지 않으셨냐고, 리이치로는 생각했다. 안도보다도, 기쁨보다도, 공허함만이 가슴의 공동을 불어 지나갔다.

상사나 동료들은 고향에 가족을 남겨 두고 왔다. 몸이 가벼운 리이치로는 자청하여 에도에 남아서 번저의 처리를 도왔다. 팔 수 있는 것은 조금이라도 비싸게 팔아 가신들끼리 나누어 앞으로의 생활에 보태야 한다.

그때 에도에서 몬마 가에 드나들었다는 포목상과 알게 되었다. 노부히데는 에도의 측실들을 사치스럽게 차려입혔다. 영민들에게서 쥐어짜낸 피 같은 돈이 여자 옷으로 바뀌고 있었던 것이다.

이 포목점 주인은 리이치로의 일하는 모습에 마음에 드는 구석이 있었던 모양이다. 어느 날, "아오노 님은 지금부터 어찌하실 생각이십니까" 하고 단도직입적으로 물었다.

"지금은 아직 생각조차 안 하고 있습니다."

포목점 주인은 복스러운 뺨을 약간 누그러뜨리며, 그렇다면, 하고 말을 꺼냈다.

"습자소의 선생 같은 것을 해 볼 마음은 없으십니까."

주인은 가도 신자에몬의 지기로, 중풍으로 오른손을 쓸 수 없게 된 신자에몬이 습자소를 물려줄 사람을 찾고 있음을 알고 있었다. 리이치로는 이 주인과 친해지면서 그에게 고향에서의 직책 같은 것도 이야기했으니, 안성맞춤이라고 여겼을 게다.

"실례지만 요즘 같은 세상에선 다음 사관使官낭인이던 무사가 주군을 정해서 섬김할 곳을 찾지 못할 것입니다. 습자소 선생이라면 무사님의 생업으로도 결코 부끄러운 일이 아니고요."

리이치로도 먹고살아야 한다. 이 제안이 좋은 이야기임은 안다. 하지만 고향에 돌아가고 싶다, 돌아가야 한다는 마음도 있다. 강한 망설임이 얼굴에 나타났다.

세상 물정에 익숙한 에도의 상인은 남의 이야기를 끌어내는 데에 능숙하다. 몬마 가에 깊이 파고들어 있어서 대강의 사정을 아는 주인에게는 이제 와서 번의 치부를 감출 필요도 없었다. 어느새 리이치로는 석불에 대해서까지 다 털어놓고 있었다.

"그렇다면 더더욱 돈이 필요하지요."

적당한 절에 공양을 부탁하려 해도 우선 무엇보다 필요한 것이 있지 않느냐는 말이다.

"조린번에는 이미 이쿠타 가가 들어가기로 정해졌다고 하지 않습니까. 아오노 님이 빈손으로, 옛 번주의 가신이라고 밝히며 부탁드린다고 해도 산속에 있는 부처에게는 신경을 써 주지는 않겠지요."

에도에서 돈을 버십시오, 라고 한다.

"진코 학원에는 제자가 많으니 돈을 벌 겁니다."

귀여운 아이들은 세상의 보물이지요, 하고 갖다 붙인 듯한 미사여구를 덧붙이며 포목점 주인은 리이치로의 등을 떠밀었다.

거의 끌려가다시피 하여 리이치로는 가도 신자에몬을 만났다. 이야기는 술술 진행되었다. 하쓰네가 리이치로의 순박한 시골 사람다운 모습을 높이 사 준 덕이 컸던 모양이다.

이리하여 리이치로의 현재가 결정되었다. 진코 학원이 그가 있을 곳이 되었다.

여러 가지 정리할 것이 있어 일단 서둘러 고향으로 돌아갔다. 부모와 미오네 가족의 위패를 보리사菩提寺_{조상 대대의 위패를 안치하여 명복을 비는 절}에 맡겼으나 석불들이 있는 곳에는 가지 않았다. 멀리서 산을 올려다보며, 기다려 달라고 빌었을 뿐이다.

실제로 진코 학원의 작은 선생은, 그리 돈을 많이 버는 자리가 아니었다. 수업료는 신자에몬과 반씩 나누고 집세는 별도이며, 제자들에게 주는 문구의 비용은 리이치로가 내는데 이 돈이 매달 무시할 수 없는 액수이다. 그래서 혼자 살림에 알뜰하게 살아도 큰돈은 남지 않는다.

다만 마음은 편하다.

고향의 풍경이, 요즘 꿈속에 나온다. 왠지 미오는 나타나지 않는다. 꿈에 나오는 것은 그 석불들뿐이다.

그래도 석불들의 미소가 리이치로의 눈물을 자아내는 일은 더 이상 없었다. 그는 석불들과 함께 미소를 짓고, 조린의 산바람을 뺨에 느끼며 꿈에서 깬다.

4

사월 칠일에 리이치로는 겨우 교넨보의 얼굴을 볼 수 있었다.

제일 처음 소고로에게 허풍을 떨러 갔을 때를 제외하고, 리이치로는 지금껏 세 번 다이노지야를 찾아갔다. 그중 두 번은 신타로를 데리고 갔고, 리이치로가 소고로와 이야기를 하는 동안 신타로는 요시노의 병상을 찾아갔다. 리이치로는 그에게 습자장을 가지고 가게 하여 지금 무엇을 배우고 있는지 어머님께 가르쳐 드리라고 일러 주었다.

소고로와는 이야기할 거리가 없다. 고향에서 문서는 도착했습니까, 아니, 아직입니다. 신타로는 얌전히 지내고 있습니까. 서툰 하녀보다 더 도움이 되어 저는 크게 편해졌습니다 하고 말을 나누는 정도다.

그래도 집요하게 찾아간 까닭은 교넨보를 만나고 싶었기 때문이다. 가게를 가로채려는 주모자인지, 수하인지 모르겠지만, 어떤 사내일까. 어떤 말투로 이야기할까. 어떤 그럴듯한 거짓말을 늘어놓을까. 소고로를 한입에 삼켰다는 그 술책을 알고 싶었다.

그러나 리이치로가 찾아가면 어째서인지 교넨보는 없었다. 소고로는 방금 돌아갔다, 오늘은 아직 오시지 않았다고 말한다.

세 번째로 찾아갔을 때는 역시 수상해서 일단 다이노지야를 떠난 뒤 신타로를 먼저 보내고 다시 뒤로 돌아가, 부엌문에서 하녀에게 말을 걸어 규하치를 불러 오게 했다.

그러자, 교넨보라면 지금도 안채에 있다고 한다.

"나리와 같이 계십니다."

"저는 뵙지 못했습니다."

리이치로 이상으로 규하치도 의아해했다.

"어째서 작은 선생님으로부터 숨는 걸까요."

교넨보는 소고로의 방에 있는 리이치로를 그늘에서 몰래 엿본 적이 있다고 한다.

"교넨보는 매일 무엇을 합니까?"

"술을 마십니다."

기분 좋게 소고로와 이야기를 나눈다고 한다.

이대로 그 자리에 쳐들어가 볼까 싶기도 했지만, 생각을 바꾸었다. 무언가 이상한 냄새가 난다. 조금 더 상황을 지켜보자.

리이치로는 하마터면 진코 학원을 지나쳐 버릴 뻔했을 만큼 생각에 잠겨서 돌아왔다.

그러던 차라 그 칠일, 두시 종을 듣고 제자들이 뿔뿔이 흩어진 후 장난꾸러기 삼인조가 의기양양한 얼굴로 찾아왔을 때에는 기뻤다.

"경과는 어떠하냐?"

"당연히 잘되고 있지요."

잘된 것이 아니라 되고 있다, 란다. 들어보니 긴타와 스테마쓰와 요시스케는 매일 저녁 다이노지야에서 물러나는 교넨보의 뒤를 밟아 그가 있는 곳을 알아냈을 뿐만 아니라 잘 아는 사이가 되었다고 한다. 그래서 엿새가 걸린 것이다. 미행만이라면 이틀로 충분했다. 그래도 한 번 놓친 것이 분하단다.

"왜 그렇게까지 했느냐."

"그야, 배웠으니까."

적을 알고 나를 알면 백전백승.

"나는 가르친 적이 없는데. 너희 같은 시내 아이들에게 병법은 필요 없다."

"뭘 모르시네, 작은 선생님."

오목을 둘 때도 이기려면 적진 깊숙이 들어가야 한다고, 셋 중에서도 말이 제일 청산유수인 스테마쓰가 말했다.

교넨보는 후카가와 잇시키초에 위치한 싸구려 여인숙을 본거지로 삼고 있다고 한다. 그 부근은 목재상이 많은 곳이라, 각지에서 모이는 상인들이 묵는 숙소도 있다.

"한참 전부터 눌러앉아 산 모양이에요."

"쌀도 있던데."

"좋은 아저씨예요. 미꾸라지도 잘 잡고."

"미꾸라지?"

"응. 그 부근 수로에는 미꾸라지가 많거든요. 수로가에서 잡아서 가바야키뱀장어, 갯장어, 미꾸라지 따위의 등을 갈라 뼈를 바르고 토막 쳐서 양념을 발라 꼬챙이에 꿰어 구운 요리로 해 먹는 거예요. 우리도 아저씨한테 배웠어요. 맛있던데."

낮에는 다이노지야에서 얻어먹고 있는 주제에 숙소에서는 직접 잡은 미꾸라지를 먹어?

"미꾸라지는 양분도 많으니까" 하고 콧물을 매단 긴타가 말한다. "그래서 아저씨는 누이동생한테도 먹인대요. 그러니까 우리한테도 미꾸라지 잡는 것을 도와 달라면서."

"교넨보에게 누이가 있는 게냐."

"응." 몸집이 작은 요시스케가 양손으로 배가 부풀어 오른 듯한 몸짓을 해 보였다. "아이를 가졌대요. 앞으로 두 달만 있으면 태어난다던데."

리이치로는 말을 삼켰다. 누이? 아이를 가져?

하쓰네가 말한 '여자'가 아닐까.

"그 누이를 보았느냐?"

"아니, 온 적 없어요."

어딘가 다른 곳에 사는 모양이에요, 라고 한다.

"궁시렁궁시렁 떠드느니 작은 선생님, 가 보는 편이 빨라요. 오늘도 아저씨랑 미꾸라지를 잡기로 약속했으니까. 미꾸라지는 어두워지면 움직임이 둔해지거든."

삼인조는 순조롭게 교넨보의 뒤를 밟아 근거지를 확인하고, 이튿날에는 직접 만든 낚싯대를 가지고 나갔다고 한다. 앞질러 가서 교넨보의 숙소 근처 수로에서 줄을 드리우고 있자니,

―너희는 뭐냐, 어린아이가 이런 곳에서 밤낚시를 하는 것도 아닐 텐데.

무엇이 잡히지? 하고 상대방 쪽에서 말을 걸어왔다고 한다. 그리고 잔뼈 많은 조그만 물고기 따위는 낚지 마라, 미꾸라지를 잡아, 미꾸라지를―이라는 이야기가 된 것이다. 그간의 대화를 제각기 재현하는 삼인조의 이야기를 듣다 보니 리이치로는 혼란스러워졌다.

교넨보라는 사내는 어린아이를 좋아하는 듯하다.

게다가 어린아이들이 좋아하는 성질이기도 한 모양이다. 스승의 위광을 입고 있는 리이치로조차 길들이느라 고생했던―아니, 아직 길들였다고 말하기는 어려운 이 삼인조와 짧은 시간만에 의기투합하여, 아저씨라고 불리고 있다.

"어제는 진짜 많이 잡았는데."

"아저씨가 미꾸라지를 전부 손질해서 구워 주고."

"집에 가서 엄마, 아빠 드리라면서, 들려보내 주었어요."

바로 그 사내가 한편으로는 신타로를 토채귀라고 부르며 목숨을 끊으라고 말하고 있다.

그런 주제에 토채귀를 쫓아낸 적이 있다는 (허풍을 떤) 리이치로는 피한다. 굳이 대결하려고 하지 않는 점은 분명하다. 신타로를 되찾으러 오지도 않고, 다시 찾아오라고 소고로를 부추기지도 않고, 매일 다이노지야에 드나들며 공짜 술을 마신다.
 알 수 없게 되고 말았다.

 신타로를 옆집에 맡겨 놓고, 저녁 여섯시부터 리이치로는 그 싸구려 여인숙 옆에 잠복해 있었다.
 잠복했다는 표현도 우스울까. 삼인조의 행동을 따라 하여 낚싯대를 들고 수로가에 줄을 드리우고 있었던 것이다. 혼자서 그러고 있으니 지나가던 근방 사람들이 낭인 무사님, 거기에서는 아무것도 안 잡힐 거요, 하마구리초까지 가서 조개를 줍는 편이 요기는 될 텐데, 라고 말해 온다. 조심스러워하는 기색이라곤 없다. 내가 참 어지간히도 생활이 어려워 보이는 모양이라고, 리이치로도 맥이 탁 풀렸다. 스승에게 부탁하여 노느몫을 늘려 달라고 하는 편이 좋을지도 모른다.
 그래도 참을성 있게 줄을 드리우고 있자니 해가 서쪽 하늘로 기울었을 즈음 귀에 익은 시끌벅적한 목소리가 등 뒤로 가까이 다가왔다. 긴타와 스테마쓰와 요시스케다.
 곁눈질로 살피니 키가 아이들의 배는 될 법한 커다란 사내가 세 아이 뒤에 바싹 붙어 걷고 있다. 앞서거니 뒤서거니 하며 자신을 에워싼 세 아이에게 말을 걸기도 하고 대꾸를 하기도 하는 등

이쪽도 소란스럽다.

대머리에 부리부리한 눈, 찢어진 옷과 커다란 염주.

교넨보다.

서로 모르는 척하기로 삼인조와 말을 맞추어 두었다. 그리고 오늘은 교넨보에게서 그의 누이 이야기를 가능한 한 많이 끌어내 달라고도 부탁해 두었다.

리이치로는 묵묵히 낚싯줄을 노려보고 있었다.

그때 긴타가 새된 소리로 말했다. "어라, 오늘은 새로 온 손님이 있네."

"아저씨, 낚시하는 사람이 있어요."

"아무것도 안 낚일 텐데."

얘들아, 하며 교넨보가 타이른다. 규하치가 말한 대로 굵은 목소리였다.

"무사님께 무례한 말을 하면 안 돼."

"하지만 낭인이잖아요, 낭인."

"말랐네. 밥도 못 먹는 거 아니야?"

이 녀석들, 신이 난 것은 아닐까.

"낭인 무사님, 미꾸라지를 잡아서 먹여 줄까요?"

"아니야, 먹여 드릴까요?"

리이치로는 돌아보고 교넨보에게 가볍게 인사했다. 덩치 큰 사내는 마주 인사를 하며, "아이들이 하는 소리니 용서해 주십시오" 하고 머리를 긁적였다. "저희는 요즘 이 수로에서 미꾸라지를 잡고 있거든요."

"미꾸라지라면 어디에나 있지 않습니까" 하고 리이치로는 말했다. 삼인조를 보는 교넨보의 눈에 험악한 기색은 없고 얼굴 전체가 웃고 있다.

강건하기 짝이 없는 몸이다. 의외로 젊다. 리이치로와의 나이 차가 열 살이나 될까. 오늘도 다이노지야에서 술을 마시고 왔을 테지만 취기를 띠고 있지는 않았다.

"어디에나 있지만, 나가야가 북적거리는 수로의 미꾸라지는 흘러드는 오수를 마시기 때문에 냄새가 나서 먹을 수 없습니다. 여기는 물이 맑지요."

미꾸라지도 맛있습니다, 라고 한다.

"그렇습니까. 좋은 것을 배웠군요."

리이치로는 낚싯대를 거두었다.

"미꾸라지 잡으시는 것을 구경해도 되겠습니까."

"오오, 그러시지요, 그러시지요."

교넨보의 미꾸라지 잡는 솜씨는 뛰어났다. 건져 올리는 것이 아니라 진짜 잡는다. 얕은 수면에 스칠 듯이 얼굴을 가까이 대고, 나무 몽둥이로 슬쩍 찔러 휘저었을 때 움직이는 미꾸라지를 놓치지 않고 능숙하게 붙잡는다. 아가미 부근에 손가락을 걸어 미끈거리는 머리를 꽉 잡고, 여인숙에서 가져온 소쿠리에 차례차례 던져 넣는다.

그래서 오래 걸리지는 않았다. 리이치로는 교넨보가 아이들의 귀로를 걱정하여 더 재빠르게 잡고 있다는 사실을 알았다.

아이들도 재빨랐다. 이러니저러니 말참견을 하거나 웃으며, 교넨보를 돕다가 그에게서 이야기를 끌어낸다. 아저씨는 어디에서 왔어요? 아저씨 누이는 잘 지내요? 아기는 건강하게 자라고 있어요? 아저씨는 누이를 아끼는구나. 아기가 태어나는 거 기대돼요?

교넨보는 대답하기도 하고 얼버무리기도 한다. 자신 쪽에서는 거의 입을 열지 않았다.

"그런데 아기 아빠는 어쩌고 있어요?" 하고 스테마쓰가 말을 꺼냈다. "아저씨가 미꾸라지를 잡아서 먹여 줘야 하다니, 이상하잖아요?"

"우리 집에도 아빠는 없어. 아빠가 없는 집도 있다고" 하고 요시스케가 즉시 대꾸했다. 이런 대사까지 이미 상의해 두었다면 왠지 무서울 정도다.

그러자 교넨보가 미꾸라지를 비틀던 손을 멈추었다.

"요시스케, 너는 아버지가 없니?"

요시스케는 주눅 들지 않고 "응" 하고 대답했다.

"그래? 너희 어머니는 훌륭한 여자구나. 너를 혼자서 키우다니."

"걸핏하면 패서 무서운데."

교넨보는 달이 모습을 나타내고 별이 깜박이기 시작한 저녁 하늘을 올려다보며 웃었다.

"네가 장난을 치니까 그렇지."

다른 두 아이도 맞아, 맞아, 하고 손뼉을 치며 웃었다.

"아버지가 없다고 해서 부끄러워할 필요 없어. 훌륭한 어른이 되면 된다."

그러고는 손안에서 몸을 꿈틀거리고 있는 미꾸라지를 보더니 비틀기를 멈추고 가만히 손가락을 폈다.

"이제 소쿠리가 꽉 찼구나. 이 녀석은 오늘의 방생회放生會_{불교에서 살생을 금하는 사상에 기초하여 붙잡은 생물을 다시 풀어 주는 의식. 신사나 절에서 음력 8월 15일에 행한다}로 놓아 주자꾸나."

물에 던진 미꾸라지는 순식간에 가라앉아 도망쳤다.

"아~아, 아까워라."

"통통하게 살이 올랐는데, 그 녀석."

"너희, 심술 맞구나."

교넨보는 무거워 보이는 소쿠리를 옆구리에 끼고 리이지로를 돌아보았다.

"저는 지금부터 이 미꾸라지들을 손질할 텐데 무사님, 그것도 보시겠습니까."

눈이 더러워질 겁니다, 라고 한다.

"스님이야말로 불도에 귀의하신 몸이 아닙니까."

"뭐, 보시다시피 빈승은 파계승입니다."

교넨보가 으르렁거리듯이 짧게 웃는다.

"어디에 사십니까. 이 아이들에게 시켜 미꾸라지 가바야키를 가져다 드리겠습니다."

"그러시지 않으셔도 됩니다. 마음만 감사히 받겠습니다."

깊이 허리를 숙이고 나서 삼인조를 데리고 싸구려 여인숙으로 돌아가는 교넨보의 커다란 등을 리이치로는 눈도 깜박이지 않고 지켜보았다.

이튿날인 팔일, 리이치로는 신타로를 데리고 고우메무라로 향했다. 신자에몬에게 가져다줄 오리알은 솜으로 싸서 소쿠리에 넣어, 신타로가 소중하게 들고 있다. 스승님께 가져다 드린다고 했더니 꼭 제가 들고 가게 해 주십시오, 하고 졸랐던 것이다.

조른다고 하니, 길을 걸어가면서 리이치로는 처음으로 신타로에게 물어보았다. 지난 보름 사이에 무언가 갖고 싶다거나, 사 달라고 졸랐다가 아버지한테 호되게 꾸중을 들은 적은 없느냐고.

신타로는 잠시 생각했다. "대본상이 왔을 때, 요미혼^{전기적 소설의 일}좋을 빌리게 해 달라고 졸랐다가 야단을 맞았습니다."

그러고는 부끄러운 듯이 눈을 내리깐다.

"훨씬 전에, 엄마—어머니한테 갔을 때."

"엄마라고 해도 된다."

요시노가 과자를 주어서 먹었다가 야단을 맞았다고 한다. 선물로 들어온 과자인데, 신타로가 오면 주려고 요시노가 따로 남겨 두었던 모양이다.

다이노지야 소고로의 머리에는 여전히 바람이 들어 있는 듯하다. 책 빌리는 값이나, 다른 곳에서 받은 과자마저 아까워하는 심리는 인색함 때문이 아니리라. 신타로가 무언가를 갖고 싶다고 바라는 모든 일이, 그가 토채귀라는 증거라고 믿게 된 것이다.

이 착각을 풀려면 다른 주술이 필요하다. 게다가 특별히 강력하지 않으면 통하지 않을 것이고, 일단 풀린다 해도 죽은 형에 대한 꺼림칙함이 소고로 안에 있는 한 언제 또 되살아나지 않으리라는 보장은 없다.

"애야, 신타로."

"예."

신타로는 오리알 소쿠리를 양손에 들고 천천히 걷고 있다.

"선생님이 지금부터 이상한 질문을 할 게다. 이상한 것이니, 싫으면 대답하지 않아도 돼."

"예, 알겠습니다, 작은 선생님."

"너는 아버지를 좋아하느냐."

신타로는 오리알 소쿠리로 시선을 떨어뜨렸다.

"예."

"어머니를 좋아하느냐."

이번에는 바로 대답했다. "예."

"그러면." 리이치로는 한 박자 뜸을 들였다. "아버지와 어머니, 두 분이 건강하고 행복하게 사시기 위해서, 어느 한쪽과 따로 떨어져 산다면 참을 수 있겠느냐."

꽤 많이 걸을 때까지 신타로는 대답을 하지 않았다.

"예" 하는 작은 목소리가 들렸다.

"그래?" 하고 리이치로는 말했다.

그 후 또 잠시 걷다가 신타로가 갑자기 걸음을 멈추었다. 논 한 뙈기를 사이에 둔 건너편 논두렁길을 보고 있다.

"작은 선생님."

지장보살님이에요, 라고 한다.

자주 다니는 길이라 리이치로도 알고 있다. 논두렁길이 교차하는 곳에 아직 어린 매화나무 한 그루가 있고, 그 밑에 작은 지장당地藏堂이 있다. 사당이라고 해도 기둥과 지붕밖에 없고, 이쪽에서 보면, 앉아 있는 지장보살은 등을 돌린 모습이다.

"참배를 드려도 될까요?"

리이치로는 이 지장당에 들른 적이 없다. 그가 참배를 드려야 할 석불은 고향에 있기 때문이다.

그래도 지금은 신타로의 순진한 얼굴에 졌다. 그다지 돌아가는 길도 아니다. 함께 지장당으로 가까이 다가갔다.

키가 석 자 정도 되는 돌 지장보살이다. 밥그릇에 담긴 물과 잡곡이 섞인 마른 주먹밥 하나가 바쳐져 있다. 논두렁길에는 유채꽃이 피어 있다.

신타로는 오리알을 리이치로에게 맡기고 지장보살 앞에 쪼그려 앉아 정성껏 참배했다.

"무엇을 빌었느냐."

"엄마가 빨리 낫게 해 달라고요."

지장보살을 보면 소원을 빌곤 합니다, 라고 한다.

"마을에 이나리 사당이 많이 있지만, 이나리님은 장사를 도와주는 신이니까 병에는 효과가 없다고 규하치 씨가."

그래서 지장보살을 보면 참배를 드리는 것이다.

신자에몬이 빌려 준 불교 설화 책 덕분에 리이치로도 약간 지식을 익혔다.

"지장보살은 많은 부처님들 중에서도 특히 자비심이 깊고, 지옥에 떨어질 악인이라도 지나가는 길에 단 한 번 참배를 드렸다는 이유만으로 구해 주시지. 그때는 스스로 지옥에 내려가시기 때문에 발이 타 버린다고 하는구나."

헤에… 하고 눈을 크게 뜨며, 신타로는 돌 지장의 발치를 뚫어져라 바라보았다.

"그러면 다음에는 지장보살님께 신을 바쳐야겠어요."

다시 오리알을 받아들고 길로 돌아가는 신타로와 떨어져, 잠시 리이치로는 논 속의 자그마한 지장보살을 마주 하며 움직이지 못했다.

지장보살은 미소를 짓고 있었다.

들러 보기를 잘했다고 생각했다. 신타로가 이 지장보살을 알아차린 것은 정말로 이 아이에게 부처님의 가호가 있기 때문일지도 모른다.

―지켜 주십시오.

리이치로는 기도하며 결심을 굳혔다.

5

　계획을 털어놓자 신자에몬은, "무리하지 마라" 하고 말했다.
　"이거 안 되겠다 싶거든 도망쳐."
　스승의 걱정은 고마웠지만 리이치로에게 불안은 없었다. 분명히 상대가 덩치는 크지만 리이치로도 무사다. 실력이 녹슬었다고는 해도 불영파의 인가를 받은 몸이다.
　애초에 목숨이 오가는 일이 벌어질 리 없다.
　그저께와 같은 그 수로가에서, 이번에는 빈손으로 교넨보가 나타나기를 기다렸다. 삼인조에게 이제 그만 일해도 된다고 말해 두었으니 오늘은 혼자겠지.
　유달리 덩치가 큰 파계승은 먼저 리이치로를 발견했을 것이다. 하지만 걸음을 빠르게 하는 기색도 없이 천천히 걸어왔다.
　얼굴이 보이는 거리로 다가왔을 때 리이치로는 머리를 한 번 숙였다.
　교넨보도 마주 인사를 한 뒤 희미한 웃음을 띠며 말했다. "그저께도 뵈었지요."
　교넨보의 둥글둥글한 눈에 그늘이 져서 눈빛이 보이지 않는다.
　굵직했던 목소리가 부드러웠다.
　"습자소 '진코 학원'의 아오노 리이치로 선생님이 아니신가 싶습니다만."
　리이치로는 예, 하고 대답했다.

"역시 그렇군요."

교넨보는 장난이 탄로났을 때의 삼인조와 똑같이 웃음을 지었다.

"얼굴을 안다고 생각했지만 일전에는 확신이 없었습니다."

라기보다 리이치로의 속을 읽을 수 없어서 모르는 척하고 있었을 것이다.

"할 이야기가 있습니다."

"있으시겠지요, 있으시겠지요."

차라리 홀가분하게 밝은 표정이 된다.

"여인숙에는 다른 손님의 귀가 있어 오히려 저어됩니다. 여기서 해도 되겠습니까."

둘은 나란히 수로가에 걸터앉았다.

한동안 때를 재는 듯한 침묵이 흘렀다. 그러고 나서 교넨보가 말을 꺼냈다.

"이곳 미꾸라지들은 저와 그 꼬마들이 대부분 먹어 버렸습니다."

에도의 미꾸라지는 빨리 자라지요, 라고 한다.

"제가 태어난 마을에서는 사월이라도 말쯤이 되지 않으면 미꾸라지는 살이 오르지 않았습니다."

그 훌륭하지만 특이한, 미꾸라지 잡는 기술도 그의 마을 특유의 기술이라고 한다.

북쪽 지방입니다—.

"지금도 기근이 계속되고 있는 모양이지만 어제오늘 일은 아니지요. 제가 어렸을 때부터 북쪽 사람들은 굶주리고 있었습니다."

그래서 저는 절로 도망쳤습니다.

"절이라면 밥을 먹을 수 있으리라 짐작했거든요. 허나 수행이 너무 엄해서 말이지요. 득도하기 전에 또 도망쳐 버렸지요. 그 후로 옷만 중처럼 차려입고 세상살이를 해 왔습니다."

그래도 돌아다닌 각지에는 교넨보의 엉성한 독경에도 고마워하는 사람들이 있었다. 그런 것에라도 매달리고 싶을 만큼 힘들어하고, 가난에 허덕이는 사람들이 있었다.

"당신의 그 법력으로 다이노지야의 토채귀를 쫓아낼 수는 없습니까."

교넨보는 커다란 몸을 움츠렸다.

"선생도 참 못되셨군요. 이미 새빨간 거짓은 깨지지 않았습니까."

"아무렇게나 지어낸 말이었군요."

크게 고개를 끄덕이고, 그대로 머리를 숙이며 덩치 큰 사내는 미안하다고 말했다.

"제게는 많은 형제자매가 있는데 모두 세상을 떠나고 말았습니다. 병이나 굶주림 때문입니다. 결국에는 마을 사람들이 한꺼번에 도산逃散했고, 단 하나 남은 막내 누이가 에도에 있지요."

어떻게든 먹고살아 왔다.

"도미가오카 하치만구 앞 마을에서 찻집 하녀로 일하고 있더군요. 하기야 급사 일만 하지는 않았지만요."
 몸도 팔고 있었다는 뜻이리라.
 동생의 이름은 오카네라고 한다.
 "저도 오카네를 만난 것은 우연이었습니다. 서로 소식은 몰랐어요. 동생이 말을 걸었는데도, 부끄럽지만 저는 바로 동생이라는 사실을 몰랐을 정도였습니다."
 오카네의 처지를 알고 가엾게 생각했지만, 교넨보는 어떻게도 해 줄 수가 없었다.
 ─하지만 오라버니, 나도 손해만 보고 있진 않아.
 오카네는 요즘 좋은 손님을 만났다고 한다.
 "제 입으로 말하기는 뭣하지만 누이가 좀 예쁘거든요. 그래서 사내가─생긴 것이지요."
 다이노지야 소고로다. 이 년 전 딱 요맘때의 일이라고 한다.
 "그 뒤 얼마 지나지 않아 오카네는 다이노지야 주인의 첩이 되었습니다. 그가 네기시에다 집을 빌려 주었지요."
 교넨보도 가끔 그곳에 얼굴을 내밀게 되었다.
 "하지만 선생, 맹세코 말씀드리는데 저는 누이를 등친 적은 없어요. 그런 짓을 하지 않아도 저 하나쯤은 어떻게든 먹고살 수 있으니까요. 먹지 못하게 되면 길에 쓰러져 죽으면 될 일."
 오카네는 행복해 보였다고 한다.
 "하지만─말이지요."
 첩이 되고 얼마 지나지 않아 오카네는 아이를 가졌다. 그때는 소고로가 으르고 부탁하여, 오카네는 아이를 지우고 포기했다.

"작년 가을에 또 아이가 생겼습니다."

이번에는 낳고 싶다고, 오카네는 부탁했다.

소고로는 허락하지 않았다. 산파가 이번에 아이를 지우면 오카네의 목숨도 위험하다고 말했는데도, 그래도 지우라고 다그친다. 낳으려면 마음대로 낳아라. 나는 보살피지 않겠다. 너와도 인연을 끊겠다.

절박해진 오카네는 울면서 교넨보에게 매달렸다.

"아이를 낳고 싶다. 안주인으로서 제대로 다이노지야에 들어가고 싶다, 오라버니가 어떻게 좀 해 달라고 조르더군요."

다이노지야에는 이미 안주인이 있고, 신타로가 있다. 오카네도 그 사실은 알고 있다.

"여자의 질투란 무섭지요. 많은 불법佛法이 여인만은 구하기 어렵다고 단언하는 것도 무리는 아니라고 생각했습니다."

오카네는 요시노와 신타로를 쫓아내고 싶어 했다. 오카네에게 둘은 그저 방해꾼, 오카네와 아기의 행복 앞에 버티고 선, 부아가 치미는 벽에 지나지 않았다.

"저는 멋대로 고향을 떠나, 가족을 버리고 방랑하며 멋대로 살아온 사내입니다."

그 사이에 가족들은 하나둘 죽었다. 교넨보는 아무도 돌보지 않았다. 오카네는 단 하나 남은 누이다. 교넨보는 고민했다. 동생을 못 본 척할 수는 없다. 아무리 제멋대로인 바람이라도, 할 수 있다면 이루어 주고 싶었다.
 본래, 처자식이 있는 몸으로 오카네에게 손을 댄 소고로가 나쁘다.
 "오카네도 스물여덟입니다. 제대로 살아가려면 이번이 마지막 기회겠지요."
 교넨보는 침울하게 중얼거리고 커다란 코 옆을 벅벅 긁었다.
 "그래서 저도 없는 지혜를 쥐어짜냈지요."
 다이노지야를 빼앗은 경위는, 아니나 다를까 소고로 본인이 취한 김에 오카네에게 전부 털어놓은 것이었다. 형에게 독을 먹였다는 말까지는 하지 않았지만 자신이 형보다 한 수 위였다고 자랑하였고, 내 쪽이 다이노지야의 주인이 되기에 어울렸다, 차남이라는 이유만으로 후계자가 되지 못하는 쪽이 이상하다고 주장하며 조금도 꺼리는 구석이 없었다고 한다.
 소고로보다 오카네보다 훨씬 더 세상 물정을 잘 알고, 사람의 겉과 속을 꿰고 있는 교넨보는 그 자랑 속에서 겁약함을 읽어냈다. 여자를 상대로 으스대는 사내치고 진짜 배짱이 두둑한 사람은 없다.
 파고들려면 거기라고 생각했다.
 "토채귀에 대해서는 절에 있던 시절에 아셨습니까."
 주워들었습니다, 하며 또 부끄러워한다.
 "효과가 있었지요."
 교넨보가 눈을 휘둥그렇게 뜨며 탄식하기에 리이치로도 웃고 말았다.

한 번 크게 위협을 해 주면 소고로가 위자료 정도는 챙겨 주고 신타로와 요시노를 한꺼번에 다이노지야에서 쫓아내리라고 짐작했다고 한다.

선생도 그렇게 생각하지 않으십니까, 하고 힘주어 말한다. 자신이 뿌린 씨임을 잊었나 보다.

"안주인도 울며 호소하더군요. 저도 따라 울 뻔해 참느라 고생했습니다."

"하지만 신타로를 죽이라고 말한 사람은 당신입니다."

"아니, 아니, 선생, 그게 아닙니다."

덩치 큰 가짜 중은 진땀을 흘렸다.

"한 번도 죽이라는 말은 하지 않았습니다. 저는 그저, 치우라고 말했을 뿐입니다."

규하치에게 들은 바로는, 죽이기나 치우기나 마찬가지인 무시무시한 협박이었던 모양인데.

"정해진 규칙이란 것입니다. 떠돌이 승려가 어느 집 앞을 지나가다가 흉사가 일어날 거라고 알린다. 그것을 막기 위해서는 희생이 필요하다고 가르쳐 준다. 그렇잖아요?"

뭐가 '그렇잖아요?'냐.

"무엇보다 부모가 자기 자식을 해칠 수 있을 리가 없다고 생각했습니다."

"해칠 수 없어서, 대신 제게 시키려 하고 있습니다."

교넨보는 둥글둥글한 눈으로 리이치로를 보았다. 해는 완전히 졌고 오늘 밤에는 상현달이 떴다.

"선생도 성가시게 그의 눈에 드셨군요."

"당신 때문입니다."

"참으로 죄송합니다."

그럴 때가 아닌데 함께 웃음을 터뜨리고 말았다.

교넨보가 말했다. "그런 사내입니다. 형도 정말로 죽였는지 아닌지 몹시 의심스럽지요. 우연히 재수 없게 병으로 죽었는데 자기 때문이라고 믿고 있을 뿐인지도 모르지요."

한 지붕 아래의 골육상쟁이 즐거울 리 없고, 서로 지치기도 했을 게다. 소지로가 젊은 나이에 죽은 까닭은 그 괴로움에 짓눌린 탓일 수도 있다. 죽어 버리라고 저주하고 있던 상대가 덜컥 죽자, 저주가 통했나 하고 더럭 무서워지는 경우도 있으리라.

"확실히, 알 수 없는 일이로군요."

독살이라는 소문은 죽은 소지로보다도 살아남은 소고로 쪽을 해쳤을지도 모른다.

"그러고 보니."

잔물결조차 일지 않는 수면을 바라보며 교넨보는 말을 이었다.

"안주인에 대해서도 마찬가지지요."

소고로는 이전에, 이름뿐인 안주인이 다이노지야에서 거만하게 굴고 있는데 나는 계속 첩이라니 싫다고 오카네가 토라졌을 때 이렇게 말한 적이 있다고 한다.

―나 스스로는 요시노와 헤어질 수가 없다. 집착이 끊어지지 않아. 어떻게 해서라도 다이노지야의 안주인이 되고 싶다면 네가 요시노를 내쫓아다오.

달빛을 받으면서 리이치로는 희미한 한기를 느꼈다. 집착이 끊어지지 않아.

교넨보는 목에 건 커다란 염주를 만지작거리면서 또 탄식했다.

"선생이 신타로를 거두어 주셨을 때에는 솔직히 다리가 풀릴 듯이 안도했습니다."

그 아이는 훌륭한 아이거든요, 라고 한다.

"미리 신타로를 만났다면, 되는 대로 지껄이는 말이라 해도 그 아이가 귀신이라는 얘기는 하지 못했을 겁니다. 제게 그런 담력은 없거든요."

토채귀를 퇴치한 경험이 있다는 무사와 대치할 만한 담력도 없었다.

"진짜를 퇴치한 분이라면 젊은 분이라 해도 제 가짜 중 모습을 즉시 간파하시리라 생각했지요. 선생과는 얼굴을 마주치지 않도록 도망쳐 숨어 있었습니다."

그러고는 소고로에게 착 달라붙었다.

"어떻게든 원만하게 안주인과 신타로를 내쫓는다는 결말로 끌고 가려고, 저 나름으로 고심참담했습니다. 물론 상응하는 돈을 내주고요. 그러니 쫓아내는 것이 아니지요. 물러나 주길 바란다고 할까, 포기해 달라고 한다고 할까."

표현에 신경을 쓰고 있다.

리이치로는 이제 전혀 미워하는 마음이 들지 않았다. 이 귀신은 뛰쳐나온 대목까지는 좋았으나 물러설 수가 없게 되어 난치해하고 있다.

"선생도 힘을 보태 주시면 안 되겠습니까."

그날의 규하치와 비슷하게 진지한 것인지 다리가 풀린 것인지 알 수 없는 부탁인데다, 비슷하게 몹시 진심이다.

"이제 와서 제가 전부 거짓이었다고 자백해도 소고로 씨의 믿음은 풀리지 않을 겁니다. 약이 조금 지나치게 잘 들었어요."

"저도 그리 생각합니다. 당신은 지나치게 잘 속였지요."

교넨보는 얻어맞은 개 같은 얼굴을 했다.

"그러니 그 교묘한 사기를 한 번 더 연기해 주셔야겠습니다. 이번만은 실패해서도, 지나쳐시도 안 됩니다."

교넨보의 커다란 얼굴이 달빛에 빛났다.

"어찌할까요?"

"제게 생각이 있습니다" 하고 리이치로는 말했다.

6

고향에서 문서가 왔습니다, 하고 말해 주자 다이노지야 소고로는 몹시 기묘한 얼굴을 했다. 당장이라도 웃음을 터뜨릴 것 같지만 두려워하고 있기도 하다. 겨드랑이 밑을 누가 면도칼로 간질이고 있다고 비유해야 할까.

"다음 초승달 축삼시에 의식을 치러 신타로의 토채귀를 퇴치하겠습니다."

오늘 다이노지야의 안채 방에는 교넨보도 있다. 소고로 옆에 커다란 메기처럼 유유히 앉아 있었다.

"빈승도 아까 아오노 님께 의식의 절차를 들었습니다" 하고 소고로에게 말했다.

"이를 '안료귀진安寮鬼鎭의 의식'이라 합니다. 귀신을 마땅한 장소로 편안히 돌아가게 하고, 그 분노를 가라앉힌다는 뜻입니다."

이처럼 닥치는 대로 주워섬기는 것은 교넨보의 장기다.

"다이노지야 마당의 간방艮方 북동쪽. 축방과 인방의 중간 방향으로, 귀문에 해당한다 하여 꺼린다에 제단을 설치하고 호마護摩 부동명왕. 애염명왕 등을 본존으로 하여 그 앞에 단을 쌓고 화로를 마련하여 호마목을 태우며 재앙과 악업을 없애 줄 것을 기도하는 밀교 의식의 의식을 행하며, 빈승이 독경을 할 예정입니다. 귀신이 경의 힘에 밀려 신타로 안에서 끌려 나오도록 하여 붙잡으면, 아오노 님께서 베어 주실 겁니다."

"벤다고요?"

소고로의 눈이 어둡게 빛났다.

"베는 것은 귀신뿐. 신타로는 무사할 겁니다."

"토채귀는 신타로 안에 숨어 있소. 그것을 베어내는 것이지요."

소고로의 어깨가 축 늘어졌다. 안도한 기색인지 낙담한 기색인지 알아보기 어렵다. 안도라고 생각하고 싶은 리이치로와 교넨보는 서로 눈짓을 주고받았다.

"베면 귀신이 진정될까요."

이 또한 어떠한 다짐인지 알기 어렵다.

"귀신은 망자의 혼이 변한 것입니다. 검으로 깨끗이 함으로써 성불합니다" 하고 리이치로는 말했다. "허나 이 귀신은 토채귀이니, 그 외에도 필요한 결과가 있지요. 이를 다이노지야 주인께 부탁드리고 싶습니다."

무엇이든 하겠습니다, 하고 소고로는 말했다. 각오는 되어 있는 모양이다.

"우선 신타로는 당신 자식이 아니게 됩니다. 안주인이신 요시노 님도 당신의 아내가 아니게 되지요. 둘과는 인연을 끊어 주셔야 합니다."

요시노 님은—하고 말하며 리이치로는 소고로를 응시했다.

"본래 형님이신 소지로 님께 시집을 가야 할 여인이었다지요."

소고로는 비굴한 느낌으로 눈을 내리깔았다.

"그렇다면 신타로도 본래는 소지로 님의 자제여야 하는 것이 순리. 두 사람은 토채귀가 당신에게 변제를 요구하고 있는 부채입니다."

예, 하고 작은 목소리로 소고로는 승낙했다. 리이치로와 교넨보는 또 눈과 눈을 마주 보았다.

"다음은 다이노지야의 재산입니다."

"그, 그것만은."

돈과 주인 자리는 처자식보다 소중한 모양이다. 소고로의 눈빛이 바뀌었다.

"있는 돈을 다 내놓으라는 말이 아닙니다. 귀신은 망자. 망자에게 현세의 금전은 쓸 데가 없지요. 대신할 무언가가 필요합니다."

교넨보가 나선다. "귀신은 홀수를 좋아하지요. 특히 이 의식에서는 삼$_3$이라는 수를 중요시합니다."

과거 삼 년치 다이노지야의 매매 원장을 제단에서 태우십시오, 하고 가짜 중은 말했다.

소고로는 허둥거렸다. "하지만 교넨보 님, 상가에게 매매 원장이란 중요한 문서입니다. 태워서 재로 만들어 버리면."

리이치로는 즉시 끼어들었다. "그러니 사본을 만들어 두는 겁니다."

"사본?"

"매매 원장을 제게 빌려 주십시오. 진코 학원의 제자들에게 나누어 베끼도록 하겠습니다. 그 아이들에게도 좋은 면학의 기회가 되겠군요."

"그런…… 어린아이에게……."

"조심스럽게 다루도록, 제가 확실하게 감독하겠습니다."

중국에서는 죽은 사람이 토채귀가 되는 일을 막기 위해 장례 때 지폐를 본뜬 종잇조각을 태운다. 매매 원장을 태운다는 발상은 그 일화에서 나왔다.

"이로써 소지로 님은 다이노지야의 재산을 되찾은 셈이 됩니다. 저는 지금부터 당장이라도 시작하지요. 제단을 설치하고 의식에 필요한 물품 조달은 교넨보 님께 맡기겠습니다."

"알겠소" 하고 가짜 중은 받아들였다.

"참, 그렇지—."

일어서면서 리이치로는 덧붙였다.

"다음 초승달이 뜨는 날에 맞출 수 있도록 삼 년치 매매 원장을 그대로 베껴 적는 일은, 글씨 쓰기가 능숙한 제자들을 모두 동원해도 큰일입니다. 아이들에게는 집에 돌아가 점심을 먹을 시간도 없겠지요. 이참에 다이노지야의 주인께 차입을 좀 부탁드려도 되겠습니까."

차입? 하고 소고로는 멍청한 목소리로 되풀이했다.

"주먹밥이면 됩니다."

"아이들은 과자도 좋아하겠지요."

교넨보가 점잔 빼는 얼굴을 하며 말했다.

그 후 매일 진코 학원의 제자들은 이 특이한 습자에 힘썼다.

차입품은 규하치가 날라다 주었다. 주먹밥만이 아니라 달걀부침이나 조림 등도 찬합에 담아 가져온다. 간식으로는 경단이나 앙코다마_{팥을 작은 경단 모양으로 빚어 한천으로 감싼 과자}가 온다. 평소 점심밥으로 찐 감자가 고작인 장난꾸러기 삼인조는 제일 먼저 나서서 매우 기뻐하며 와구와구 먹었다.

리이치로는 신타로에게도 이 작업을 거들게 했다. 어차피 지어 낸 의식이니 글씨 쓰기가 능숙한 신타로를 쓰지 않는 것은 아깝다. 그는 다른 제자들도 보살피면서 별반 이상하게 여기는 기색도 없이 열심히 해 주었다.

신타로에게는 당일 밤이 될 때까지 자세한 내용에 대해서는 덮어 두었다. 그래서 어느 날 저녁, 목욕탕에 갔다가 돌아오는 길에 신타로가 보기 드물게 입을 삐죽거리며 이런 말을 했다.

"매매 원장을 베끼는 일은 장래에 상인이 될 아이들만 하면 되지 않습니까. 저는 의원이 되고 싶습니다. 아니, 될 것입니다. 의학서를 베끼면 안 될까요."

리이치로는 온화하게 되물었다. "너는 다이노지야의 후계자가 아니냐."

"가게는 다른 분께 드릴 겁니다. 규하치 씨가 좋겠지요. 지금까지 몸이 가루가 되도록 다이노지야를 위해 애써 준 사람이니, 그런 사람이야말로 주인이 되어야 합니다."

리이치로는 미소를 지었다. "규하치 씨도 기뻐할 테지. 하지만 아무리 너라도 의학서는 아직 이르다."

일이 되어 가는 상황을 알려 주자 재미있는지, 신자에몬이 하쓰네와 함께 고우메무라에서 나왔다. 오랜만에 해골 선생이 등장하자 제자들은 크게 움츠러들었다.

"너희, 그간 작은 선생님이 어리광을 다 받아 주었겠지. 내가 기합을 다시 넣어 주마."

아이들은 가엾지만, 이 틈에 리이치로는 요시노 앞으로 서찰을 적었다. 지금부터 무슨 일이 일어날지 사전에 알려 두면 요시노도 조금은 마음이 편해지리라는 생각에서다.

병문안을 가는 신타로의 습자장에 서찰을 끼워 넣었다.

"어머님이 몰래 읽으시도록 해라. 어머님이 다 읽으시면, 다시 가지고 돌아와야 한다. 다이노지야에 두어서는 안 돼."

그날 진코 학원으로 돌아온 신타로는, 엄마는 오늘 뭔가 이상했어요, 하고 말했다.

"몹시 기뻐 보이는데 눈물을 짓고 있었어요. 작은 선생님, 그 서찰은 무엇이지요?"

리이치로는 대답하지 않았으나 이튿날 모인 제자들 사이에 작은 선생님이 신타로의 어머니에게 몰래 연애편지를 보냈다는 소문이 퍼져 있어 깜짝 놀랐다. 신타로가 아무 생각 없이 아마 장난꾸러기 삼인조에게라도 이야기를 흘리자 그 녀석들이 살을 붙여 퍼뜨린 것이 틀림없다.

"옥색 안감시골 무사가 흔히 옥색 안감을 댄 옷을 많이 입은 데서, 시골 무사를 가리키는 말이 되었다도 무시할 수 없네."

"옥색 안감이 아니야, 낭인이지."

젊구먼, 하고 신자에몬에게까지 웃음을 사는 꼴이 되었다.

초승달이 뜨는 날 아침에 준비는 모두 갖추어졌다.

이날은 진코 학원을 쉬고, 리이치로는 신타로와 마주했다.

"오늘 밤, 다이노지야에서 중요한 의식을 할 것이다."

너를 위한 의식이다—하고 말하자 신타로의 매끈매끈한 뺨이 살짝 굳어졌다.

"네 몸속에는 어머니를 괴롭히는 병과 같은 것이 숨어 있다. 지금은 아직 머리를 쳐들지 않았지만 이제 곧 밖으로 나타나겠지. 그러니 그 전에, 네가 병으로 괴로워하기 전에 씻어내야 한다."

"그, 계속 우리 집에 계신 스님이 씻어내 주시나요?"

신타로는 아직 천진하게 규하치가 했던 말을 믿고 있다.

"그래. 나도 도울 게다. 어려운 의식도 아니고, 무서워할 필요가 전혀 없다. 아버지와 어머니도 지켜봐 주실 거고. 할 수 있겠지?"

이 아이치고는 보기 드물게 망설이고 나서, 신타로는 기특하게 예 하고 대답했다.

이 '예'가 리이치로의 가슴을 찔렀다. 이어서 하려는 말의 내용이 내용이었기 때문이다.

"신타로, 조금 더 가까이 오렴."

신타로는 가까이 다가와서 앉았다.

"어머니와 너의 이 병은."

교넨보처럼 잘 속일 수 있을까.

"씻어낼 수 있다. 씻어낼 수 있지만 완전히 퇴치해 버릴 수는 없어. 그래서 어머니도 오랫동안 괴로워하고 계시지."

신타로는 눈도 깜박이지 않고 듣고 있다.

"왜냐하면 이 병은 다이노지야라는 집의 병이기 때문이야. 너와 어머니는 다이노지야에 있는 한 씻어내도 씻어내도 이 병에서 도망칠 수 없다."
그래서 오늘 밤을 끝으로—.
"어머님은 너를 데리고 다이노지야에서 나갈 각오를 하셨어."
신타로는 눈을 내리깔고 있다. 눈을 깜박인다. 눈물을 참고 있나 생각했지만 아니었다. 동그란 눈동자로 리이치로를 올려다보며 물었다.
"아버지는 다이노지야에 있어도 괜찮을까요."
차갑게 대해도, 꺼려도, 이 아이에게는 소고로가 아버지인 것이다. 리이치로는 더욱더 가슴이 답답해졌지만 꾹 참았다.
"아버님은 다이노지야의 당주다. 그런 분이 다이노지야를 버리고 떠나면 고용살이 일꾼들이 곤란해지지. 게다가 아버님께는 교넨보 님이 붙어 계시고."
신타로는 또 한바탕 눈을 깜박였다.
"언젠가 제가 의원이 되면."
그 눈동자에는 빛이 있었다.
"아버지의 병도 고쳐 드릴 수 있겠지요?"
리이치로는 힘차게 고개를 끄덕였다.
"요전에 큰 선생님 댁을 찾아뵈었을 때 작은 선생님이 말씀하신 것은 이 일이었군요."
잘 알겠습니다, 하고 말한다. 눈물은 없다.

오히려 리이치로 쪽이 위험했다. 속이는 것은 어려운 일이다. 특히 어린아이가 상대일 때는.

"시간이 되면 몸을 정결히 하고, 하얀 장속—하얀 옷으로 갈아입으렴. 규하치 씨가 모든 절차를 알고 있으니 시키는 대로 하면 된다. 밤중까지 깨어 있게 될 테니, 오늘은 낮잠을 조금 자 두도록 해라."

괜찮습니다, 하고 신타로는 말했지만 놀러 가자고 꾀러 온 삼인조의 권유를 거절한 것을 보면 역시 침울해 있는 모양이다.

이발소에 갔다가 돌아오는 길에 커다란 상자를 짊어진 대본상과 마주친 리이치로가 의학서가 있느냐고 묻자, "그런 어려운 것은—" 하고 고개를 갸웃거리면서도 천연두나 마진을 막는 방법, 걸렸을 때의 치료에 대해서 기록한 입문서를 꺼내 주었다. 리이치로는 그 책을 빌려 돌아와서 신타로에게 주었다.

얼마 후에 들여다보니 신타로는 서책 위에 엎드려 자고 있었다.

빌린 책에 먹이 번져 있는 데가 있다. 침이 아니다. 신타로는 울고 있었던 것이다.

교넨보는 또 지나치게 잘해냈다.

다이노지야의 뒤뜰에는 깜짝 놀랄 만큼 훌륭한 제단이 설치되어 있었다. 나무 향도 향긋하다.

"얼마나 들었습니까?"

리이치로가 소곤소곤 물어보니 모른다고 한다.

"전부 소고로 씨가 내 주었거든요."

교넨보의 옷차림도 달라졌다. 훌륭한 가사다. 낡아 빠진 염주가 초라하다.

"이 염주는 제 법력의 원천이기 때문에 이대로 좋다고 말씀드렸습니다."

리이치로는 이발소에서 사카야키에도 시대에 남자가 이마에서 머리 한가운데에 걸쳐 머리털을 밀었던 것를 깎고 머리를 단정하게 틀어올리고 왔다. 그러나 교넨보가 준비해 준 하얀 장속은 하카마일본 전통 옷에서 겉에 입는 하의, 허리에서 발목까지를 덮으며 넉넉하게 주름이 잡혀 있고, 바지처럼 가랑이진 것이 보통이다 길이가 모자란다. 복사뼈가 드러났다.

"뭐, 발놀림이 편해서 좋겠구려."

교넨보는 거북한 듯이 웃었다.

의식을 치를 시간이 되자 다이노지야는 덧문을 닫고, 고용살이 일꾼들에게 절대로 마당에 나오지 말고 바깥을 엿보지 말라고 일러두었다. 제단을 앞에 두고, 하얀 천으로 덮은 긴 의자에 나란히 앉은 이들은 소고로, 요시노, 신타로, 규하치에 더해, (이런 재미있는 광경을 놓칠 수는 없다며) 자청해서 지켜보는 역할을 맡은 신자에몬과 하쓰네다.

교넨보는 제단 앞에 서더니 호마목을 태웠다. 이 또한 지나치다고 할 만큼 태웠다. 뒤뜰에서 후끈한 열기가 피어오른다.

제단 앞에는 진코 학원의 제자들이 베낀 삼 년치 매매 원장이 쌓아 올려져 있다. 그 옆에 서장 두 통이 있다. 소고로가 쓴 것이다. 하나는 요시노에게 주는 이혼장, 또 하나는 신타로에게 주는 부모자식의 절연장이다.

커다란 염주를 굴리면서 교넨보가 독경을 시작했다. 이윽고 몸을 움직이기 시작하여 제단 앞을 왔다 갔다 하면서 가끔 큰 소리를 지르고는 호마의 불꽃에 고헤이_{신전에 올리거나 신관이 불제에 쓰는, 막대기 끝에 가늘고 길게 자른 흰 종이나 천을 끼운 것} 같은 것을 던져 넣는다. 불똥이 화르륵 춤춘다.

기장이 모자라는 하얀 장속을 입은 리이치로는 일동에게서 더욱 떨어진 그늘에 앉아 있었다. 복사뼈가 춥다고, 쓸데없는 생각을 한다. 교넨보의 독경에는 가끔 대반야경이 섞였는데, 다른 대부분은 처음 듣는 경문이다. 어쩌면 이 또한 대충 지어냈을지도 모른다.

그래도 압도당할 듯한 박력이 있었다.

한층 높게 목소리를 돋우더니, 교넨보가 딱 멈추었다. 제단에 일 배, 이 배 한 뒤 몸을 돌려 신타로를 가까이 불렀다.

요시노는 신타로의 어깨를 안고 있었다. 규하치에게 손을 잡혀 이곳에 나왔을 때에도 유령 같은 모습이었지만 지금은 더욱 핏기가 가셔 거의 신타로에게 매달려 있는 듯하다.

아이는 어머니에게 미소를 짓고 다부지게 그 손을 뗀 뒤 스스로 앞으로 나섰다.

소고로는 홀린 듯이 제단을 바라보고 있고, 모자 쪽으로는 눈

길도 주지 않았다.

규하치는 주먹을 쥐고 눈물을 참고 있다.

"여기에."

교넨보는 한 발짝 물러나 신타로를 제단 정면에 정좌하게 했다. 뒤뜰이라고 해도 땅바닥에 앉는 것이다. 추울 테지―라고 생각하고 있으니 아이가 재채기를 했다.

다시 교넨보의 독경이 시작된다. 이번에는 더욱 격렬하게 움직이면서 우선 이혼장을, 그리고 절연장을, 그리고 매매 원장 사본을 차례차례 불꽃 속에 던져 넣었다.

붉게 타오르는 불이 다이노지야의 처마 끝까지 비추어낸다.

"아오노 님."

교넨보의 재촉에 리이치로는 신타로의 등 뒤에 섰다.

독경에 어떻게 호흡을 맞출지는 미리 정해 두었다. 제단으로 다가가니 불꽃이 얼굴을 굽는 것 같다. 얌전히 고개를 숙인 신타로의 하얀 장속을 입은 어깨에 재가 춤추며 흩어진다.

"―원적 조복, 임, 병, 투, 자, 개, 진, 열, 재, 전!"

때가 왔다. 리이치로는 검을 뽑아 한번 정면을 겨누어 보고 다시 "임, 병" 하고 외는 교넨보의 목소리에 맞추어 신타로의 등 뒤 허공을 세로, 가로로 베었다.

도신에 비치는 불꽃이 붉다. 지켜보는 요시노와 규하치는 정말로 리이치로가 신타로의 목을 베어 버리는 것이 아닐까 생각했으리라. 아슬아슬한 거리에서 검을 휘두르느라 리이치로의 이마와 손에도 땀이 배었다.

"타앗!"

무엇을 장치해 두었는지, 교넨보의 일갈과 동시에 호마의 불꽃이 높이 타올랐다.

리이치로는 검을 거두었다.

순간 호마의 불이 스윽 꺼졌다.

어둠 속에 교넨보의 목소리가 울렸다.

"―토채귀는 물러갔습니다."

교넨보가 고개를 숙여 절을 하고 촛불을 켰다.

누군가가 소리 내어 울기 시작했다. 규하치다. 목 놓아 엉엉 울고 있다.

그 옆에서 요시노는 조용히 앉아 있었다. 신타로를 바라보고 있다. 엷은 촛불 불빛 속에서, 리이치로는 알아볼 수 있었다.

하얗고 야윈 얼굴로 요시노는 미소를 짓고 있었다. 그날의 미오처럼. 그 석불들처럼. 고우메무라의 지장보살처럼.

"신타로."

이리 오렴, 하며 요시노가 일어서서 팔을 벌렸다. 신타로는 구르듯이 달려가 어머니와 꼭 껴안았다.

"음" 하고 신자에몬이 신음했다.

"리이치로 씨!" 하고 하쓰네가 소리친다.

소고로의 몸이 기우는가 싶더니, 부축할 새도 없이 털썩 쓰러졌다.

요시노와 신타로는 우선 규하치의 집으로 옮겼다. 교넨보와 리이치로는 두 모자를 바래다준 다음 다이노지야의 부엌 구석을 빌려 규하치의 시중을 받으며, 교넨보의 말에 따르면 부정을 씻기 위해, 규하치의 말에 따르면 축하를 하기 위해 간단한 술자리를 벌였다.

"소고로 씨는 괜찮으십니까."

또 약이 지나치게 잘 들었던 것이다. 그는 실신했다.

"갓난아기처럼 새액새액 주무시고 있습니다. 걱정하지 않으셔도 됩니다."

교넨보와 둘이서 침소까지 옮겼을 때 소고로의 몸에 힘이 전혀 없음을 리이치로는 알아차렸다. 익사체라도 옮기는 것 같았다.

생각난 듯이 울고는 손으로 문지르는 바람에, 규하치는 눈 주위도 코 밑도 새빨개졌다. 교넨보는 술 때문에 얼굴이 붉다.

"고맙습니다. 아무리 인사를 드려도 모자랄 지경입니다."

"아니, 아니, 제가 뿌린 씨를 거두었을 뿐입니다. 그렇지요, 선생."

한패인 것처럼 취급하면 곤란한데.

"나리께서도 이르셨지만, 사례는 충분히 하겠습니다."

규하치의 말을, 교넨보는 리이치로보다 먼저 손을 저으며 제지했다.

"저는 돈을 받을 수 없습니다. 그 돈은 마님과 신타로의 것입니다."

"저도 그렇습니다."

"그래도 수고를 끼쳐 드렸으니."

리이치로는 교넨보의 코끝으로 손가락을 들이댔다.

"이 사람은 사기꾼 가짜 중입니다. 그래서는 도둑맞고 돈까지 집어 주는 격이지요."

맞아요, 맞아, 하고 맞장구를 치고 나서 교넨보는 한탄했다. "선생, 가짜 중은 괜찮지만 도둑은 너무하시네."

소고로는 요시노와 신타로에게도 돈을 싸 들려 보냈다고 한다. 규하치가 예상보다 많은 액수였단다.

"나리도 나쁜 사람은 아닙니다."

겨우 역성을 들 수 있게 되었다, 라는 말투다.

"오카네 씨에게도, 이렇게 된 이상 나쁘게는 하지 않으시겠지요."

리이치로가 놀라자 교넨보는 목을 움츠렸다.

"규하치 씨께는 제 입으로 전부 자백했습니다. 여기에 이 사람까지 속였다간, 저도 죽어서 좋은 곳에는 못 갈 겁니다."

오카네 편이 되어 주셨으면 싶기도 하고, 라고 한다.

"가짜 중의 내세입니까."

"예, 이래 봬도 아직 지옥은 무서워서."

짧은 술자리를 마치고 돌아가는 길에 리이치로는 측간을 잠시 빌렸다. 볼일을 보고 부엌으로 돌아가려는데 뒤뜰에 사람 그림자가 비쳤다.

소고로였다.

언제 깨어났을까. 소고로는 촛대를 들고, 불이 꺼진 제단을 향해 우두커니 서 있었다. 잠옷 차림이다.

말을 걸까 하다가 그만두었다. 오늘 밤 소고로에게는 혼자 생각하고 싶은 것, 생각할 것이 산더미처럼 많을 게다.

가만히 떠나려고 했을 때 묘한 것을 깨달았다.

촛불의 불빛 때문에 소고로의 발치에는 그림자가 드리워져 있다. 그 그림자가 묘하게 크다.

게다가 움직이고 있다.

오늘 밤에는 바람이 없다. 촛불의 불꽃은 희미하게 흔들릴 뿐이다. 그런데도 소고로의 그림자는 꿈틀거리고 있다. 실로 꿈틀거리고 있다고 해야 할 움직임이다. 무언가가 그의 그림자 속에 웅크리고 있는데, 당장이라도 튀어나오려는 듯하다.

리이치로는 저도 모르게 경계하며 칼자루에 손을 대었다.

소고로는 알아차리지 못한다. 하지만 그림자 쪽은 리이치로의 살기를 알아챘다.

갑자기 그림자가 쑤욱 솟아올랐다. 소고로의 몸보다 두 배나 커졌는가 싶더니 사람의 모습을 이루어, 몸을 꿈틀거리며 춤추듯이, 뛰어오르듯이 리이치로 쪽으로 덤벼든다.

검을 뽑자마자 벨 생각으로, 리이치로는 검을 검집에서 약간 밀어 올려 놓았다. 들릴락 말락 한 소리가 났다.

커다란 그림자는 휘리릭 움직임을 멈추었다.

리이치로와 서로 노려본다.

그리고 그것은 웃었다.

깔깔 웃음소리를 내는가 싶더니 휙 하고 쪼그라들어 원래의 크기로 돌아가 소고로의 평범한 그림자가 되었다.

소고로는 아무것도 알아차리지 못한다.

―토채귀다.

저것이 바로 토채귀다. 냉수를 뒤집어쓴 것처럼, 리이치로는 깨달았다. 토채귀는 진짜로 있다. 다이노지야 소고로 안에 둥지를 틀고 있다.

교넨보의 독경이나 리이치로의 검으로 씻을 수 있을 만한 업이 아니었다.

요시노와 신타로는 후타쓰메 나가야에 정착했다.

"학원이랑 가까우니까 지금까지 하던 대로 작은 선생님을 도와드릴 수 있어요."

목욕탕에도 같이 가자고 조른다. 그것은 좋았지만, 그럼 우리도, 하고 삼인조가 달라붙어 와 곤란했다. 목욕물 속에서도 실컷 날뛰기 때문에 리이치로는 꾸중을 하거나 다른 손님들에게 사과하다가 현기증을 일으키고 말았다.

요시노의 상태에는 변함이 없지만 얼굴이 많이 밝아졌다. 병의 원인은 정말로 다이노지야에 틀어박혀 있었기 때문이었는지도 모른다. 그러고 보니 삼인조가 아직도 리이치로의 연애편지 운운

하며 소란스럽게 굴어서, 리이치로는 그들에게 근거 없는 풍문을 퍼뜨린 벌로 '나가시라 지즈쿠시' 복습을 명했다.

"해골 선생님이 안 해도 된다고 했잖아요!"

"너희의 선생은 나다."

아직 길들이려면 멀었다.

신타로는, 가끔 집 앞에 미꾸라지 가바야키가 놓여 있는데 받아도 되는 것일까요, 하며 의아해하곤 한다.

"지장보살님이 주시는 선물일 테지. 어머님께 드리렴."

지금으로서는 다이노지야에도 눈에 띄는 변화가 없다. 규하치는 잘 지낸다. 후타쓰메 나가야에 자주 오고, 진코 학원에도 얼굴을 내민다. 소고로도 무탈하고, 그날 밤의 실신이 후에 지장을 일으킨 적도 없다고 한다. 쓸쓸한 듯하기도 하고, 어깨의 짐을 내려놓은 깃처럼 보이기도 한나고 규하치는 말한다.

다만, 리이치로가 본 것은 아직 그의 안에 있을 게다.

꽤 고민하고 망설인 끝에 리이치로는 교넨보를 찾아가 자신이 봤던 장면을 그에게만 털어놓았다.

가짜 중은 굵은 팔로 팔짱을 끼며 신음했다. 살아남은 미꾸라지가 겁을 먹고 도망칠 것 같은 신음 소리였다. 리이치로에게는 더 이상 덧붙일 말도 지혜도 없었다.

이튿날 그가 진코 학원으로 찾아왔다.

"오카네와 이야기해 보았습니다."

다이노지야의 나리에게는 정말로 귀신이 붙어 있다. 그런 사내와 함께 살면서, 너는 행복해질 수 있겠느냐고.

"누이께서는 뭐라고 말씀하시던가요."

"누이께서라고 할 정도로 대단한 녀석은 못 되지만." 교넨보는 쓴웃음을 지었다. "꽤 대담한 말을 하더군요."

―나리의 귀신이라면 나와 아기가, 이번에야말로 떼어내 보일 테니까.

당장은 말을 잇지 못했지만 이윽고 리이치로는 입을 열었다.

"강하시군요."

정말 그렇습니다, 하며 교넨보도 껄껄 웃었다.

"여차하면 빈승이 또 법력을 쓰면 될 일."

이 사내도 여전하다. 아니, 질리지도 않나 보다.

시중에 슬슬 철쭉이 피기 시작할 것이다. 신타로와 함께 또 고우메무라를 찾아가자. 스승님께 빌린 서책을 돌려드려야 하고, 신타로가 장래를 위해서 앞으로 무엇을 공부해야 할지 가르침을 청하자.

그때는 잊지 말고 그 지장보살님께 짚신을 가져다 드려야겠다고 리이치로는 생각했다.

참고 문헌
『기담의 시대』, 도메키 교자부로 저 (아사히신문)
『에도의 괴이담』, 쓰쓰미 구니히코 저 (펠리칸 사)

바의 반빙

처마를 때리는 빗소리가 조금 부드러워진 것 같다.

드디어 빗발이 약해졌는가—하고, 멍하니 바라보던 『전국 온천 효능 도감』에서 시선을 들어 보았다. 격자창을 살짝 움직여 바깥을 내다본 오시즈가 소리를 질렀다.

"어머나, 진눈깨비네."

말과 함께 내뱉은 숨이 하얗다. 순식간에 불어 들어오는 한기에서 도망치듯이 창을 닫으려고 하자, 사이치로가 가만히 다가가 아내의 손을 누른 후 목을 빼고 바깥을 내다본다.

과연 빗소리가 부드러워진 까닭은 눈이 섞이기 시작했기 때문이다. 창의 난간으로 손을 뻗어 보니 자잘한 얼음 알갱이가 손바닥에 떨어진다.

"완전히 눈이 될까요."

자못 우울한 듯이 한숨을 쉬며, 오시즈가 그의 등에 기댄다.

"에도의 날씨도 이런 상태라면 덴진 님문신(文神)으로 추앙되는 스가와라 미치자네를 모신 신사. 덴만구라고도 한다. 신사 내의 매화가 유명하다의 매화도 허사겠네요."

사이치로는 당장은 대답하지 않은 채 내려오는 진눈깨비를 받고 있었다. 올려다보니 구름이 두껍다. 처마 바로 위까지 회색으로 드리워져 있다.

비가 내리기 시작한 것은 그저께 오후 네시경이었으리라. 사이치로와 오시즈는 마침 이 도쓰카 역참에 접어든 참이었다. 안개비 같은 약한 비였지만 그대로 계속 내리다가 어제저녁에 일단 그쳤다. 그 비가 오늘 아침 여섯시가 지나서부터 다시 내리기 시작했고, 빗방울도 굵어져서 이미 점심 식사도 마쳤는데 전혀 그칠 기미를 보이지 않는다.

"구름이 움직이지 않으니 비도 이 부근에 자리 잡고 있는 것일 테지."

사이치로가 창을 닫으려 하지 않고 오히려 어깨까지 밖으로 내밀다시피 했기 때문에 오시즈는 그의 등에서 떨어져 방의 화로에 바싹 붙었다.

"에도는 십 리 반 앞에 있으니까 날씨는 다를지도 모르고."

부부가 머무는 이 방은 숙소 정면 이층에 있다. 숙소 출입구 쪽은 찻집을 겸한 곳이라 넓은 봉당에 커다란 차솥 두 개가 자리 잡고 있고, 항상 물이 끓고 있다. 지금도 거기에서 하얀 김 한 덩어리가 피어올라 사이치로의 코끝을 가볍게 데우고 곧 사라졌다.

조금 전에 출입구 쪽에서 시끌벅적한 사람들의 목소리가 들려왔다. 또 숙박객이 들어온 것이리라. 비 때문에 갑작스러운 손님이 늘었는지 점점 붐비기 시작한다. 옆방이나 복도의 사람들 소리도 소란스럽다.

"추워 죽겠어요. 닫아 주세요."

오시즈의 목소리가 뾰족해졌기 때문에 사이치로는 순순히 창을 닫았다. 돌아보니 아내는 숙소의 도테라^{보통의 기모노보다 좀 길고 큼직하게 만든 솜옷. 방한용이며 침구로도 쓰인다}를 몸에 두르고 화로에 달라붙어 있었다. 원망스러운 듯한 눈을 하고 사이치로를 노려보더니 또 한숨을 쉰다.

"이렇게 되면 아직 떠날 수 없겠네."

"그리 불쾌한 얼굴 하지 마시오."

그는 상냥하게 타일렀다.

"길을 서두르는 여행도 아니고, 뭐 어떻다고. 해님이 얼굴을 내밀어 주면 그날 중에 돌아갈 수 있을 거요."

"모처럼 온천 휴양을 하고 왔는데 또 몸이 식어 버리잖아요."

"그렇다면 하코네로 되돌아갈까?"

"그런 산길은 이제 지긋지긋해요."

"그러면 가마쿠라로 돌아가거나, 오야마^{가나가와 현 중부에 있는 산. 정상에 있는 오야마 신사는 비를 내려 준다는 신을 모시고 있다} 참배를 하거나, 아니면 에노시마의 변재천^{弁才天 음악이나 재복 등을 관장하는 여신. 본래는 인도의 강의 신으로 후에 학문, 예}

술의 수호신이 되어 길상천과 함께 인도에서 가장 숭앙받았던 여신이다. 일본에서는 후세에 길상천과 혼동되어 복과 재물을 주는 신으로서 칠복신 중 하나로 신앙의 대상이 되었다. 에노시마에는 변재천을 모신 5대 신사 중 하나가 있다 참배도 괜찮겠구려."

"돈이 들잖아요. 노잣돈이 모자랄 거예요."

"서찰로 노잣돈을 청하면 되지. 돈이 올 때까지는 느긋하게 여기 있읍시다."

한없이 밝기만 한 사이치로의 말투에 오시즈는 입을 삐죽거리며 침묵했다. 마침 그때 남자 손님 몇이 큰 소리로 무언가 이야기하면서 복도를 지나갔다. 순간 오시즈는 관자놀이에 손가락을 대며 얼굴을 찌푸렸다.

"아아, 시끄러워라. 머리가 아파요."

사이치로는 미소를 지었다. 오시즈가 제멋대로 구는 것은 어제오늘 일이 아니기 때문에 익숙하다.

사이치로와 오시즈는 에도 유시마 덴진시타에서 방물상을 하고 있는 '이세야'의 작은 주인 부부다. 혼인한 지 삼 년. 사이치로가 스물다섯, 오시즈는 스물한 살이다.

장사의 종류에 상관없이 에도 시중에는 '이세야'라는 이름을 가진 가게가 많다. 물론 그 모든 가게가 친인척 관계에 있는 것은 아니지만, 작은 주인 부부의 이세야는 사람 수가 많은 일족이다. 이 또한 장사의 종류에 상관없이, 일족의 가게들은 전부 이세야라는 간판을 내걸고 있다.

덴진시타의 이세야는 본가이고 벌써 육 대째. 대가 바뀌거나 가게를 나누면서 분가가 늘었고, 그들이 또 서로 며느리를 들이거나 사위를 들여 핏줄의 연결을 강하게 하며 인척 수를 늘려 왔다. 사이치로와 오시즈도 아버지 쪽 육촌남매 사이에 해당한다.

사이치로의 친가인 이세야는 혼조에 있고 마찬가지로 방물상이지만, 격이 낮은 분가이며 가게도 작다. 그런데 그 차남인 사이치로는 어디가 어떻게 높은 평가를 받았는지, 열 살이 되자 본가의 외동딸인 오시즈의 혼약자로 정해져 덴진시타에 양자로 들어갔고 그대로 사위가 되었다. 사이치로라는 이름도, 본가의 후계자는 대대로 그 이름을 쓰기 때문에 양자로 들어갔을 때 개명하여 쓰게 된 이름이다. 조만간 주인이 되면 또 본가의 주인이 대대로 써 온 사헤에라는 이름으로 바꾸게 된다.

하기야 당분간은 먼 이야기다. 사이치로에게 양부모이자 장인장모가 되는 지금의 주인 부부는 모두 건강하다. 장사도 순조롭고 가게는 평안하다. 그렇기 때문에 작은 주인 부부를 하코네 온천 휴양 따위에 보내 준 것이다.

둘만의 오붓한 여행은 아니다. 가키치라는 고참 하인이 시종으로 따라왔다. 그에게는 느긋한 여행이 아니었다. 머무르는 곳에 서마다 작은 주인 부부를 보살피는 한편 숙소에서는 자투리 일을 찾아 하며 숙박비를 아낀다. 아니면 품삯을 벌어 노잣돈으로 쓴다. 지금도 아마 아궁이에 불을 때거나 장작을 패고 있을 것이다. 오시즈는 다른 사람들과 한 방을 쓰기를 싫어한다. 때문에 어디에서나 방 하나를 차지하고 느긋하게 쉬어 온 작은 주인 부부와

달리, 가키치에게는 남녀 구분도 없는 방에서 여러 사람과 뒤섞여 자야 하는 여행이지만 바짝 긴장한 탓에 피곤하지도 않을 것이다.

그도 그럴 것이 가키치는 작은 주인 부부를 감시하는 역할이다. 아니, 작은 주인 부부라기보다 사이치로를 감시하는 역할이다. 오시즈를 위로하고 다정하게 대해 주는지. 오시즈의 기분을 상하게 할 만한 일은 하지 않는지. 오시즈의 눈을 피해 도락을 즐기지는 않는지.

아직 어깨를 징근 옷을 입었을 때부터 가타아게. 어린아이는 금방 자라기 때문에 옷을 좀 크게 만들고 그 성장에 맞추어 기장을 어깨 부분에서 징그어 짧게 줄였는데, 다 자라면 더 이상 어깨를 징그어 입을 필요가 없게 된다 본가에서 고용살이를 해 온 충성스러운 노인으로, 사이치로의 친가를 말단 분가라고 얕잡아 보고 있기 때문에 가키치의 눈은 차갑다. 그리고 사실 그 차가움은 장인 장모의 차가운 눈과도 통하고 있다.

그들은 하나같이 사이치로를, 본가를 지키고 후계자를 만들기 위해 고르고 고른 끝에 정해 지금까지 키워 온 종마 정도로 생각하고 있다. 종마라는 말이 너무하다면, 오랫동안 손에 익혀 길들인 도구라고 할까. 양자로 들어온 후에도 그들의 뜻에 맞지 않는 기질이나 소질이 나타났다면 당장이라도 그를 본가로 돌려보냈으리라. 그런 처지가 되지 않아 다행이었다.

그럼 작은 주인 부부의 사이가 좋지 않은가 하면, 그렇지는 않다. 오누이처럼 한 지붕 밑에서 지낸 두 사람은 서로 친근하고 다정하게 자랐다. 오시즈는 언제까지나 아이 같은 마음을 지니고 있어서, 부부가 되고 나서도 사이치로를 어릴 때 그대로 '사잇짱'이라고 부른다. 무슨 일로 인해 기분이 나빠지기 전에는 응석받이인 귀여운 여자다.

게다가 무엇보다 오시즈는 덴진시타 제일의 오노노 고마치[헤이안 전기의 여류 시인. 절세 미인이라는 전설이 있다]라는 말을 들었을 정도의 미인으로, 혼인하고 나서 더욱 아름다워졌다. 지금도 가끔 사이치로는 오시즈의 사소한 움직임에 넋을 잃고 말 때가 있다. 아름다운 마나님을 진심으로 자랑스럽게 여기고 있기도 하다. 이 여행길 도중에도, 체류지에서나 다리를 쉬어가던 찻집에서 오시즈의 미모에 시선을 빼앗긴 남자들이 노골적으로 부러워하는 듯한 표정을 짓는 걸 보고 몇 번이나 콧방울을 부풀리며 우쭐해했다.

다만 이 작은 주인 부부에게도 한 가지 고민이 있다. 정답게 지내고 있는데도 아직 아이가 생기지 않았다. 후계자가 태어나지 않는다는 것은 가게에도 큰 근심거리다.

지금까지 오시즈는 본가의 어머니와 함께 여러 수단을 강구해 왔다. 아이를 갖게 해 주기로 영험하다는 신사나 절에는 대개 참배를 드리고 왔고, 효험이 있다는 소문을 들으면 값비싼 생약이나 진귀한 음식 따위도 모조리 구해 시험해 보았다. 점술사나 기도사에게도 꽤 많은 돈을 썼다.

이번 하코네 온천 휴양 여행도 실은 그것을 위한 여행이다. 오시즈는 어릴 때부터 추위를 많이 탔고 지금도 손발이 쉬이 차가워지는 체질이다. 누군가가 그것이 좋지 않다고 해서, 그렇다면 온천 휴양이 좋겠다는 이야기로 이어졌다.

아이가 생기는 효능을 지녔다는 온천은 몇 군데 있지만, 평판이 높은 곳은 모두 에도에서 멀다. 자연히 행선지는 하코네로 정해졌다. 하코네 온천 휴양이라면 본가의 선대 주인 부부, 즉 오시즈의 조부모가 간 적이 있어서 친숙하며, 어떻게 준비해야 하는지도 안다는 이유 또한 있었다.

당초 오시즈는 부모를 제쳐 두고 하코네로 가고 싶어 하지 않았다. "할아버지 할머니도 아버지 어머니한테 무사히 가게를 물려주고 은퇴한 뒤에 갔잖아요? 아버지 어머니도 언젠가는 하코네로 온천 순례 가기를 기대하고 있었고요. 그런데 제가 먼저 가다니, 마음이 무거워요."

그래도 가라고 할 거라면 넷이서 같이 가자고 주장했다. 하지만 그러면 가게가 비게 된다. 본가에는 가키치와 비슷할 정도로 충성스러운 대행수가 있지만, 장사의 지휘를 고용살이 일꾼에게 맡기고 가게 주인들이 모조리 온천 삼매경에 빠진다면 거래처에게도 평판이 좋지 않을 것이다. 그리고 실상이 어떠하든 명목뿐일지라도 온천 휴양의 명확한 목적이 없다면 통행 허가증도 받지 못한다―고 부모가 설득하고 빨리 손자의 얼굴을 보여 달라고 졸라대어, 겨우 뜻을 꺾은 오시즈였다.

그래도 추울 때는 싫다며 날짜를 미루려고 하자 이번에는 사이치로가 설득했다. 추울 때이니 더더욱, 몸의 냉기를 떨칠 수 있는 온천이 효과가 좋은 거요. 당신이 감기에 걸리지 않도록, 발에 물집이 생기지 않도록 길도 천천히 가고, 내가 잘 살필 테니 갑시다, 하고.

그리고 정말로 그는 오시즈를 꼼꼼하게 보살펴 왔다. 가키치도 인정해 줄 것이다. 오는 내내 그때그때 기분을 맞추어 주고, 오시즈가 피곤하다고 하면 쉬고, 춥다고 하면 옷을 걸쳐 주고, 걷기 힘들다고 토라지면 업어 주고, 도중에 경치가 아름다운 곳이나 예쁜 풍속, 신기한 것들을 알려 주어 기분을 북돋는다. 가키치도 오시즈의 시중이라면 들 수 있지만, 오시즈를 즐겁게 해 주고 웃게 하는 일은 사이치로만이 할 수 있다. 이를 위해 여행 전에 그는 안내서나 기행서를 탐독하며 여러 가지로 대비해 두는 것도 잊지 않았다.

계절이나 날씨에 따라서 다르긴 하지만 에도에서 하코네까지 왕복하는 데는 보통 사오일이면 충분하다. 그 길을 사이치로와 오시즈는 가는 데만 엿새를 들였다. 그만큼 오시즈가 제멋대로 굴었고, 사이치로도 (물론 가키치도) 이를 꾸짖지 않았다. 마침내 하코네에 도착하자 유모토에서 숙소를 잡고 온천 휴양의 첫 주 이레를 그곳에서 보냈다. 두 번째 주에는 도노사와로 옮긴 다음 세 번째 주에도 거기에 머물렀다 하코네 7대 탕을 모두 돌며 입욕을 하는 7대 탕 온천 순례를 말함. 하코네 7대 온천은 유모토, 도노사와, 소코쿠라, 미야노시타, 도가시마, 기가, 아시노유이다.

사이치로는 모처럼 왔으니 하코네 7대 탕을 모두 돌아보고 싶

반바 빙의 • 291

었지만 오시즈는 귀찮아했다. 특히 7대 탕 중에서도 교통이 불편한 아시노유나 기가는 거들떠보지도 않겠다는 식이었다. 둘째 주에 들어섰을 때는 이미 싫증이 나 있었다. 도노사와로 옮기고 나서는 숙소의 음식이 맛이 없다고 하여 그 지방 요리사를 고용해 음식을 만들게 했더니 기분이 조금은 나아졌지만, 여기서도 곧 불만이 나왔다. 시골 음식은 맛이 진하다는 둥, 숙소의 하녀가 시끄럽다는 둥, 하는 이야기는 여러 가지다.

온천 휴양의 기본은 삼 주(이십일 일 동안)가 한 단위이다. 실제로 아픈 데가 없는 오시즈에게 눈에 띄는 효능이 나타날 리 없으니 따라서 체류를 늘리는 것도 자유지만, 사이치로에게는 유감스럽게도, 오시즈는 한 단위를 끝내자 마치 무슨 수업이 끝난 듯이 개운한 얼굴을 하며 집에 돌아가고 싶어 했다. 생각해 보면 집에 있든 온천 숙소에 있든, 오시즈는 편안히 앉아 남의 시중이나 받으며 생활하고 자기 일은 전부 남에게 맡긴다. 아무런 변화도 없는 것이다.

그렇다면, "시골은 싫어요. 성미에 안 맞아"라는 말을 꺼내는 것도 이상하지 않다. 곧 봄을 맞이하려고 하는 산의 풍경도, 새들의 노랫소리도, 그 지방의 민물고기나 산채로 만든 요리도, 그리고 무엇보다 불을 때지 않아도 콸콸 솟아나오는 뜨거운 온천의 고마움도 오시즈에게는 통하지 않았다.

이리하여 작은 주인 부부는 귀갓길에 올랐다. 돌아가고 싶은 마음이 간절하다고 할 정도는 아니어도, 빨리 수돗물을 마시고 싶다는 오시즈의 발걸음은 올 때보다 빨라서 (아니면 온천 휴양이 효과가 있었는지도 모른다) 이렇게 간다면 사흘도 걸리지 않아 에도 땅 안으로 들어갈 수 있겠다—고 짐작했는데, 이렇게 도쓰카 역참에서 제자리걸음을 하게 되었다.

도쓰카는 도카이도東海道에도 시대의 5가도 중 하나로 에도에서 교토에 이르는, 주로 태평양 연안으로 난 길. 대체로 현재의 국도 1호선에 해당하며, 지금도 국도 1호선을 도카이도라고 부르곤 한다를 따라 내려가는 사람이 제일 처음 묵는 역참이다. 실제로 이 숙소의 이 방은 하코네로 가는 길에도 작은 주인 부부가 묵었던 곳이었다.

니혼바시까지 십 리 반, '이제 엎어지면 코 닿을 거리', '여기까지 왔으면 에도에 다 온 셈이나 마찬가지'라고, 여행에 익숙한 사람이라면 말하리라. 이 비도 본래 자주 내리는 비이고, 발 딛기가 나쁠 뿐이다. 어디에선가 길이 무너진 것도, 강이 넘친 것도 아니다. 오늘 아침에도 삿갓을 쓰고 도롱이를 껴입고 이 숙소로부터 길을 떠난 사람들이 있었다. 에도에서 손님이 기다리고 있다는 행상인이나, 노잣돈을 변통해 가며 일생에 한 번인 이세 참배를 가려고 한다는 일행. 모두, 그저 비가 온다고 해서 여행을 멈추지는 않는다.

—아직 떠날 수 없겠네.

라는 오시즈의 말은 어디까지나 '빗속을 걷고 싶지 않다'는 제멋대로의 주장이다. 그 주장이 통하는 이유는 터무니없이 복을 타고 났기 때문이다.

그리고 사이치로는 거기에 장단을 맞추어 주고 있다.

내심으로는 이를 기뻐하고 있다.

하코네로 돌아가자는 둥, 가마쿠라로 돌아가자는 둥의 이야기는 결코 말로만 하는 소리가 아니다. 정말로 그렇게 할 수 있으면 좋겠다고 생각한다. 에도로 돌아가는 날을 늦출 수만 있다면 오시즈의 불쾌함이 쌓인다고 해도 비가 계속 내려 주었으면 좋겠다고 생각한다.

이 여행을 하면서 사이치로는 오랜만에 마음이 편안했다. 홀가분한 기분이란 이런 것임을 떠올렸다. 본가로 들어간 후 이런 기분은 잊고 있었다.

여행을 떠났을 때 그런 속셈이 있었던 것은 아니다. 어쨌거나 가키치가 따라오니, 집에 있을 때와 똑같으리라 생각했다. 그러나 큰 착각이었다.

본가의 사이치로는 사실 장인 장모 앞에서는 사위라기보다 고용살이 일꾼에 가깝다. 열 살 때부터 그 입장에 익숙해져서 당연하게 받아들였지만, 여행길의 하늘 아래에서 거침없이 팔다리를 뻗고 자고, 다시 깊이 숨 쉬게 되자 지금까지 덴진시타에서 해 온 생활은 우마牛馬의 생활과 같았음을 깨달았다. 목에 밧줄이 묶이고 입에는 재갈이 물려, 걸음이 느려지면 곧 엉덩이를 얻어맞는다.

등에 태운 오시즈라는 짐은 무겁지 않다. 오시즈는 이기적이고 제멋대로지만 사이치로를 좋아한다. 사이치로 또한 소녀 같은 아내를 싫어한 적이 한 번도 없다.

 뒤에 끌고 있는 본가의 재산이라는 짐수레도 무겁지는 않다. 그 수레를 끌 수 있는 사람으로 뽑혔다는 것에, 사이치로 나름의 긍지도 있다.

 괴로운 사실은 아무리 잘 싣고 아무리 매끄럽게 끌어도 자신을 그저 도구로밖에 보아 주지 않는다는 점이다. 이 여행에서 사이치로는 그것을 깨달았다.

 에도로 돌아가면 도구로 돌아간다. 하루라도 뒤로 미룰 수 있다면 미루고 싶다. 그렇다면 비가 오든 눈이 오든, 그 때문에 얼마나 오시즈가 토라지든, 그는 기쁘다.

 "아~아."

 오시즈가 부젓가락을 화로의 재에 꽂으며 볼멘 얼굴을 한다.

 "전부 다 지겨워. 이 숙소에도 질렸어요."

 사이치로가 어떻게 달래 줄까 생각하는 사이에 당지문 맞은편에서 여자 목소리가 났다.

 "실례합니다, 손님."

 숙소 여주인의 목소리다. 사이치로는 문득 미간을 찌푸렸다. 짐작 가는 바가 있었기 때문이다.

 아니나 다를까, 얼굴을 내민 여주인은 처음부터 엎드려 머리를 숙이고 한껏 붙임성 있는 웃음을 띠고 있었다. "비 때문에 묵으시는 분들이 늘어서……."

 다른 사람과 방을 같이 써 달라고 부탁하고 싶다는 것이었다.

오시즈는 몹시 화를 내며 어른스럽지 못하게 토라졌다. 사이치로는 온화하게 달랬고, 여주인은 오시즈가 화를 내면 낼수록 더욱 납작 엎드려, 어떻게든 좀 부탁드린다는 말을 되풀이했다. 예, 그러십니까, 하고 물러가지는 않았다.

여관에는 여관의 긍지라고 할까, 손님에 대한 성의가 있다. 장사의 종류는 달라도 같은 상인인 사이치로는 이를 잘 안다.

"갑자기 그런 말을 꺼내다니, 숙박비를 더 얹어 받고 싶은 거겠지."

오시즈가 얄미운 말투로 내뱉었지만 여주인은 지치지도 않았고 생글거리는 웃음도 지우지 않았다. 그래서 사이치로도 열심히 거들었다.

"당신도 이렇게 발이 묶여 있어서 지겹다고 했잖소. 방을 같이 쓸 분에게서 무언가 재미있는 이야기라도 들을 수 있을지 모르지."

"어디서 굴러먹던 말 뼈다귀인지도 모를 사람과 베개를 나란히 하고 자다니, 기분 나쁘잖아요."

"그것은 마님, 저희도 잘 알고 있습니다."

여주인이 오시즈를 치켜세워 준다.

"마님의 이야기 상대로 어울릴 법한, 격이 높은 손님이기 때문에 부탁드리는 것입니다. 나이가 많은 여자분이고 성품도 훌륭하시니, 분명 마님과 마음이 잘 맞으실 것입니다."

"싫은 건 싫어요."

오시즈가 고개를 홱 돌렸기 때문에 여주인은 사이치로를 돌아보았다.

"이 손님도 하코네의 7대 탕을 순례하고 돌아오시는 길입니다. 함께 온천 휴양을 간 일행분들이 계셨는데, 이 손님은 여기에 와서 피로가 도지신 모양이지요. 빗속을 걷기는 어렵겠다시며, 여기에서 일행분들과 헤어져 묵고 가시기로 했습니다."

그 김에 에도로 심부름꾼을 보내서 데리러 올 사람을 보내 달라고 할 작정이라고 한다. 여주인은 그쪽 조치도 부탁을 받았다.

"창호상을 경영하다가 은퇴하신 마님인데 정말로 정체가 수상한 분은 아닙니다. 저희로서도 도저히 남녀가 섞여 묵는 방으로 안내할 수 있는 손님이 아니고, 그래도 빈방이 없으니 어찌해야 하나 곤란해하는 참이랍니다……."

"여보, 오시즈. 괜찮지?"

사이치로는 오시즈에게 바싹 다가가 어깨를 안았다.

"곤란에 처했을 때는 동병상련 아니겠소. 옷깃만 스쳐도 인연이라잖아."

오시즈는 몸을 굳히고 침묵했다. 눈초리가 올라가 있다. 하지만 더 이상 대꾸하지 않는다면 넘어왔다고 봐도 된다.

"좋습니다. 그분을 안내해 주십시오."

사이치로의 웃는 얼굴에 여주인은 몇 번이나 고맙다는 인사를 하며 물러갔다. 곧 방을 같이 쓸 손님을 안내해 돌아왔다.

보니까 작은 주인 부부의 할머니라고 해도 좋을 듯한 노파다.

허리를 구부리고 들어왔지만, 그러지 않아도 허리가 굽은 것 같다. 오글오글한 잔주름이 가득 진 얼굴은 과연 품위가 있고 단정했으며 입은 옷 또한 얼핏 보기에도 질이 좋은 종류임을 알 수 있었다.

아직도 토라져 있는 오시즈를 힐끔거리며 사이치로가 먼저 나서서 인사했다. 노파는 오시즈의 날이 선 옆얼굴과 사이치로의 부드러운 태도를 견주어 보고 금세 사정을 알아챘으리라.

"저 같은 노인이 젊은 분들을 방해해서 정말 죄송합니다."

정중한 말을 듣고도 오시즈는 눈길조차 향하려 하지 않는다. 화로를 끌어안고 부젓가락으로 재를 뒤적이고 있다.

"아니요, 비가 내려 발이 묶인 터라 저희도 심심하던 참입니다. 부디 사양 마십시오."

고맙습니다, 하며 노파는 깊이 머리를 숙였다.

"저는 신자이모쿠초에 있는 마스이야를 경영하다가 은퇴한 이로, 오마쓰라고 합니다. 폐를 좀 끼치겠습니다."

오시즈는 더욱 고집스러워져서 완전히 등을 돌리고 말았다.

여주인이 하녀와 함께 오마쓰의 이부자리와 칸막이, 화로를 날라 왔다. 노파는 구석 자리만 조금 빌려 주시면 된다고 말하며 방의 반침 쪽에 웅크리고 있다. 나이가 많다고 해도 낯모르는 여자와 방을 함께 쓰는 것이라 사이치로도 조심스러운 데가 있어서, 참견은 하지 않고 여주인이 하는 대로 맡겨 두었다.

오마쓰가 자리를 잡았을 즈음을 가늠하고, 하녀가 이번에는 다과를 가져왔다.

"변변치 못하지만 여주인께서 감사의 뜻으로 전해 드리는 것입니다."

"이거 고맙군요. 맛있어 보이는 과자요, 오시즈. 이쪽으로 와요."

단것이라면 사족을 못 쓰는데, 오시즈는 돌아보지 않고 대답도 하지 않는다. 그 모습에 오마쓰는 더욱 몸을 움츠린다. 사이치로도 약간 화가 나며 면목 없는 기분이 들었다. 됐다, 한동안 내버려 두자.

"자, 드시지요" 하며 오마쓰에게 다과를 권하고 자신도 손을 뻗었다. 홍백의 매화 모양을 본뜬 라쿠간볶은 메밀가루, 찹쌀가루, 콩가루, 보릿가루 등에 설탕이나 물엿을 섞고 소금과 물을 조금 넣어 반죽한 다음 틀에 찍어 말린 과자과 찹쌀떡이다. 향긋하고 뜨거운 엽차도 고맙다.

"어르신도 하코네 온천 휴양에서 돌아오시는 길이라지요."

사이치로는 매끄럽게 말을 걸었다.

"예, 창호상 모임에서 온천 휴양을 갈 계를 짜서, 열 사람이서 출발했지요."

오마쓰 일행도 하코네에 삼 주 동안 머물렀고 7대 탕을 다 돌았다고 한다.

"그거 부럽군요."

이야기를 이으려고 한 말이 아니다. 사이치로는 진심으로 그렇게 대꾸했다. 그가 가지 못한 온천장이 어떤지 알고 싶어서 여러 가지를 물었다. 오마쓰는 자세하게 가르쳐 주었다. 탕의 질 차이, 숙소의 분위기, 이런저런 음식들. 이야기를 나누다 보니 점점 허물이 없어지고 마음이 편해진다.

"일행 가운데 제가 제일 나이가 많아서 다른 분들의 신세를 지면서 돌고 왔습니다."

오마쓰는 젊었을 때부터 가슴 통증으로 고민해 왔는데, 이 온천 휴양으로 많이 좋아졌다고 한다. 소문으로 듣던 하코네 온천은 평판대로 약효가 좋았다. 그렇게 말하는 목소리는 밝고, 태도에도 불쾌한 데가 없다. 야위고 자그마한 노파지만 표정은 풍부하다.

"하코네 온천 순례는 언젠가 같이 가고 싶다며 남편과 기대해 왔던 것입니다만."

"남편께서는."

"재작년 딱 요맘때에 졸중으로 쓰러져 그대로 앓아누워 있다가 작년 가을에 결국 세상을 떴습니다."

"유감스럽게도……."

"그래서 아들이, 아버지 몫까지 푹 쉬다 오라며 저를 보내 주었답니다."

"효성이 지극한 아드님이군요."

사이치로의 솔직한 칭찬의 말에 오마쓰는 활짝 웃었다.

"덕분에 며느리 복도 있어서 친딸처럼 세심하게 제게 신경을 써 줍니다."

이 계절에 온천에 가면 매화 구경을 하는 재미도 있지만 그런 것보다도,

"다음 달 말에 첫 손자가 태어나거든요. 한 번 손자의 얼굴을 보면 집을 비우고 다른 곳에 가기란 도저히 무리일 테니 가려면 지금 가야 한다고."

아들이 재촉하고 며느리도 온천에서 기운을 얻어 왔으면 좋겠다고 권하여, 노파는 혼자서 일행에 끼었다고 한다. 이런 긴 여행은 물론 처음이어서 보는 것, 듣는 것, 맛보는 것, 모든 것이 즐겁고 신기했다고 눈을 빛내며 말했다.

"어르신은 7대 탕 중 어디가 제일 좋으셨습니까?"
"역시 유모토에서 머문 숙소가 호화로웠고 기분이 편안했어요. 하지만 소코쿠라의 온천도 좋았습니다."

각자 가지고 온 이야기 보따리를 풀어 놓으며 더욱 흥이 나 시간을 잊었다. 사이치로는 시야 구석에서 오시즈가 곁눈질로 이쪽에 신경을 쓰는 모습을 보았지만 일부러 알아채지 못한 척했다. 오마쓰도 사이치로에게 맞추어 주고 있는지, 일일이 오시즈에게 신경 쓰는 듯한 시선을 던지지 않고 편안한 태도로 있었다.

그러자 갑자기 오시즈가 손바닥으로 화로 가장자리를 내리쳤다. 철썩 하고 날카로운 소리가 났다. 여전히 등을 돌리고 있지만, 풀 바른 빨래를 널어 말리는 판자를 밀어넣은 것처럼 그 등이 뻗장대고 있다.

손에 찻잔을 들고 웃는 얼굴로 사이치로에게 고개를 끄덕이려

던 오마쓰의 뺨이 굳었다.

사이치로는 지겨워졌다. 오시즈가 정말로 귀찮아졌고, 그런 심정이 그대로 얼굴에 나타나고 말았다. 이런 일은 그에게도 처음이었으며, 당황하며 지은 웃음이 어색하다는 것을 스스로도 알 수 있었다.

오마쓰는 그런 그의 얼굴을 보았다. 그러고는 맥없이 웃음을 지었다.

"아이고, 늙은이는 말이 많아서 큰일이라니까요. 과자도 다 먹어 버리고."

조금 쉬어야겠습니다, 하며 물러난다. 칸막이 뒤로 들어갈 때 다시 사이치로에게 살며시 웃음을 지은 눈에는 사과와 함께 격려하는 듯한 빛이 담겨 있었다.

이는 결코 사이치로의 지나친 생각이 아닐 것이다. 말투로 보아 노파는 세상 물정에 익숙한 사람 같다. 남의 눈을 꺼리지 않는 오시즈의 제멋대로인 태도와 이를 누르지 못하는 사이치로의 관계는 어른이라면, 그것도 같은 상가商家 사람끼리라면 알아챌 수 있을 것이다.

사이치로는 몹시 부끄러웠다. 오시즈가 제멋대로 구는 것을 혼자서 참기란 하나도 힘들지 않다. 하지만 그가 참고 있다는 사실을 남의 눈에 드러내는 것이 이렇게도 비참한 일일 줄이야.

바로 오시즈의 기분을 맞추어 줄 기분은 들지 않았고 곁으로 다가가기도 귀찮아서, 사이치로는 일어서서 다시 한 번 창을 열어 보았다. 진눈깨비가 계속 내리고 있다. 그 차가움이 그의 혼에 까지 스며드는 것 같았다.

그날 밤 숙소 식사에는 반찬 가짓수가 늘어나 있었다. 이 또한 여주인의 배려이리라.
여전히 기분이 좋지 않은 오시즈는 술을 많이 마셨다. 본래도 잘 마시는 편이지만 오늘 밤에는 더욱 기세가 좋다. 사이치로도 함께 마셨지만 주사라도 부리게 될까 봐 도중에 그만 마셨다.
오시즈는 자작을 하며 벌컥벌컥 마셨다. 하녀를 불러 계속 술을 새로 시킨다. 그때마다 무언가 심술궂은 주문을 달았다. 술이 미지근하다, 이번에는 너무 뜨겁다, 그렇게 쿵쾅거리며 술을 날라 오니 먼지가 난다, 자세히 보니 접시의 이가 빠져 있다, 이래서 시골 여관은 눈치가 없다니까—.
오시즈는 사이치로의 눈을 똑바로 보지 않은 채 술을 마시고 젓가락질을 하면서, 그가 오시즈에게서 시선을 돌리면 날카로운 눈으로 노려보았다. 그에게 이러쿵저러쿵 불평을 늘어놓았다.
여행 중에 일어난 일뿐만 아니라 에도에서 살아가면서 있었던 사소한 대화나, 결국에는 어린 시절 일까지 끄집어내기 시작했다. 여자란 기억력이 좋은 법이라 그때는 저랬다, 이때도 이랬다며 찬합 구석을 닥닥 긁듯이 사이치로의 좋지 못한 행동에 대해서 늘어놓으니 도무지 당해낼 수가 없다. 제대로 상대하자면 사과만 해야 할 판이고, 사과해도 효과가 없으니 입을 다물고 있을 수밖에 없다. 그러면 그 태도가 또 뻔뻔스럽다, 박정하다며 나무란다.

오마쓰는 둘에게 신경을 써 주느라 여주인에게 부탁하여 저녁 식사는 다른 곳에서 한 모양이다. 부엌 구석이라도 빌렸으리라. 굳이 그렇다고 말해준 것은 아니지만 분위기를 보면 알 수 있다. 오시즈가 아직 술을 마시고 있을 때부터, 일찌감치 이불을 뒤집어쓰고 칸막이 건너편에 조용히 있었다.

사이치로는 더욱더 부끄러워졌다. 얼굴에서 불이 나 그 불로 몸까지 탈 것 같았다.

"이제 그쯤 하고 그만 마셔요."

너무 많이 마셨소, 하고 말했다.

"슬슬 자는 게 좋겠소."

오시즈는 취해 있었다. 뚫어지게 바라보는 듯한 눈을 하고 얼굴을 붉히고 있다. 천장을 향해 코끝을 반짝 쳐들며 요란하게 숨을 내쉰다.

"뭐예요."

술 냄새를 풍기는 딸꾹질이 튀어나왔다.

"저런 할망구한테 느물거리기나 하고. 사잇짱은 여자라면 누구든 좋은가 봐."

가키치한테 일러줄 거야, 하고 말했다.

본인으로서는 마지막 일격을 가할 생각이었겠지만, 일러바치지 않아도 그 하인은 이미 알고 있을 것이다. 저녁 식사 전에 한

번 얼굴을 내밀러 왔는데, 그때 오시즈의 무서운 눈과 사이치로의 거북해하는 듯한 태도에 망자를 붙잡은 지옥의 옥졸 같은 얼굴을 했다. 지금쯤은 행실 기록장을 꺼내 붓 끝을 핥아가며 이 시시한 부부 싸움이—게다가 아무리 생각해도 잘못은 오시즈에게 있는데도—사이치로의 악행으로부터 비롯되었다고 빼곡하게 적고 있으리라.

그래도 사이치로는 잠자코 있었다. 이번에는 참고 있었던 것이 아니다. 순간 머리에 피가 올라 대꾸할 말을 찾을 수가 없었다.

누가 느물거렸단 말인가. 무슨 말본새가 저렇단 말인가. 생각지도 못하게 방을 같이 쓰게 된 노파와 서로 편안하게 지내려는 사이치로의 배려를 이해하려 들지도 않는다. 사이치로에게만 너무할 뿐 아니라 오마쓰에게도 무례하기 짝이 없다.

"그런 말은 하지 말아요."

사이치로는 목소리를 죽여 간신히 그렇게 말하고 어떻게든 웃음을 지으려 해 보았지만 잘되지 않았다. 오시즈는 사이치로의 분노 따윈 알아챈 기색도 없고, 지저분한 말을 한 것도 벌써 잊어버린 듯하다. 주정뱅이다운 느슨하고 엷은 미소를 띠고, 빈 술병을 심술궂게 쳐들며 또 딸꾹질을 했다.

"여기, 술."

"나는 먼저 자겠소."

이제는 그렇게 말하는 것이 고작이었다. 사이치로는 이불을 뒤집어쓰고 등을 돌렸다. 오시즈는 아직도 칭얼거리고 있었는데,

그러다가 술병을 쓰러뜨렸는지 접시라도 엎었는지 쨍그랑 하는 소리가 났다. 오시즈가 소리를 질렀다.

"뭐예요, 자는 척이나 하고."

무언가가 날아와 이불에 감싸인 사이치로의 어깨에 맞고 굴러 떨어졌다. 술잔이리라. 오시즈가 던진 것이다.

"도대체가 건방지다니까, 나한테 훈계를 하다니."

혀가 제대로 돌아가지 않는다.

"대체 누구 덕분에 이렇게 편하게 지낼 수 있다고 생각하는 거야. 사잇짱은 내가 한마디, 이제 이혼이라고 말하기만 하면 끝장이라고."

그렇게 되고 싶어? 그럼 끝내 줄까, 하고 주절주절 늘어놓는다.

"덴진시타에서 쫓겨나면 사잇짱, 어디로 갈 건데? 본가에는 이미 있을 곳이 없어. 혼조의 가게는 그렇게 조그맣고, 장사가 빠듯하니까. 그 멍청한 형님의 능력으로는 그것도 잘하고 있는 편이지만."

아빠가 얼마나 비웃었는데, 하고 오시즈는 기고만장해서 말했다.

"듣고 있어요, 사잇짱? 그런 분수를 좀 알라는 말이에요."

사잇짱이라고 친근하게 부르면서도, 오시즈의 본심은 이런 것인가.

말해 주지 않아도 자신의 입장은 사이치로 스스로가 누구보다도 잘 알고 있다. 하지만 마음 한구석에서, 어딘가 어렴풋이 기대하듯이, 오시즈와 자신의 관계에는 둘만이 소중하게 여길 수 있는 따뜻한 무언가가 있다고 생각했는데.

오시즈는 그런 마음을 비웃고, 설상가상으로 사이치로의 본가를 바보 취급했다. 혼조의 가게는 형으로 대가 바뀌어, 엄청나게 돈을 벌고 있지는 않지만 견실하게 장사하고 있다. 그런 형을 두고 멍청이라고 지껄였다.

사이치로는 눈을 굳게 감았다. 사람을 우습게 보는 오시즈의 새된 웃음소리가 귀를 막은 손가락 틈을 스르륵 뚫고 들어와 마음 깊숙한 곳에 꽂혔다.

―누군가가 울고 있다.

사이치로는 눈을 깜박거리며 베개에서 머리를 들었다. 방 안이 어렴풋이 보인다. 날이 밝았을까.

몸을 일으켜 주위를 보니 오시즈는 옆 이불에서 자고 있다. 먹고 마시며 어지럽힌 음식상이 그대로 남아 있고, 사방등의 불은 꺼져 있다.

으스스하니 춥다. 그래서 겨우 알아차렸다. 덧문이 살짝 열려 있다. 칸막이 건너편, 오마쓰가 자고 있는 쪽이다.

가느다란 흐느낌 소리도 그쪽에서 들려왔다.

사이치로는 오시즈에게 얼굴을 가까이 해 보았다. 시큼한 주정뱅이의 냄새가 난다. 오시즈는 입을 반쯤 벌리고 가볍게 코를 골고 있었다. 잔다기보다 뻗어 있다.

칸막이 뒤에서 또 울음소리가 났다. 옷 스치는 소리도 난다.

"보십시오, 어르신."

사이치로는 거의 숨소리에 가까울 정도의 작은 목소리로 불렀다.

"몸이라도 안 좋으십니까."

노파가 꼼지락거리는 기척이 났다. 하얀 손을 뻗어 덧문을 닫으려고 한다.

"하녀를 불러올까요."

사이치로는 칸막이 쪽으로 고개를 뻗으며 더욱 목소리를 낮추었다. 덧문에 닿은 오마쓰의 손은 그대로 거기에서 멈추어 있다.

"―죄송합니다."

분명히 그 노파의 목소리지만 울고 있는 탓에 코맹맹이 소리가 난다.

"친절하게 대해 주셔서 고맙습니다. 몸이 안 좋은 것이 아니에요. 금방 잘 터이니, 신경 쓰지 마세요."

주무시는데 깨워서 죄송합니다, 하며 노파가 머리를 숙인 것 같았다.

"아니요, 괜찮습니다. 그보다 비가 그쳤습니까."

"예, 구름이 걷혔습니다."

그때 처마 밑을 불어 지나가는 바람 소리가 사이치로의 잠이 덜 깬 귀에도 들렸다. 덧문이 덜컹덜컹 소리를 낸다.

"바람이 불기 시작했군요."

이제야 바람이 비구름을 걷어내 준 모양이리라.

"날듯이 흘러가는 구름 사이로 별이 가득 빛나고 있습니다. 추워지는 것도 잊고 넋을 놓고 보고 말았네요."

방 안이 흐릿하게 보이는 까닭은 별빛 때문이었을까.

"내일은 날씨가 맑겠어요."

콧소리로 말하며 오마쓰는 덧문을 닫았다. 가벼운 소리가 나고 어둠이 돌아왔다. 노파가 잠자리에 드는지 또 옷 스치는 소리가 들린다.

"어르신."

사이치로는 더욱 목소리를 낮추어 불렀다.

"어젯밤에는 많이 불쾌하셨지요. 불편한 기분이 드시게 했습니다. 저희와 같은 방을 쓰시게 된 바람에. 뭐라 사과를 드려야 할지 모르겠습니다."

이런 밤중에 오마쓰가 혼자서 참지 못하고 울고 있는 이유는 오시즈의 행동거지 때문이 아닐까, 하고 갑자기 걱정이 된 것이다. 친한 모임 사람들과 헤어져 외톨이가 된 숙소에서 불안해하던 차에, 오마쓰 쪽에서 보면 손녀뻘인 오시즈에게 트집을 잡혔으니 화도 났으리라. 한심하기도 했으리라.

오마쓰는 한동안 대답하지 않았다. 이윽고 칸막이 뒤에서 몸을 바스락 움직이더니 말했다.

"나리는 젊으신데 주위에 신경도 잘 써 주시고, 다정한 분이시군요."

이쪽의 마음을 어루만지는 듯한 상냥한 목소리였다.

"그냥 사이치로라고 부르십시오."

사이치로는 어둠 속에서 그렇게 대답했다. 눈이 익숙해져 칸막이의 형태가 흐릿하게 보인다.

"그러면 사이치로 씨."

오마쓰의 콧소리에 희미한 친근감이 섞였다.

"제가 나잇값도 못하고 어린 계집아이처럼 밤에 울고 있었던 까닭은 사이치로 씨 때문도, 작은 마님 때문도 아닙니다. 안심하세요."

사이치로는 이불 위에서 앉은 자세를 바로 했다. 오시즈는 몸도 뒤척이지 않고 깊이 잠들어 있다. 침구 밖으로 뻗은 한쪽 팔이 칠칠치 못하다.

"고맙습니다. 하지만 참으로 부끄러운 모습을 보였습니다."

저는 데릴사위입니다, 하고 사이치로는 자진해서 말하고 말았다.

"외동딸인 아내 뒤에는 부모님과 가게의 재산이 딸려 있습니다. 저는 무슨 일에건 머리도 제대로 들 수가 없습니다. 들으신 대화만으로도 충분히 알아채셨겠지만."

잠시 뜸을 들이고 나서 노파의 목소리가 돌아왔다. "고생이 많으시군요."

"그래도 이런 젊은이가 온천 나들이 따위를 하고 있으니, 불평을 하면 벌을 받을 겁니다."

"사이치로 씨는 놀고 있는 것이 아니잖습니까. 작은 마님을 지켜 주고 계시니까요."

역시 고생하시는 거예요, 하고 오마쓰는 말했다.

어두운 방에서 둘은 침묵했다. 덧문을 흔드는 바람 소리가 쓸쓸하게 들린다.

"—이 바람 때문에 잠이 깨고 말아서."

오마쓰는 문득 어조를 바꾸어 혼잣말처럼 말하기 시작했다.

"먼 옛날, 이런 바람 소리를 들으며 하룻밤을 떨면서 지낸 적이 있답니다. 그 일이 생각나서요."

그만 울고 말았어요—라고 한다.

"참으로 힘든 일이었나 봅니다."

되묻고 나서 사이치로는 금세 후회했다. 캐묻는 것처럼 들리지 않는가.

"아아, 저야말로 수다스러워서 큰일이군요. 쓸데없는 말씀을 드렸습니다."

오마쓰는 가볍게 코를 훌쩍이고 나서, 뜻밖에도 작은 소리로 웃었다.

"괜찮아요. 이런 것을 설마 다른 분에게 털어놓을 때가 오리라고는 짐작하지도 못했는데……."

이것도 인연이겠지요, 라고 한다.

"늙은이의 옛날 이야기를 좀 들어 주시겠습니까?"

사이치로는 고개를 끄덕인 뒤 소리 내어 대답했다. "저 같은 놈을 상대로, 어르신만 괜찮으시다면 얼마든지 이야기해 주십시오. 그리고 이야기를 하시다가도, 역시 이야기하기 싫다는 생각이 들면 당장 그만두셔도 됩니다."

"정말 다정한 분이군요."

오마쓰는 무릎걸음으로 다가와 칸막이 뒤에서 얼굴을 내밀었다. 희끄무레한 얼굴색은 알아볼 수 있어도 표정까지는 알 수가 없다.

사이치로는 부끄러워져서 어린아이처럼 주먹으로 코 밑을 북북 문질렀다.

돌이켜보면 본가에 양자로 들어간 이후, 사이치로는 누군가에게 칭찬을 받거나 치하를 들은 적이 한 번도 없었다. 그냥 지나치던, 우연히 방을 같이 쓰게 되었을 뿐인 오마쓰가 이렇게 염려해 줄 때까지.

그 다정함이 사무친다. 밤중의 여관에서 어쩌다 생겨난 이 편안한 한때를, 사이치로는 소중히 여기고 싶었다. 노파가 이야기하고 싶다고 한다면 아침까지 들어줄 수도 있다.

"아내는 취해서 뻗었으니 우리가 여기서 간간 춤中国 의상을 입고 중국 악기에 맞추어 '간칸노…'로 시작하는 중국 노래를 부르면서 추는 춤. 에도 시대 후기에 나가사키의 중국인에게서 전해져 에도와 오사카에서 유행했다을 추어도 깨지 않을 겁니다."

사이치로가 장난스럽게 말하자 오마쓰는 천천히 인사를 한 번 한 뒤 칸막이 뒤로 들어갔다. 이불을 잡아당겨 몸을 감싸는 모양이다.

"벌써 오십 년이나 지난 옛날의 이야기랍니다. 제가 열여섯 살 때 일이지요."

정색을 하며 말을 꺼내더니, 사이치로에게도 숨소리가 들릴 정도로 깊이 한숨을 쉬며 이야기를 시작했다.

"저는 에도에서 태어나지 않았어요. 수돗물이 아니라 논의 관개수로 갓난아기를 목욕시키는 시골 출신이지요."

고향은―하고 말하려다가 망설인다.

"여기에서 그리 멀지 않은 마을입니다."

"그렇군요, 가까운 곳에 오시는 바람에 고향 일이 생각나신 거로군요."

"그렇습니다만……."

오마쓰의 목소리에 서린 망설임이 더욱 강해졌다.

"마을 이름은 말씀드리지 않을게요. 실은 별로 남에게 들려주기 좋은 이야기는 아니니까요."

오마쓰는 죄송해요, 하고 작게 사과했다.

"저는 그 마을의 쇼야님 집에서 자랐습니다. 하지만 딸이었던 것은 아니고요. 여섯 살 때 부모님과 사별했거든요. 쇼야님 댁에서 거두어 주셨지요."

오마쓰의 아버지와 쇼야 가문은 친척뻘이었다.

"본래 아버지도 어머니도 이래저래 쇼야님의 신세를 지고 있었지요. 친척이니 아무래도 소작인과는 다르지만 뭐, 무슨 일에든 쇼야님께는 머리도 들지 못했다는 점에서는 비슷비슷하네요. 그래서 저에게도 양녀가 되었다기보다는 고용살이를 시작한 듯한 구석이 있었고 꽤 어중간한, 불편한 입장이었어요."

왠지 자신의 처지와 겹치는 듯하여 사이치로는 숙연한 기분으로 듣고 있었다.

"쇼야님께는 딸이 하나 있었습니다. 사내아이가 태어나지 않아 그만큼 애지중지하며 소중히 키운 딸이었지요. 나이는 저와 같았고, 야에란 이름이었습니다."

딱딱했던 어조가 그 대목에서 문득 부드러워졌다.

"참으로 예쁘고 마음씨도 곱고, 주위에 있는 이들 모두를 행복하게 해 주는 사람이었어요."

저와 몹시 사이가 좋았답니다—라고 한다.

"고아가 되어 양녀로 들어온, 어정쩡한 입장이었던 제가 그래도 전혀 힘들다고 생각하지 않고 구김살 없이 자랄 수 있었던 것은 전부 야에 씨 덕분이에요. 그분이 저를 자매처럼 친근하게 보살펴 주었기 때문에 저도 뒤틀리거나 비뚤어지지 않을 수 있었지요."

그래도 철이 들고 자신의 처지를 알게 되자 오마쓰는 스스로 하녀처럼 일하기 시작했다. 비뚤어지지 않고 자랐기 때문에 더더욱, 현명하게 자신의 처지를 깨닫고 그렇게 행동한 것이다. 주위에서도 이를 당연하게 받아들였다.

하지만 야에는 의아하게 여기고 몹시 화를 내며, 마침내는 아버지와 직접 담판을 벌였다.

"꼭 오마쓰를 우리 집에서 일하게 하겠다면 내 시중을 드는 하녀로 해 달라, 그러면 언제나 어디든 같이 갈 수 있고 무엇이든지 함께할 수 있을 테니까, 하고요."

쇼야와 그 아내는 사랑하는 딸의 강한 바람을 들어 주지 않을 수 없었다.

"그래서 저는 야에 씨의 시중을 드는 하녀라고 할까, 같이 사는 동무처럼 되었지요. 야에 씨의 시중을 들면서 야에 씨가 배우는 것도 같이 배웠어요."

주위에서는 신전에 바치는 한 쌍의 술병 같다는 말을 들었다고 한다. 정말로 언제나 둘이서 함께, 사이좋게 나란히 있었기 때문이다.

"그 덕분에 신부 수업도 같이 받았으니 저는 행복한 사람이었지요."

"그래서 어르신이 이렇게 품위가 있으시군요."

사이치로가 저도 모르게 추임새를 넣자 오마쓰는 수줍은 듯이 "아니요, 아니요" 하며 웃었다.

"아니, 입에 발린 말이 아닙니다. 이곳 여주인도 그렇게 말했고요."

"고마운 일이네요. 그것도 전부 야에 씨 덕분이에요."

그리워하는 듯한 따뜻한 음성은, 그러나 희미하게 떨리는 것처럼 들리기도 한다.

"야에 씨는 대를 이을 딸이었기 때문에 혼기가 차기 전부터 혼담이 차고 넘쳤어요. 하지만 쇼야님은 소중한 딸의 남편이니 정체를 알 수 없는 사람은 안 된다, 일족 중에서 사위를 들이고 싶다고 일찍부터 여러 가지를 숙고하고 계셨어요."

쇼야의 일족도 꽤 수가 많아 야에의 신랑이 될 만한 사람은 몇이나 있었다고 한다.

"우리가 태어나고 자란 마을은 옛날부터 목각 세공이 발달한 곳이어서요. 점차 건자재도 만들게 되었지요. 깨끗이 대패질한 기둥이나 상인방의 조각 등, 참으로 멋진 것들을 만들어 냈답니다. 그리고 영지 내에서 성이나 저택의 일을 받다 보니 에도에도 연줄이 닿아, 에도에 창호상을 내서 성공한 집도 있었어요. 그곳은—."

또 진짜 이름을 덮어 두고 싶은 모양이다. 오마쓰가 망설이는 것 같아서 사이치로는 도움의 손길을 내밀었다.

"이세야로 하시면 어떨까요. 저희 가게 이름이지만, 에도에는 얼마든지 있는 이름이니까요."

"아아, 그럼 이세야."

오마쓰는 안도한 듯이 한숨 돌렸다.

"그 이세야의 셋째 아들로 도미지로 씨라는 분이 있었어요. 그 사람이 야에 씨의 혼약자로 정해졌지요. 야에 씨도 저도 열여섯 살이 되었을 때였습니다."

도미지로는 에도에서 태어나 에도에서 자랐다. 그런데도 쇼야

가 그를 점찍은 까닭은,

"쇼야님에게도 에도에 대한 관심이 있었겠지요. 이세야의 주인은 쇼야님의 사촌에 해당했는데, 전부터 친하게 왕래하기도 했고 장사에 대해서도 이것저것 듣곤 하셨던 모양이었어요."

쇼야는 재산이 많고 마을 안에서 권위도 높지만,

"역시 에도를 동경하거든요. 우리 같은 어린 계집아이가 아닐지라도, 아니, 어른 남자이기 때문에 더더욱, 언젠가 에도에서 크게 재산을 모은 사촌과 나란히 서고 싶다는 의욕이 있었겠지요."

"손자 대에는, 한 사람에게 쇼야 자리를 물려주고 다른 사람은 에도로 내보낸다. 그러기 위해서도 야에 씨의 신랑으로는 에도 물을 잘 아는 사람이 좋다는 얘기로군요."

"그 말씀이 옳습니다" 하고 대답하며 오마쓰는 작게 웃었다. "저 같은 것에게는 쇼야님 집안도 쇼군님네처럼 보였지만요. 더, 더 많은 것을 바라는 사람의 욕심에는 끝이 없지요. 어머나, 욕심이라고 말하면 안 되려나요."

사이치로도 작은 목소리로 웃었다. 그때 오시즈가 뭐라고 신음하며 꼼지락거려서, 둘은 가슴이 철렁해져 숨을 죽였다.

오시즈는 잠든 채 손으로 목덜미를 긁더니 어깨가 추운지 이불을 뒤집어쓰고 곧 조용해졌다.

"뭐, 그렇게 해서 혼약자는 정해졌지만" 하고 오마쓰는 목소리를 낮춰 말을 이었다. "에도 사람인 도미지로 씨가 과연 이쪽에 익숙해질 수 있을지, 처음에는 모두 걱정했어요. 이세야에서도 마님—도미지로 씨의 어머니는 이 혼담에 좋은 얼굴을 하지 않았지만 쇼야님이 굽히고 들어가 허락을 받았다고 하고, 무엇보다 당사자가 비료 냄새 나는 시골 처녀는 질색이라며 도망쳐 버리지는 않을까 하고."

그러나 이는 기우에 지나지 않았다. 쇼야의 집에 인사를 하러 온 도미지로는 야에를 한 번 보자마자 마음에 들어 했다. 둘은 사랑에 푹 빠졌다.

"도미지로 씨도 미남이었기 때문에 잘 어울리는 한 쌍이었어요. 마치 히나 인형_{히나마쓰리 때 진열하는 인형. 옛날의 일왕과 왕비를 중심으로 좌우 대신, 궁녀, 음악 반주자 등을 상징하는 일본 고유의 옷을 입힌 인형} 같았답니다."

오마쓰의 목소리도 생기발랄하다.

"도미지로 씨는 열여덟 살로, 에도 밖으로 나온 적은 그때가 처음이었다고 해요. 시험 삼아 보름이나 한 달 정도 머물게 해서 이쪽 생활을 경험하게 해 보자고 불렀지만요."

서로 사랑하는 둘은 헤어지기 어려웠고, 도미지로는 그대로 쇼야의 집에 계속 머물렀다.

"그렇다면 꾸물거릴 필요 없다, 얼른 식을 올려 버리자고 해서 저도 갑자기 바쁘게 혼인 준비를 거들게 되었어요."

이렇게 전부 매끄럽게 진행될 터였으나—.

"혼례식 사흘 전에 터무니없는 일이 일어나고 말았습니다."

쇼야의 권위를 짊어진 외동딸 야에지만, 거드름을 피우지 않고 격의 없는 성격이기도 해서 마을 아이들과 친하게 지냈다. 동무 역할인 오마쓰 외에도 사이좋은 친구가 있었다.

그중 재력만 놓고 보자면 쇼야와 어깨를 나란히 할 정도의 부농인, 도이라는 집의 딸이 있었다. 성姓을 갖는 것이 허락될 만큼 오래된 가문으로, 그 무렵에는 이미 쇠하고 말았지만 어머니 쪽 집안은 한때 도쓰카 역참에서 본진本陣에도 시대의 역참에서 다이묘나 고위 관리 등이 숙박하던 공인된 여관을 경영하기도 했다.

"그 도이 가에 오요시라는 아가씨가 있었습니다."

생기발랄했던 오마쓰의 어조가 갑자기 어두워졌다.

"나이는 우리보다 한 살 위였지요. 도이 가에는 형제자매가 많아 장남과 차남 외에 딸도 셋 있었어요. 오요시 씨는 셋째 딸이자 막내였고, 나이 차도 좀 났기 때문에 부모님뿐만 아니라 오라비나 언니 들에게도 귀여움을 듬뿍 받으며 자란 사람이었답니다."

이 오요시가 남몰래 도미지로를 깊이 사랑하게 되었다.

"나중에 캐내어 보니 이쪽도 이쪽대로 첫눈에 반한 모양입니다."

그러나 도미지로는 야에의 혼약자이고 야에에게 푹 빠져 있다.

"그러니 오요시 씨의 짝사랑이지요. 외사랑 말이에요."

그렇지만 오요시 또한 원하면 이루어지지 않는 것이 없는, 복 받은 생활을 해 온 아가씨다. 게다가 야에와는 달리, 태어나면서부터 복을 타고 난 탓에 제멋대로이고 이기적이었으며 무슨 일이든 한 번 말을 꺼내면 남의 말을 듣지 않는 고집 센 아가씨이기도 했다.

"쇼야님의 집안과 도이 가도 옛날부터 세력 다툼을 해 온 인연이 있는 사이였어요. 그 점이 일을 더욱 어렵게 만들었습니다."

오요시는 자신의 강한 사랑을 일찌감치 부모나 오라비들에게 털어놓았다. 이런 상황이라면 분별 있는 어른들이 꾸짖고 달래어 포기하게 하는 것이 도리다. 하지만 쇼야의 집과 경쟁하는 마음도 있고, 지금까지 열세에 놓여 있었다는 분한 마음도 존재했다.

"그래서 도이 가 분들—특히 나리가 오요시 씨에게, 그렇다면 너 좋을 대로 해 주겠다며 경솔하게 덥석 떠맡은 모양이에요."

—도미지로도 이래저래 제약이 많은 데릴사위보다 너를 아내로 맞는 편이 더 나을 게다. 돈이라면 얼마든지 내줄 테니, 너희는 에도에서 마음 내키는 대로 장사라도 하면 되지.

딸은 아버지의 말을 그대로 받아들여 짝사랑이 이루어질 때를 이제나저제나 기다리고 있었다. 그러나 남의 집 혼담에, 게다가 입장이 위인 쇼야가 데릴사위를 들이는 일에, 아무리 부농이라고 해도 도이 가가 끼어들 수 있을 리 없다. 경솔하게 떠맡은 짓은 어차피 경솔한 행동에 불과한 만큼, 어쩌지도 못한 채 야에와 도미지로의 혼례는 점점 다가왔다.

"혼례가 사흘 앞으로 다가오자 기가 센 오요시 씨는 잠시도 참을 수가 없게 되었겠지요."

직접 혼례 선물을 전해 주고 싶다는 구실로 쇼야의 집을 찾아와 야에와 마주 앉더니,

"품에 넣었던 칼을 꺼내 야에 씨의 가슴을 찔러, 야에 씨를 죽

이고 말았습니다."

 비명을 듣고 달려온 사람들 앞에서 오요시는 미친 듯이 날뛰며 이로써 혼례는 취소다, 꼴좋게 되었다고 고함쳤다고 한다.

 "피투성이가 되어 쓰러져 있는 야에 씨에게, 도미지로 씨가 달려가자—."

 붙드는 사람들의 팔을 뿌리치고 오요시는 도미지로에게 달려들었다. 그러고는 괴조怪鳥가 된 것처럼 새된 목소리로, 이제 겨우 우리가 하나가 될 수 있다, 이제 방해꾼은 없다, 내가 처치했다며 만면에 희색을 띠고 매달렸다고 한다.

 "도미지로 씨는 마치 짐승의 습격을 받은 듯한 얼굴이었어요."

 그는 물론 오요시에게 마음이 없었다. 모든 것이 갑자기 덮쳐온 재난이다. 뿌리치려고 하면 손톱을 세우고 매달려 오는 오요시를, 마지막에는 손바닥으로 때려 쓰러뜨리고 도망쳤다. 그러고는 야에의 시체를 끌어안고 엉엉 울었다.

 "오요시 씨는 혼이 빠져나간 듯이 주저앉아 그 광경을 바라보고 있었어요."

 오요시도 피부가 흰 미인이었지만,

 "그 얼굴에나 가슴에나 온통 야에 씨의 피를 뒤집어쓰고 있어서 귀신처럼 보이기까지 했던 모습을 저는 지금도 잊을 수가 없어요."

 사이치로는 어느새 꾹 참고 있던 숨을 내쉬었다. 몸이 굳어 있는 까닭은 방이 싸늘하게 식은 탓만은 아니다. 어둠 탓도 아니다.

"무서운 일이었군요."

칸막이 뒤에서, 예—하고 가느다란 노파의 목소리가 났다.

"오요시 씨는 그 후 어찌 되었습니까."

당장은 대답하지 않고 오마쓰는 호흡을 가다듬듯이 뜸을 들였다.

"본래 같으면 다이칸쇼代官所에도 시대에 다이묘가 연공 징수와 지방 행정을 맡게 하였던 관리인 다이칸이 있는 곳에 고발하여 재판을 받아야 하지만."

도이 가는 그 지방의 부농이다. 이런 집안에서 죄인을 내는 일은 그 지방의 부주의가 되기도 한다.

"도이 가뿐만 아니라 제대로 단속하지 못했다는 죄로 쇼야님의 집도 무사하지 못하게 될지도 모르지요. 그것을 계기로 마을이 부담하는 연공이나 부역이 늘어나는 것도 큰 걱정거리였습니다. 그래서 결코 일을 크게 만들 수는 없었습니다."

무슨 그런 부조리한 일이. 에도 사람인 사이치로에게는 완전히 어이없는 이야기다.

"하지만 그러면 죽임을 당한 야에 씨가 너무 가엾습니다. 쇼야님의 마음도 가라앉지 않을 테고요."

예, 하고 대답하며 오마쓰는 괴로운 듯이 숨을 쉬었다.

"게다가…… 도미지로 씨에게는 참으로 안된 일이었지만."

정말로 오요시의 짝사랑이었을까, 하고 의아하게 여기는 목소리도 있었다.

"어린 계집아이라 해도, 혼자 착각한 것만으로 갑자기 칼부림

사태에까지 이르리라고 생각하기 어렵다. 도미지로와 오요시 사이에 어느 정도의 일이 있었던 것이 아니냐며."

"하지만 도미지로 씨는 전혀 그런 적이 없었지요?"

오십 년이나 옛날의, 얼굴도 모르는 젊은 사내의 일이기는 했지만 사이치로는 자기 일처럼 가엾어져서 저도 모르게 목소리를 쥐어짜냈다.

"없었겠지요" 하고 오마쓰도 가라앉은 목소리로 대답했다. "하지만 오요시 씨는, 나는 도미지로 씨와 서로 반한 사이였다, 둘이서 도망치자고 상의하고 있었다고 주장했어요."

도이 가 사람들도 허둥지둥 입을 맞추었는지,

"소동이 가라앉고 나자 어느 사이엔가 그런 주장이 완성되어 있었어요."

"너무하는군요."

정말 너무한다. 사이치로는 주먹을 쥐고 씩씩거렸다.

"그러면 오요시 씨는 아무런 벌도 받지 않았습니까? 그것은 심하잖아요."

아니요, 하고 노파는 쉰 목소리로 말했다.

"아무런 벌도 받지 않은—것은 아닙니다."

그러고는 사이치로로서는 당장 뜻을 이해할 수 없는 말을 했다.

"오요시 씨는 야에 씨가 되었어요."

잠시 사이를 두고 나서 사이치로는, "예?" 하고 되물었다. 멍청한 목소리였다. 혼자서 씩씩거렸던 탓에 노파의 말을 잘못 들었나 하고 생각했다.
"지금 뭐라고 하셨습니까."
"오요시 씨는 야에 씨가 되었어요."
오마쓰의 목소리에 힘이 돌아오고, 이번에는 그 말이 곧장 사이치로의 귀에 닿았다. 잘못 들은 것이 아니었다.
"대체 그게 무슨 말씀입니까."
무례한 말임을 알면서도 사이치로는 강하게 물었다. "설마 모두 말을 맞추어 죽은 사람은 오요시 씨인 것으로 하고, 오요시 씨를 야에 씨로 바꾸어 도미지로 씨와 맺어 주었다는 뜻은 아닐 테지요."
노파는 한동안 대답하지 않았다. 그저 숨소리만이 들려온다. 조금 전까지보다 더 호흡이 거칠고 더욱 고통스럽게 들리는 까닭은 사이치로의 신경이 곤두선 탓일까.
"우리 마을에는—아니, 그 지방에는, 이라고 말씀드려야 할까요."
간신히 이야기하기 시작한 노파의 목소리는 지금까지와 조금 울림이 달랐다. 약간 높고 콧소리가 섞여 있다. 오마쓰는 이미 울음을 그쳤을 텐데, 다시 눈물을 흘리고 있는 것일까.
"이럴 때 각별한 방법이 있답니다."
어떤 방법이냐고, 사이치로는 되물었다. 등에 오싹하니 오한이 스쳤다. 왠지 그때 끔찍한 무언가가 등을 어루만진 듯한 기분이

들었다.

"다른 사람에게 죽임을 당한 자의 시체가 상하기 시작하기 전에, 그렇지요, 이렇게 추울 때일지라도 사흘 정도밖에 여유가 없지만."

그 정도 시간이라면 죽은 사람의 혼은 아직 시체 속에 머물러 있다.

"그러니 그 혼을 불러내어 그 사람을 죽인 사람의 몸에 내리게 해서, 깃들게 하는 것입니다."

이번에야말로 사이치로는 부르르 떨었다.

"대, 대체 그런 일은."

"그 지방 말로 '반바 빙의'라고 하지요." 노파는 담담하게 말했다. "'반바'란 강한 원념을 품은 망자를 말합니다."

하기야 살해당한 사람이라면 자신을 죽인 범인에게 강한 원한을 갖고 있으리라.

"며칠 내로 썩어 버릴 자신의 몸을 떠나 범인의 몸에 깃든 '반바'는 원한의 일념으로 범인의 혼을 먹어치우고, 이윽고 완전히 그 사람이 되어 버리지요."

그러고는 범인의 몸에 깃든 채 계속 살아간다고 한다.

"물론 어지간히 절박한 사정이 없으면 이런 일은 할 수 없어요."

당연하리라. 살해당한 사람의 가족이 보자면 미운 범인의 몸속에 사랑하는 죽은 이의 혼이 갇혀 있는 것이다. 잘되었다, 잘되었다며 서로 웃을 수 있을 리도 없다. 기뻐하며 맞이할 수 있을 리 없다.

"하지만 이때는 그런 사정이 있었지요" 하고 노파가 말을 잇는다. "야에 씨는 외동딸이었으니까요."

남편을 맞이하지 않고 죽으면 쇼야 집안은 대가 끊기게 된다.

"무슨 일이 있어도 도미지로 씨의 아내가 되어 자식을 낳을 몸이 필요했습니다."

"세상에!"

저도 모르게 소리를 지른 사이치로의 외침에, 오시즈가 뒤척이며 이불을 걷어찼다. 사이치로는 몸을 움츠리고 양손으로 입을 막았다.

"'반바'가 씌면 외모는 오요시지만 알맹이는 다정한 야에 씨랍니다."

노파는 마치 사이치로를 달래듯이 상냥한 목소리로 말했다.

"남자분들은 흔히 말씀하시지 않습니까. 어떤 미녀라도 사흘이면 질린다. 마누라는 마음씨가 착한 것이 제일이라고."

중요한 점은 사람 됨됨이지요, 하며 희미하게 웃는다.

"하지만 오요시는 살인자입니다!"

"살인자 오요시의 혼은 야에 씨의 혼에 먹혀 사라졌어요."

그러니 도미지로가 아내로 맞은 이는 어디까지나 오요시의 몸을 빌렸을 뿐인 야에라는 것이다.

"게다가—이것이 '반바 빙의'의 신기한 점인데요."

노파의 목소리가 바닥을 기어가듯 낮아져, 사이치로도 몸을 낮추고 귀를 기울였다.

"혼이 옮겨지면 외모도 조금씩 비슷해진답니다."

그런 바보 같은, 하고 사이치로는 신음했다.

"물론 얼굴 생김새나 몸집이 바뀌지는 않아요. 하지만 사소한 동작이나 사물을 보는 눈매, 앉은 자세나 걸음걸이, 매일의 생활 속 행동거지가 닮게 되면 용모와 자태도 닮아 보이게 되는 법이지요. 부모자식이나 형제자매 간에도 그런 일은 있잖아요? 얼굴은 닮지 않았지만 버릇이 닮았다거나, 웃는 모습이 닮았다거나."

그럴지도 모른다고 생각하는 한편으로, 사이치로는 그저 무서워서 어둠 속에서 혼자 고개를 저었다.

"'반바 빙의'를 하려면 비밀리에 전해지는 환약이 필요하지요."

칸막이 건너편에서 속삭이는 목소리가 이어진다.

"그 조제법은 쇼야님 집에만 전해져 왔어요. 오히려 순서가 반대여서, 그 조제법을 은밀히 가지고 있었기 때문에 그 집은 쇼야가 될 수 있었던 거예요. 이런 재앙을 수습할 방법을 가지고 있었으니까요."

그런 지방이었습니다—라고 한다.

"야에 씨가 찔려 죽고 나서, 그 이튿날 한밤중에."

'반바 빙의'는 이루어졌다. 노파는, 젊은 시절의 오마쓰는 그 자리에 있을 수 없었다.

"제 방에서 몸을 움츠리고 그저 귀만 기울이고 있었어요."

그날 밤도 바람이 강했다. 밤새 바람이 울부짖었다—.

"그래도 그 바람 소리 밑바닥에 섞여 있는, 흐느껴 우는 목소리가 들렸지요."

오요시의 목소리였다.

"저뿐만 아니라 계집아이라면 '반바 빙의'에 관여할 수 없어요. 머지않아 아이를 낳을 몸이고, 보아서는 안 되는 비밀이라고 했습니다."

따라서 노파는 그 심상치 않은 방법을 자세히는 모른다. 그 일부를 주워들었을 뿐이라고 한다.

"환약을 먹은 살인자는 뒤를 보고 자신이 해친 자의 시체에 걸터앉아, 양팔이 뒤로 묶이고 얼굴에는 쌀자루가 폭 씌워진 후."

그 위로 물이 뿌려진다. 물을 빨아들인 쌀자루가 살인자의 얼굴에 달라붙고,

"그 자리에 있으면서도 물에 빠진 것처럼 됩니다. 그렇게 반생반사 상태로 만들면 죽은 사람의 혼이 옮겨 오기 쉬워집니다, 사이치로 씨."

거기에다 범인은 자신이 해친 사자가 생전에 가까이 두고 사용하던 물건으로 등을 얻어맞는다.

"심장 바로 뒤에 해당하는 곳을 치는 거예요. 범인의 혼이 아픔을 견디지 못해 한껏 쪼그라들어서 가슴속 소중한 곳을 비우도록."

그자의 혼이 깃들어 있는 장소를 죽은 사람의 혼에게 넘겨 주

도록.

사이치로는 귀를 막고 싶어졌다. 하지만 움직일 수가 없다. 그저 잔뜩 움츠리고 있을 뿐이다.

"그날 밤, 쇼야님은 야에 씨가 바느질을 할 때 사용하던 구케다이_{바느질할 때 천을 팽팽히 당기기 위해 한쪽 끝을 매달아 두는 대로} 오요시의 등을 세게 쳤습니다."

그래서 '반바 빙의'가 끝나고 순조롭게 야에의 혼을 담는 그릇이 된 오요시의 등에는 그 후에도 오랫동안 좌우로 길쭉한 멍이 남아 있었다고 한다.

"—도미지로 씨는 어찌했습니까?"

사이치로는 간신히 물었다.

"예, 그렇군요, 하고 오요시를 아내로 맞이할 마음이 들었을까요. 본가에서도 그런 혼인을 허락하셨습니까."

"열심히 설득해서 양해를 구했습니다. 그것밖에 방법이 없었고요."

게다가 도미지로는 납득했다고 한다.

"'반바 빙의'를 거쳐 혼이 바뀐 오요시를 만났을 때, 다른 누구보다도 도미지로 씨가 가장 잘 알았을 테니까요. 아아, 이것은 야에다, 하고."

여자의 손을 잡고 눈을 들여다보았을 때. 그 행동거지를, 그에게 기대는 여자의 행복한 웃음을 보다가—.

아아, 죽은 사람이 돌아왔다.

"다만 준비하던 화려한 혼례식은 보류되었어요. 야에 씨가 병에 걸렸다는 구실로 조용히 가족들끼리만 혼례식을 끝내고, 둘은 부부가 되었습니다."

도이 가의 오요시는 집을 나가 행방을 알 수 없게 되었다는 것으로 수습했다고 한다.

"그 후로도 오요시의 얼굴을 한 야에 씨는 남들 앞에 나설 수 없었고, 도미지로 씨도 여러 가지로 갑갑해서 고생하셨을 테지만."

그래도 둘 사이에서 차례차례 아이가 태어났다. 사내아이가 둘, 계집아이가 하나.

"힘이 다한 것일까요. 어느 날 앓아누웠는가 싶었는데, 아직 스물다섯의 젊은 나이에 촛불이 꺼지듯이 돌아가시고 말았지요."

그러나 생각대로 후계자를 얻었으니 쇼야의 집안은 무사태평하다. 남편을 잃고, 오요시의 얼굴을 한 야에는 늙은 도이 가 부모의 청으로 한 번 그쪽에 몰래 머물렀지만, 알맹이가 야에인 이상 거기에서 계속 머물 수도 없었다. 야에는 곧 마을에서 모습을 감추었다.

"쇼야님이 편의를 봐 주셨겠지만."

그 후의 소식을, 오마쓰는 모른다고 한다.

"셋째 아이가 태어날 때까지 저는 부부 옆에 머물면서 두 분을 모셨습니다."

겉모습은 오요시지만 알맹이는 야에였다. 그 다정한 혼은 분명히 야에였다고 한다.

"함께 지낸 어린 시절 일을 소상하게 기억하고 계셨습니다. 무엇을 언제 어떻게 물어도 분명하게 떠올리시더군요. 나날의 생활 속에서 하는 일도, 하는 말도, 사소한 몸짓도 그리운 야에 씨다웠어요."

그러니 그 사람은 야에 씨였습니다―.

"하지만 사이치로 씨."

노파의 목소리가 갑자기 가깝게 들려, 사이치로는 흠칫 하며 물러났다.

칸막이의 위치는 바뀌지 않았다. 아무것도 움직이지 않았다. 사이치로의 기분 탓이다.

"이 나이가 되면, 죽을 날이 가까운 탓일까요. 가끔 생각하고 맙니다."

사람은 죽으면 어떻게 될까. 혼과 몸은 정말로 나뉠 수 있을까.

"망자의 혼이 산 사람에게 씰 수 있을까요. 무엇보다, 혼을 옮기는 일이 가능할까요."

야에에게 몸을 빼앗긴 오요시의 혼은 정말로 야에의 혼에 먹혀 사라지고 말았을까. 그런 일이 일어날 수 있을까.

"하지만 가능하지 않습니까. 실제로 잘되었다면서요."

사이치로는 저도 모르게 말씨가 거칠어졌다.

"예, 잘―되기는 했지만요."

노파의 말투가 애매해지고 말꼬리가 불안하게 어둠에 녹았다.

"그것이 정말 잘된 일이었는지."

알 수 없게 되었다고, 노파는 중얼거렸다.

" '반바 빙의'는 우리가 다 함께 꾸고 있던 꿈—그랬으면 좋겠다고 바라는 꿈이 이루어 낸 것에 지나지 않았을지도 몰라요. 오요시는 어디까지나 오요시고, 그저 '반바 빙의'라는 수단에 넘어가 본인도 그런 기분이 들어서 야에 씨가 되었을 뿐인지도 모르지요."

사이치로는 꼼짝도 할 수 없었다. 그런데 이가 딱딱 울리기 시작했다.

이 목소리는. 아까부터 들려오는 이 음성은.

오마쓰라는 노파의 목소리가 아니다. 겨우 반나절 정도이기는 하지만 친밀하게 이야기를 나누었던 사람의 목소리다. 잘못 들을 리 없다.

이것은 다른 사람이다. 사이치로가 모르는 여자의 목소리로 바뀌어 있다.

"그렇다면" 하고 그 여자의 목소리는 말을 이었다. "언젠가 오요시는 자신이 쭉 오요시였음을 생각해 내고, 양손이 피로 물들어 있다는 사실을, 자신이 살인자란 사실을 떠올리지 않을까요."

사이치로는 대답할 수 없었다. 너무 무서워서 식은땀이 났고, 그 땀이 눈에 스며들어서 굳게 눈을 감았다.

"어머나, 이야기에 너무 열중해 버렸네요."

노파가 스르륵 일어서는 기척이 났다. 실수로라도 칸막이 건너편을 보지 않도록 사이치로는 깊이 머리를 숙였다.

"측간에 좀 다녀올게요."

톡톡거리는 발소리가 나고, 복도로 나가는 당지문이 열렸다 닫혔다.

사이치로는 움직이지 않았다. 눕지도 않고 그대로 앉아 굳어 있었다. 눈을 뜰 수도 없었다.

노파는 돌아오지 않았다. 그저 바람만이 세차게 불 뿐이었다.

날이 밝기 전, 숙소에서 소동이 일어났다.

한숨도 자지 않은 사이치로는 일어서다가 비틀거렸다. 난간에 매달리다시피 하여 계단을 내려가 보니 숙소의 하녀들이 울고불고 난리를 치고, 남자들은 창백한 안색으로 분주히 드나들고 있었다.

사정은 곧 알 수 있었다. 숙소 뒤뜰의 장작 창고 옆에서, 여자 손님이 시고키^{여자가 자기 키보다 긴 옷을 키에 맞추어 입기 위해 남은 부분을 치켜올려 매는 띠}로 나뭇가지에 목을 매달아 죽어 있었다고 한다.

자세히 듣기도 전에 사이치로는 알아챘다.

오마쓰다. 오마쓰가 죽은 것이다.

그와 동시에, 호되게 얻어맞은 것처럼 속에서부터 부르르 떨면서 문득 어떤 생각을 떠올렸다.

아니, 그 이름이 그 노파의 진짜 이름일까. 실은 야에가 아닐까. 실은 오요시가 아닐까.

오마쓰는 어젯밤의 이야기를 남의 일처럼 말했다. 그것은 거짓말이다. 사실 그 여자의 신상 이야기였던 것이다. 하기 어려운 이야기일 때, 사람은 종종 그렇게 한다. 그렇지 않았다면 여자아이는 관여할 수 없다는 '반바 빙의'의 자세한 부분을 어찌 그렇게 이야기할 수 있겠는가.

'반바 빙의'를 행한 날 밤에 울부짖고 있었다는 바람 소리는, 벌을 받는 오요시의 귀가 들은 소리다. 그렇기 때문에 어젯밤의 바람이 그 여자에게 옛날 일을 떠올리게 한 것이다.

야에의 동무 역할이었다는 오마쓰라는 여자도 정말로 있었을까. 어쩌면 도미지로가 죽은 후 오요시의 얼굴을 한 야에를 마을 밖으로 내보낼 때 쇼야가 그 여자의 이름과 출신을 빌려와 내주었을지도 모른다. 쇼야라면 그만한 재량은 가지고 있을 것이다.

그리고 '오마쓰'는 에도로 나가 신자이모쿠초의 마스이야로 시집을 갔다. 이 혼담도 딸을 생각한 쇼야가 주선했을 것이 분명하다. 마스이야는 창호상이라고 하니 분명히 관계가 있을 것이다.

다만 그곳에서는 아무도 '오마쓰'의 정체를 모른다. 여자는 조용히 인생을 다시 시작하여, 행복해질 수 있었다―.

하지만 어젯밤, 생각지도 못한 일로 머물게 된, 옛 고향과 가까운 이 여관에서 혼자 고독하게 밤의 어둠과 마주하고, '반바 빙의'의 벌을 받았던 먼 옛날 밤과 똑같이 거칠게 부는 바람 소리를 듣다가 그 여자는 자신의 정체를 떠올린 것이다.

그래서 목을 매어 죽었다.

"손님, 정말 죄송하지만 돌아가신 분은 방을 함께 쓰신 그 어르신인 듯한데."

창백해진 여주인의 부탁을 받고 사이치로는 죽은 사람의 얼굴을 확인했다.

분명히 오마쓰라는 이름을 쓰던 노파였다.

"주인장, 제게도 한 가지 청이 있습니다만."

시체의 등을 보여 주었으면 좋겠다고, 사이치로는 말했다.

"온천 치료를 해도 등에 있는 오래된 상처의 아픔이 낫지 않아 괴롭다고, 어젯밤에 말씀하셔서요."

여주인은 구원받은 듯한 얼굴을 했다. "그것이 힘들어서 갑자기 죽고 싶어지셨을까요."

노파의 등에는 좌우로 곧게 뻗은 검푸른 흉터가 있었다. 매우 오래된 흉터이기는 했지만 아직 또렷했고, 무언가 막대 같은, 판자 같은 것으로 얻어맞은 흉터처럼 보였다.

"특이한 흉터네요. 어째서 이런 흉터가 생겼을까요."

기분 나쁘다는 듯이 시선을 피하는 여주인 옆에서, 사이치로는 시체를 향해 합장했다. 질척거리는 뒤뜰의 덧문짝 위에 누워 있는 창백한 노파의 얼굴은 마침내 떠오른 아침해 아래에서, 편안하게 쉬고 있는 것처럼 보였다.

같은 방을 쓰게 된 노파가 불온하게 죽은 탓에 사이치로는 더욱 꾸중을 듣게 되었다.

"그래서 남이랑 같이 방을 쓰기 싫다고 한 거예요!"

오시즈는 눈을 부라리고 거의 울상을 지으며 그를 나무랐다. 가키치도 오시즈 편을 들며, 도대체가 작은 나리는 마음이 약하다고 심술궂은 말투로 잔소리를 했다.

이 실수는 사이치로의 장래에 큰 그림자를 드리우게 되리라. 무슨 일만 있으면 오시즈도 가키치도 이 일을 다시 들먹일 것이다. 오시즈를 끔찍하게 아끼는 장인 장모가 거기에 가세할 것은 뻔한 일이다.

사이치로는 참을 수밖에 없다. 오시즈의 말대로 이제 와서 본가로 돌아갈 수 없고, 그에게는 갈 곳이 없으니까. 달리 살아갈 길이 없으니까.

각오를 다지고, 체념하고, 그저 묵묵히 살아갈 수밖에 없다. 오시즈도 조만간 아무 일도 없었다는 듯이 기분이 나아질 것이 분명하다. 자신의 입에서 튀어나온 말의 무게를 전혀 모르니까. 그런 여자니까.

이번 여행으로 한 가지 의외의 사실도 발견했다. 오시즈는 질투가 꽤 심하다.

―뭐예요, 저런 할망구한테 느물거리기나 하고.

그저, 자신의 말대로 하지 않는 사이치로에게 불평을 한 것이 아니라 그가 오마쓰와 친하게 이야기하는 모습이 싫었던 것이다. 오마쓰는 사이치로의 할머니 같은 나이였는데도―실제로 그에게는 조용하고 얌전한 본가 어머니의 모습을 문득 오마쓰에게 겹쳐 보는 듯한 마음도 있었다―그래도 오시즈는 질투하여 그런 말을 했다.

지금까지 사이치로는 주어진 자신의 인생에 조금의 의심도 품지 않고 살아왔다. 오시즈 외에는 여자를 몰랐고 다른 이를 좋아한 적도 없다. 오시즈를 귀엽다고 생각했기에 다른 데로 눈이 옮겨가지 않았다.

하지만 앞으로는 알 수 없다. 오시즈의 사랑스러움도, 이번 일로 꽤 가죽이 벗겨졌다. 규중처녀의 세상 물정 모르는 방자함 사이로 심술궂은 본성이 비쳐 보이기 시작했다.

앞으로 만일 그가 누군가에게 문득, 오시즈가 아닌 여자에게 마음 가는 일이 있다면.

스쳐 지나가는 바람이든 진심이든, 마음의 움직임만은 누구도 막을 수 없다. 그런 일이 결코 없으리라고 사이치로 자신도 단언할 수 없게 되었다. 오히려 자진해서 그런 여자를 찾고 싶은 마음까지 들었다.

하지만 그랬다가 탄로나게 되면 그때 오시즈는 어떻게 할까.

질투와 분노로 그 여자를 호되게 혼내 주겠지. 분을 이기지 못해 죽여 버릴지도 모른다. 오시즈라면 충분히 그럴 수 있다.

그를 사랑해서가 아니다. 그런 의미로는 질투가 아닐지도 모른다. 자기 마음에 드는, 자기 소유라 믿고 있던 도구를 빼앗기는 것이 그저 분하고 화가 날 뿐일지도 모른다.

어느 쪽이든 상관없다.

사이치로는 몽상한다. 차라리 언젠가 그런 사건이 일어났으면 좋겠다고.

그때까지는, 과연 알아낼 수 있을까. 신자이모쿠초, 창호상 마스이야. 죽었을 때는 오마쓰였고 그 전에는 야에이자 오요시였던 그 여자. 도쓰카 역참 근처의 어느 마을. 어느 마을이고, 쇼야는 어떤 집일까. 옛날부터 목각 세공이 발전했다는 사실도 좋은 단서가 될 것 같다.

거기에서는 지금도 '반바 빙의'의 비법이 전해지고 있을까. 환약 조제법이 남아 있을까.

오시즈의 몸이라는 그릇은 그대로 두고 알맹이만, 더 사랑스럽고 더 상냥한 여자의 혼과 바꾸는 일이, 이 사이치로에게도 가능할까.

그런 일은 역시 무리고, '반바 빙의'는 속임수이며 그저 주술에 지나지 않는다고 해도, 그 또한 어느 쪽이든 상관없다.

착각이라도, 꿈과 같아도, '오마쓰'의 경우 오십 년이나 멀쩡하게 유지되었으니까.

그렇다면 시험해 볼 가치는 있다는 뜻이다.

그냥 생각할 뿐이다. 이루어질 리 없는 꿈임을 알고 있다.

그래도 사이치로는 생각한다. 그 한 가닥 소망에 매달리다시피 하며, 망자처럼 가련하고 고독한 자신의 혼을 위로한다.

노즈치의 무덤

1

어린아이들은 때로 부모가 대답하기 곤란한 것을 묻는다.
그날의 가나가 그랬다. 야나이 겐고로에몬의 일곱 살 난 이 외동딸은,
"저기, 아버님."
동그란 눈동자로 올려다보며 이렇게 물었다.
"아버님은 둔갑을 잘하는 고양이는 싫으셔요?"
겐고로에몬은 풀을 바른 작은 솔을 손에 든 채 고개만 천천히 비틀어 자기 딸을 내려다보았다. 조금 전까지, 우산을 바르는 그의 옆에서 종이 인형을 가지고 열심히 놀던 가나는 지금은 양손을 무릎에 올려놓고 있고, 그렇게 보아서 그런지 정색한 듯한 얼굴이다.
"둔갑하는 고양이?"

우선 그는 그렇게 확인했다.

"네."

"그냥 고양이가 아니라."

네, 하고 가나는 다시 천진하고 진지한 얼굴로 고개를 끄덕였다.

겐고로에몬은 손을 내리고 솔을 받침 접시 위에 가만히 놓았다. 우산은 반쯤 바른 참이었다. 도사土佐 종이도사는 현재의 시코쿠 고치 현을 가리키는 옛 지명. 고치 현의 종이는 일왕에게 진상되었을 정도의 고급 종이로, 천 년 이상의 역사를 가졌다를 바른 감색 쟈노메蛇の目 우산중간에 주로 백색으로 동심원을 그려 넣은 무늬의 우산. 뱀의 눈과 닮았다 하여 이런 이름이 붙었다이다. 평범한 지우산 같은 싸구려가 아니기 때문에 기술이 필요한 만큼 품삯이 좋다. 오늘 중에 다섯 개를 더 만들어 와카마쓰야에 넘기면 구사이치우란분 때 쓸 화초나 갖가지 물건 등을 팔기 위해 선 장에서 장을 보는 것도 문제없으리라고 스스로를 격려하고 있는 참이었다.

그러던 차에 질문을 받았다.

―둔갑하는 고양이라니.

요괴니 요물이니 하는 이야기는 본래 어린아이가 좋아하는 것이다. 가나에게도 습자소에서 그런 류의 이야기를 들을 기회가 있었을 것이다. 일곱 살짜리 아이이니 아카혼赤本붉은 표지의 어린이용 책에서 읽은 옛날이야기를 진짜라고 믿어 버릴 수도 있으리라.

하지만 '둔갑을 잘하는 고양이를 좋아하느냐 싫어하느냐'라는 질문은 지나치게 갑작스럽지 않은가. 앞 단계가 여러 개 날아가고 없다. 아버님, 고양이는 좋아하세요, 라든가 고양이가 둔갑을 하는다는 얘기는 참말일까요, 라든가 둔갑을 하는 고양이는 무서운가요, 라든가.

그래서 겐고로에몬은 대답이 궁해진 부모가 흔히 쓰는 방법을 썼다.

"가나는 어떠니?" 하고 되물은 것이다.

아이는 생긋 웃었다.

"다마 씨는 좋아해요."

다마라는 이름의 고양이라면, 겐고로에몬도 짚이는 데가 있다. 부녀가 사는 이 하치베에 나가야에 자리 잡고 있는 삼색 고양이다. 누가 키우는 고양이도 아니건만 관리인 하치베에의 집 차양에서 종종 볕을 쬐곤 한다. 다마라는 이름 역시 누가 붙인 것도 아닌 듯하지만, 나가야 아이들이나 아주머니들은 모두 그렇게 부르고 있다.

겐고로에몬은 의아해졌다. 지금 대화를 그대로 받아들인다면 가나는 '다마는 둔갑을 잘하는 고양이다'라고 말하고 있는 셈이 된다. 그게 맞을까. 어지간한 삼색 고양이는 대개 다마나 미케, 고마라고 불리니, 다마는 다마지만 다른 다마인 것은 아닐까.

가나는 여전히 동그란 눈을 더욱더 크게 뜨고 마주 본다.

겐고로에몬은 칠월의 비가 내리는 바깥으로 시선을 주었다. 비는 뒷골목 나가야의 널지붕을 사락사락 적시고 있다. 졸음을 유발하는 듯한 낙숫물 소리가 난다.

칠석날에는 날씨가 맑아 우물 치기^{우물물을 다 퍼내고 안을 청소하는 일. 여름철 행사였다}가 순조롭게 끝났고, 아이들이 적어서 조릿대에 매단 단자쿠의 소원이 번지지 않아 다행이었다. 그 후로 두 번째 비다. 요즘은 날씨가 변덕스럽다. 우란분의 무카에비^{迎え火 혼백을 맞이하기 위해 문 앞에서 피우는 불}를 피우는 십삼일에는 다시 날이 맑아질까.

"그러고 보니 오늘은 다마를 못 보았구나. 어디서 비를 긋고 있을까."

"다마 씨는 집에 있어요" 하고 가나가 대답했다.

"하치베에 님의 집 말이구나."

"관리인 님의 집은 다마 씨의 집이 아니에요. 다마 씨에게는 다마 씨의 집이 있거든요, 아버님."

이렇게 말하는 모습을 보면 역시 가나가 말하는 다마는 그 다마이다. 가나의 말을 듣고 보니 그 다마는 꽤 나이가 많은 삼색 고양이였다.

"애야, 가나."

무릎을 살짝 옮기며, 겐고로에몬은 어린 딸과 마주 보았다.

"흑백 얼룩 무늬가 있고 꼬리가 긴, 네가 '다마야 다마야'라고 부르면 하치베에 님 집 차양 위에서 야옹 하고 우는, 그 삼색 고양이를 너는 좋아하지."

"네."

"그러면 그 다마가 둔갑하는 고양이라는 말이냐?"

"네."

대답하는 아이는 전혀 동요하지 않았고, 물어본 부모 쪽이 동요하고 말았다.

"어떻게 알지?"

"다마 씨가 그렇게 말했어요."

가나는 작은 손가락 두 개를 세워 아버지의 얼굴 앞으로 내밀었다.

"사실은 끝이 둘로 갈라져 있는 꼬리도 보여 주었어요. 평소에는 숨기고 있거든요, 아버님."

아버지가 끔벅끔벅 눈을 깜박이자 어린 딸도 똑같이 했다.

"그래?" 겐고로에몬은 고개를 끄덕였다. 바로 네코마타네코는 고양이란 뜻. 예로부터 일본에서는 고양이가 나이를 많이 먹어 꼬리가 둘로 갈라지면 요물이 된다고 함라는 것이다.

머리 한구석에서는 어디 사는 누가 내 딸에게 이런 이야기를 불어넣었나 하고 기막혀 하면서도 대범한 어조로 말했다.

"하지만 나는 그 다마가 둔갑하는 모습을 본 적이 없고, 다마와 이야기한 적도 없거든. 가나 네가 하는 말이라도 그대로 믿을 수 없지. 만일 다마가 그 둘로 갈라진 꼬리를,"

겐고로에몬은 이 대목에서 몹시 진지하게 목소리를 낮추고 가나의 귓가에 입을 가까이 댔다.

"이 아버지에게도 보여 주겠다고 한다면 이야기는 다르지만."

"분명히 보여 줄 거예요. 하지만 아버님, 보면 화내지 않으실 거예요?"

진심으로 걱정하는 눈빛이었다.

"혹시 아버님이 요괴 고양이라는 희한하고 기괴하기 짝이 없는 것을 내버려 둘 수 없다며 당장이라도 다마 씨를 베어 버리려 하신다면, 다마 씨는 무서워서 아버님을 뵐 수 없대요. 그러니까 먼저 제게 아버님께 여쭤봐 달라고 했어요."

겐고로에몬은 또 "그래?" 하고 말했다. 결말 없는 반복이 지루해서 손으로 코끝을 문질러 보았다. 풀 냄새가 났다.

"아버님, 둔갑을 잘하는 고양이는 좋아하세요, 싫어하세요?"

겐고로에몬은 콧등에 손을 댄 채 저도 모르게 눈치를 살피듯이 자기 딸을 보았다.

"가나가 좋아하는 요괴 고양이라면, 아마 좋아할 수 있겠지."

가나의 눈동자와 하얀 뺨이 안쪽에서 불을 켠 것처럼 밝아졌다.

"다행이다! 다마 씨는 아버님께 부탁하고 싶은 게 있대요."

후카가와 산겐초의 하치베에 나가야, '만능 해결사' 야나이 겐고로에몬에게.

야나이 가는 아오야마 총포대銃砲隊 백인조百人組에 소속되어 있는 고케닌이다. 그러나 조부도 아버지도 관직이 없었고 지금의 당주인 겐고로에몬의 형도 여전히 관직이 없다. 대대로 눈부신 재주꾼이 나오는 집안은 아니다. 물론 겐고로에몬도 그 피를 물려받았고, 자신이 평범하다는 사실은 잘 안다.

봉급만으로는 먹고살 수 없는 많은 고케닌들은 열심히 부업을 한다. 아오야마 총포대에서 그 부업은 우산을 바르는 일이다. 구미야시키에도 시대에 요리키나 도신 등 하급 관리들에게 준 주택를 주체로, 조장이 지휘하여 확실한 분업을 성립시켜 오랫동안 이끌어 왔다. 아오야마에서 바른 우산이라고 하면 시중에서 유명하여 어린아이도 알고 있다.

겐고로에몬도 어릴 적부터 조부나 아버지가 우산 바르는 모습을 보며 자랐고 그 일을 배워 왔다. 쟈노메 우산도, 이중으로 바르는 양산도 만들 수 있는, 실력 있는 우산 직인이다. 본가를 나와 나가야에서 살기 시작하면서 당당하게 그 사실을 공언할 수 있게 되었을 때는 가슴이 후련했다.

"그렇게 갑자기 태도를 확 바꾸어서는 안 됩니다."
"표면적으로라도, 조만간 도장이나 학문소를 연다고 말해 두는 편이 좋아요."

하치베에와, 와카마쓰야의 주인 규베에의 충고에 따라 처음에는 그렇게 말하고 다닌 겐고로에몬이었지만, 그는 평소 얼굴을 마주하는 나가야 사람들을 계속 속이면서까지 지켜야 할 만한 체면을 가지고 있지 않았다. 그에게는 사랑하는 아내가 있었고, 같이 살아갈 수 있는 것만으로도 충분히 만족했기 때문에 마음에도 없는 말을 떠들고 다니는 일은 곧 그만두었다.

그만두어 보니 나가야의 누구도 그의 말을 믿고 있지 않았음을 알 수 있었다. 뒷골목 나가야 주민에게는 나가야 주민 나름의 사람 보는 눈이라는 것이 있다.

야나이 겐고로에몬이 아내 시노와 하치베에의 나가야에 자리를 잡은 것은 대략 팔 년 전이다. 그는 스무 살, 시노는 열일곱 살, 우에노의 산이나 아스카야마 산의 벚꽃도 만개를 지나 시중에 벚꽃 폭풍이 춤출 무렵의 일이었다.

그해 초 오랫동안 일해 주었던, 야나이 형제가 보자면 할머니 같은 나이의 늙은 하녀가 덜컥 세상을 떠났다. 어머니는 이미 돌아가셨고, 남자밖에 없는 집은 갑자기 식사 준비도 제대로 할 수 없게 되었다. 그 궁상을 알아차린 조장이 우산 중간 도매상 몇 군데에 이야기하자 와카마쓰야의 주인이 우선 도우미로 쓰라며 가게에서 일하는 젊은 하녀 하나를 보내 주었다.

그 하녀가 시노였다.

일찍 부모와 사별하고, 아기를 돌보는 고용살이 일꾼으로 와카마쓰야에 들어갔다는 처녀였다. 와카마쓰야는 고용살이 일꾼의 교육에 엄하다. 시노도 잘 단련되어 있었고 부지런했다. 성격은 얌전했고 쓸데없는 말을 하지 않았으며 행동거지는 빠릿빠릿하고 만사에 눈치가 빨랐다.

이 시노에게, 겐고로에몬의 형이 손을 댔다.

형은 총포조의 꽃놀이 자리에서 돌아왔을 때 상당히 취해 있었다. 야나이 가에 들어와 살지 않고 와카마쓰야에서 출근하며 일하던 시노가 그날 성실하게 밤까지 머물러 있었던 이유도 형의 귀가가 늦었기 때문이다.

끔찍한 사건 후, 겐고로에몬은 크게 후회했다. 그날 밤 시노를 와카마쓰야에 돌려보내 둘 것을 그랬다. 형이 귀가했을 때 취해 있는 상태를 알아차리고 곧장 자신이 나갈 것을 그랬다. 형이 시노에게 물을 달라는 둥 더운 물에 밥을 말아달라는 둥 지시하는 목소리를 들으면서, 봄날 밤의 기분 좋은 느낌에 그만 멍하니 빠져 있던 자신이 가장 나쁘다.

 가문을 잇는 사람은 적자嫡子인 형이다. 찬밥 신세인 겐고로에몬은 형이 야나이 가를 물려받으면 더욱 입장이 불편해진다. 앞으로 어떻게 할지에 대한 고민도 나름대로 있었다. 한편으로는 묘하게 편안한 기분도 들었다. 아버지가 은퇴하고 형이 당주가 되면, 이제는 누구에게도 신경 쓰지 않아도 된다. 형이 어딘가에 좋은 양자 자리라도 없는지, 아버지처럼 신경을 써 주지도 않을 것이다. 그만큼 이쪽도 홀가분하게 집을 나갈 수 있다는 뜻이다.

 형제는 애초에 사이가 좋지 않았다.

 그때 이미 형에게는 혼례를 올리기로 정한 사람이 있었다. 형수는 하녀도 자신이 부리기 쉬운 이로 데려오리라. 어차피 시노는 당분간 일을 도우러 와 있을 뿐이고, 이 집에 계속 있을 리 없다. 와카마쓰야로 돌아가게 된다. 그렇게 되면 오히려 편하게 만날 수 있다.

 겐고로에몬은 시노에게 호감을 품었고 시노가 응해 주는 것도 느끼고 있었다. 부모 집에 얹혀사는 차남인 자신 같은 사람도, 아니, 찬밥 신세이기 때문에 더더욱, 자기 힘으로 먹고살 수 있게 되기만 하면 우산 도매상의 하녀와 혼인하는 일도 가능하다. 그러면 어떻게 자기 힘으로 먹고살아야 하나.

당찬 시노가, 야나이 가의 불면 날아갈 듯한 체면을 염려하여 무리한 강요를 해 오는 형에게 저항하면서도 결코 큰 소리를 지르지 않고 참고 있었을 때, 그리고 끝내 반항하지 못하고 지고 말았을 때, 겐고로에몬은 들뜬 마음으로 그런 몽상을 하면서 반쯤 졸고 있었다.

이변을 안 것은 시노가 복도를 달려 부엌으로 달아났을 때였다. 심상치 않은 흐트러진 발소리에 놀란 뒤, 봉당 한구석에 웅크린 시노의 창백한 얼굴을 발견하고 그 흐트러진 옷차림에 겐고로에몬은 뺨을 얻어맞은 듯 사태를 깨달았다. 순간 몸을 돌려 안채로 달려가 보니 형은 방에 드러누워 코를 골고 있었다. 사냥감을 잡아먹고 배가 불러 그대로 드러누운 짐승 같은 천박한 모습이었다.

겐고로에몬은 구역질을 느끼며 그 자리에 우두커니 서 있었다. 현기증이 날 것 같았다.

그때 그의 다리에 매달리는 사람이 있었다. 시노다. 옷매무새를 가다듬고, 기다시피 돌아온 것이다.

용서해 주셔요, 하고 시노는 사과했다. 왜 네가 사과하는 거냐. 사과할 쪽은 이 짐승이라며 흥분하는 겐고로에몬에게 더욱 힘껏 매달리며, 그저 용서해 달라는 말만 되풀이했다. 그 얼굴이 부어 있었다. 얻어맞은 것이다.

시노는 이때, 그가 형을 벨 거라고 생각했다고 한다. 그것만은 안 된다, 야나이 가가 망한다. 그렇게 생각했다고 한다.

겐고로에몬은 형의 멱살을 잡아 일으켜 흠씬 두들겨 패 놓고 나서 시노를 업고 와카마쓰야로 달려갔다. 집을 나올 때 아버지의 방에 불이 켜져 있음을 처음으로 깨달았다. 알고도 모르는 척하고 있음을 알아차렸다.

하룻밤 지나 술이 깼지만, 형은 자신이 저지른 짓을 잊지는 않았다. 뿐만 아니라 시노에게 집착하는 모습을 보였다. 저것은 와카마쓰야에서 보낸 진상품이라고, 어이없는 말을 지껄였다.

"시노는 물건이 아니야!"

"그렇지, 여자야. 내 여자지."

만사에 차갑고 음침한 형의 생각지 못한 끈덕진 일면에, 겐고로에몬은 놀랐다.

시노를 지키자. 그러기 위해 나도 집을 나가자. 그는 굳게 결심했다. 아버지는 말리지 않았고 오히려 어깨의 짐이 내려간 듯한 얼굴을 했다. 아오야마 총포조에 부업을 주선해 주는 우산 도매상은 함부로 다룰 수 없는 상대다. 와카마쓰야는 그중에서도 고참이고, 규베에는 인망도 두텁다. 이 불미스러운 일이, 형이 코끝으로 적당히 다루려고 하는 것처럼 가벼운 일이 아니라는 사실을 아버지는 잘 알았다.

겐고로에몬은 와카마쓰야로 가서 머리를 숙이며 시노를 아내로 맞이하게 해 달라고 부탁했다. 앞으로 한 달, 아니, 보름만 유예를 준다면 생계의 길을 찾아 시노를 데리러 오겠다. 그때까지 시노를 아무 데도 주지 말고 기다려 주었으면 좋겠다.

와카마쓰야의 규베에는 푸르뎅뎅하게 부은 참외 같은 얼굴인데다, 상인치고 드물게 그다지 붙임성이 없었지만 이때는 푸르뎅뎅하게 부은 참외가 지나치게 익어서 갈라지는 것처럼 웃으며 이렇게 말했다.

"당사자인 시노가 승낙할지 어떨지, 우선 그 점을 확인해 보지 않고서는 뭐라 말씀드릴 수 없습니다."

"그렇다면 확인해 봐 주게."

"거절한다면 어떻게 하시겠습니까?"

겐고로에몬은 부르르 떨었다.

"승낙해 줄 때까지 매일 오겠네."

규베에는 귀찮다는 듯이 얼굴을 일그러뜨리며 한숨을 쉬었다.

"이런 경우의 이런 일은 당사자끼리 결정하기보다도 저 같은 사람이 억지로 밀어붙이는 편이 좋습니다."

그러고는, 알겠습니다, 시노를 드리겠습니다, 하고 말했다.

"주인인 제가 결정한 일이니 시노는 거역할 수 없습니다. 그래도 정 싫다면 도망치겠지요."

그런데—하고는 살피는 듯한 눈빛을 한다.

"야나이 씨가 보름이나 한 달 안에 생계의 길을 찾을 수 있으리라고 생각되지는 않는군요. 시노와 인연을 맺어 주겠다고 결정한 이상, 제게도 주인으로서의 책임이 있으니 말입니다."

우산을 바르시지요. 지금까지 하시던 대로.

"제가 보증인이 될 테니 빨리 살 곳을 찾으십시오. 아오야마에서 먼 곳이 좋겠지요. 오카와 강 맞은편에, 알고 지내는 관리인이 있는데……."

결국 전부 와카마쓰야에 신세져 가며 겐고로에몬과 시노는 하치베에 나가야에 자리를 잡았다.

이를 계기로 겐고로에몬은 무사의 신분을 버려도 좋다고 생각했다. 그 생각을 말린 이는 하치베에였다. 이쪽은 곶감처럼 주름진 얼굴을 한 할아버지인데 그가 쉰 목소리로 이야기했다.

"형님이 시노 씨에 대한 집착을 버렸다는 보장은 없습니다. 형님이 쫓아왔을 때, 야나이 씨가 칼을 버린 후라면 근사하게 쫓아낼 수가 없지 않습니까."

그 말에는 묘한 설득력이 있었다. 관리인의 쉰 목소리 때문일지도 모른다.

결국 형이 쫓아오는 일은 없었지만, 겐고로에몬은 칼을 버리지 못했다. 야나이 가는 무사태평하고, 겐고로에몬과 시노가 가정을 꾸리고 나서 얼마 되지 않아 형도 아내를 맞아 가문을 이었다. 그 후의 일은 모른다.

시노와의 생활은 즐거웠다. 겐고로에몬은 태어나서 처음으로 사는 보람을 느꼈다. 시노는 도망치지 않았다. 둘 사이에 응어리는 없었다.

겐고로에몬은 그것이 서로의 애정 때문이라고 자만하지는 않았다. 와카마쓰야의 규베에가 옳았던 것이다. 전부 제가 결정할 테니 그것으로 정리하고 끝내십시오, 라고.

이 년쯤 지나 가나가 생겼다. 아기의 생후 이레째 밤_{일본에서는 이때 아이에게 이름을 지어 주는 등 여러 가지 축하 행사를 한다}을 함께 축하해 준 규베에와 하치베에는 푸르뎅뎅하게 부은 참외와 물기 없는 곶감 같은 얼굴을 나란히 하고 저마다 슬슬 야나이 씨도 진심을 내보이라고 말했다.

"언제까지나 규의 돈을 하치에게 지불하고 남는 하나로 지내서는 안 되지요_{규베에(九兵衛)와 하치베에(八兵衛)의 이름을 이용한 말장난. 9-8=1}."

규베에에게 받은 부업의 품삯으로 하치베에에게 집세를 내는 생활로는 가나를 제대로 키울 수 없다는 뜻이다.

겐고로에몬도 잘 알고 있었다. 시노도 빨래나 바느질 같은 부업을 했지만 앞으로 가나에게도 손이 많이 갈 테고 아이는 더 생기리라. 몇이든 갖고 싶다. 그러려면 제대로 된 직업을 가져야 한다.

검술 지도는 성미에 맞지 않고, 도장은 쉽게 할 수 있는 장사가 아니다. 습자소는 그나마 쉽지만 처음에 큰돈이 들고, 겐고로에몬은 스승이 되기에는 젊고 관록이 부족하다. 역시 칼을 버려야 하나 고민하는 사이에 그럴 마음이 있다면 대서소_{代書所}를 해 보지 않겠느냐는 이야기가 들어왔다. 책상 하나로 시작할 수 있는 장사고, 물론 손님이 생길 때까지는 이런저런 궁리와 참을성이 필요하지만 요령을 배우고 간판을 걸면 다른 부업을 하면서도 계속

해 나갈 수 있다. 낭인일지라도 무사인 편이 그럴싸해 보이는 장사이기도 하다.

좋아—하고, 더욱 밝은 앞날을 찾아냈을 때 공교롭게도 시노가 앓아누웠다. 산후 회복을 잘 하지 못해 몸이 약해진 차에, 마침 돌고 있던 고뿔에 걸린 것이 좋지 못했다.

증상은 순식간에 심해졌다. 겐고로에몬은 열심히 간호했고, 와카마쓰야도 하치베에도 걱정해 주었으나 소용없었다.

가나가 두 살이 되기 전에 시노는 죽고 말았다.

시노는 마지막 순간까지 미소를 짓고 있었다. 겐고로에몬의 손을 잡고 몇 번이나 고맙다는 말을 했다. 행복했다, 태어나서 다행이라고 말했다.

—가나를 부탁해요.

그 후 가나를 안고, 그는 다시 열심히 일했다. 대서소 간판은 걸었지만 아니나 다를까 당장 손님이 붙을 리도 없었기 때문에 가나를 등에 비끄러매고 부업도 열심히 했다. 할 수 있는 일은 무엇이든 해서 돈을 벌었다. 그러던 중 하치베에의 부탁을 받고 한번 상가의 경호 비슷한 일을 했는데, 칼을 휘두를 만한 사태가 일어나지 않았는데도 (일어나지 않았기 때문일지도 모르지만) 결과가 좋아 이후로 그런 일 또한 들어오게 되었다.

그것이 계기가 되어 사나운 일이든 약간 지혜가 필요한 일이든, 곤란한 일이 있는 경우 야나이 씨에게 부탁하면 된다는 평판이 나게 되었다. 싸고 빠르고 친절하다니까. 여기에는, 보이지 않는 곳에서 하치베에가 소개하고 다닌 덕도 있었던 모양이다.
 이렇게 해서 겐고로에몬은 완전히 '만능 해결사'가 되었다. 나가야 주민들에게는 만능 해결사 선생님이라고 불리고 있다. 대서소 간판은 건재하지만 그 또한 만능 해결사의 일 중 하나가 되어버린 감이 있다.
 그래서 어지간한 일에는 당황하지 않을 정도의 경험을 쌓아왔다고 생각했지만.
 ―요괴 고양이라니.
 대체 무엇을 부탁하려는 걸까?

2

 어떤 부탁이든, 급한 일은 아니었던 모양이다.
 모처럼 이야기가 통했는데 가장 중요한 다마는 하치베에 나가야에서 모습을 감추었다. 가나는 걱정하며 다마야, 다마야, 하고 찾았지만 눈에 띄지 않았다. 하치베에도 지난 며칠 동안 다마를 보지 못했다고 한다.
 "들고양이니까요. 마음대로 다가오는가 싶으면 또 마음대로 사라지지요."
 가나는 어른처럼 걱정스러운 얼굴을 하고 이런 말을 했다. "집에서 동료분들과 상의하고 있는지도 몰라요."

요괴 고양이의 동료라면 그 또한 요물들이겠지만, 가나가 천연스럽게 말할 정도이니 무서운 존재는 아닐 것이다.

부녀는 구사이치에서 우란분을 위한 장을 본 뒤 십삼일을 맞았다. 어머님이 돌아오신다며 가나는 아침부터 기뻐하는 듯한 모습이었다. 겐고로에몬은 작은 다마다나_{조상의 영혼을 안치하는 선반. 음력 칠월에 장식하여 영혼을 맞이했다}를 만들었고, 가나는 습자소에서 쓴 습자를 거기에 장식해 두었다. 지금 배우고 있는 부분을 펼친 교본도 놓았다.

"어머님께 보여 드리려고요."

하치베에 나가야에서는 다 함께 나가야의 나무 문 앞에 모여 가도비_{門火 우란분 때 죽은 이의 영혼을 맞이하고 보내기 위해 문 앞에서 피우는 불. 무카에비와 오쿠리비를 말한다}를 피운다. 동네를 오가는 시주승들의 염불이나 종소리가 멀어졌다 가까워졌다 하면서 사방에서 끊임없이 들려왔다.

시노의 혼이 돌아온다. 우란분 때 잠깐 동안이지만 다시 함께 있어 준다. 생각한다기보다 그것을 느끼고, 겐고로에몬의 마음도 부드럽게 술렁거리는 듯했다.

―가나는 착한 아이요.

바느질은 아직 서툴지만 글자는 꽤 많이 배웠다.

―게다가 아무래도 요물들과 사이가 좋아지고 만 모양이오.

겨릅대_{껍질을 벗긴 삼대. 우란분 때 가도비를 피우는 데 쓴다}의 연기에 눈을 가늘게 뜨며 겐고로에몬은 남몰래 쓴웃음을 지었다.

―어쨌거나 나는 만나자마자 그 요물을 대뜸 퇴치하지 않겠다고 약속하고 말았다오.

어머나, 큰일이네요, 하고 시노도 미소를 짓고 있는 듯한 기분이 들었다.

그날 밤이 아직 깊어지지도 않았을 무렵, 겐고로에몬이 가나를 재운 다음 다른 부업으로 짚신을 삼고 있을 때였다.

"실례합니다."

누군가가 아래쪽에 높게 널을 댄 장지문을 똑똑 두드렸다. 여자 목소리가 들려왔다.

겐고로에몬이 예, 하고 대답하기도 전에 장지문이 소리도 없이 열리고, 한 여자가 역시나 소리도 없이 봉당에 발을 들여놓았다.

겐고로에몬은 손을 멈추고 가만히 숨을 죽인 채 여자를 응시했다. 저 장지문은 여닫이가 좋지 않다. 이렇게 조용히 드나들 수 있을 리가 없었다.

여자는 늘씬하고 키가 크며 얼굴이 희고, 시마다쿠즈시일본 여성의 전통 머리 모양인 시마다마게를 변형한 것. 특히 중년 여성이나 게이샤가 틀고, 기중(忌中)에도 튼다 머리에 붉은 구슬이 달린 비녀 하나를 꽂고 있었다. 수수한 회색 고소데소매가 좁은 일본 옷으로. 속옷이나 상의로 입었다 차림에, 띠는 커다란 바둑판무늬를 띠고 있는데 한 칸 걸러 서로 다른 꽃이 수놓여 있다.

사방등을 켜고 밤일을 할 때도 겐고로에몬은 유채 기름이 줄어드는 정도와 부업의 수입을 엄정하게 비교하기를 잊지 않는다. 심지를 짧게 해 두기 때문에 엷은 노란색 불빛의 테는 극히 좁아, 봉당 쪽에는 거의 닿지 않는다. 그런데도 이렇게 또렷이 여자의 모습을 알아볼 수 있다니, 그것만으로도 이상했다.

이것은 사람이 아니다.

"늦은 시간에 찾아뵈어 죄송합니다."

여자는 나긋나긋하게 머리를 숙였지만 여전히 문가에서 움직이지 않았다. 여자의 검은 눈동자도 겐고로에몬을 똑바로 응시하고 있다.

"닫아 주십시오. 밤바람이 들어옵니다" 하고 그는 목소리를 낮추어 말했다.

여자는 뺀들거리지 않고 빙글 등을 돌리더니 양손으로 예의 바르게 장지를 닫았다. 이번에는 덜컹 하고 소리가 났다.

겐고로에몬은 그 잠깐 사이에 곁눈질로 가나의 잠든 얼굴을 살폈다. 사방등 불빛을 차단하기 위해 머릿병풍을 세워 두었다. 그 맞은편에서 어린 딸은 가볍게 쥔 손을 입가에 대고 몸을 웅크린 채 자고 있다.

여자는 돌아보더니 다시 한 번 정중하게 몸을 굽혀 보였다. 얼굴을 든다. 눈가가 웃고 있다.

"이 모습으로 야나이 님을 뵙는 것은 처음입니다만."

저는 야나이 님께서 잘 아시는 자입니다—라고 말하더니 이번에는 얼굴 가득 웃었다. 씨익 하고 옆으로 벌어져 귀까지 닿을 것 같은 입이다.

겐고로에몬은 깊이 숨을 내쉬었다. 그러자 여자는 희고 가느다란 손가락을 입술에 대고 못 참겠다는 듯이 쿡쿡쿡 소리를 냈다.

"가나에게 부탁해 두기는 했습니다만 선생님, 역시 깜짝 놀라시는군요."
 "죄송합니다. 하고 웃으며 사과한다.
 눈썹은 뽑지 않았고 이도 희다. 이 네코마타에게 남편은 없는 모양이다에도 시대에는 결혼한 여인들이 눈썹을 뽑고 이를 검게 물들이는 풍습이 있었다. 나이는, 젊지는 않은 듯하다는 사실 말고는 짐작이 가지 않는다. 애초에 요괴 고양이에게 사람의 나이를 끼워 맞출 수 있는지 어떤지조차 알지 못한다.
 "분명히 딸에게서 이야기는 들었지만."
 겐고로에몬은 한 손으로 사방등을 약간 가까이 끌어당겼다.
 "당신에게 전해졌는지 어떤지, 이쪽에서는 알 길이 없었소. 요즘 모습을 보지 못했으니."
 당신이라고 불러도 되는 것일까. 너로 충분하지 않을까, 하고 사소한 부분에 신경이 쓰인다.
 "틀림없이 들었습니다. 역시 고양이 귀니까요."
 기가 죽은 기색은 없다.
 "거기에 앉으시오."
 겐고로에몬이 마룻귀틀을 턱으로 가리키자 여자는 다가와 가볍게 걸터앉았다. 어떻게 보아도 여자의 몸짓이었다. 그러면서도 사람의 몸으로는 불가능한, 기름이 흐르는 듯한 움직임이었다.
 가까이 오니 여자의 얼굴이 더욱 하얗게 보인다. 갸름한 눈에 눈동자는 새까맣고 크다. 머릿기름이나 향 냄새는 나지 않지만 짐승 냄새도 느껴지지 않는다.

여자가 사방등이 던지는 빛의 원으로 들어오자 더욱 이상했다. 빛이 닿는 허리 위도, 그늘이 져 있는 발치도, 똑같이 선명하게 보인다.

"당신 같은 자는 빛을 싫어하는 것이 아니오?"

겐고로에몬은 조금 위협하는 어조로 바꾸어 말해 보았다.

그러자 여자의 눈동자가 바뀌었다. 실처럼 가늘어졌다가 다음 순간에 다시 크게 돌아온다. 고양이의 눈이다.

겐고로에몬은 목덜미의 털이 곤두서는 것을 느꼈다. 하지만 여자는 태연하게 미소를 짓고 있다.

"저쯤 되면 어지간해서는 무서움을 느끼지 않습니다. 선생님이 어떤 귀찮은 부탁을 받아도 동요하시지 않는 이치와 똑같아요."

연륜이라는 것이지요, 하고 말하며 부드럽게 고개를 끄덕인다.

"나는 그만큼 노련하지는 않소."

그렇게 말하고 결국 견딜 수 없게 되어, 겐고로에몬은 몸을 약간 움찔 하고 말았다.

"곤란하군. 당신은 정말로—."

"예. 제 정체는 나이 든 삼색 고양이랍니다. 가나와 사이가 좋은 다마이지요."

"다마, 라."

"이 모습일 때는 오타마라고 불러 주시면 기쁘겠어요."

"그럼 오타마 씨."

겐고로에몬은 삼다 만 짚신을 옆으로 치우고 여자와 정면에서 마주했다.

"나에게 무슨 볼일이 있는 것이오?"

오타마는 그 물음을 피하듯이 가늘고 긴 목을 틀어 가나가 자고 있는 쪽으로 시선을 주었다.

"가나에게 들은 이야기인데."

그 머릿병풍, 하고 말했다. 같은 나가야에 사는 목수가 나무틀과 다리를 만들어 주어, 못쓰게 된 종이를 여러 개 잘라 붙여서 가나와 함께 만든 것이다.

"저는 멋대로 남의 집에 들어가지 않기 때문에 가까이서 볼 기회가 없었습니다."

잘 만들었군요, 하고 상냥한 목소리로 중얼거린다.

"가나는 자고 있네요."

겐고로에몬의 귀에도 희미한 숨소리가 들려온다.

"가나가 깨지 않도록 작은 목소리로 말씀드리겠습니다. 이 모습을 가나에게 보이기는 저도 왠지 거북하니까요."

"둘로 갈라진 꼬리 끝은 보여 주었으면서?"

겐고로에몬의 대꾸에 오타마의 눈동자가 한순간 날카롭게 뾰족해졌다가 곧 원래대로 돌아갔다.

"어머나, 부끄러워라."

방금 그 모습은 부끄러워하는 모습이었나.

"그러면 곧장 말씀드리지요."

오타마는 반짝반짝 빛나는 눈으로 겐고로에몬을 보았다.

"선생님께 부탁드리고 싶은 일이란 다름이 아닙니다. 나쁜 짓을 하는 요물 한 마리를 퇴치해 주셨으면 하는 것이지요."

이번에는 겐고로에몬 쪽이 눈을 가늘게 뜰 차례다.

"이거 이상한 말을 하는군. 요물이라면 당신의 동료 아니오."

"사람에게 해를 끼친다면 더 이상 동료가 아닙니다."

단호하게, 거의 엄숙하게 오타마는 단언했다.

"다른 동료들도 그리 말합니다. 다 함께 이야기를 해 보고, 선생님께 퇴치해 달라고 하는 수밖에 없다고 결정했습니다."

사방등 불이 외풍에 흔들리고, 겐고로에몬은 깨달았다. 이 여자에게는 그림자가 없다.

이것이 결정타다. 분명히 지금 그는 사람이 아니며 이 세상의 존재가 아닐지도 모르는 자와 상대하고 있다.

스스로 생각해도 한심하지만 제일 먼저 입을 뚫고 나온 반문은, "왜 내게 부탁하지?"였다.

오타마는 사람의 눈동자를 한 채 사람의 표정으로 놀란 얼굴을 했다. "그야, 선생님은 만능 해결사이시잖아요."

"요괴 퇴치는 한 적이 없소."

"무엇이든 처음은 있는 법이지요."

오타마는 설득하듯이 말하고 나서 눈썹을 치켜세웠다. "어머나, 선생님, 그런 얼굴 하지 말아 주셔요. 똬리를 틀면 작은 산만한 크기가 되는 큰 뱀을 베어 달라는 부탁이 아닙니다."

내가 그렇게 겁먹은 것처럼 보이나?

"작습니다. 겨우 이 정도" 하며 오타마는 양손으로 한 자쯤 되는 폭을 만들어 보였다. "본래 나무 망치니까요."

"나무 망치?"

"예. 선생님, 오래된 도구가 요물이 되는 경우가 있다는 사실은 아시나요?"

쓰쿠모가미라는 것이리라. 사람이 쓰다가 버린 도구나 집기가 요물로 변한다는, 옛날부터 전해져 내려오는 이야기다.

"그런 종류의 존재가 모여서 돌아다니지 않소?"

"백귀야행 말인가요?" 오타마는 또 미소를 짓고 고개를 저었다. "다들 그런 요란한 짓은 하지 않아요. 늘 조용히 숨어서 살고 있지요. 요물이 되고 나서도 사람 세상에 섞일 수 있는 것은 우리 네코마타 정도랍니다. 그것도 여러 가지로 궁리가 필요하지요."

오타마가 수줍은 듯이 얼굴을 숙였다.

"오늘 밤에도, 주름투성이 노파의 모습으로 찾아뵈면 아무리 뭐가 어떻든 흥이 깨지리라 생각했는데, 제가 잘못 생각했나요?"

아무래도 상황이 그가 마음 먹은 대로 돌아가지 않는다. 꿈을 꾸는 것은 아닐까 하고, 겐고로에몬은 손가락으로 자신의 턱을 꼬집어 보았다. 확실히 아프다.

지직, 하고 사방등의 심지가 소리를 냈다.

"저는 백 년쯤 살았습니다" 하고 오타마가 말했다. "그러니 그럭저럭 사람을 보는 눈이 있다고 생각합니다. 선생님께 부탁드리기로 결정한 까닭은, 선생님이라면 틀림없이 우리에게 힘을 빌려 주시리라 내다보았기 때문입니다."

모쪼록 부탁드립니다, 하며 자세를 바로 하고 바닥에 손을 짚는다.

"우리 힘으로는 그것을 퇴치할 수가 없습니다."

"요물끼리인데 술법을 써서 싸우거나 하지는 않소?"

"선생님은 지어낸 이야기를 너무 많이 읽으셨군요. 어쩐지 가나가 저를 무서워하지 않더라니."

겐고로에몬은 항변이 막혔다. 대서소의 부업으로 에조시나 기보시의 사본을 만드는 일을 할 때도 있고, 그 때문에 확실히 그는 그런 이야기에 익숙하다. 하지만 그의 입으로 가나에게 그런 이야기를 들려준 적은 없을 게다. 없다고 생각한다. 아마, 필경.

"어쩌면 퇴치한다는 말이 잘못이었을지도 모르겠네요."

예, 분명 그럴 거예요, 하고 오타마는 열기를 담아 중얼거렸다.

"선생님께서 그것을 성불시켜 주셨으면 합니다. 요물끼리는 할 수 없어요."

"승려에게 부탁하면 어떨까."

"이제 염불은 효험이 없어요. 그것은 사람의 피를 빨고 말았으니까요."

겐고로에몬도 진지한 얼굴이 되었다. "사람에게 해를 끼친다는 말은 그런 뜻이오?"

"예. 지난 두 달 사이에 네 명이나 덮쳤어요. 한 사람은 죽었습니다. 그것이 가장 최근의 일인데."

바로 열흘쯤 전이라고 한다.

"사람의 목숨을 빼앗는 데까지 가고 나니 그것은 더욱 흥분해 버려서 이제 우리 힘으로는 감당할 수가 없게 되었습니다. 가두어 두는 일마저 어려워졌어요."

"가두다니, 어디에?"

"우리가 사는 곳이지요. 선생님만 승낙해 주신다면, 지금 당장이라도 안내해 드리겠습니다."

겐고로에몬은 쩔쩔매고 있다.

"퇴치—아니, 성불시키려면 어떻게 해야 하는 거요?"

"베어 주십시오. 그리고 태워 주십시오. 불씨를 가져가세요. 우리는 불을 쓸 수가 없거든요."

겐고로에몬은 오타마의 얼굴을 뚫어져라 보았다. 오타마도 똑바로 마주 보았다.

"나무 망치라고 했지."

"예."

"망치 종류의 물건이 요물이 되면, 노즈치野槌라는 요물이 되지 않소?"

이렇게, 몸통이 막힌—하며 겐고로에몬도 손으로 모양을 만들어 보였다.

"짧은 뱀 같은 요물이지. 요괴 책에서 본 기억이 있소."

"선생님, 역시 잘 아시는군요."

오타마는 안도의 숨을 내쉬며 고개를 끄덕였다.

"하지만 우리 동료였던 그것은, 아직 나무 망치의 형태가 남아 있습니다. 몇 명을 더 덮쳐 목숨을 빼앗으면 완전히 둔갑하고 말겠지만 지금은 아직 망치 모양이지요. 그냥 머리 위로 떨어져 내려올 뿐이니, 선생님이라면 쉽게 벨 수 있으시겠지요?"

겐고로에몬은 엉거주춤한 태도로 물었다. "완전히 둔갑하면 강해지는 것이오?"

"완전히 뱀으로 변해서 이빨이 돋고 독을 갖게 됩니다."

오타마는 말하고 나서 다다미에 손을 짚고 몸을 내밀었다. "그러니 지금 해야 한다고 말씀드리는 것입니다, 선생님."

들여다보니 오타마의 눈동자가 고양이 눈으로 바뀌어 있다. 게다가 금색으로 그윽하게 빛난다.

"아직 지금이라면 떨어져 내려왔을 때 머리가 깨지지 않도록 피한 뒤 벨 수가 있습니다."

"노즈치는 사람의 발치로 굴러와서 넘어지게 만드는 것이 아니오?"

"넘어뜨려 놓은 뒤 머리를 깨려고 달려들지요. 자세히 아시네요, 선생님."

피하면 됩니다, 피하면, 하고 아무렇지도 않게 말해 준다.

"선생님은 호위 일도 하시지요?"

"늘 호위로 고용될 뿐이지, 칼로 찌르고 주먹을 휘두르는 사태가 일어난 적은 한 번도 없었소."

"사람을 베어 달라는 부탁이 아닙니다. 상대는 나무 망치지요."

어느새 오타마의 얼굴이 바로 옆으로 다가와 있었다. 겐고로에몬은 몸을 뒤로 물렸다. 오타마도 퍼뜩 깨달은 듯이 틀어올린 머리카락에 손을 대면서 몸을 일으켰다.

"나는—이 의뢰를 거절할 수는 없는 건가?"

가나는 머릿병풍 건너편에서 깊이 잠들어 있다. 언제 몸을 뒤척였는지 이쪽을 향해 있다. 작은 발이 다마다나에 닿았는지, 가지에 나뭇조각을 꽂아 만든 말이 쓰러져 베갯머리로 떨어져 있다.

"가나가 인질로 잡혀 있는 것이오?"

겐고로에몬은 가나의 잠든 얼굴을 바라보고 있었다. 기다려도 오타마는 대답을 하지 않는다.

겐고로에몬이 돌아보니 그 우는 얼굴이 보였다.

"어째서 제가 그런 짓을 하겠습니까."

오타마는 입술을 깨물며 내뱉고, 주루룩 눈물을 흘렸다.

"저는 가나와 사이가 좋습니다. 설마 가나를 인질로 잡다니."

겐고로에몬은 입을 다물고 있었다. 오타마가 손등으로 눈물을 닦았다.

"사례는 꼭 하겠습니다. 물론 그, 우리에게 가진 돈은 없지만, 꼭 선생님이 만족하실 수 있는 품삯을 치르겠습니다. 틀림없이 약속드립니다."

네코마타의 약속을 과연 믿어도 될까. 그러나 그 나베시마의 요괴 고양이 나베시마 요괴 고양이 소동. 유명한 괴담 중 하나이다. 규슈 지방 사가번의 2대 번주

나베시마 미쓰시게가 자신의 기분을 상하게 했다는 이유로, 바둑 상대를 해 주던 신하 류조지 마타시치로를 참살하자, 마타시치로의 어머니도 키우던 고양이에게 슬픈 마음을 털어놓고 자살한다. 어머니의 피를 핥은 고양이는 요물로 변하여 성 안에 들어가서 밤마다 미쓰시게를 괴롭히는데, 이를 미쓰시게의 충신 고모리 한자에몬이 퇴치하고 나베시마 가를 구한다는 내용이다도 주인에게는 충성을 다하지 않았던가.

"알았소. 내가 할 수 있을지 모르겠지만, 어쨌든 시험해 보지."

오타마의 눈이 빛나고, 커다란 입이 정말로 귀까지 찢어질 것 같았다. 네코마타인 만큼 고양이 눈처럼 그때그때 기분이 변하는 것은 이치에 맞는 일이라고 겐고로에몬은 또 시시한 생각을 했다.

"고맙습니다! 그럼 안내하겠습니다."

정말 당장이로군.

"이 시간에 가나를 혼자 두고 나가기는."

"그거라면 걱정하지 마셔요."

오타마는 한쪽 입 끝을 솜씨 좋게 끌어올리더니 야옹 하고 울었다.

그에 답하여, 겐고로에몬의 머리 위에서 무슨 기척이 우르르 움직였다. 오타마의 눈이 향한 곳을 보고 그는 숨을 삼켰다.

동그르르 움직이는 눈 하나가 굴뚝에서 이쪽을 내려다보고 있다.

"저것이 집을 지켜줄 겁니다."

부탁한다, 하고 오타마는 외눈에게 말을 걸고 나긋나긋하게 일어섰다.

"게다가 선생님, 지금은 사모님이 가나 곁에 돌아와 계셔요."

겐고로에몬은 비틀거렸다. 오타마는 곱게 미소를 짓고 있다.

"당신에게는 보이는 것이오?"

"예."

오타마는 대답한 뒤 일어서서 다마다나가 있는 쪽으로 더욱 정중하게 머리를 숙였다.

"사모님, 잠시 선생님을 빌려 가겠습니다. 그리 오래 걸리지는 않을 겁니다."

겐고로에몬은 일어섰다. 신에 발을 넣기 전에, 굴러 떨어진 가지 말을 다마다나 위에 도로 올려놓았다. 그 손이 떨린다.

―정말이지, 큰일났구나.

겐고로에몬은 꼼꼼하게 칼 두 자루를 허리에 차고 사방등을 껐다. 격자창으로 달빛이 비쳐들었다.

3

만월로 부풀어 가는 달이 발치를 비추고 있다. 구름이 흐르고 있는 모습은 다시 날씨가 바뀔 징조일지도 모른다.

"나가야의 나무 문을 지나고 나면 선생님은 그저 제 뒤를 따라와 주시면 됩니다. 요물이 다니는 길로 갈 거니까요."

짐승이 다니는 길과 비슷한 길일까. 어디까지 가는 걸까—하고 의아해할 시간은 거의 없었다.

수채 널빤지를 밟고 아직 등롱이 켜져 있는 하치베에의 집 마당을 곁눈질하며, 저녁에 다 함께 가도비를 피웠던 골목길로 통하는 나무 문을 지나자 눈앞이 어두워졌다. 몇 발짝 앞을 걸어가는 오타마의 하얀 목덜미만이 어둠 속에서 또렷하게 떠올라 보였다. 사박사박하는 발소리도 들려온다.

그곳은 산겐초가 아니었다. 큰길가에 늘어서 있어야 할 채소 가게도 생선 가게도 방물 가게도 보이지 않는다. 덧문이 닫혀 있어도 달빛에 처마나 간판이 떠올라 보일 터인데, 무엇 하나 눈에 띄지 않는다.

그저 어둡다. 달은 연극의 가키와리_{나무틀에 종이나 천을 바르고 자연 풍경이나 건물 등을 그린, 무대의 배경이 되는 대도구의 일종}처럼 그저 오도카니 떠 있다. 밝기만 할 뿐 어둠을 비추어 주지는 않는 것이다.

왠지 허공을 밟고 있는 듯한 기분이 든다. 둥실둥실 떠 있는 것 같다.

어느새 다리를 건너고 있다. 이 강폭으로 보아 오카와 강이다. 하지만 이상하다. 주위에 사람이라곤 보이지 않고 다리 초소도 없으며, 무엇보다 발바닥이 다리에 닿지 않는다. 묘하게 어중간한 높이를 헤엄치듯이, 미끄러지듯이 건너간다.

오타마의 발걸음은 가벼우면서도 빠르고, 가끔 무언가를 타넘거나 무언가의 위로 뛰어오르거나 다시 폴짝 내려가거나 한다.

겐고로에몬은 그 뒤를 쫓는다. 자신도 무언가를 타넘거나 무언가를 뛰어넘고 있는 듯한 기분이 들지만 모든 움직임에 실감이 없었다.

이윽고 앞쪽에 수많은 별빛이 보이기 시작했다. 높이가 이상하다. 밤하늘이 저런 곳에 있을까.

그렇게 생각하는 사이에 그 별빛이 하나, 또 하나 꺼지기 시작했다. 겐고로에몬이 눈을 가늘게 뜨고 걸음을 멈춘 뒤 지켜보고 있자니 별들은 차례차례 사라져 이윽고 완전히 보이지 않게 되었다.

"아오야마의 별 등롱입니다."

오타마가 돌아보며 그렇게 말했다.

"오늘 밤은 이제 등불을 끌 시간이지요. 저것을 지나면 곧 당도할 겁니다."

겐고로에몬은 멍해져서 되물을 수도 없었다. 후카가와의 하치베에 나가야를 나서서 분명히 오카와 강을 건넜다. 하지만 그 후 얼마 걷지도 않았는데 벌써 아오야마라고?

아오야마의 별 등롱이란, 아오야마 햐쿠닌초의 집들이 유월 그믐날에서 칠월 그믐날까지 처마 끝에 매단 등롱이나 초롱이 멀리서 보면 별처럼 보이는 데에서 비롯된 말이다. 이 계절에만 볼 수 있는 에도의 풍물이다. 물론 겐고로에몬이 모를 리 없다. 없으니 더욱 희한한 것이다. 이렇게 가까울 리가 없다.

"요물이 다니는 길은 편리하지요?"

오타마가 폴짝, 조금 높은 곳으로 뛰어오르고 나서 웃었다.
"하지만 선생님은 발밑을 조심하십시오."
그 말을 듣자마자 겐고로에몬은 무언가에 발이 걸려 비틀거렸다. 그의 발끝에 닿은 딱딱한 무언가는 기와 같은 소리를 냈다.
―설마 여기는 지붕 위인가.
고양이는 높은 곳을 능숙하게 걷는 법이다.
주위는 다시 어두워져 그저 달만이 빛나고 있다. 네코마타와 그를 따르는 겐고로에몬의 뒤를 따라온다.
그때 겐고로에몬의 기모노 소매에 까끌거리며 닿는 것이 있었다. 펄쩍 뛰어 물러날 만큼 놀랐지만 순간적으로 뿌리친 손에 닿은 것은 덤불이었다. 초목과 밤이슬 냄새도 났다.
"사람이 다니는 길로 돌아왔답니다."
오타마의 목소리와 동시에 흙을 밟는 감촉이 돌아왔다. 완만하게 올라가고 있다. 언덕이다. 오른쪽은 완만하게 경사진 덤불이고 왼쪽에는 토담이 구불구불 이어지고 있다. 군데군데 수복한 흔적이 보이는 오래된 토담이다.
언덕을 다 올라갔는지, 오타마가 약간 높은 곳에서 걸음을 멈추었다. 겐고로에몬은 한 발짝 걸을 때마다 발치를 확인하면서 천천히 따라잡았다.
언덕 위에서 토담은 완만하게 왼쪽으로 빠지고, 오른쪽의 덤불이 앞쪽으로 불쑥 튀어나와 있다. 이렇게 보니 길 폭은 사람 하나 지나갈 수 있을 정도밖에 되지 않는다.

우거진 덤불과 나무 안쪽에서 희푸른 등불이 희미하게 흔들리고 있다.

"저기가 우리가 사는 곳입니다."

가리키는 오타마의 하얀 얼굴에도, 고양이 눈에도, 멀리서 흔들리는 그 불빛이 비치고 있었다.

한눈에 알아볼 수 있는 폐가였다.

인기척은 없다. 집주인을 잃은 지 얼마 만큼의 세월이 지났을까. 이 저택에는 판자담도 토담도 없고, 예전에는 생울타리였으리라 짐작되는 것이 지금은 덤불로 변해 있었다.

오타마는 그 덤불 틈을 통해 부지 안으로 스르륵 미끄러져 들어갔다. 쓰러진 것인지 썩은 것인지, 문기둥도 나무 문도 없다.

저택 자체도 그 뒤를 쫓으려는 듯이 전체적으로 왼쪽으로 크게 기울어 있고, 지붕은 군데군데가 크게 움푹 들어가거나 꺼졌다. 두꺼운 초가지붕이다. 옛날에는 농가였거나, 무가 저택이었어도 별택이었을 것이다.

저택 현관문 옆에는 떼어낸 덧문짝이 몇 개나 세워져 있었다. 바퀴가 한쪽밖에 없는 짐수레도 대어 놓았다. 짐수레 위에는 판자 조각이나 볏짚 꾸러미, 넝마 등이 산더미처럼 쌓여 있었다.

저택 측면은 긴 툇마루로 되어 있고, 덧문이 줄줄이 닫혀 있다. 다만 건물이 기운 탓인지 덧문 하나하나가 미묘하게 어긋나 있어, 그 가느다란 틈으로 안의 어둠이 엿보였다. 문밖의 이 앞뜰보다 방 안에 더욱 짙은 어둠이 가득 차 있었다. 그와 동시에 그 희푸른 등불도 어디에선가 빛나고 있다.

은색으로 빛나는 무언가가 처마 밑에 몇 겹으로 매달려 팔랑거린다 했더니 거미줄이었다. 등불을 반사하고 있는 것이다.

"여러분, 선생님을 모셔 왔어요."

현관 차양 밑에 서서, 오타마가 가볍게 입가에 손을 대고 잘 울리는 목소리로 말했다.

순간 가까운 곳에서 덜그럭 하는 소리가 났다. 무언가가 짐수레의 짐칸에서 떨어져, 오타마와 겐고로에몬 사이를 달려 굴러가 오른쪽 덤불 속으로 사라졌다. 눈 깜박할 사이에 놓치고 말았지만 나무통인 것 같았다. 저렇게 빨리 굴러갈 수 있는 걸까.

"언니, 다녀오셨어요."

이번에는 툇마루 쪽에서 목소리가 났다. 겐고로에몬은 허둥지둥 몸을 돌렸다.

툇마루의 닫혀 있던 가장 앞쪽 덧문이 어느새 딱 하나 열려 있다. 거기에서 젊은 여자와 노인이 몸을 반쯤 내밀다시피 하고 이쪽을 보고 있다. 은발의 노인은 먼눈으로 보기에도 해골처럼 야위었고, 여자의 목은 이상하게 길다.

"선생님이 맡아 주셨어. 이제 걱정하지 않아도 돼."

오타마가 실로 고양이 같은 갸르릉거리는 목소리로 그렇게 말하자 목이 긴 여자가 희미하게 미소를 지었다. 언제 어디에서 나타났을까, 이 둘은—하고 생각하는 사이에 그 모습이 사라졌다.

겐고로에몬은 눈을 깜박이는 것으로 모자라서 손으로 눈을 비볐다. 덧문 바로 안쪽의 벽에 현이 끊어진 낡은 금과 광택이 사라진 비파가 서로 겹쳐 세워져 있다.

악기의 요물일까.

"제 동료랍니다." 오타마가 슬쩍 몸을 기대며 속삭였다. "얌전한 자들이니 선생님, 그런 얼굴 하지 마셔요."

오타마 누님—하고 이번에는 머리 위에서 묵직한 목소리가 불렀다. 겐고로에몬은 한 번 두 눈을 꼭 감고 나서 초가지붕을 올려다보았다.

"어머나, 대장, 다녀왔어."

초가지붕 꼭대기 너머에서 거대한 금색 눈알이 이쪽을 내려다보고 있었다. 고맙게도 이번에는 외눈은 아니지만 그 크기는 쌀가마니 정도 될 것 같다.

"저것도 동료요?"

겐고로에몬 약간 목소리가 뒤집어지는 것을 누르며 물었다.

"예. 그러니 안심하셔요."

오타마는 앞으로 슥 나서더니 땅바닥을 한 번 박차 지붕 끝으로 뛰어올랐다. 거기에서 지붕 꼭대기까지 고양이의 발걸음으로 하느작하느작 올라가더니 커다란 눈알 옆에 쪼그려 앉는다.

"누님, 면목이 없소."

지붕 위의 거대한 눈알은 웅웅거리며 떨리는 목소리로 오타마에게 말했다.

"놓치고 말았소. 그 녀석, 덧문짝을 부수고."

"아아, 그러면 어쩔 수 없지, 대장."

그것은 힘을 갖추게 되었군, 하고 오타마는 낮게 중얼거렸다. 오타마와 나란히 있으니 커다란 눈알은 더욱더 거대해 보인다. 두 사람―아니 두 마리라고 해야 할까. 어쨌거나 한 쌍의 요물들은 작은 목소리로 무언가 이야기를 나눈다. 하기야 커다란 눈알의 목소리는 소리가 작아도 충분히 위협적이고, 그것이 웅웅거리며 이야기하면 겐고로에몬이 있는 곳까지 밤공기가 떨리는 느낌이 전해져 왔다.

아연실색해서 올려다보던 중에 그의 눈도 어둠에 익숙해져, 커다란 눈알의 본체 윤곽이 어렴풋이 보이기 시작했다. 대머리와 굵고 짧은 목, 살이 솟은 어깨 모양.

그때 커다란 눈알이 겐고로에몬을 내려다보았다.

"선생님" 하고 웅웅거리며 신음한다. "그렇게 저를 올려다보시면 저는 점점 커집니다."

오타마도 그를 내려다보며 밝게 말했다. "선생님, 천천히 시선을 내리고 발치를 보셔요."

그 말대로 따르자 오타마는 가볍게 지붕에서 뛰어내렸다.

"이제 됐소?"

"예."

올려다보니 초가지붕 위의 커다란 눈알은 사라지고 없었다.

"저 대장이 망을 보아 그것을 헛방에 가두어 두고 있었는데 말이지요."

"도망친 모양이군."

"대장은 그림자뿐이라, 체포하는 일은 서툴거든요."

하지만 괜찮아요, 하고 왠지 슬픈 듯이 말했다.

"그것이 숨어 있는 곳은 알고 있습니다. 가시지요."

오타마가 앞장서고, 둘은 저택 뒤쪽으로 돌아갔다. 황폐한 뒤뜰에서는 덤불이 더욱 가까이 다가와 있고 대나무가 밤바람에 울고 있었다.

오래된 연못과 장작 창고가 보였다. 오타마는 갸름한 턱으로 장작 창고 쪽을 가리켰다.

"저기가 그것이 좋아하는 둥지였는데 말이지요."

나무 망치는 장작 창고에 살고 있었나.

"이보시오, 오타마."

"예, 선생님."

"저택에 켜져 있는 희푸른 등불은—."

"마음에 드시지 않습니까."

"아니, 생소한 곳이니 불빛이 있어서 고맙긴 한데, 당신들은 불을 쓸 수 없는 것이 아니었소?"

잠시 침묵하고 나서 오타마는 말했다.

"그것은 후라리비ふらり火라고 합니다."

"후라리비라." 겐고로에몬은 되풀이했다. "그러니까 도깨비불이로군."

"처음부터 그리 말씀드리면 선생님, 또 그런 얼굴을 하실 것 같았어요."

"배려해 주어서 고맙구려."

"천만에요."

오타마가 웃고 겐고로에몬도 어색하게 웃으려고 했을 때 둘은 낡은 우물가에 당도했다.

수돗물을 푸는 우물이 아니라 지하수를 푸는 우물이다. 이 우물도 꽤 망가져서 기울기는 했지만 비를 긋는 지붕이 있고, 가로대에 도르레가 설치되어 있으며 밧줄이 걸려 있다. 그 밧줄 끝에 나무통이 하나 매달려 있는데, 둘이 가까이 다가가자 우물 안에서 새하얗고 호리호리하며 긴 손이 불쑥 뻗어와 나무통 끝을 붙드는가 싶더니 다시 쑤욱 들어갔다. 한 호흡을 두고 첨벙 하는 물소리가 나며 물보라가 우물가로 튀어올랐다.

겐고로에몬은 숨이 멎을 뻔했다.

"정말, 시끄럽네."

오타마는 우물 가장자리에 손을 짚고 호리호리한 손이 사라져 간 쪽을 향해 불렀다.

"그렇게 허둥거리지 않아도, 산겐초의 만능 해결사 선생님을 모시고 왔어!"

우물 밑바닥의 어둠에서 묘하게 새된 목소리가 들려왔다. "봐 줘, 봐 줘, 좀 봐 줘."

이것도 오타마의 동료이다.

"짜증 나, 나는 싫어."

새된 목소리가 우물에 부딪혀 반향이 되어 웅웅거리며 들려온다.

"하지만 선생님께 인사 정도는—."

겐고로에몬은 얼른 양손을 올렸다.

"아니, 상관없네. 인사할 필요는 없소. 그대로 계시오, 그대로."

오타마는 그를 돌아보고 역시 머쓱한 얼굴을 했다. "선생님은 의외로."

"담이 작지. 일일이 동료들을 소개해 주지 않아도 되오."

오타마는 흠 하고 숨을 내쉬고 일부러가 아니라 저도 모르게 그렇게 되어 버렸는지 고양이 눈이 되었다가 곧 돌아왔다. 사람이라면 어이가 없어서 눈을 빙글 돌린 것일까.

"오타마" 하고 우물 밑바닥에서 부른다. "그 녀석은 언덕 위쪽으로 도망쳤어. 저 칠엽수 있는 데."

"당신, 봤어?"

"봤지. 데굴데굴 굴러가더군."

"아직 망치 모양을 하고 있었지?"

"맞아. 아니면 헛간 문을 부수지 못하지."

"그럼 당장 가 볼게."

겐고로에몬은 허리의 칼에 손을 대고 한껏 무겁게 헛기침을 했다.

"이 근처요?"

오타마는 고개를 끄덕이더니 웃음을 터뜨렸다. "선생님도 참, 그렇게 힘주지 마셔요."

낡은 우물 앞에 덤불 속을 빠져나가는 오솔길이 있었다. 이곳에 사는 사람이 아닌 존재들이 다니다 보니 자연스럽게 난 길처럼 보인다.

"이곳을 지나면 뒷길이 나온답니다. 그쪽은 사람도 다니지만요."

달이 없으면 캄캄한 샛길이지요, 하고 덤불을 손으로 헤치면서 오타마는 말했다.

"어지간한 용무가 있는 사람이 아니면 다니려고 하는 길이 아닙니다."

"그 '어지간한 용무'란 어떤 용무인지."

"제대로 사람이 살고 있는 이 근처 저택에서는 활발히 개장開帳을 하고 있거든요."

신불에게 절하자는 것이 아니다. 노름판이다. 무가 저택의 주겐 방은 왕왕 도박꾼들의 소굴이 된다.

"그렇군. 그러면 그 나무 망치의 습격을 받은 네 사람도 역시."

"예, 도박장에 다니는 사람들입니다. 하지만 세 번째로 습격을 받은 사람은 여자인데, 뭐라고 하나요. 사게주일까요."

사게주란, 주로 목욕탕에 다과나 술안주를 넣은 찬합을 들고 가서 쉬는 손님들에게 팔고 그 김에 몸도 파는 여자들을 말한다.

오타마는 행선지가 목욕탕이 아니라 노름판이어도 그렇게 불러도 될지 어떨지 묻고 있는 것이다. 겐고로에몬이 의외로 겁쟁이인 것처럼, 이 네코마타는 의외로 고지식하다.
"글쎄, 나도 모르겠군. 하지만 그 여자의 정체는 잘 알았소."
엄청난 비명이었습니다, 하고 오타마는 말했다.
"그 여자, 다리가 부러졌고 허리도 호되게 얻어맞은 것 같았어요. 이제 일어날 수 있게 되었을까요."
"당신이 구해 주었군."
"우리 힘으로는 어떻게 할 수도 없어서 도깨비불이 가장 가까운 쓰지반에도 시대에 에도 시내의 무가 주택가 네거리에 세웠던 경비 초소에 알리러 갔지요. 길 안내라면 도깨비불의 장기니까요."
도깨비불의 신고를 받은 쪽은 자못 놀랐으리라. 적어도 무사의 체면은 서게 놀라 주었다면 좋겠는데.
덤불을 빠져나가는 오솔길은 가팔랐다. 가끔 땅바닥에 손을 짚지 않으면 올라갈 수 없는 곳도 있다. 가볍게 숨이 찬 까닭은 그 때문이지 다른 이유 때문은 아니라고, 겐고로에몬은 스스로에게 들려주면서 오타마의 뒤를 따라갔다.
"그 저택에 오타마 당신의 동료는 몇 명이나 살고 있는 거요?"
몇 명이라고 세어도 될지 어떨지 잘 모르겠지만.
"별로 없습니다. 스무 마리 정도일까요."
백귀야행을 하기에는 턱없이 모자라지요, 하고 네코마타는 웃으며 대답했다. 한 마리, 두 마리라고 세면 되는 모양이다.

"모두 요물들이지?"

"기물 요괴만 있는 것은 아니지만요."

"모두 당신처럼 마음대로 저택을 떠날 수 있는 것은 아니오?"

"돌아다니는 것도 있어요. 하지만 대개는 그곳에서 얌전히 지내지요."

귀찮은 일을 일으키면 곤란하니까요, 하고 마치 하치베에가 나가야 입주자에게 설교하는 듯한 말투로 말했다.

"그 낡은 우물의ㅡ."

"그자는 '교노지'라고 하는데요."

본래 익살꾼이랍니다, 하고 오타마는 감싸듯이 말했다. "아까도 장난을 친 거예요."

"그것은 우물에서 떠날 수 없는 거군."

"글쎄요." 오타마는 또 참다 못한 듯이 웃음을 터뜨렸다. "가끔 못된 장난을 치지만 선생님한테 무례한 짓은 하지 않을 거라니까요."

앞뒤도 분간할 수 없는 덤불 속에서, 겐고로에몬은 아까 그 희고 호리호리한 손이 뒤에서 달라붙어 오는 듯한 기분이 들어 견딜 수가 없었다. 오타마는 꿰뚫어 보고 있던 모양이다.

"우리는 그 저택에서 사는 것이 정말로 행복해요."

오타마의 목소리는 차분하고 진실했다. 들어본 적이 있는 그리운 목소리로 들렸다. 그 소리는 갑자기 겐고로에몬의 귓속에서 되살아나 그의 마음을 떨리게 했다.

―저는 행복했어요.

시노의 그 웃는 얼굴.

"요물은 어차피 길을 벗어난 존재입니다. 좋은 은신처를 찾을 수 있어서 다행이라고, 다들 기뻐하고 있지요."

겐고로에몬은 시노의 얼굴을 가만히 눈 안쪽으로 되돌렸다.

"그런데도 그 나무 망치는 거기에서 벗어났단 말인가?"

오타마는 대답하지 않고 조금 더 올라가, 몸을 굽힌 채 움직임을 멈추었다.

"잠시 기다려 주셔요."

몸을 길게 뻗어 덤불에서 머리를 내민다. 그 동작은 고양이의 움직임 그 자체였다.

"아무도 없습니다. 자, 선생님, 나오셔요."

겐고로에몬은 소매에 걸리는 잔가지를 뿌리치면서 덤불을 빠져나왔다.

달빛이 비치는 오솔길이다. 오른쪽에서 왼쪽으로 완만하게 내려가고 있다. 긴 언덕길이 이어졌다.

올려다보니 언덕 꼭대기에 있는 유난히 높은 나무 그림자가 보인다.

"저 칠엽수가, 지금은 그것이 좋아하는 은신처입니다."

달을 등지고 밤하늘에 우뚝 솟은 고목이다.

겐고로에몬은 시선을 옮겨 언덕 아래쪽을 바라보았다. 밤의 밑바닥에 드문드문 불빛이 보인다. 상당히 외진 곳인가 보다. 불빛은 무가 저택의 문지기 초소나 쓰지반의 초롱불이리라.

"칠엽수 가지에서 뛰어내려 이 언덕을 굴러가 아래쪽을 걸어가던 사람의 발을 걸어 넘어뜨리는 것이로군."

"예."

오타마의 대답이 억누른 것처럼 낮다.

"당신에게도 당신의 동료들에게도 이름이 있는 모양이구려. 그런데 그 나무 망치만은 저것이라느니 그 녀석이라고 부르는군."

오타마는 입을 다문 채 고개를 숙였다.

"게다가 내게는 이해할 수 없는 대목이 있소" 하고 겐고로에몬은 말을 이었다. "여하튼 처음 있는 일이다 보니 꽤 놀랐거든. 하지만 당신 말대로 그 저택에 사는 요물들은 결코 난폭해 보이진 않소. 그런데 왜 나무 망치만 날뛰며 사람에게 나쁜 짓을 하게 되었는지."

거기에는 무언가 이유가 있을 것이다.

밤바람에 덤불이 술렁거린다. 소리라면 그것뿐이다. 달빛이 반짝이는 소리가 들려오는 기분이 들 정도다.

오타마는 고개를 숙인 채 말했다. "저희 저택은 사람의 눈에 잘 띄지 않도록, 선생님이 말씀하신 '술법'이라고 할 정도로 거창한 것은 아니지만 눈속임이 되어 있습니다."

하지만 주변에는 사람이 다니고, 사람이 길을 잃고 덤불의 오솔길로 들어오는 경우도 있다.

"그것이 이상해진 까닭은, 그런 사람이 가까운 곳에 접근해 왔기 때문이에요."

"접근해 오다니, 소란이라도 일으켰소?"

"아니요. 그냥 버리고 갔을 뿐이에요."

어린아이의 시체를—하고 오타마는 말했다.

겐고로에몬은 여자의 옆얼굴을 뚫어져라 바라보았다. 오타마는 그 시선이 괴롭다는 듯이, 소리 내지 않고 다리를 바꾸어 디디며 그에게서 등을 돌렸다.

"아이를 버린 것이 아닙니다. 아이의 시체를 버렸지요. 심하게 학대를 받고 죽었는지, 온몸이 멍투성이였습니다. 뼈와 가죽만 남은 듯이 야위어 있었고요."

겐고로에몬은 오타마의 호리호리한 등에 대고 물었다. "버리고 간 자는 어떤 풍채였소?"

"모릅니다. 몰래 도망쳤으니까요. 얼굴을 가리고 있었어요."

부모일까. 납치한 아이가 말을 듣지 않아 주체하지 못하게 된 유괴범일까.

어느 쪽이든 사람도 아닌 놈이 틀림없다.

"덤불 속에 버려 두면 흙으로 돌아가리라 생각했겠지요."

들개 밥이 아니라 덤불 밥으로 던져준 거예요, 하고 오타마는 낮게 말했다.

"그리 되면 너무 불쌍해 우리끼리 장사를 지내 주었어요."

"어떻게?"

"우물에 넣었습니다. 곧장 저세상으로 통해 있으니까요. '교노지'가."

―내가 새하얗게 씻어 줄게.

"지금도 지켜 주고 있어요."

겐고로에몬은 고개를 끄덕였다. 한 번, 두 번 끄덕였다.

"아이의 혼은 감사하고 있겠군."

오타마는 돌아보지 않았다.

"그것은 그 아이의 시체를 보고."

절제를 잃고 말았습니다―하고 말했다.

"떠올린 것이지요. 자신의 정체를."

그러고는 결심한 듯이 겐고로에몬을 돌아보았다. "선생님, 우리도 그냥 나이를 먹었기 때문에 요물이 되는 것은 아닙니다. 요물이 되는 데에는 그 나름의 이유가 있답니다."

좋은 이유도, 나쁜 이유도.

"그것은 말이지요, 옛날에 평범한 도구인 나무 망치였을 때, 어린아이를 죽이는 데 사용된 적이 있어요."

놀라는 겐고로에몬을, 오타마는 원망하듯이 눈물을 글썽이며 날카롭게 응시했다.

"사람의 손에 의해, 어린아이의 피를 빨게 된 것입니다. 그래서 그것은 요물이 되고 말았지만 평범한 도구에서 요물이 됨으로써 일단은 구원되었지요. 이 세상 것이 아니게 됨으로써 구제된 것입니다."

그리고 조용히 살아왔다.

"우리와 함께 기나긴 시간을 들여, 도구였을 무렵의 일은 저 뒤에 두고 왔어요. 잊고, 정리해 왔지요. 그런데 그때 그 가엾은 아이의 시체를 보았으니."

전부 떠올리고 말았다—.

"그래서 사람을 덮치게 되었다는 말이오?"

분노한 나머지, 슬픈 나머지?

"그렇습니다. 자신이 어린아이를 죽인 사실을 떠올리고, 그것이 너무나도 끔찍해서 이상해지고 말았지요."

오타마는 단숨에 토해내듯이 털어놓았다.

"예, 그래요. 가엾게도, 마음이 부서지고 만 것입니다."

그러니 그것은 이제 원래의 그것이 아닙니다, 하고 호소하는 목소리가 떨림을 띠고 길게 꼬리를 끌었다. 고양이가 그르릉거리듯이.

"마음, 이라."

고양이 눈이 날카롭게 빛났다. "요물에게 마음이 있으면 안 되나요?"

또 밤바람에 덤불이 술렁거렸다.

"아니, 조금도 이상하지 않소. 마음도, 혼도 깃들 테지."

겐고로에몬이 대답하자 오타마는 갑자기 당황한 듯이 다시 그에게서 얼굴을 돌렸다.

겐고로에몬은 높이 솟아 있는 칠엽수의 그림자를 올려다보았다.

"내가 저 밑을 지나면, 마음이 부서진 나무 망치의 요물이 덮쳐 올 테지?"

오타마는 크게 고개를 끄덕였다.

"그것을 베어 성불시켜 달라고, 내게 부탁하는 것이군."

부탁드립니다, 하고 우는 듯한 목소리가 들렸다.

"어째서 저 나무 망치의 이름만 가르쳐 주지 않는 것이오. 이름이 있을 텐데."

"아니요, 없습니다." 오타마는 고집스럽게 고개를 저었다. "이제 이름은 없어졌습니다. 우리 동료가 아니게 되었으니까요."

그냥 노즈치입니다, 라고 말했다.

"그 노즈치는 예전에 자신이 목숨을 빼앗은—아니, 강제로 빼앗을 수밖에 없었던 어린아이의 이름도 떠올린 것은 아니오?"

오타마는 대답하지 않고 끊임없이 눈을 깜박였다. 눈을 깜박일 때마다 어지럽게 고양이 눈이 되었다가 돌아왔다가 한다.

"—모릅니다."

그러냐고, 겐고로에몬은 말했다.

"분노한 나머지 제정신을 잃은 노즈치가 지금은 그 아이의 이름을 쓰고 있지 않을까 싶은데."

내 말이 틀렸냐며, 겐고로에몬은 오타마의 얼굴을 들여다보았다. 오타마는 고양이 눈을 하고 되물었다.

"만일 그렇다면 선생님, 무언가 안 좋은 점이라도 있습니까?"

둘은 한동안 침묵했다.

"이봐, 오타마. 이것은 어려운 일이다."

지금은 오타마를 타일러야 한다. 고용된 만능 해결사로서가 아니라 사람의 몸으로서, 고양이의 화신을.

"네가 베라고 부탁한 것은 그냥 노즈치가 아니다. 그것은 죽임을 당한 아이의 혼이기도 하지. 아니냐?"

유령이 아니다. 원령도 아니다. 요물도 아니고 원령도 아니다. 살인에 사용된 도구가, 거기에 살해된 목숨을 깃들게 하고 비애를 양식으로 삼아서 오랜 시간을 들여 하나가 된 것. 이 세상 존재가 아니면서도 이 세상을 떠나지 못하고, 하지만 살 곳을 찾아내고 동료를 만나, 시간을 잊으며 평안하게 지내고 있었는데 불행하게도 깨어나고 만 것—.

오타마는 사람의 눈으로 돌아와, 매달리듯이 겐고로에몬을 바라보고 있다.

"너도 알고 있겠지?"

"아니요, 모릅니다. 선생님은 틀렸어요."

"틀리지 않았다. 어린아이를 벨 수는 없어."

"할 수 없다니, 선생님."

"무언가 달리 방법이 있을지도 모른다."

"없습니다. 우리가 말하는 것이니 확실해요."

저것은 노즈치입니다, 하고 그의 소매를 붙잡으며 호소했다.

"사람을 해치는 요물입니다. 이제 원래대로 돌아오지 못해요. 퇴치할 수밖에 없습니다. 부탁입니다."

겐고로에몬은 오타마의 손을 떼어냈다.

"적어도 조금 생각하게 해 주지 않겠느냐."

오타마는 얼굴을 일그러뜨렸다. 그것은 정말로 사람의 표정으로, 애절하고 아름다웠다.

"우물쭈물하다간 정말로 완전히 둔갑하고 말 거예요. 그렇게 되면 늦습니다, 선생님."

"오래 기다리게 하지는 않으마. 다만 지금은 무리라는 말이다."

그야말로, 좀 봐 달라고 부탁하고 있는 것이다.

그때 주위 덤불은 쥐 죽은 듯 조용한데 오직 앞쪽의 칠엽수만이 몸을 떨듯이 가지를 떨면서, 잎이란 잎을 모조리 비비다시피 하며 술렁거리기 시작했다.

마치 이 대화를 듣고 웃고 있는 듯하다.

오타마는 멀리서 그것을 올려다보며 중얼거렸다.

"내일은 비가 오겠네요."

저는 사흘 후의 날씨까지 읽을 수 있답니다. 삼색 고양이의 네 코마타니까요.

"비가 오면 저것은 어디론가 숨어 버릴 거예요. 그러니 내일은 괜찮겠지요."

"알겠다."

"요전에 사람이 죽은 일이 꽤 큰 소동이 되었으니, 당분간 이곳을 지나는 사람들도 없겠지요. 하지만 소란이 식으면 어떨지 모릅니다. 우란분이 지나면 고용살이 일꾼들이 휴가를 얻어 집으로 돌아갈 거고요."

"그럼 우란분 동안에 어떻게든 하지."

그러나 오타마는 겐고로에몬의 약속을 무시하며 턱 끝을 반짝 치켜들었다.

"이 길을 내려가면 마을이 나옵니다."

"다시 이곳으로 돌아오고 싶을 때는 어떻게 하면 되지?"

"선생님께 돌아오실 마음이 있다면."

달빛에 고양이 눈이 바늘처럼 뾰족해졌다.

"문에 가지 말을 내놓으십시오. 제가 다시 모시러 가겠습니다."

겐고로에몬은 혼자서 오솔길을 내려갔다. 걸어가다 보니 안개가 개듯이, 또는 요술 장치가 풀린 것처럼 주위가 똑똑히 보이기 시작했다.

숲이나 밭 사이로 무가 저택이 서 있는, 언덕이 많은 동네다. 후카가와에서는 꽤 멀다.

쓰지반에 들를까 생각도 했다. 근자에 이 부근에서 일어난 사건을 묻기에는 안성맞춤이리라. 하지만 곧 생각을 바꾼 까닭은 지금 자신이 어떤 얼굴을 하고 있는지, 어떻게 보일지 알 수 없음을 깨달았기 때문이다. 수상하게 여겨지면 귀찮게 된다.

밤길을 가다 보니 민가도 드문드문 나타났지만 사람과는 마주치지 않았다. 그러다가 니하치소바二八蕎麥한 그릇에 16푼 하던 싸구려 메밀국수를 파는 노점을 만났다. 주인이 혼자 김 건너편에서 등을 웅크리고 있다. 겐고로에몬은 저도 모르게 걸음이 빨라졌다.

"어서 오십시오."

졸린 듯한 주인이 머리를 들고 겐고로에몬을 보았다. 한 그릇 달라고 하자 예에, 하며 일어선다.

그러고 나서 한숨 돌리며 앉아 있는 그를 힐끔힐끔 살핀다.

"내 얼굴에 뭐가 묻었나?"

아니요, 아니요, 하며 주인은 송구스러워했다.

"주인장."

"예에."

"엉뚱한 질문이네만, 여기는 어딘가?"

주인은 어이없어하지 않았고, 웃지도 않았다.

"센다가야입니다."

겐고로에몬은 천천히 고개를 끄덕였다. 새삼스럽게 한기를 느꼈다. 요물의 길인가.

주인과 눈이 마주쳤다. 이쪽이 탐색하려 하자 상대도 탐색해 오는 것 같았다. 거기에서 무언가를 느끼고,

"근자에 요 앞에 있는 언덕 위에서."

대강 자신이 내려온 방향으로 손을 흔들며 그는 주인에게 물었다.

"무언가 이상한 일이 일어난 모양인데, 살짝 들은 이야기는 없는가."

국수가게 주인은 어깨의 짐을 내려놓은 듯한 얼굴을 했다. 정

말로 어깨가 움직이고 구부린 등에서 힘이 빠진 것 같았다.
"나리는 혹시, 요물을 퇴치하러 오셨습니까?"
"아니, 나는 운을 시험해 보러 왔을 뿐일세."
주사위를 넣은 종지를 흔드는 듯한 손짓을 해 보이자 주인은 낙담한 듯했다.
"그러십니까……."
"왜 그러나, 요물이 나오나?"
"모르셨습니까? 아무것도 모르고 저곳에 가신 겁니까. 그런데 무엇과도 마주치지 않으셨습니까."
주인은 수레 가장자리를 붙잡고 매달리다시피 하고 있다.
"무엇을 만난다는 겐가?"
뾰족해진 목울대를 꿀꺽 움직이더니, 주인은 작은 목소리로 털어놓았다. "언덕 꼭대기의 커다란 칠엽수 밑을 지나가면 나무 망치가 떨어진다고 합니다."
"나무 망치라고?"
겐고로에몬은 꾸며낸 웃음을 지었다.
"그런 것은 요물 축에 들지도 않지 않나. 어디가 무섭단 말인가."
"모두 처음에는 나리와 똑같이 웃고 계셨지요."
주인은 수레 뒤에 숨어 머뭇머뭇 고개를 빼더니 언덕 위쪽으로 시선을 던졌다.
"그래도 사람이 다쳤습니다. 지난달에는 하녀 하나가 일어서지도 못할 만큼 크게 다쳤지요. 역시 내버려 둘 수 없겠다며, 열흘쯤 전일까요, 데와_{현재의 아키타 현과 아마가타 현을 가리키는 옛 지명} 수령님의 저택에 계시는 분이—아아, 이것은."

"신경 쓰지 말게. 어디의 누구이든 나와는 상관없는 일일세."

주인은 흠칫거리며 고개를 끄덕였다. "요물을 퇴치하러 가셨다가 결국 목숨을 잃으셨다는 소문입니다."

"나무 망치의 습격을 받았나?"

"머리가 깨졌다고 합니다."

주인은 몸을 떨고 있다.

"나가시기 전에 술을 마셔야겠다, 기운을 북돋워야겠다고 하시며 이곳에 들러 주셨지요. 제 단골손님이었습니다. 아직 젊은 분이었는데 참혹한 일입니다."

그 후로 저 언덕길을 다니는 사람은 없습니다, 라고 한다.

"멀리 돌아가더라도 모두 그 칠엽수를 피하고 계십니다. 운을 시험하러 갔다가 요물에게 머리가 깨져서야 안 되겠지요. 저도 좀 더 언덕 위쪽에서 장사를 하고 있었는데, 무서워서 내려왔습니다. 여기에는 손님이 오지 않지만, 목숨과 바꿀 수는 없으니까요."

아미타불, 아미타불—하며 겁먹은 주인이 내놓은 메밀국수는 퍼져 있었다. 아무리 맛있는 메밀국수를 내놓아도 그때의 겐고로에몬은 맛 따위 알 수 없었겠지만.

4

오타마가 '교노지'라고 부른 낡은 우물의 주민은, 정식으로는 '교코쓰狂骨'라는 해골 요물로, 확실히 명랑한 익살꾼인 모양이다.

이튿날, 마음에 짚이는 데가 있는 요물 책을 뒤적여 보고 겐고로에몬이 새로 얻은 지식은 그 정도다.

노즈치에 대해서도, 전부터 알고 있던 사실 이상은 알 수 없었다. 책에서는 재치 있는 요물 이야기의 재미를 얻을 수는 있어도 그것을 퇴치하는 방법은 얻을 수 없다. 하물며 마음이 부서져 제정신을 잃고 만 요물을 어떻게 하면 낫게 해 줄 수 있는지 적혀 있을 리가 없었다.

―뭐가 달리 방법이 있을지도 모른다. 냐. 경솔한 것도 유분수지.

오타마도 자신을 단념했을지 모른다. 변명이야 어떻든, 어젯밤의 그는 꼬리를 말고 도망쳐 돌아와 버렸으니까.

십사일에는 정말로 비가 왔다. 내리다 그쳤다 하는 가랑비로, 하늘은 밝고 오래 머물 비구름은 아닌 듯하다. 그렇다면 일을 서둘러야 한다. 날이 개면 노즈치는 칠엽수 위에 나타날 것이다. 소문을 모르는 사람이 지나가거나, 알고 있어도 허세를 부리거나 경솔하게 행동하는 사람이 나타날지도 모른다.

가나는 창문으로 하늘을 바라보며 빨리 비가 그치기를 기다리고 있다. 하치베에가 다 함께 우물 청소를 잘 거들어 준 데 대한 상이라며 나가야 아이들에게 물총을 하나씩 사 준 것이다. 사내아이에게는 개구리 모양, 여자아이에게는 금붕어 모양의 물총이다.
"이제 우란분이니 물총을 가지고 놀아서는 안 됩니다. 배가 차가워지니까요."
가나에게는 상냥하게 말하며 자신의 배를 두들겨 보인 하치베에는, 여름이든 가을이든 비가 오든 바람이 불든 상관없이 뛰어다니며 노는 사내아이들에게는, 너희 이 물총으로 다른 사람에게 물을 쏘면 측간에 처박아 버리겠노라고 으름장을 놓았다. 꼬맹이들은 전혀 듣지 않았고, 으름장을 놓는 하치베에게 물을 쏘고 도망치고 야단맞느라 소란스럽다.
이렇게 건강하고 밝고 씩씩하고, 시끄럽지만 재미있는 어린아이라는 생물.
그것을 해치는 어른이 있다.
죽임을 당하는 어린아이도 있다.
그 죄에 가담해야 하는 도구가 있다.
그 도구가 요물이 되고 말 때가 있다.
요물이 되어 더욱 그 마음이 부서질 때가 있다.
"아, 다마 씨."
격자창에 손을 대고 가나가 발돋움을 했다. 겐고로에몬은 서둘러 옆으로 다가갔다.
"어디에 있니?"

"저 지붕 위에요."

작은 손가락이 가리키는 곳에서 고양이 꼬리가 얼핏 보였다가 곧 초가지붕 맞은편으로 사라졌다.

"방금 그 꼬리는 줄무늬 고양이였어. 다마가 아닐 게다."

그런가…… 하며 가나는 실망했다.

"다마 씨가 줄곧 안 보여요."

겐고로에몬은 어린 딸을 내려다보며 그 머리카락을 살며시 쓰다듬었다.

"걱정하지 말아라. 아버지한테는 틀림없이 왔단다."

"정말? 어떤 부탁을 하던가요?"

확 달려들 듯이 묻고 나서, 가나는 허둥지둥 손으로 귀를 덮었다.

"안 돼요. 비밀이라고 했어요."

"다마 씨가 네게는 비밀로 해야 하는 부탁이라고 하더냐?"

"네. 아버님한테만 부탁할 수 있는 중요하고 어려운 일이니 저에게도 비밀로 해야 한다고 했어요."

"너는 그 약속을 지키고 있는 것이구나."

"다마 씨는 친구니까요."

딸의 가냘픈 손을 잡고 귀에서 떼어 주면서, 겐고로에몬은 미소를 지었다.

"그러면 나도 네게 말하지 않으마."

"아버님도 다마 씨와 약속하셨군요."

가나는 기쁜 듯이, 자랑스러운 듯이, 웃었다.

"아버님은 실력이 뛰어난 만능 해결사이니 맡기면 무슨 일이든 안심이라고 다마 씨가 말했어요. 그렇지요, 아버님?"

응, 하며 고개를 끄덕이고 겐고로에몬은 다시 딸의 머리를 쓰다듬었다.

―비겁하구나, 네코마타야.

가나를 인질로 잡지는 않았지만 가나의 신뢰를 인질로 잡지 않았는가.

―실력이 뛰어난 만능 해결사의 체면을 걸고, 받아들여야 하는 것인가.

철없는 어린아이의 혼이 분노와 원한에 잡아 찢겨, 사람의 목숨까지 빼앗았다면.

국수가게 주인의 핏기 가신 겁먹은 얼굴이 눈에 떠오른다.

슬픈 혼이 그렇게 두려움의 대상이 되고 있다면.

―막아야 하려나.

그 어둑어둑한 뒷길을 지나 노름판으로 서둘러 걸어가는 남자들에게도, 그런 남자들을 상대로 몸을 파는 여자들에게도 키울 아이가 있을지도 모른다. 그런 남자나 여자가 목숨을 잃으면 그 아이는 길거리를 헤매게 될지도 모른다.

가랑비는 저녁이 되기 전에 완전히 그쳤다. 하늘에서는 별이 깜박이기 시작했다. 우란분 때면 그러하듯이 오늘도 오가던 시주 승들의 독경 소리가 이제야 멀어져 간다.

—시노. 내가 어린아이를 벨 수 있을까.

"선생님."

겐고로에몬은 멍하니 나무 문 기둥에 등을 기대고, 초라한 나가야 처마에 매달려 있는, 하얀 종이를 바른 초롱의 불빛을 바라보다가 갑자기 자신을 부르는 소리에 제정신으로 돌아왔다. 저편에서 하치베에가 이쪽을 보고 있다.

"왜 그러십니까? 마치 선 채로 잠든 것 같은 얼굴입니다."

말하고 나서, 이거 낭패라는 듯이 손으로 이마를 철썩 때린다.

"쓸데없는 말씀을 드렸군요. 사모님을 떠올리고 계셨겠네요."

겐고로에몬은 미소를 지으며 작게 고개를 끄덕여 보였다.

"하치베에 님도 그리운 사람을 떠올리십니까."

"아니, 우리 여편네는 공교롭게도 팔팔하거든요. 고작해야 어머니의 얼굴을 떠올리는 정도지요."

쉰 목소리로 말하며, 곶감 같은 얼굴의 관리인은 약간 주위를 살폈다.

"우란분이나 피안춘분이나 추분의 앞뒤로 각 사흘간 때 어머니는 제가 아니라 마누라한테 돌아옵니다. 어머니가 베갯머리에 서 있어서 죽을 맞이다. 어쩜 그리도 집념이 깊은 할망구냐며 저까지 야단을 맞지요."

그러고는 더욱 쉰 목소리로 한바탕 웃었다.

"그래도 진짜 귀신이 되어 돌아오지 않으니 그것만으로도 다행입니다. 마누라도 어머니의 험담을 하지만, 진심으로 미워하지는 않고요. 이것은 이것대로 연중행사입니다."
 하치베에가 등롱에 불을 넣고 떠난 후에도 겐고로에몬은 거기에 있었다. 우란분의 불빛을 바라보고 있었다.
 그러고 나서 집으로 돌아가, 다마다나의 가지 말을 집어 들어 문가에 놓고 장지를 닫았다.

 달은 어젯밤보다 약간 더 부풀었다.
 그 칠엽수를 비추고 있다.
 "단념하려고 했어요."
 오타마가 겐고로에몬 뒤에 서 있다.
 "선생님, 어째서 마음이 바뀌셨나요?"
 "마음이 바뀐 것이 아니다. 결심이 선 것이지."
 어쨌거나 메밀국수가게 주인이 벌벌 떨고 있었으니까—라고 말하고 나서 겐고로에몬은 오타마가 슬쩍 등에 기대는 느낌을 받았다.
 "죄송합니다. 처음부터 그런 준비도 해 두어야 했는데요. 제 이야기만으로는 선생님도 믿을 수 없을 테니까요."
 요괴 고양이의, 요물이 하는 말이니까요—.
 "네 말을 믿지 못해 확실한 증거를 잡은 것이 아니다. 메밀국수가게 주인은 우연히 만났을 뿐이야. 억측하지 마라."
 "하지만 선생님."
 "여기서부터는 나 혼자서 올라가는 편이 좋겠지. 여기서 기다려 다오."

 겐고로에몬이 발을 내딛자, "선생님, 피하셔요" 하고 오타마가 쫓아오듯이 속삭였다. "잘 피하셔야 합니다."

 마음이 부서진 요물의 지혜는 어느 정도일까. 재미를 붙이고 몇 번인가 사람을 해쳤던 곳에 눌러앉을 정도이니, 지나가는 사람에게 물총으로 물을 쏘며 좋아하는 골목대장 정도의 지혜도 없는 것일까.

 아니면 노즈치가 이곳을 떠나지 않는 까닭은 부서진 마음으로 나름 이곳을 자신의 영역이라고 생각하기 때문일까. 자신이 있을 곳이라고 생각하기 때문일까.

 동료 요물들과 평안하게 살던 폐가에 미련이 남아 있기 때문일까.

 덤불이 술렁거리고 나무들이 흔들린다.

 그렇다면 이곳을 네 무덤으로 삼아 주마. 한 발짝 한 발짝 내딛듯이 언덕을 오르면서, 겐고로에몬은 칼을 검집에서 살짝 밀어 올려 두었다.

 달이 빛난다. 덤불이 술렁거리는 소리에 섞여 분명히 그것과는 다른, 짐승이 낮게 으르렁거리는 듯한 소리를 그는 들었다.

 칠엽수 가지가 밤하늘을 덮고 있다. 나뭇가지와 잎이 달빛을 가로막는다.

 쉭 하고 무언가가 풀리는 것 같은 소리가 났다. 생물이 목을 울리는 듯한 소리가 났다.

그것은 갑자기 떨어져 내려왔다. 나뭇잎 사이를 빠져나온다기보다 달에서 굴러떨어졌다고 생각했을 만큼 갑작스러웠다. 겐고로에몬은 칼을 뽑으면서 그것을 피해 빠져나갔다가 한 발로 버티며 빙글 몸을 돌려, 단단한 지면에 튕겨 다시 높이 튀어오르려 하는 그것을, 위에서 내리쳐 베었다. 그것은 둘로 쩍 갈라지고, 순간 허공에서 멈춘 것처럼 보였다. 옆으로 후려치자 꺅 하고 비명을 지르며 돌처럼 떨어졌다.

하나, 둘, 셋. 한쪽 무릎을 꿇고 자세히 살펴보니 그의 칼은 나무 망치를 우선 자루와 머리로 나누고, 이어서 머리를 정확하게 둘로 베었다.

오타마가 달려왔다. 여자의 형상이지만 달리는 모습은 고양이로 돌아가 있다.

"선생님, 잘 피하셨군요!"

어려운 상대는 아니었다. 지금까지 사람이 다치거나 죽은 까닭은, 모두 갑자기 습격을 받아 대비를 하지 못했기 때문이리라. 사계주 여자가 당한 후 요물을 퇴치하겠다며 나섰다가 목숨을 잃은 '데와 수령'의 젊은 무사는, 노즈치를 만만하게 보았고 취해 있었기 때문에 실수를 한 것이다.

무서운 요물은 아니다. 본래 사람을 놀라게 하는 정도가 고작이다. 그것이 오히려 가엾었다.

이런 최후를 맞지 않고 동료들과 폐가에 모여 즐겁게 살 수 있었을 텐데.

"어디에서 태울까."

"여기에서." 오타마는 곧 대답했다. "여기를 좋아했으니까요."

"저택으로 돌려보내 주지 않는 겐가."

"그것은 역시 안 됩니다."

겐고로에몬이 부싯돌을 골랐고, 오타마가 그 근처의 마른 풀과 낙엽을 모았다.

낡은 나무 망치로밖에 보이지 않는 노즈치는 싱겁게 불에 타 재가 되었다. 희미하게 머리카락을 태우는 것 같은 냄새가 났다.

오타마가 손으로 흙을 파 구멍을 내고 그것을 정중하게 묻어 주었다.

합장을 하고 잠시 기도를 한 뒤, 오타마는 그제야 얼굴을 들었다.

고양이 눈이 되었다가 사람의 눈으로 돌아와, 그 자리에 앉아 바닥에 손을 짚었다.

"선생님, 고맙습니다."

쇼타로도 성불할 수 있었습니다, 라고 말했다. "그것이, 이 나무 망치가 떠올린 아이의 이름입니다."

하지만 슬프네요—하고 중얼거린다.

"이것에게 그 이름을 떠올리게 한 어린아이의 이름은, 우리 역시 아무도 모르거든요."

시체였으니 이름을 말할 수 없지요.

"그래도 너희가 장사를 지내 주어서 좋아했을 게다."

겐고로에몬은 또 혼자서 언덕을 내려갔다. 오늘밤에는 니하치 소바 노점은 만나지 못했다. 주인이 결국 장사를 쉰 이유는, 어쩌면 어젯밤의 겐고로에몬 때문일지도 모른다.

뭐, 이러다가 원래대로 돌아올 테지.

십오일에는 확 바뀌어 하늘이 푸르렀고, 여름이 돌아온 것처럼 더워졌다. 하치베에 나가야의 아이들은 선물로 받은 물총을 가지고 놀았다. 겐고로에몬도 거기에 섞여, 하치베에나 아낙들이 웃을 정도로 소란을 떨며 물놀이를 했다.

"선생님, 적당히 하시지 않으면 몸이 차가워집니다. 이제 가을이니까요."

"하치베에 님이 아이들에게 인심 좋게 물총 같은 것을 사 주시니 그렇지요."

"여름이 지나면 팔고 남은 물총은 값이 싸지거든요."

"뭐야, 구두쇠 관리인!"

사내아이들이 몰려들어 하치베에게 물을 뿌렸고, 화가 난 하치베에가 문에 괴어 놓은 버팀목을 들고 쫓아다녀 이번에는 술래잡기가 시작되었다.

"만능 해결사 선생님, 관리인 아저씨 좀 잡아 주세요!"

"공짜로는 못 하는데."

"쳇, 선생님도 구두쇠야."

하루 종일 논 덕분에 부업은 밀렸다. 저녁밥을 먹고 나서 노느라 지친 가나가 잠들어 버리자, 조금은 밤일을 할까, 오늘은 그냥 휴업할까, 하고 망설이는 사이에도 유채 기름이 줄어들고 만다.

그냥 태평하게 잠이나 자자. 속세의 바보들은 아침이 되어야 일하는 법―하고 손을 뻗어 사방등을 끈 그때였다.

사방등 그늘에 문득 가느다란 두 다리가 떠올랐다. 야위어 뼈가 앙상하고, 그 도깨비불이 비추고 있는 것처럼 투명할 만큼 창백한 피부를 가진 어린아이의 맨발이다.

겐고로에몬은 얼어붙었다.

불을 끈 어둠 속에서 자세히 살핀다. 달빛이 스며들어 온다.

이제 아무것도 보이지 않는다.

―쇼타로.

저것은 나무 망치라는 그릇을 잃은 어린아이의 혼이다. 해방되어 헤매고 있는 것일까.

―그래서 나를 따라온 게냐.

숨을 죽이고 열심히 살펴보아도 더 이상 아무것도 나타나지 않았다.

잠이 오지 않았다. 누웠다가는 머리를 들고, 주위를 둘러보고, 불을 켤까 고민하다가 그만두었다.

이 만능 해결사에게는 아직 못다 한 일이 있다. 이윽고 아침 해가 떠오를 무렵, 가나의 잠든 얼굴에 바싹 다가가며 겐고로에몬은 그렇게 생각했다.

"무덤이라고요?"

"음. 작은 생물의 무덤이란다. 가나 너는 어디가 좋을 것 같니?"

어린 딸은 고개를 갸웃거리며 생각하고 나서, 밝은 눈을 하고 아버지의 손을 잡아끌었다.

"저쪽 공터. 전에 다로보가 새끼 참새의 무덤을 만들어 주었어요."

나가야 근처의 목재를 쌓아 두는 곳 한구석이었다. 소국이 옹기종기 모여 피어 있다.

겐고로에몬은 떨어져 있는 나뭇조각을 주워 흙을 팠다. 아주 얕아도 된다. 묻을 것은 작으니까.

"아버님, 무덤에 넣을 것은 무엇인가요?"

그는 양손으로 얼굴을 덮고 잠시 동안 눈을 감았다. 어젯밤의 어둠 속에서 눈에 새겨진, 야윈 맨발을 손바닥에 옮겼다.

그러고는 그것을 가만히 구멍 속에 눕혔다.

"무엇이지요?"

겐고로에몬이 이상해하는 가나에게 웃음을 지었다.

"아버지의 기억이란다. 형태는 없지만, 이것이면 돼."

겐고로에몬은 흙을 덮고 단단하게 다진 후, 나뭇조각을 다듬어 거기에 세웠다.

"소국이 피어 있으니 화려하고 좋구나."

"봄에는 유채꽃도 피어요."

둘이서 손을 모으고 있자니 가나의 친구인 다로보가 왔다.

"어라, 이런 곳에 있었구나. 뭘 하고 있어? 아주머니들이 오쿠리비送り火우란분 마지막 날 밤, 저승에서 온 영혼을 되돌려 보내기 위하여 문 앞에서 피우는 불를 피울 거래."

"좋아, 그럼 갈까, 가나."

우란분 때 돌아온 죽은 이들이 겨릅대 연기를 타고 돌아간다.

―시노.

겐고로에몬은 마음속으로 생각했다.

―미안하지만 그 아이도 함께 데려가 주시오. 이름은 쇼타로라고 하오.

예, 하고 대답하는 목소리가 들렸다.

겐고로에몬은 튕긴 듯이 몸을 일으켜 주위를 둘러보았다. 흐르는 연기 저편으로, 빨려들어가듯이 시선이 향했다.

나가야에서 골목길로 나가는 나무 문 바로 앞, 방화용 빗물통의 삼각지붕 그늘에 시노가 서 있었다. 미소를 지으며 그를 보고 있다.

둘이 이곳에서 처음으로 함께 지낸 밤, 시노가 입은 옷은 쪽빛 무늬의 유카타였다. 청보라색 패랭이꽃 무늬가 하얀 피부에 잘 어울렸다.

지금 그곳에 서 있는 시노도 그 유카타 차림이었다.

―알겠습니다. 제가 데려갈게요.

시노는 웃는 얼굴로 그에게 고개를 끄덕이고 있다.

―가나는 많이 컸네요. 고마워요.
"선생님, 왜 그래요?"
겐고로에몬은 제정신으로 돌아왔다.
시노의 환상은 사라지고 없었다.
아니, 시노의 혼이다. 보였다. 틀림없이 그의 눈에 비쳤다. 사람의 눈에는 보이지 않아야 할 것이 보였다.
―그러냐, 오타마.
이것이 품삯인가.
삼색 고양이의 모습은 보이지 않는다. 다만 머리 위 어디에선가 울음소리만이 가늘게 들려왔다.
"가나, 이리 오렴." 그는 쪼그려 앉아 딸을 끌어안았다. "어머님께 손을 흔들렴. 자, 저기에 계신다."
겐고로에몬이 가리키는 빗물통 그늘과 그의 얼굴을 번갈아 바라보면서, 가나는 의심스러운 듯 손을 흔들었다. 겐고로에몬도 함께 손을 흔들었다.
오쿠리비의 연기가 흘러간다. 우란분이 끝난다. 저세상 사람들은 돌아가고, 이 세상 사람들은 남는다.
헤어지지만 사라지지는 않는다. 죽은 사람들은 이 세상을 떠나고, 그렇기 때문에 영원한 것이 되니까.

편집자 후기

 미야베 미유키의 에도 시대물을 처음 만난 것은 2007년 무렵이다. 『외딴집』이라는 장편 소설이었다. 당시만 해도 한국에 번역된 그의 작품은 현대물 서너 편뿐이었기 때문에, 용어가 어렵고 역사적 배경을 모르면 이해하기 힘든 시대물을 출간하는 것에 대해 내부적으로도 고민이 깊었다. 하지만 두 권이나 되는 『외딴집』을 단숨에 읽자마자, 나는 앞으로 계속해서 그의 에도 시대물을 출간하자고 마음먹었다. 그 정도로 대단한 작품이었다. 훗날 미야베 미유키를 직접 만나 인터뷰할 때, 나는 당신의 시대물 가운데 『외딴집』이 최고라고 생각한다고 말해 주었더니, "저 역시 이 작품이 최고라고 생각해요"라는 대답이 돌아왔다. 그러고는 아득히 먼 곳을 바라보는 듯한 표정을 지으며 당시 집필 과정이 얼마나 고통스러웠는지에 관해 들려주었다.
 하지만 한국에서 『외딴집』의 판매는 신통치 않았다. 초판을 소화하는 것도 버거웠다. 그 뒤로 출간된 『혼조 후카가와의 기이한 이야기』나 『괴이』의 판매는 더 신통치 않았다. 고전의 나날은 몇 해간 계속되었다. 왜 일본에서 몇백만 부씩 팔리는 책이 한국에서는 팔리지 않을까(물론 일본에서 잘 팔린다고 한국에서도 잘 팔려야 한다는 법은 없다). 출판사의 역량에 괄호를 치고 나면, 이유는 두 가지 정도로 추정된다. 우선 작품의 스타일이 낯설다. 그의 에도 시대물에는 일본이라는 나라의 전설이나 민담이 가진 판타지적 비일상성이 여기저기 혼재해 있다. 그것이 진입장벽을 만들어 한국의 독자들이 감정이입하기 어려운 것이다. 가령 말하는 고양이가 등장했을 때 일본의 독자들은 '신기하구나'라고 생각하는 반면, 한국의 독자들은 '흥, 고양이가 어떻게 말을 해'라고 느낀달까(지면이 모자라기 때문에 그저 단순하게 든 예일 뿐입니다). 미야베 미유키가 도리모노초(주로 에도 시대를 무대로 한 탐정 소설)라는 장르를 만들고 명작 괴담도 많이 남긴 오카모토 기도를 존경하여 전반적인 필치가 기도 풍에 가깝다는 점도 한국의 독자들에게는 감점 요인인 듯하다. 기도는 한문과 게사쿠(통속소설) 및 영문학에도 정통했지만, 인과율이 분명한 에도 괴담을 부정하고 영미의 고스트 스토리를 참고하여 수많은 괴담을 만들어 냈다. 미야베 미유키의 괴담에 부조리성이 많이 보이는 것은, 오카모토 기도에 가깝게 다가간 결과이기 때문이라고 할 수 있다. 하지만 '부조리한 괴담은 〈전설의 고향〉 정도로 충분해'라고 느끼는 한국의 독자들이 많아서인지 미야베 미유키의 괴담은 전혀 공감을 불러일으키지 못했다. 국적에 따른 반감도 무시할 수 없겠다. 이런 것들이 뭉뚱그려져, 독자들은 이내 "미야베 미유키의 에도 시대물은 현대물만 못하다", "에도 시대물은 어렵다"라고 얘기하기 시작했다. 에스에프나 판타지에 비해 리얼리즘적 요소가 강한 미스터리를 선호하는 한국 독자들의 취향에 부합하지 못한 것이다.

전환점이 된 것은 『흑백』이었다. 미야베 미유키는 이 이야기를 쓸 때 "뭐든지 자신의 힘으로 해결할 수 있는 캐릭터가 아니라, 상처가 있고 힘도 약하며 혼자서는 살아가기 힘든 사람이 필요했다"고 한다. 무서운 이야기를 하는 게 중요한 게 아니다, 무서운 이야기를 듣는 것이 핵심인 것이다. 상처를 간직한 소녀가 '이야기를 들어 준다'는 설정에 한국의 독자들도 조금씩 마음을 열기 시작한 걸까. 덕분에 초판은 두 달 만에 소진되었다. 광고 한번 없이. 언론의 조명을 '거의' 받지 못했음에도. 여기까지, 『외딴집』을 출간하고 5년이 걸렸다. 메마른 땅에 서서히 물이 스미듯 독자는 점차 늘어났다. 앞서 냈던 시대물들이 팔리기 시작했다. 그리고 『흑백』의 속편인 『안주』를 냈을 때는 분위기가 꽤 달라져 있었다. "괴담이란 게 등골이 오싹해야 할 것 같은데, '미미(미야베 미유키)표 괴담'은 오싹함보다 오히려 따스함을 느끼게 하는 면이 있다(《경향신문》)"는 평가가 눈에 띄게 늘었다. 이 작품을 출간할 때 북스피어에서 마케팅의 일환으로 시도한 독자 펀드가 화제가 됐다는 점도 빼놓을 수 없는 요인이긴 하지만.

그 사이에 미야베 미유키의 에도 시대물은 조금 변화했다. 판타지적 비일상성과 부조리한 괴담의 분위기가 다소 엷어지고 현대 미스터리와의 접점이 그만큼 늘었다. 예를 들어 『그림자밟기』에도 유아 학대와 빈곤, 살인 피해자의 원한 등 현대와도 통하는 '어둠'을 먹이로 성장하는 괴이가 그려져 있다. 귀신은 분명히 있지만 그 존재에 생명을 주는 것은 우리들의 마음이듯, 필경 무서운 것은 인간의 마음이라는 주제의식은 여전한 가운데, 황혼 무렵, 괴이가 생겨나는 시기를 역으로 이용하여 그곳에 인간성 회복의 회로를 만드는 기교는 확실히 늘었다. 게다가 저자는, '어둠'에 대항하려는 사람들의 용기를 그리는 것과 같은 비중으로 '어둠'에 매료되어 삼켜져 버린 것에 기쁨을 느끼는 사람들이 있는 혹독한 현실에도 파고들었다. 이런 변화가 독자들의 요청에 따른 것인지 미야베 미유키 내부에서 자연스럽게 발현된 것인지는 알 도리가 없고, 적어도 나에게는 그다지 중요하지 않다. 인간에 대한 자애로움을 자신의 괴담의 원점으로 삼는 작가는 여전히 미야베 미유키가 유일하고 나는 그것으로 충분히 만족하기 때문이다. 다만 예전에 잠시 읽다가 "미야베 미유키의 에도 시대물은 현대물만 못하다", "에도 시대물은 어렵다"고 느낀 독자들이 혹시라도 알아주었으면 좋겠다는 마음에 몇 자 적어봤을 뿐이다. 어려운 건 맞지만, 못하진 않다는 게 내 생각이다. 뭐, 여전히 모르겠으면 하는 수 없겠고.

끝으로, 이 책은 '원기옥'이라는 이름으로 여러 독자들의 성원이 모아져 출간된 작품이라는 얘기를 꼭 하고 싶다. 그것은 단순히 출판사에 돈을 모아주는 차원을 넘어 미야베 미유키 에도 시대물에 대한 그들 나름의 애정 표현이 아니었을까 싶다. 이 좋은 작품들을 잘 팔지 못하는 본사에 대한 질책과 함께 측은지심도 작용했으리라. 작가와 독자에게 미안하고, 고맙다.

열세 번째 에도 시대물을 펴내며 잠시 감개가 무량해진
마포 김 사장

어렵다 〉 어렵지 않다

초판 1쇄 발행 2013년 07월 19일
초판 2쇄 발행 2013년 07월 26일

지은이   미야베 미유키
옮긴이   김소연

발행편집인   김홍민 · 최내현
책임편집   유온누리
편집   안현아
마케팅   홍용준
표지디자인   이혜경디자인
용지   한신
인쇄   현문
제본   현문
독자교정   양지하, 이경화, 이명선

펴낸곳   도서출판 북스피어
출판등록   2005년 6월 18일 제105－90－91700호
주소   (121－130) 서울특별시 마포구 망원동 513 상암마젤란21 101-902
전화   02) 518－0427
팩스   02) 701－0428
홈페이지   www.booksfear.com
전자우편   editor@booksfear.com

ISBN 978－89－98791－05－6 (04830)
     978－89－91931－29－9 (세트)

책값은 뒤표지에 있습니다.
파본은 구입하신 곳에서 교환해 드립니다.

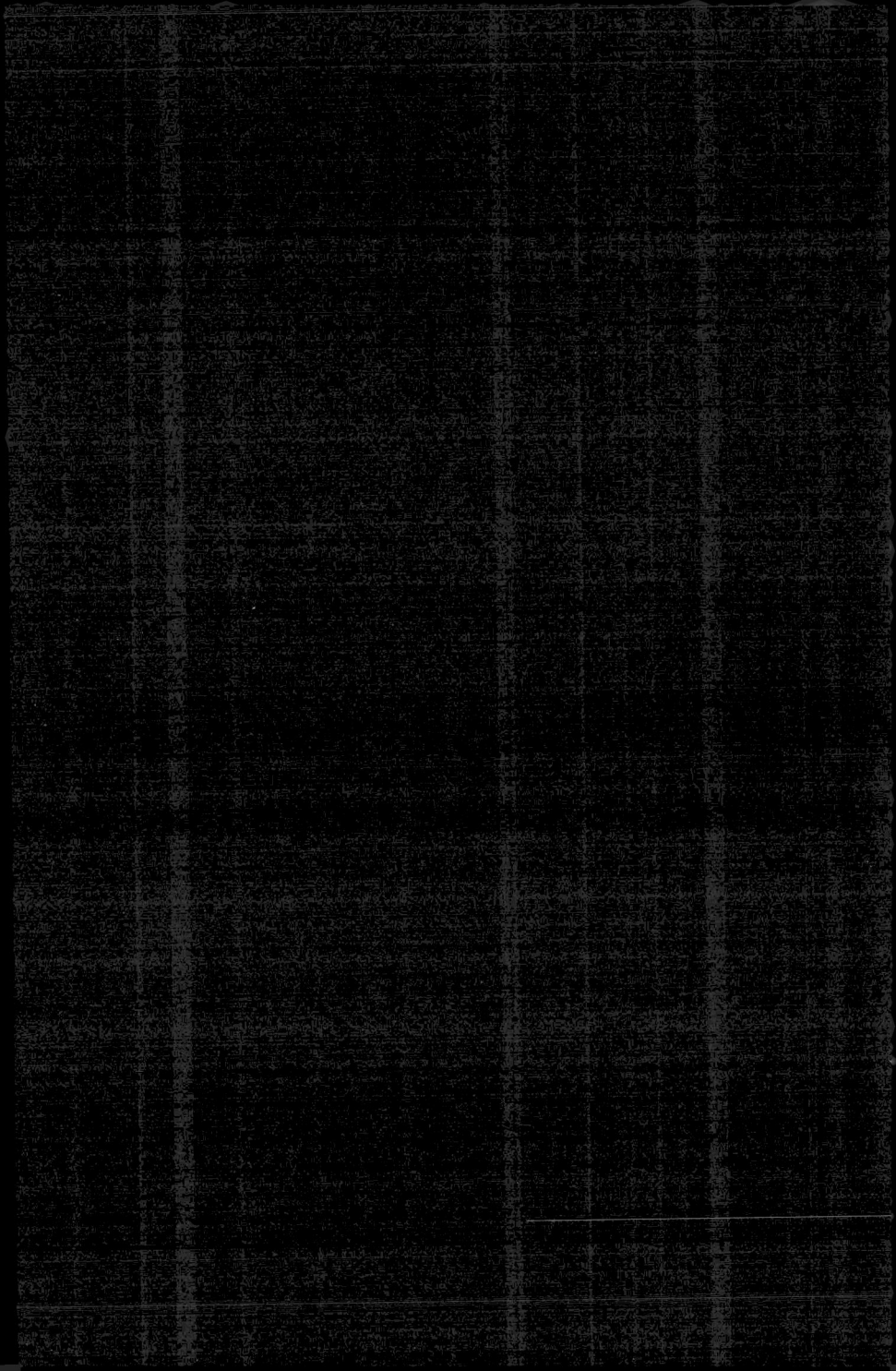